WODEHOUSE
よりぬきウッドハウス 2

P・G・ウッドハウス 著
森村たまき 訳

国書刊行会

目次

ロドニーの病再発《リラプス》
Rodney Has a Relapse

もの思いに耽《ふけ》っていた最古参メンバーは、突如我に返ると、物語の開始にキューの合図を要さぬ練達の談話家のゆとりたっぷりに話をはじめた。

ウィリアム・ベイツがその日の午後、彼にかかわる悲劇的な話をしに私のところへやってきた時（最古参メンバーは、そのウィリアム・ベイツが誰であるにせよ、あたかもそれまでみんなして何時間も彼のことを話し合っていたかのように、滑《なめ》らかに言った）、打ち明け話の相手に私を選んでくれたことに驚きはなかった。このゴルフクラブのテラスに長年座ってきた私には、自分がこういう時のためにここにいるということがわかっているのだ。

「あのう」ウィリアム・ベイツは言った。

このウィリアムというのは大型トラックとごく似通った方針で構築された堅牢無比な若者だった。また、彼は平穏かつ平静な人生観を大型トラックと共有してもいた。彼は骨付き肉とビールを主食として暮らしており、彼の平穏を妨げうるものはほとんどなかった。しかし、ただいま私の前に立つ彼は、そわそわおののいているのが見てとれた。骨付き肉とビールに満ち満ちた体重九十二キロの男に、そわそわおののけるかぎりにおいてではあったが。

「あのう」ウィリアムが言った。「ロドニーはご存じですね？」

「君の義理の弟のロドニー・スペルヴィンかい？」

「ええ。あいつ、頭がおかしくなったようなんです」

「どうしてそう思うのかね？」

「えー、こうなんです。聞いてください。今朝、いつもどおりロドニーとアナスタシアと俺とジェーンの二対二でフォーサムをやって、一コーナー一シリングで競り合いながらまわって、十八番ホールでジェーンと俺は四打で死にかかっていて、ロドニーたちは三打目の簡単なチップショットでグリーンに乗せたところだった。状況はわかってもらえましたか？」

状況はわかったと私は言った。

「えーと、ピンから半径十五ヤード以内ならどこからだってホールアウトする妹のアナスタシアの超人的な能力は承知してますからね、当然ながら俺はもう二人の勝ちで勝負はついたって思ったんですよ。俺はジェーンにこう言ったくらいです。『ジェーン、上唇を堅くする用意はいいな。連中の大勝ちだ』って。それでポケットの中のシリング硬貨を手探りしはじめてたら、突然ロドニーがボールを拾い上げる姿が目に入ったんです」

「ボールを拾い上げただって？」

「それであいつがなんて言って説明したと思いますか？　奴は、ショットを決めるにはヒナゲシの花を踏みつぶさなきゃならなかったから、って説明したんです。これをどう解釈されますか？」

これをどう解釈すべきかはわかっていたが、それを彼に告げるだけの勇気が私にはなかった。ロドニーは笑いをとるためなら何でもしてのける愉快な道化者だからと言って私はその件をやり過ごしたし、またウィリアムは単純な男だったから、彼をなだめようという私の努力は成功を収めた。しかし彼の話は私を落ち着かない、不安な心持ちにした。ロドニー・スペルヴィンがふたたび詩の発作に襲われていることはあまりにも明白だと思われたのだ。

人生行路を渡り来るにつれ、一般に人々とは寛容で、進んで他人を赦《ゆる》したがるものだということを私は理解してきたし、われわれのささやかなコミュニティにおいて、ロドニー・スペルヴィンがかつて詩人であり、それもきわめて悪性のそれであったことをあげつらって批判する者は今や一人とてない。かつて彼は帽子をさっと振り下ろす間に、主として日没と小妖精に関するいやらしい藤紫色の革装の薄い詩集を一冊創り出せるような男だった。ゴルフを始めてウィリアムの妹のアナスタシアとの婚約を宣言した直後に、彼はこれらすべてにさよならを告げたのだ。

ロドニー・スペルヴィンを救済したのはゴルフと、善き女性の愛だった。ゴルフクラブ一式を買い揃《そろ》え、アナスタシア・ベイツを人生のメダル競技のパートナーとする契約書に署名した瞬間に、彼は別の人間になったのだ。彼は今はミステリー・スリラー作家となり、アナスタシアと息子のティモシーが闘鶏みたいに元気いっぱい暮らせるくらいの成功を収めていた。ロドニー・スペルヴィンを読んではらはらせずにいることは不可能だったし、彼の技能が非常な習熟を遂げた結果、毎朝朝食前に血痕《けっこん》まみれの健康的な作品を数千語は叩き出せるようになっていたから、彼は残りの丸一日を五十四ホールのゴルフに充《あ》てられるようになっていた。

ゴルフにおいても彼は着実な進歩を遂げていた。かつてレディース・チャンピオンシップを制したハンデゼロのスクラッチプレーヤーであるその妻が、愛に満ちた指導で彼を導いた結果、ほどなく熟練のハンデ二十一ゴルファーとなり、地元のハンデ十八以上出場ラビット・アンブレラ獲得の有力選手として、目利きたちの間で注目されるまでになったのである。

しかし、アナスタシア・スペルヴィンの幸福は一見パッティンググリーンくらいに滑らかであったものの、そこには隠れたミミズのフンの山があったのだった。彼女は自分の愛する男が過去を持つ男であることを、けっして忘れることができなかった。いつ何時、特別素晴らしい日没や薔薇《ばら》のつぼみが自分の積み上げてきたすべてを台なしにして、ロドニーを大慌てで語彙辞典やら押韻辞典やらに向かわせるかもしれない、という恐怖がつねに彼女の心の深い底を蝕《むしば》んでいた。この理由から、彼女はいつも太陽が傾き始めると彼を家内へと急がせたし、庭に薔薇を植えることを拒んだ。彼女の立場は、かつてヘビードリンカーであった夫の回復をかなり確信はしているものの、『タトラー』誌を手渡す前にはウイスキーの広告を破り取っておくのが賢明だと感じている妻のそれと同じだったのだ。

そして今、七年の後、突然の一撃が彼女を襲おうとしていた。あるいはそう思う正当理由はあるように感じられた。また私には、アナスタシアが同じように考えていることがわかった。彼女の顔にはやつれた色があったし、また彼女は夫を念入りに観察していた。一度私が彼女の家で食事した際、気の利かない客人が六月の月について語ったとき、彼女はあわてて話題を変えたが、しかし私はロドニー・スペルヴィンが軍隊ラッパの音を聞いた戦馬のごとく顔をあげるのを目にしていた。速やかに我に返りはしたものの、一瞬彼は「六月《ジューン》」が「月《ムーン》」と韻を踏むという事実に目覚め、何かしらの措置が講ぜられるべきだと感じている、そういう男に見えたのだった。

一週間後、疑念は確信に変わった。私はディナーの後しばしばするようにウィリアムのコテージへとそぞろ歩いてゆき、朝食室にいる彼とアナスタシアに会った。一目見て、何か異変があったことがわかった。ウィリアムは三番アイアンでうわの空《そら》にスイング練習をしており、その顔は不機嫌にしかめられていた。アナスタシアは私には熱を帯びたように見える表情で、腰掛けてウィリアムとジェーンの息子である甥《おい》っ子のブレイド・ベイツのためにセーターを編んでいた。ブレイドはただいま家を離れ、来るチルドレンズ・カップの準備のため、有名プロに集中コーチを受けているところだった。ウィリアムとジェーンは二人共、息子が競技精神を学び始めるのに早すぎることはないと正当にも考えていたのだ。

アナスタシアは青ざめて見えた。またウィリアムもきっとそうだったのだろう。もし彼に青ざめて見えることが可能であったならば。長年、全天候下にてたゆまずゴルフを続けたことで、彼の頬《ほお》は赤いなめし革に似た物質に変わっていたのだ。

「こんばんは、美しい宵ですな」私は言った。

「美しいですわ」破れかぶれに、アナスタシアは答えた。

「穀物には結構な陽気ですな」

「素晴らしいですわ」アナスタシアはあえぎあえぎ言った。

「それでロドニーはどこですかな?」

アナスタシアは全身を震わせると、編み目を落とした。

「あの人、きっとでかけてるんですわ」彼女は奇妙な、咽喉《のど》を絞められたような声で言った。

ウィリアムのしかめ面が更に深められた。純朴で愚直な人物である彼は、言い逃れをきらったのだ。

「奴はでかけちゃあいない」彼はぶっきらぼうに言った。「奴は家で、詩を書いている。この方にはお話しした方がいいんだ」言葉にならない抗議の音を発したアナスタシアに向かい、彼は言った。「隠し立てできるものじゃないし、この方ならなんとかして下さるだろう。白いひげを生やしてらっしゃるんだから。白いひげを生やした人物には、俺たちみたいに白いひげを生やしてない連中が寄ってたかってするよりも物事をうまくなんとかできるものなんだ。理を弁《わきま》えるんだ」

私は二人に、自分が秘密を守る慎重な男であることと、悩める二人を助けるために自分と自分のひげの力でなんとかなることは何でもしようと請け合った。

「それじゃあロドニーは詩を書いているんだな?」私は言った。「そういうことになりはしないかと、恐れていたんじゃ。ああ、こうなることはわかっていたと言ってもいいかと思う。すると、悪戯な妖精たちについてじゃな?」

アナスタシアはたちまちすすり泣き、ウィリアムはすぐさま鼻をフンと鳴らした。

「妖精についてだと思ってらっしゃるんですか、そうですか?」彼は叫んだ。「ふん、ちがいますよ。もし妖精が問題なら、たいしたことはないんです。ロドニー・スペルヴィンがドアを入ってきて妖精について詩を書いたと言ってきたら、俺はあいつをこの腕で抱きしめてやりますよ」ウィリアムは言った。「この胸にね。事態は妖精段階をはるかに越えて深刻化してるんです。ロドニーが今この瞬間、どこにいるかわかりますか? 子供部屋で、息子ティモシーのベッドにかがみ込んで、不幸なこのネズミ息子が眠っている間にこいつについて書いてやる詩の材料を集めてるんですよ。あいつがどういうふうにテディベアを抱っこしてるとか、天使のことを夢見てるかとかに関する、きっとくだらんヨタ話でしょう。ええ、そうなんです。ティモシーのことを詩に書いてるんです。恐ろしく気ままなシロモノ……いや、あいつがあの子のことをずっと「ティモシー・ボビン」って呼んでいるとお話ししたら、俺たちが立ち向かってることの本質がおわかりいただけるんじゃないでしょうか」

私はひ弱な男ではない。だが震撼《しんかん》したと告白しよう。

「ティモシー・ボビンだって?」

「まさしくティモシー・なんてこった・けっ・ボビンですよ」

私はまた震撼した。恐れていたよりも事態は悪い。しかしよくよく考えてみれば、それがどれだけ必然的であったことか。詩作ウイルスはつねに弱点を探しまわるものだ。ロドニー・スペルヴィンはつねに献身的な父親であった。息子と赤ちゃん言葉で会話するのが長年彼の習慣だった。とはいえ、これまではつねに散文体であったのだが。韻文が自らのうちに湧《わ》き上がってくるのを感じたら、それを浴びせかけるべき対象が彼の不幸な息子であろうとは、当然予測されて然《しか》るべきであったのだ。

「それでどういうことになるかっていうと」ウィリアムは言った。「あの男はあの哀れなガキのために、一生分の恥辱と悲哀を背負わせてるってことなんだ。これから先、あの子が全国アマチュア大会に出場する段になったら、新聞はあの子の写真を載せて、その下に、こいつは有名な詩に出てくるあのティモシー・ボビンだって説明書きをつけるんだろう――」

「ロドニーは一冊分に十分な材料は集められるって言ってるんですの」アナスタシアは押し殺した声で言った。

「――それであの子はストロークをきれいに封印されちまうことだろうよ。悲哀、荒廃、絶望だ」ウィリアムは言った。「そういう展開が、俺には見える」

「その詩っていうのは、すごくひどいのかね?」

「これを読んでご自分で判断なさってください。あいつの机から持ってきたんだ」

彼が私に押しつけた書類は、もっと後の段階でより完全なかたちに発展させるべき実験的草稿といった性格のものであるらしかった。練習スウィングと言えるようなものだ。

最初はこうだった。


ティモシー・ボビンは子犬飼い。

かわいいちっちゃい子犬ちゃん。ワンワンワンと言いました……


その下にはこうあった。

おっと！　ちょっと待った！

続いて、この作家がこの「子犬」の韻ゆえ現在の困難が生じていることに気づくのに辛うじて間に合ったかのように、次のような乱雑なメモが続いた。

ウサギ《ラビット》に変えた方が安全か？
（習慣《ハビット》……つかんだ《グラブイット》……刺した《スタブイット》……バビット）
ウサギも難しそうだ。カナリア《カナリー》ならどうか？
（ふんわり《エアリー》、乳製品《デアリー》、妖精《フェアリー》、もじゃもじゃメアリー、反対に《コントラリー》、変わる《ヴェアリー》）
メモ・カナリアはピーピーと鳴く。
（打つ《ビート》、座る《シート》、脚《フイート》、熱《ヒート》、会う《ミート》、きれい《ニート》、繰り返し《リピート》、シート、完全に《コンプリート》、慎重な《ディスクリート》）
うん、カナリアはよさそうだ。

ティモシー・ボビンはカナリア飼い。

なんてこった。こいつはうまい。

ティモシー・ボビンはカナリア飼い。
オスかメスかの意見はまちまち。

もしピーピーと鳴くならば
その子を僕らはピートと呼ぼう
でももしたまごを産んだなら、メアリーと名を変えよう。

（疑問：性的モチーフが強調され過ぎてはいないか）

カナリアはここまでだった。次の主題は変わっていた。

ティモシー・ボビンのちっちゃい十本の足の指
どこ行くときにもぜんぶお供
ティモシーがお風邪を引いたなら
十本指もいっしょにおねんね

ウィリアムは私がたじろぐのを見た。そして足の指のやつかと訊《き》いた。私はそうだと答えて三番目の、最後の作品に急ぎ進んだ。
それはこうだった。

ティモシー
　ボビンは
　　行くよ
　　　ぴょこたん

ぴょこたん
ぴょこたん
ぴょこたん
ぴょーん。

ロドニーはこれに満足がいかなかったようで、その下にこの言葉が書いてあった。

連想的か？

あたかも別の詩人に先を越されていることを恐れるかのように。そして空欄にはぴょこたん、ぴょこたん、ぴょこたん、ぴょーん、する代わりに主人公はひょこたん、ひょこたん、ひょこたん、ぽーんしてはどうかとの示唆があった。この代替案も私には同様に憂鬱《ゆううつ》に見えた。それで私は厳粛な顔をしてこの紙をウィリアムに返したのだった。


「よくない」私は厳かに言った。

「そのとおり、よくないんです」

「ずいぶん前からこんな調子なのかい？」

「何日も万年筆を手から離さないんです」

私は最初から一番気になっていたことを訊いた。

「このせいで彼のゴルフにも影響が出ているのかな？」

「ゴルフをやめると言ってます」

「なんと！　だがラビット・アンブレラはどうする？」

「参加取り消しするつもりなんです」
これ以上言うべきことはないように思われた。私は彼らの許《もと》を辞去した。一人になって、この悲しむべき問題に専心したかったのだ。ドアに向かいながら、私はアナスタシアが両手に顔を埋め、またウィリアムが兄らしい心配を込めて、彼女の頭を三番アイアンで突っついてやっているのを目にした。きっと慰め、励まそうとするよき意図に発する行為だったのだろう。

何日もの間、私は本問題について集中して考えてみたが、ウィリアムは白いひげの結果発生能力を過剰評価していたのだと思い知らされるばかりだった。私はあらゆる謙遜《けんそん》を込め、自分のひげは誰のひげよりも白いとは思うが、だからといってどうにもならなかった。もし私が二十代はじめのすっきりひげなしの若者だったとしても、満足のゆく解決に向けた進歩がこれほど進まないことはなかっただろう。

ウィリアムは私が「なんとかしてくれる」と言ったが、自分に何ができるというのかと、時折私は苦々しく感じたものだ。こうした偉大な大自然の威力に直面した時、誰にだって何のしようがあろう？　長年ロドニー・スペルヴィンの中に詩がひたひたと溜《た》まり、誰かが安全弁の上に座っているボイラー中の蒸気みたいに膨れ上がっていたことは明らかである。そして今、爆発が訪れ、その暴力性はありとあらゆる通常の対処方法にもビクともしないのだ。噴火中の噴火口を説得しようとする者がいるだろうか？　竜巻に理の当然を説く者がいるだろうか？　ウィリアムがこともなげに「なんとかしてくれる」と私に言った時、それはあたかも雪と氷の中「エクセルシオル（より高く）」と書いた奇妙な意匠の旗を持った青年に誰かさんが「あの雪崩《なだれ》を食い止めよ」と言ったようなもの〔ロングフェローの詩「エクセルシオル」〕だったのだ。

真っ暗な状況の中、私は唯一光の輝きを見ることができた。ロドニー・スペルヴィンはゴルフをやめてしまったわけではない。妻の嘆願を容《い》れ、彼はラビット・アンブレラにエントリーしたのだ。

そして緒戦から好調でいる。地元のヘボゴルファー三人がロドニーの腕前のえじきとなり、彼を人気の決勝出場者とした。こうなれば、ゴルフが治療策として作用してくれるかもしれない。

それから数日後、午後の昼寝をしていると、私は脇腹に鋭い突きを食らって起こされ、気がついたらばウィリアムの妻ジェーンが私の横に立っていたのだった。

「さてと？」彼女は言った。

私は目をしばしばさせ、上半身を起こした。

「やあ、ジェーン」私は言った。

「こんな時に眠ってるだなんて」彼女は叫び、またその目が責めるがごとく見つめていることに私は気づいた。ジェーン・ベイツにもし欠点があるとすれば、それは彼女が簡単には人を許さないことだ。「だけどもしかして、生涯最高の計画を考えついた後、自ら勝ち得た正当な休息を取っていらっしゃるだけなのかしら？」

私には彼女を欺くことはできなかった。

「いいや、ちがう」

「計画はなしなの？」

「なしだ」

ジェーン・ベイツの顔は彼女の夫の顔と同じく、戸外生活の影響を大々的に受けてきた。だから青ざめることはない。しかし彼女の鼻は突然の感情の昂《たかぶ》りにひくつき、重要な試合でホールにパットを打ちそこなって負けたような顔になった。私は彼女がもの問いたげに私のひげを見つめるのに気づいた。

「ああ」彼女の目線をさえぎって、私は言った。「わしのひげが白いことは先刻承知だとも。だが、計画はないと繰り返させてもらう。わしはウサギよりもアイディア不足だし、アイディアなんていくつもありやしないんだ」

「だけどウィリアムは、あなたがなんとかしてくれるって言ってたわ」

「なんともならない」

「なんとかしなきゃいけないの。アナスタシアが死んじゃうわ。最近ティモシーを見た？」

「昨日あの子が森で父親といっしょのところを見かけた。あの子はブルーベルを摘んでいたよ」

「ちがうの、摘んでないの」

「いかにもブルーベルを摘んでいるような様子だったがの」

「いいえ、ちがうの。あの子はブルーベルに話しかけていたの。あの子はブルーベルは妖精さんの電話だって言って、あの子のテディベアの誕生パーティーに招待するため妖精の女王様に電話をかけてるところだったの。ロドニーはその横に立ってメモをとって、その晩それについて詩を書いたわ」

「ティモシーはよくそういうことをするのかい？」

「のべつよ。あの子、大根役者そのものなの。クサい芝居じみた真似を絶対にやめないんだから。朝ごはんのシリアルを食べるにも、横目をつかって観客のウケはどうかって見ずにはいられないのよ。それで夜のお祈りを唱える時には両目を閉じてるように見せかけてるけど、本当はずっと指の間から客の反応を覗《のぞ》き見してるの。で、一番悪いのはそこのところじゃないんだわ。妻たり母たる者、家庭内に幼児大根役者がいて、のべつ顔を出してはかわいこぶるのに我慢はできるものよ。家計費の請求書の支払いができてるかぎりはね。だけど今、ロドニーはスリラーを書くのはやめて詩の執筆に専念するって言ってるの」

「だけど、契約があるだろう？」

「契約なんて知ったことかって言ってるわ。契約とおさらばして自らの魂にチャンスを与えてやりたいんですって。あの人が自分の魂と、それがどれほど残酷な取り扱いを受けてきたかについて話すのを聞いたら、ウォームウッド・スクラッブズ刑務所でおつとめしてきたのかしらって思うはずよ。あの人、血痕にはもううんざりだし、東洋風の意匠のダガーナイフを背中に刺して図書室に倒れてる死体のことを考えるだけで吐き気がするんですって。昨日の晩エージェントにその話を電話でしていたけど、相手の悲鳴がすぐ隣の部屋にいるみたいにはっきり聞こえたわ」

「だが、彼は食べるのをやめるのかい？」

「ほぼそうね。アナスタシアもよ。あの人、健康的で値段の安い野菜を食べるだけで、家族みんな十分生きてゆけるって言ってるわ。それは詩を書く助けになるんですって。ラビンドラナート・タゴール〔インドの詩人、思想家。ノーベル文学賞受賞〕を見よって言うの。人生において一度としてTボーンステーキを食べたことはないし、それでどこに行き着いたかを見よって。お米と、時々泉からつめたい水を汲《く》んできてそれでおしまいなんですって。わたしのハートはアナスタシアのために血を流しているの。気の違った夫とブルーベルの花に話しかける息子の相手を、芽キャベツしか食べないでやってかなきゃいけないのよ。あのロクデナシと結婚して、妹は貧乏くじを引いたってものだわ」

彼女は鼻をフンと鳴らすために言葉を止めた。そして突然、しばしばおこることだが、まったく警告なしに、私は解決策を思いついたのだった。

「ジェーン！」私は言った。「解決策がわかったと思う」

「本当？」

彼女の顔に、私がかつて一度しか見たことのない表情が宿った。それはクラブのレディース・チャンピオンシップの決勝戦の二十番ホールまで戦ってきた対戦相手が、決定的に重要なパットを打つ際にアブに刺された時のことだ。彼女はひげの合間から私にキスし、親切にも、きっとあなたがやってくれるってずっとわかっていたわと言ってくれた。

「息子さんのブレイドはいつ戻るのかね？」

「明日の午後よ」

「あの子が戻ったら、私のところに来るように言ってくれたまえ。あの子に状況を説明するから、そうしたらあの子がすぐに引き継いでくれるじゃろう」

「どういう意味かしら？」

「ブレイドがどんな子供かはわかっておろう。口の控えめな子じゃあない」

私は思いやりのある言い方をした。ブレイド・ベイツは虚心坦懐《きょしんたんかい》に胸のうちを語ることを恐れぬ率直で無遠慮な子供である。また、遠からぬ過去において、私は彼との二分間の会話から、私の外見についてそれまで長年の内省的研究によってなし得たよりも多くを学んだというようなことがあった。告白するが、屈辱のあまり、時には八番アイアンで彼を捕まえようと空しく試みたこともあった。しかし今や私は、彼の性格中のこの性癖を心の底から是認していた。

「考えてご覧。この詩がティモシーについて書かれたと知ってブレイドがどう反応すると思う？あの子はムカついて、言葉を惜しまずそう言うに決まっている。あの子はスペルヴィン坊やを死ぬほどからかうだろうし、間もなく後者は卑猥《ひわい》にほくそ笑む代わりに、ティモシー・ボビンの名を口にされる苦痛に身をよじり、ロドニーにやめてくれと懇願することになるだろう。いくら詩人といえども愛する我が子の嘆願に耳を閉ざすわけにはゆくまい。ブレイドにおまかせじゃ。あの子がぜんぶ元通りにしてくれるとも」

ジェーンは今やすべてを理解し、その顔は母性愛の光に輝いていた。

「んまあ、もちろんだわ！」彼女は恍惚《こうこつ》に両手を組み合わせ、叫んだ。「わたしが自分で思いつかなきゃいけなかったのに。わたしのかわいいブレイドちゃんのことを、人は言いたいように言うでしょうけど、だけどあの子が大西洋のこっち側で一番の無礼な子供だってことは誰にも否定できなくってよ。あの子が帰ってきた瞬間に、こちらに伺わせますわね」

当時のブレイド・ベイツは九度ほど夏を通り経てきたヤクザ者で、外見はウィリアムのミニチュア版だが魂および性質においては貧民街のチンピラと軍用ラバを足し合わせたようなシロモノだった。冷笑的な目と、食事で使用していない時には皮肉によじれた口を持ったソバカス顔のハードボイルドな男だ。彼はいつもはほとんど話さないが、話す時にはひと様の甲冑《かっちゅう》に裂け目を見いだせない時はない。こうした人物がティモシー坊やにもたらす影響は甚大であろうと私は思ったし、またこの子供をこれ以上の人物の手に委《ゆだ》ねることは不可能だと確信していた。

私は一刻も無駄にせず、彼に妖精の女王様とブルーベルに関する詩を見せてやった。彼は黙ってそれを読み、読み終えた時には、深く息をついた。

「ティモシー・ボビンって、ティモシーのこと？」

「さよう」

「この詩はぜんぶティモシーのことなの？」

「まさしくさよう」

「これ、本になるの？」

「ああ、薄い本になる。同じタイプの別の詩といっしょにな」

彼が深く心かき乱されているのが私には見てとれたし、自分は正しい種を蒔《ま》いたのだと確信した。

「君はきっとこのことでティモシーに色々どっさり言ってやることがあるんだろうな」私は言った。

「あの子の感情を傷付けるかもしれないなんて思って、率直になることを恐れちゃいけない。ぜんぶあの子のためだってことを思い出すんだ。〈愛のムチ〉って言葉が思い出されるじゃないか」

私が話している間、彼は心ここにない様子でいるように見えた。あたかも頭の中で、幼い従兄弟《いとこ》に会ったら言ってやるべきいいセリフをあれこれ考えているかのように。それから間もなく彼は帰っていった。動揺のあまり、ジンジャーエールとケーキ一切れはどうかと訊く私の言葉が耳に入らないようだった。今日一日の善行は果たしたという心地よい思いにてその晩私は眠りに就いた。と、眠りに落ちる寸前に、電話が鳴ったのだった。

それはジェーン・ベイツだった。彼女の声は興奮していた。

「あなたの計画ときたら！」彼女は言った。

「何じゃと？」

「何があったかわかって？」

「どうした？」

「ウィリアムが詩を書いているの」

私は聞き間違えたのだと思った。

「ウィリアムが？」

「ウィリアムがよ」

「つまり、ロドニーが――」

「ロドニーじゃないの。何が起こったか簡単に数語で説明するわね。ブレイドは夢見るような顔して、あなたの家から帰ってきたの」

「ああ、あの子は感銘を受けたようだった」

「言葉を挟まないでちょうだい。自制が効かなくなりそうなの。わたしはもう受話器の輪っかを嚙《か》みしめているんだから。夢見るような顔でってところだったわね。一晩じゅうずっと、あの子、わたしたちから離れて座って、考え込んで話しかけても答えなかったの。寝る時間になったら沈黙を破って。それでどうしたと思って！」

「どうしたんじゃ？」

「『どうしたと思って！』って言ったところだったわね。あの子、ロドニーの妖精の女王様に関する詩は、これまで読んだ中で最高に気が利いてるって宣言して、それでロドニーがティモシーについて詩が書けるなら、ウィリアムが自分について詩を書けないわけがないって言うの。それでバカなことを言うのはおやめなさいってわたしたちが言って聞かせたら、あの子最後通牒《つうちょう》を言い渡したのよ。もしウィリアムがただちに要求に応《こた》えなければ、チルドレンズ・カップのエントリーリストから自分の名を外すって。何ておっしゃったの？」

「何も言っておらん。息を切らしておったんじゃ」

「息も切らすことでしょうよ。実のところ、窒息していただいてかまわないわ。そもそもこれを始めたのはあなたですからね。もちろん、わたしたちは木っ端みじんにやられたわ。あの子がチルドレンズ・カップを勝つことはわたしたちの切なる願いなんだし、あの子の弱点を克服して磨き上げるためにこれでもかってお金を使ってきてるんだから。当然、そういうふうに言われたら選択の余地はないの。わたしはウィリアムにキスして、励まして、おでこに濡れタオルで鉢巻きさせて、鉛筆と紙を渡して熱いコーヒーどっさりと一緒に朝食室にカンヅメにしてるところよ。たった今どういう具合か彼に訊いたんだけど、今のところインスピレーションは何にも浮かんでこないけどがんばり続けるって言ったわ。あの人の声、とってもうつろに聞こえた。かわいそうなあの人の苦悩が、わたしにはわかるの。あの人が人生でこれまで書いたことがあるのは一回だけ、五番ホールの新しいバンカーに関するグリーン委員会宛の苦情の手紙だけよ。それだって四日かかって、書き終えたらボロ切れみたいにへなへなになってたんだから」

それから会話の主題は彼女が私の災難招きの余計なおせっかいと呼ぶもののことに移り、そろそろ電話を切る頃合いだと私は思った。

長い人生において私がしばしば気づいてきたことに、またそれは楽観主義に寄与する事柄であるのだが、われわれのこの世界にもちろん遍在する悲劇というものは、普遍的であることはめったにない。私が言わんとすることの例を挙げると、ウィリアムとジェーン・ベイツのバロメーターは「前途不安」を指し示しているものの、アナスタシア・スペルヴィンに関しては天候状態は改善の兆候を見せていた、ということだ。

ウィリアムと彼の妻がどん底にいることについて、疑問の余地はない。私はジェーンに会っていない。なぜなら電話での会話の後、彼女には会わずにいるのが賢明と感じたからだ。だがクラブの昼食会でウィリアムとは何度か会った。彼は疲労し、憔悴《しょうすい》した顔で、頭にチーズストローを挿していた。私は彼がウェイターに何かいい韻は知らないかと訊《たず》ねるのを聞いたし、ウェイターが「何の韻ですか?」と言うと、ウィリアムは「何でもいい」と答えていた。彼は骨付き肉のおかわりを断り、どっさりため息をついていた。

一方、アナスタシアはというと、数日後、ラビット・アンブレラの決勝戦を見にコースに向かう途中に追い越した際、以前の陽気な彼女に戻っているのに私は気づいた。ロドニーはこれから始まる戦いの競技者の一人で、彼の優勝する見込みについて彼女は薔薇色の見解を保持していた。彼の対戦相手はジョー・ストッカーで、どうやらジョーは持病の花粉症の症状に苦しんでいるらしかった。

「絶対に」彼女は言った。「ロドニーは花粉症の相手なんかこてんぱんに負かしてやれるわ。もちろん、ストッカー氏は特効薬のくしゃみをしかけてくるでしょうけど、でも結局のところ、くしゃみが何?」

「たんなる一時しのぎに過ぎん」

「昨日、くしゃみの発作の時、あの方、大きな花瓶を割ったんですって。花瓶が飛んで部屋を横切って壁にぶつかって粉々になったんですって」

「それは前途有望じゃな」

「わかって?」アナスタシアは言った。彼女の双眸《そうぼう》が輝いているのが見えた。「ロドニーが峠を越してぜんぶうまくいくんじゃないかって、わたし思わずにはいられないの」

「つまり彼の良心が再び優勢となり、われわれが知り、われわれが愛するロドニーに戻ってくれるということかな?」

「そのとおりよ。もし決勝を勝ったら、あの人別人になるってわたし思っているの」

彼女の言わんとしていることが私にはわかった。生まれてはじめてトロフィーを獲得した男は、たとえそれが真っ赤な傘一本であろうと、できる限り早くもうひとつトロフィーを勝ち取れるようゴルフ技能を向上させること以外に、もはや何も考えられなくなるものだ。ラビット・アンブレラを勝ち取ったロドニー・スペルヴィンには、詩を書く閑《ひま》も欲求も持ちようがない。ゴルフはかつて一度彼を救済した。それは再び起こるかもしれない。

「予選ラウンドはご覧にならなかった?」アナスタシアはつづけて言った。「ええ、ロドニーは最初は気乗りしない様子だったの。明らかにつまらなそうだったわ。彼、手帳を持ち込んで、何かというと立ち止まっては手早くメモを書きとめていたの。それから突然、準決勝の半ばを過ぎたところで、あの人、変わったみたいだった。唇は引きしめられ、顔はこわばって。それで十番ホールで、特別重要なできごとが起こったの。あの人、二番ウッドを用意していて、そしたらかわいいちっちゃな青いチョウチョウがひらひら飛んできて彼のボールに止まったのよ。そしたら気後れする代わりに、彼、歯ぎしりして全体重と筋力のかぎりそいつに向かってスイングしたの。チョウチョウは死なないように、あわててジャンプしなきゃならなかったわ。あんなにきびきび動くチョウチョウを見たことなんてないくらいよ。これって見込みありだとは思わない?」

「きわめて見込みありだ。それでその有望な状況が続いたんじゃな?」

「準決勝の間じゅうずっとよ。チョウチョウは十七番ホールで戻ってきて、もういっぺん彼のボールに止まろうとしたみたいなの。だけど彼の顔を見て、逃げていったわ。わたし本当にうれしくって」

私は彼女の肩をぽんぽん叩いた。そして二人して一番ティーに向かった。そこでロドニーはジョー・ストッカーと順番決めのコインを投げているところだった。そしてただいまジョーが先攻となり、ティーショットをした。

このストッカーという男についてひとこと述べておこう。若い頃は有名なアマチュアレスリング選手で、中年になった現在でも全身は筋肉で覆われている。彼は機略の欠如を、かつて彼をして誰も彼をもマットに押しつけせしむることを可能たらしめた、無骨な体力と露骨な目的とをコースに持ち込むことによって補っていた。ゴルファーとして彼は、次に何をするか皆目わからない男として語られたものである。こうするかもしれないし、ああするかもしれない。確実に言えるのは、彼はとにかく何かやるだろうということだ。彼が長い十五番ホールを二打で終えるのを私は見たことがある。また短い二番ホールに三十七打かけたのも、見たことがある。

今日の彼はティーショットをホールインワンして、たちまち歴史を作り上げた。なるほど彼がホールインしたのは三百ヤード先の、一番ティーからだいぶ左に寄った十六番グリーンにだった。だがホールインはしたのだ。試合観戦に集まった観客たちから、あえぎ声がもれた。ジョセフ・ストッカーが一番ティーでこれをするなら、十八ホール回る間にどこまでの高みに達することかとの展望に想像力のほうでめまいがするくらいだと、皆は口々に言い合った。

しかしゴルフとは不確実なゲームである。その見事な最初のドライバーショットから推察して、ジョー・ストッカーの二番グリーンでのティーショットは、南西一・二キロ離れた自宅の庭で作業中の女性にぶつかるのではないかと思われた。私は実際、警告の「フォーア、ボールが行くぞ！」

を叫んだくらいである。

しかし、そんな先に行くどころか、そいつはピンに向かって急カーブを描いて戻ってき、彼は難なく三打したのだった。またロドニーが湖にボールを沈める不運に遭遇したため、二人は三番グリーンに同点で到着した。

三番、四番、五番と、二人は引き分けた。ロドニーが六番を勝ち、ストッカーが七番を勝った。八番でロドニーがもう一度リードを奪うのではないかと私は想像した。なぜなら彼の対戦者の第三打は、相当な大きさの茂みの中にボールをこんがらがらせ、ピンセットでも持ってこないかぎり取り外し不可能に見えたからだ。

しかし、ジョセフ・ストッカーが最善の姿を見せるのはこのような瞬間である。ゴルフのもっと科学的な側面においてならば、もっと熟練した選手に勝ちを譲ることを余儀なくされたかもしれないが、こと筋力と意思の問題となれば、彼に並ぶ者なしである。これなるは彼が九番アイアンを用いるべき時であり、九番アイアンで武装したジョー・ストッカーは、名剣エクスカリバーを帯びたるアーサー王のようなものだ。次の瞬間、ボール、茂み、去年の鳥の巣、無断居住者権を行使中の毛虫の一家はグリーンに向かって突進し、やがてロドニーはふたたび一打差で負けていたのだった。

そして二人が九番グリーンで引き分けたことで、彼は依然としてこの不快な立場で折り返し地点に立つ次第となった。ここで騎士道的敵対者ストッカーは、続ける前にバーで一杯やろうと礼儀正しく提言し、われわれは同地へと向かったのだった。

二人の命運が劇的に有為転変する疲労に満ちた九番ホールまでの間じゅうずっと、私はロドニーを注意深く観察してきたし、この目で見たことによろこびを覚えていた。アナスタシアが言ったのはぜんぶそのとおりで、この退行者をゴルフが元の勢いで虜《とりこ》にしていることに疑問の余地はなかった。ここにいるのはショットの間に立ち止まってメモ帳に思いを遊ばせる詩人ではなく、ナショナル・オープンの最終ラウンドにおけるスコットランド人プロのように見える何ものかだった。パットしようとした時に音たてててナッツを割ったキャディーに対し彼が言ったことは、私の耳には音楽の調べに聞こえた。この厳しい戦いがロドニー・スペルヴィンのうちなる最善の部分を引き出したのは明らかだった。

ロドニーが戦いを再開したくてたまらない様子でいるのも、私には素晴らしい兆候と思われた。彼はストッカーに無愛想に、今日一日このままバーで過ごすつもりかと訊き、ストッカーはあわてて二杯目のジンジャーエールとスニーゾくしゃみ薬を飲み干し、そしてわれわれは外に出たのだった。

十番ティーに向かう途中、ティモシーが突然どこからともなく姿を現し、ミニチュアのコーラスボーイみたいにいたずらっぽく飛び跳ね回った。それで私はただちに、彼はクサい芝居をしているとジェーンが言った意味を理解したのだった。この子供には一種おそるべき快活さといったものがあった。彼は全身からちゃめっ気を発散させていた。

「パパァ」彼は呼びかけ、するとロドニーはいささか苛立《いらだ》たしげに振り返った。その様にはより高邁《こうまい》な思考に耽っているところを邪魔だてされた人物の趣きがあった。

「パパァ、僕コガネムシさんとお友達になったの」

それは数日前ならばロドニーの目を輝かせメモ帳に手を伸ばさしめたであろう発言だった。しかし今や彼は明らかにうわの空でいた。彼の顔には心ここにない風情があり、彼がドライバーを振る様はジャングルでしっぽを振り立てるトラを想起させた。

「そうか」が彼の言ったすべてだった。

「緑色なの。僕、グリーン・ビートルさんってお名前を付けたんだよ」

このバカげた発言——少なくとも数スタンザはゆうに費せそうに思われる——は、ロドニーのう

ちにほとんどあるいはまったく熱狂をかき立てない様子だった。彼はただそっけなくうなずき、

「ああ、ああ、とってもお利口だね」と言った。

「あっちへ行って、そいつとゆっくりお話ししておいで」彼は付け加えた。

「何のお話を？」

「なんだって――あー、他のコガネムシさんのさ」

「グリーン・ビートルさんには、かわいいちっちゃい弟や妹がいるって思うの、パパァ？」

「その可能性はきわめて高い。さよなら。後で会おう」

「妖精の女王様はコガネムシをお馬さんに使うのかしら、ねえパパァ？」

「きっとそうだろう、きっとそうだろうね。さああっちへ行って質問してごらん。それでお前」恐怖にすくむキャディーに向かい、ロドニーは言った。「俺が打ってる時にあと一回でもしゃっくりするのが聞こえたら――いいか、一回でもだ――身辺整理をする時間を二分だけやって、あとは行動を起こさせてもらう。来い、ストッカー、来い、来い、来い。お前の番だ」

彼は立腹しているかのように対戦相手を不機嫌に見つめた。私には彼が胸の中で何を思っているかがわかった。ストッカーの有名な花粉症は、いったいどこへ行ってしまったのかと考えていたのだ。

私には彼を責めることはできない。花粉症の犠牲者であると大いに宣伝されてきた対戦相手と戦うゴルフトーナメント決勝出場者には、前者が虚弱さの証左を少なくとも時々は見せてくれるものと期待する権利がある。そしてこれまでジョセフ・ストッカーは一度たりともその種のことをしていないのだ。最初の最初から、彼は突然のくしゃみのせいで打ちそこなうということを一打たりともしてこなかった。おそらくこれは悪徳商法とまでは言えないものの、それスレスレだとロドニーは感じていたのだ。

事の真相は、スニーゾくしゃみ薬の発明者がいい仕事をしたと、そういうことだった。効き目すばやく副作用なし。医薬関係者が強くおすすめ。有害成分を含みません。飲めばたちまち楽になる、くしゃみ薬スニーゾ。ジョー・ストッカーは朝食以来そいつをバケツ一杯飲んできたし、それが彼の体調を良好に維持してくれたのだ。私は耳の聞こえはいい方だが、今に至るまで、彼が鼻をすする音すら一度も聞いていない。ショットを打つ彼は涙目ではないし、くしゃみ発作を起こしてもいない。ロドニーが勝ち取ったすべてのホールは、純粋に自力で勝ち取ったものだった。

いまドライバーを振るうストッカーの姿に、花粉症患者の面影はなかった。彼は確実に正確にボールを強打したし、たまたま婦人用ティーボックスにぶつかって跳ね返って荒れ地に飛んでいかなければ、そいつは何百ヤードも飛んでいたことだろう。これに力を得て、ロドニーは中央にまっすぐ好打を飛ばし、再び同点に持ち込むことができた。

今や両者とも全力を振り絞り、抜きつ抜かれつの接戦が続いた。先に一方が一ホール勝つと、もう一方が次を勝つ。それから、劇的サスペンスを増大させることに、両者は二つのホールを引き分けで終了し、十八番ホールに同点で到着したのだった。

あの当時の十八番ホールは長い上り坂で、まっすぐ打っているかぎりはほとんど難所ではない。両者のティーショットの後、勝負はグリーン上で決すると思われた。しかし、前にも述べたようにゴルフとは不確実なゲームである。ロドニーはグリーンから五十ヤード以内にうまくセカンドショットを送ったが、ストッカーは重圧からひどいトップを打って次打ではボールを完全に空振りしてその結果、大変な窮地に立たされることになったから、もはや彼の復活は不可能だと一度は私も思った。

しかし、彼はなんとか気を取り直し、次なる奮闘努力に向けて精神を集中させていた。と、ティモシー坊やがとっとこやってきたのだった。彼は手に野の花々の花束を持っていた。

「かわいいお花さんたちの匂いをかいであげてね、ストッカーさん」甲高い声で彼は言った。それで芝居っけたっぷりの仕草で、ジョセフ・ストッカーの鼻の下に花束を押しつけたのだった。

　しゃがれた悲鳴が彼の唇から放たれた。そしてまるでその花束にヘビがひそんでいるかのように、あとじさったのだった。

「おい、俺は花粉症なんだ。気をつけろ！」彼は叫んだ。そうしながらも、すでに彼が身体をうねらせ身もだえし始めていることに私は気づいていた。こんな直接の正面攻撃の下では、スニーゾくしゃみ薬ですらその防御能力を失うのだ。

「おじさんの邪魔をしちゃだめだよ、坊や」ロドニーはやさしく言った。彼の顔を一目見て、これは家族の共同作業みたいだと思っていることがわかった。「あっちへお行き。グリーンでパパを待っておいで」

　ティモシー坊やはスキップして去ってゆき、再度ストッカーはボールに全神経を集中した。これが危機一髪の状況なのは明らかだった。大型のくしゃみが明らかに彼の内部に大波のごとく押し寄せており、それを我慢して押し止《とど》めようとするならば、いつもは入念なワッグルを半分で済ませてジョージ・ダンカンのように短く鋭いものにしなければならない。彼がそうしなければと考えているのが、私には見てとれた。

　しかし、彼はすばやくワッグルを終えたものの、そのすばやさは十分ではなかった。くしゃみの大爆発はクラブのヘッドがボールに振り下ろされた時、起こったのだった。

　その結果は、私がこれまで目撃した中で一番くらいにとびきり上等のショットだった。あたかもジョセフ・ストッカーの魂と本質のすべてがこの途轍《とてつ》もないくしゃみに注ぎ込まれ、そのショットを創り出したかのようだった。拳銃《けんじゅう》から発射されたかのようにまっすぐ、確実に、ボールは丘の上を飛びグリーン上へと消えていった。

チップショットの準備をするロドニー・スペルヴィンは、思索的でいる様子だった。たった今目撃したばかりの奇跡に、明らかにひどく動揺していたのだ。しかし、アナスタシアは彼をうまく訓練してきた。彼はミスを犯さなかった。彼もグリーンにボールを送り、判断できるかぎり、きわめてピン近くに載せた。たとえストッカーが死んで横たわっていたとしても、彼は相手の五打に対し四打という、うらやむべき立場にいることになる。また彼のパットはごく正確なのだ。

グリーンに到着した段になってようやく、われわれは本状況のドラマ性を完全に理解したのだった。ストッカーのボールはどこにも見あたらなかった。一瞬、天国に持ち去られてしまったにちがいないと思われた。その後、入念な探索の結果、ボールはホールに心地よく納まっていたことが判明したのだった。

「ああ」ジョー・ストッカーは言った。「一瞬なくしたかと思ったよ」

ロドニー・スペルヴィンは見あげた男だ。今や対戦相手を十九番ホールまで連れてゆくことが望み得るかぎり最大のこととなっていたが、しかし彼はひるまなかった。ボールはホールからほぼ四フィートのところにあった。いかなる時でもけっして簡単なショットではないが、これなる接戦の危機的状況にあっては最も勇敢なる者ですら心挫《くじ》かれること必定《ひつじょう》である。そして彼が静かなる不屈の精神にてそれに集中する様は、見るほどに感動的だった。

彼はゆっくりとクラブを引き寄せ、そっと振り下ろした。その瞬間、よくとおる子供っぽい声が沈黙を破った。

「パパァ！」

そしてロドニーは、ニッカーボッカーのおしりに真っ赤に焼けた鉄のかたまりを押し当てられたかのようにびくっと跳び上がり、ホールの数ヤード先までボールを走らせたのだった。ジョセフ・ストッカーが、本年のラビット・アンブレラの優勝者となった。

ロドニー・スペルヴィンは身体をしゃんと起こした。彼の顔は青ざめ、ひきつっていた。

「パパァ。ヒナギクさんって天使たちが削り取ったお星様のかけらなの？」

深いため息がロドニー・スペルヴィンの身体を揺らした。私は彼の目を見た。それは忌まわしい脅威に燃えていた。速やかに静かに、獲物を追うアフリカのヒョウのごとく、彼は子供に近づいた。一瞬後、拳銃の発砲音のような連続音により、その静寂は破られたのだった。

私はアナスタシアを見た。彼女の顔には苦痛の色があった。しかし苦痛に混じり、一種の恍惚《こうこつ》があった。彼女は母としては悲しんだが、妻としては歓喜したのだ。

ロドニー・スペルヴィンが帰ってきた。

その晩、ブライアン・ベイツ坊やは、父親に向かって言った。

「詩はできた？」

ウィリアムは追いつめられた顔で、妻を見た。するとジェーンは毅然《きぜん》たる、有能な態度で万事を引き受けたのだった。

「それはね」彼女は言った。「もう終わったの。パパはもう詩は書かないし、お前は明日の朝七時ちょうどに練習ティーに出てなきゃいけないのよ」

「だけどロドニー叔父《おじ》さんはティモシーに詩を書いてくれるよ」

「いいえ、書かないわ。今はね」

「だけど……」

ジェーンは静かなる決意を込めて、彼を見つめた。

「ママのかわいい坊やちゃんは、お鼻を横向きにつぶされたいのかしら？」彼女は言った。「じゃあいいわね」

マリナー氏シリーズ

オズバート・マリナーの試練
The Ordeal of Osbert Mulliner

セドリックの物語
The Story of Cedric

オープン・ハウス
Open House

ベストセラー
Best Seller

過去よりの声
The Voice from the Past

勝利の笑顔
The Smile That WIns

オズバート・マリナーの試練

マリナー氏の態度物腰のいつにない重さは、〈アングラーズ・レスト〉の特別室に入ってきた瞬間、われわれに強い印象を与えた。そして彼が無言で、憂鬱《ゆううつ》げにホットスコッチ・アンド・レモンを啜《すす》る様は、なにかよくないことがあったのだということをわれわれに確信させた。われわれはすみやかに同情的調査を開始したのだった。

われわれの心配が彼にはうれしかったらしい。彼は少し明るい顔になった。

「さて、紳士の皆さん」彼は言った。「この楽しい集いにわたしの私的な問題を持ち込みたくはないのですが、しかしお聞きになられたいようでしたら申し上げますと、わたしのまた従兄弟《いとこ》が妻の許《もと》を去り、離婚を申請中なのです。わたしはたいへん心乱れております」

グラスを磨いていたわれらが心やさしきバーメイド、ポッスルウェイト嬢は、ある種の看病人のような態度をその仕事に導入した。

「その方の家に誰か毒ヘビが這《は》い込んだの？」彼女は訊《き》いた。

マリナー氏は首を横に振った。

「ちがいます」彼は言った。「毒ヘビではありません。問題はわたしのまた従兄弟が夫人に話しかけると、いつも彼女が両目を最大限に見開いてカナリアのように小首を傾げ、そして「なあに？」

と言うと、それだけのことらしいのです。自分は十一カ月と三日の間それを我慢してきたところであるし、それはヨーロッパ記録であると信じるのだけれど、彼の意見では今や対処すべき時は来たと言うのですよ」

マリナー氏はため息をついた。

「問題は」彼は言った。「今日の結婚が男性にとってあまりにも簡単軽便なものになり果ててしまったということなのです。でかけていって誰かしらかわいい女の子を捕まえるのがあまりにも容易なものですから、いったん手に入れてしまうともはやその女性を大切にしなくなってしまうのです。現代の離婚ブームの真の原因はそこにあるとわたしは確信しています。結婚を安定した制度とするため必要なのは、恋愛時代において何かしら障害といったような性質の事柄が出来《しゅったい》することなのです。一例のみを挙げますと、わたしは甥《おい》のオズバートの結婚生活が幸福に安定している理由は、結婚前の出来事にあると考えます。もし一部始終が楽な仕事であったとしたら、あの子は奥方のことをはるかに低く評価していたはずなのです」

「彼女の真価を彼にわからせるのに、時間がかかったのかい？」われわれは訊いた。

「愛はゆっくりと花開いたの？」ポッスルウェイト嬢が思い切って訊《たず》ねました。

「反対です」マリナー氏は言いました。「彼女は一目見て彼を好きになったのです。わたしの甥のオズバートにとってメイベル・ペセリック＝ソームズへの求愛をひどく困難なものにしたのは、彼女側の冷たさではなく、J・バッシュフォード・ブラドックの不幸な精神的態度だったのでした。紳士の皆さん、この名前を聞いて何かお感じになられるところはおありでしょうか？」

「いいや」

「こんな名前の人物は、最大限タフな野郎になりそうだとは思われないのですか？」

「そう言われてみれば、そうかもしれませんね」

「そうだったのですよ。バッシュフォード・ブラドックが長らく探検して過ごした中央アフリカで、彼が近づくとダチョウたちはみな砂に頭を埋めたものでしたし、また存在するかぎり最も凶暴な動物であるサイですら、しばしば彼が通り過ぎるまで、木の陰ににじり寄って身を隠したものでした。彼がオズバートの人生に入り込んできた瞬間に、こういうサイたちは己が本分をよくよくわきまえていたのだなあということを、不快なほど明瞭《めいりょう》に甥は理解したのです」

このブラドックという男が登場するまで（マリナー氏は語った）、幸運の女神はわたしの甥のオズバートに最大限、むしろ多すぎるほどの量の好意を惜しみなく降り注いでくれていました。彼はあらゆるマリナー家の者同様ハンサムでありましたし、顔立ちのよさに加えて完全なる健康、陽気な性格、そして所得税評価者が資産税表Dを発送するときに歓喜の悲鳴を上げるくらいにたくさんのお金、という計り知れないほどの恩恵を授かっていました。また、その上かてて加えて、彼は最高にかわいらしい女の子と深く恋に落ちており、また自分の情熱は報われているものと思っていました。

何週間かの平穏で幸福な日々の間、すべてはうまく行っていました。オズバートは、電話をかける、花を贈る、彼女のお父上の腰痛の具合を訊ねる、そして彼女のお母上のポメラニアンをぽんぽん叩く、といった諸段階を経て、ご家族の全面的ご理解を得た上で娘さんと二人だけでディナーと劇場にでかけることが可能になるところまで、何の挫折《ざせつ》もなく前進しました。そしてこのブラドックなる脅威がはっきりと姿を現したのは、すべてはまったき歓喜と幸福たるべきこの夜の中の夜のことだったのです。

バッシュフォード・ブラドックが登場するまで、この宵の完璧《かんぺき》なる静謐《せいひつ》さを損なうような障害は何一つ起こりませんでした。ディナーは最高でしたし、劇は面白いものでした。第三幕の間に二度、オズバートは娘さんの手を、熱く、とはいえむろん紳士的な仕方で握りしめようとしました。また彼女の方からも握り返しがあったように思われました。そういうわけですから、彼女の家の石段上でさよならをする時までに彼は、事態は良好に進行中であるし、このままどんどん進めるべきだとの結論に達していたのでした。

のるかそるか、自らの幸運をためすべく、オズバート・マリナーは前進し、メイベル・ペセリック＝ソームズを彼の胸にひしと抱きしめ、静けき夜陰に誰かが手りゅう弾を爆発させたかのごとく響きわたる、熱烈なキスをしたのでした。

そしてその反響音がまだ消えないうちに、彼は肘脇に長身で肩幅の広い、夜会服とオペラハット姿の男が立っていることに気づいたのでした。

一瞬の間がありました。最初に口を開いたのは娘さんの方でした。

「ハロー、バッシー」彼女は言い、またその声には困惑がありました。「いったい全体どこから飛び出してきたの？　わたしあなたはコンゴかどこかを探険中なんだと思っていたわ」

その男はオペラハットを脱ぐとべしゃりとつぶし、もういっぺん元に戻すと、低い、ガラガラ声で話しだしました。

「今朝コンゴから帰ってきたんだ。君のお父上とお母上と食事をしていたところでね。お二人によると君はこちらの紳士と劇場にでかけたそうだね」

「マリナーさんよ。わたしの従兄弟のバッシュフォード・ブラドックですわ」

「はじめまして」オズバートは言いました。

もういっぺん沈黙がありました。バッシュフォード・ブラドックはオペラハットを脱ぐとべしゃりとつぶし、もういっぺん元に戻すとそれを頭に載せました。これに合わせて歌を歌えずにいることに、失望した様子でした。

「それじゃあ、おやすみなさい」メイベルは言いました。

「おやすみ」オズバートは言いました。

ドアは閉まり、バッシュフォード・ブラドックは言いました。

「おやすみ」バッシュフォード・ブラドックは言いました。

ドアは閉まり、そしてオズバートがお仲間へと目を移すと、この人物が不可思議な表情を双眸《そうぼう》にたたえ自分を見つめていることに気づいたのでした。その目は険しい、ギラギラ輝く目でした。オズバートはその目がきらいでした。

「マリナー君」バッシュフォード・ブラドックは言いました。

「ハロー?」オズバートは言いました。

「お前と話がある。俺にはすべてわかっている」

「すべて、というと?」

「すべてだ。お前はあの娘を愛している」

「ええ、愛しています」

「俺もだ」

「あなたもですか」

「そうだ」

オズバートは少々ばつの悪い思いがしていました。彼に思いつけたのは、それじゃあ僕たちはひとつの大家族みたいに見えるなあ、ということだけでした。

「俺は彼女がこんなに小さいときから彼女をずっと愛してきた」

「どのくらい小さい時ですって?」オズバートは訊きました。明かりがぼんやり暗かったからです。

「だいたいこのくらい小さい時だ。また俺はずっと誓ってきた。もし俺たちの間に誰かが割り込んできたら、もし、こそこそこっそりして目玉の飛び出した垂れ耳のアバズレの息子野郎が俺からあの子を奪い取ろうとしてきやがったら、俺はそいつを……」

「あー、どうするんです？」オズバートは訊ねました。

バッシュフォード・ブラドックは短い、金属的な笑いを放ちました。

「俺がムンボ＝ムンボの王様に何をしたか、聞いたことはあるか？」

「ムンボ＝ムンボに王様がいることだって、僕は知りませんでしたよ」

「今は――いないんだ」バッシュフォード・ブラドックは言いました。

オズバートは脊柱《せきちゆう》付近にぞわりとするような、じわじわまとわりつく感覚を意識していました。

「あなたはその人に何をしたんですか？」

「訊かんでくれ」

「だけど、僕は知りたいんです」

「知らない方がいい。メイベル・ペセリック＝ソームズにまとわりつくことをこの先も続けたら、すぐわかるはずだ。これでぜんぶさ、マリナー君」バッシュフォード・ブラドックはキラキラ輝く星々を見あげました。「ああ、なんて素敵な天気なんだろうなあ」彼は言いました。「俺がンゴビ砂漠でジャガーを絞め殺した時が、これとまったくおんなじ静けき平穏な星明かりの夜だったことを思い出すぜ」

オズバートの咽喉《のど》仏はがくがく震えました。

「ど――どういうジャガーなんです？」

「ああ、お前にはわからんだろう。向こうにいるジャガー連中の中の一匹ってだけの話さ。最初の五分は手こずったんだ。俺の右腕は三角巾で吊られてて、左手しか使えなかったんでね。さてと、おやすみ、マリナー君。おやすみだ」

そしてバッシュフォード・ブラドックは、かぶっていたオペラハットを脱ぐとそれをぺしゃんこにつぶし、もういっぺん元に戻して頭に載せると、暗闇の中へとゆったりと歩き去ったのでした。

彼が去ってから数分の間、オズバート・マリナーは微動だにせず立ち尽くし、もの見えぬ目にて彼の背中を追っていました。それから、よろよろと角を曲がり、サウス・オードリー・ストリートの自宅へと帰り着いたのでした。そして玄関ドアの鍵を開けようとして三度しくじった後、二階の居心地よい書斎に向かって階段を上がり、同地にて強いブランデー・アンド・ソーダをこしらえると、座って黙想にふけりはじめました。そして、やがて、キュキュッと一杯を経て二度目のゆっくりもう一杯を飲み終えた頃、彼はようやくある程度首尾一貫性のある考えをまとめることができるようになったのでした。そして残念ながら、かくしてまとめられた考えは、皆さん方にお明かしすることを尻込みしたくなるような性格のものであったと申し上げねばなりません。

紳士の皆さん、こうして自分の親戚を非共感的な光にて照射せざるを得ないことは、けっしてよい心持ちのすることではありません。しかし真実は真実ですし明かされねばならないのです。それゆえこのわたしは、わが甥オズバートはマリナー家の一員であることを忘れ、この瞬間、臆病な恐怖の苦痛に身をよじっていたということを告白せねばならないのです。

もちろんあの子のために言い訳を見つけてやることは可能です。この一件はまったく突然彼を襲いました。また最も強靭《きょうじん》な者であってすら突然の危難にはまごつかされるものです。それとまた、彼の境遇および育ちはこうした危機には不適切なものでありました。生まれてこのかた運命にちやほや甘やかされてきた男は、高度に文明的になるものです。そして高度に文明的になればなるほど、大昔のもっと野蛮な時代に属するかのようなブラドック型の無作法者とは如才なくつき合えなくなるものなのです。オズバート・マリナーは洞窟人と取っ組み合う任務には不向きな人物でした。オークションブリッジのささやかな技能の他に、彼が本当に秀でていたのは古い翡翠《ひすい》器をコレクションすることだけでした。また、片手でジャガーと戦って彼らにチャンスを与えることを唯一正々堂々たる態度だと考えているらしき人物と一対一の戦いをするのに、そんなことがいったい何の役に立つというのだろうと、三杯目のブランデー・アンド・ソーダを混ぜ合わせながら彼は思ったのでした。

自らの置かれたデリケートな状況を脱出する方法は、ただひとつしかありませんでした。メイベル・ペセリック＝ソームズをあきらめることは彼の心にとって絶望的な痛手ではありますが、しかしことはそれと自分の首とどっちをとるかという問題です。そしてこの暗黒の時に、自分の首を選んで一票を投ずることは疑問の余地なき大勝利であったのです。全身を震わせながら、わたしの甥のオズバートは机に向かい、別れの手紙を書きはじめたのでした。

不幸なことにオーストラリアに呼び寄せられたせいで、明日予定どおりペセリック＝ソームズさんにお目にかかれなくなったことはたいへん残念だ、と彼は記しました。貴女《あなた》とお知り合いになれたことはたいへんうれしく、おそらく今後会えない可能性が高いとは思われるが、自分は貴女の将来をつねに多大な関心をもって見守ってゆくものだと彼は書き加えました。

手紙に「敬具　O・マリナー」と署名すると、オズバートは封筒に宛名を書き、通りを上がって郵便局に向かい、ポストに投函しました。そして家に帰って眠りに就いたのでした。

翌朝早く、ベッド脇で鳴る電話にオズバートは目を覚まされました。彼はそれには応《こた》えませんでした。時計を一目見ると時間は八時半で、ロンドンで第一便の郵便が配達される時間だったのです。メイベルが彼からの手紙を受け取ってそれを読み、この問題について電話で話し合おうとしてきた可能性があまりにも高そうでしたから。彼は立ち上がり、入浴し、ひげをあたって服を着、憂鬱に朝食を終えました。と、そのときドアが開き、彼の従者パーカーが、サー・マスターマン・ペセリック゠ソームズ少将の訪問を宣言したのでした。

　オズバートの背骨をゆっくりと冷たい指がすべり降りたかのようでした。思考に没入するあまり、パーカーに来客に自分は不在であると告げるよう指示するのを忘れたことを彼は呪いました。いささかの困難を伴いつつ――というのは彼の脚からは骨が消えてなくなってしまったようだったからなのです――彼は入室してきた長身、背筋まっすぐ、灰色の髪の恐るべき老人を出迎えに立ち上がり、元気を振り絞ってホスト役を果たそうとしたのでした。

「おはようございます」彼は言いました。「ポーチドエッグは召し上がられますか?」

「ポーチドエッグはいらん」サー・マスターマンは答えました。「ポーチドエッグじゃと、ふんまったく!　ポーチドエッグ、けっ!　はっ!　へっ!　ふん!」

　彼はあまりに不機嫌で無愛想な言い方をしましたから、もし知らない人が聞いたら、この人はポーチドエッグ禁止を求める連盟か協会に属しているのだと思ったかもしれません。しかしながら事実を熟知しているオズバートはこの不機嫌状態を正しく解釈することができましたし、またその持ち主を軍隊仲間内部でひどくきらわれるに至らしめたに違いない鋼鉄のごとき冷たく青い目でもって鋭く自分をにらみつけているこの訪問者が、ただちに手紙の件について話しだしたとき、驚くことはなかったのでした。

「マリナー君、わしの姪《めい》のメイベルが君から奇妙な手紙を受け取ったのじゃが」

「ああ、無事届きましたか」気楽なふうをよそおって、オズバートは言いました。

「今朝届いたんじゃが、貴君は切手を貼り忘れておいでじゃった。三ペンス支払わねばならなかったぞ」

「えっ、それは大変すみませんでした。僕がお支――」

　サー・マスターマン・ペセリック゠ソームズ少将は彼の謝罪を手で制しました。

「わしの姪を深く悲しませているのは金銭的損失ではなく、手紙の中身じゃ。姪は昨夜貴君と婚姻の約束をしたという印象を受けておったのだ、マリナー君」

　オズバートは咳払いしました。

「えー、あー、必ずしもそういうわけではなかったんです。完全にでは、ないんです、言ってみれば……つまり……あーおわかりいただけるでしょうか……」

「よくわかっておる。君はわしの姪の愛情をもてあそんだということじゃ、マリナー君。またわしはいつだってこう誓ってきた。もしわしの姪の愛情をもてあそぶ男がいたら、わしは……」彼は言葉を止め、砂糖壺から角砂糖をひとつとり上げ、心ここにない風情にてトーストの端にバランスよく配置しました。「貴君はキャプテン・ワトキンショーのことを聞いたことはおありかな？」

「いいえ」

「キャプテン・ワトキンショーじゃ。メガネをかけた浅黒い男じゃ。サクソフォーンを演奏したものじゃった」

「いいえ」

「ああそうか。もしかして会ったことがおありかと思ったんじゃが。奴はわしの姪へスターの愛情をもてあそびおった。わしはドローンズ・クラブの玄関階段で奴を鞭《むち》で打ちすえてやった。ブレンキンソップ゠バスタードの名は聞いたことがおありかな？」

「いいえ」

「ルパート・ブレンキンソップ゠バスタードはわしの姪のガートルードの愛情をもてあそびおった。奴はサマセットシャーのブレンキンソップ゠バスタードの一族での。申し分ない口ひげをたくわえハトを飼っておった。わしは奴をジュニア・バード・ファンシアーズの玄関階段で鞭で打ちすえてやった。ところでマリナー君、貴君のクラブはどこかな？」

「ユナイテッド・ジェード・コレクターズです」震える声で、オズバートは言いました。

「玄関階段はあるかな?」

「ええ……あると思います」

「結構、結構」少将の目に夢見るような表情が宿りました。「さてと、貴君とわしの姪のメイベルの婚約の告知は明日の『モーニング・ポスト』紙に載りますからな。もし約束をお違《たが》えになられるようなことがあったら……さてと、ごきげんよう、マリナー君。ではごきげんよう」

そして、ティースプーン上で釣り合いをとっていたベーコン一切れを皿に戻すと、サー・マスターマン・ペセリック＝ソームズは部屋を立ち去ったのでした。


昨晩わたしの甥のオズバートの耽《ふけ》った熟考など、ただいま彼が耽っている熟考に比べたらば何ほどのものでもありませんでした。たっぷり一時間ほど、彼は頭を両腕で抱えて座り込み、眉を寄せ、絶望的なおももちで目の前に置かれた皿上のマーマレードの残りを見つめていました。他のマリナー家の者たち同様、明晰《めいせき》な思考家であったとはいえ、オズバートは自分が完全にお手上げでいることを認めざるを得ませんでした。あまりにも状況が複雑化したため、しばらくした後、彼は書斎に上がって自分をXと置いて紙の上で問題解決しようとやってみたくらいでした。しかしそうしたところで解決には至らず、パーカーが昼食を宣言しにやってきた時にもまだ、深い熟考に耽っている最中だったのでした。

「昼食だって?」オズバートはびっくりして言いました。「もう昼食の時間か?」

「はい、ご主人様。またわたくしより心底よりの祝辞とご多幸の祈念を申し上げることを、お許しいただけますでしょうか?」

「へっ?」

「あなた様のご婚約についてでございます。少将様をお見送りする際、あなた様とメイベル・パセリック＝ソームズ様との間にご婚約あい整い、近々挙式されるとの由《よし》をたまたまお伺いいたしたところでございます。さように承っておりまして幸運でございました。お蔭さまで紳士様にご所望のご情報をお知らせできたわけでございますから」

「紳士様だって？」

「バッシュフォード・ブラドック様でございます、ご主人様。少将様がお帰りになられてから一時間ほどして電話をかけていらっしゃいまして、あなた様のご婚約について知らされたがそれは事実であるかを知りたいとおおせでございました。わたくしはそれは事実であると断言いたしまして、するとその方は後ほどあなた様にお目にかかりにいらっしゃるとおおせでございました。あなた様がいつご在宅かを是非にと知りたがっていらっしゃいました。ご親切で友好的な紳士様であられると拝察申し上げたところでございます、ご主人様」

オズバートはまるで座っていた椅子が突如高温化したかのように立ち上がりました。

「パーカー！」

「はい、ご主人様？」

「突然だがロンドンを離れなければならなくなった、パーカー。どこへ行くかはわからない——おそらくザンベジかグリーンランドだろう——だが長いこと留守になる。この家は閉鎖して使用人は不定期休業とする。全員三カ月分の給料前払いで、三カ月経過後は僕の弁護士、リンカーンズ・インのピーボディ・スラップ・スラップ・スラップ・スラップ・アンド・ピーボディに連絡するよう。みんなにそう伝えてくれ」

「かしこまりました、ご主人様」

「それと、パーカー」

「はい、ご主人様？」

「近いうちにアマチュア劇に出演しようと思ってるんだ。ちょっと角まで行ってカツラと付け鼻、付けひげ、それと頑丈な青メガネをひとつ、買ってきてくれ」

注意深く通りの左右を見渡した後、一時間後に家を出、クロムウェル・ロードで一番荒涼として一番知られていない地域にあるうろんなホテルまでタクシーを走らせた時点では、オズバートの計画はあまりにも漠としたものでありました。その楽園に到着し、カツラをかぶり、付け鼻をつけ、付けひげをつけ、青メガネを掛け終えた段になってようやく、彼は軍事行動の明確な計画を策定しはじめたのでした。彼はその日の残りの時間を部屋で過ごし、翌朝昼食少し前にコヴェントガーデン近くにある古着屋コーエン・ブラザーズにでかけ、旅行用服装を購入することにしました。翌日出航する船でインドに向かい、世界中をしばらく放浪して途中で日本、南アフリカ、ペルー、メキシコ、中国、ベネズエラ、フィジー島その他美しいところを回ろうというのが彼の意図でした。

店舗に着くと、コーエン兄弟は全員彼に会えてうれしがっている様子でした。あたかもここに大口注文がやってきたことが本能でわかるかのように、彼らは群れなして彼に近寄ってきました。この素晴らしき店舗にあっては、古着に加えておよそ存在するかぎりありとあらゆるものを買うことができるのです。そして難しいのは――兄弟たちは全員強引な売り子ですから――そうするのを避けることなのです。五分経過後、オズバートはスモーキングキャップ、ポーカーチップ三箱、ポロ用ステッキ数本、釣り竿、コンチェルティーナ、ウクレレ、金魚鉢ひとつを持たされていることに気づき、いささか驚いたのでした。

彼はいら立ちに舌を鳴らしました。この兄弟たちは状況をまったく間違って理解しているように思われました。彼らは彼が長い楽しい旅をしようとしているのだと考えているようでした。可能なかぎり明瞭に、サメかジャングル熱がわが悲しみをおしまいにするまでの残された数年間に、自分はポロやポーカーをする気にはなれないし、金魚が跳ねまわるのを見ながらコンチェルティーナ演奏をする気にはなれないのだと、オズバートは彼らに言い聞かせようとしました。彼は怒りっぽい調子で、あんたたちは縁反り帽かミシンを自分に売りつけるつもりか、と言ったくらいでした。

たちまち兄弟たちは行動に移りました。

「紳士様にミシンをお持ちしなさい、イザドール」

「それでロウ、こちらの紳士様に縁反り帽をお持ちしてる間に」アーヴィングは言いました。「靴売り場のお客様に、恐縮ですがこちらにおいでいただけるかとお訊ね申し上げるんだ。お客様はご運がよくていらっしゃる」彼はオズバートに請け合いました。「もし外国をご旅行されるなら、あの方が最高のアドバイスをしてくださいますよ。ブラドック氏のお名前はお聞き及びでいらっしゃいますか？」

付けひげに隠れ、オズバートの顔に可視的な箇所はほとんどなかったのですが、しかしそのごくわずかの可視部分は、日焼けの下で蒼《あお》ざめました。

「ブ、ブ、ブ、ブラ……？」

「さようでございます。探検家のブラドック様でいらっしゃいます」

「空気を！」オズバートは言いました。「空気が吸いたい！」

彼はあわててドアにたどり着き、そこを突進して通り抜けようとしました。と、そのドアが開き、長身で風采《ふうさい》の立派な、軍人風の男性が入ってきたのでした。

「店！」新入者は明瞭かつ貴族的な声で叫びました。そしてオズバートはへなへなとよろめいて、ズボンの山にもたれかかったのでした。それはサー・マスターマン・ペセリック＝ソームズ少将その人であったのです。

コーエン兄弟の一個連隊が彼に向かって突進しました。イザドールはあわてて消防士用ヘルメットを手に取り、アーヴィングは望遠鏡とジグソーパズルをいくつか。少将は手を振って彼らを退けました。

「お宅には」彼は訊ねました。「鞭はあるかな?」

「はい、お客様。鞭でしたらば多数取り揃《そろ》えております」

「上等で頑丈で持ち手は中サイズで弾力のある鞭がいいんじゃが」サー・マスターマン・ペセリック＝ソームズ少将は言いました。

と、この瞬間にロウがバッシュフォード・ブラドックを連れて戻ってきたのでした。

「こちらの紳士かい?」バッシュフォード・ブラドックは愛想よく言いました。「海外に行かれると伺いました。何かお役に立てればうれしいです」

「こりゃあびっくり」サー・マスターマン・ペセリック＝ソームズ少将が言いました。「バッシュフォードか? ここはひどく暗いからの、お前とはわからんかった」

「明かりをつけろ、アーヴィング」イザドールが言いました。

「いややめてくれ」オズバートが言いました。「僕は目が弱いんだ」

「目がお弱いなら熱帯にいらっしゃるべきではありませんよ」バッシュフォード・ブラドックが言いました。

「こちらの紳士はお前のご友人かの?」少将が訊ねました。

「いや、ちがいますよ。服装一式を買う手伝いをしようとしているだけです」

「こちらの紳士様はもうスモーキングキャップ、ポーカーチップ、ポロのステッキ、釣り竿、コンチェルティーナ、ウクレレ、金魚鉢ひとつ、縁反り帽とミシンをお買い上げです」イザドールは言いました。

「ああそうか?」バッシュフォード・ブラドックは言いました。「じゃああとはもう日光よけのヘルメットとゲートル一揃いとワニの咬《か》み傷用の軟膏《なんこう》ひと瓶でいいな」

自分が支払うのでないものを買う探検家の速やかな決定により、彼はオズバートの服装一式の選定を完了しました。

「それでバッシュフォード、お前は何しにここに来たんじゃ？」少将が訊ねました。

「俺ですか？　いやあ、ちょっと鋲釘《びょうくぎ》付きのブーツを買いにきたんですよ。ヘビをどすどす踏みつけてやりたくてね」

「そりゃあおかしな偶然じゃのう。わしはヘビを鞭で打ちすえてやるために、鞭を買いにきたんじゃ」

「ヘビにとっちゃあ、とんでもない週末ですね」バッシュフォード・ブラドックが言いました。

少将は厳粛にうなずきました。

「むろんわしのヘビは」彼は言いました。「ヘビではないかもしれん。あいつをヘビに分類したのは、わしの間違いだったかもしれん。そうであればこの鞭は要《い》らなくなるんじゃが、とはいえひとつ家にあると便利じゃからな」

「もちろんそうですとも。昼食をご一緒しませんか、少将？」

「よろこんで伺いますぞ」

「ではさようなら」オズバートに親しげに会釈し、バッシュフォード・ブラドックが言いました。

「お役に立ててうれしいですよ。いつご出航ですか？」

「こちらの紳士様は明朝〈ラジピュターナ〉号にてご出航です」イザドールが言いました。

「何ですと！」サー・マスターマン・ペセリック＝ソームズ少将が叫びました。「これは驚いた！　貴君がインドにご出航とは知りませんでしたぞ。長年向こうにおりましてな、ありとあらゆる役立つことをお教えできます。なんとラジピュターナ号ですか？　あそこのパーサーならよく知っておる。明日行って貴君を見送って奴にちょっと話しておきましょう。きっと特別待遇をしてくれるはずですぞ。いやいや、結構、礼には及ばん。ただいま心悩ませていることが色々ありましてな、ひと様に親切をするのは心の休まるものですわい」

クロムウェル・ロードの隠れ家に這い戻ったオズバートは、運命が自分にあまりにもつらく当たりすぎているように思ったのでした。もしサー・マスターマン・ペセリック＝ソームズ少将が彼を見送りに船にやって来るなら、出航するのは明らかに狂気の沙汰です。真昼の太陽の下、船の甲板上で必ずや少将は彼の変装を見破ることでしょう。逃亡計画はキャンセルし、別の計画に変更しなければなりません。オズバートはブラック・コーヒーを二ポット注文し、おでこに濡れたハンカチを載せると、ふたたび思考に没入したのでした。

マリナー家の者をまごつかせることはできても、挫折させることはできないとはしばしば言われるところです。オズバートが活動計画を最終的に決定したのは、そろそろ夕食時になろうかという頃でした。しかし今回の計画は、よくよく吟味すればするほどに、最初の計画よりもはるかに優れているように思われたのです。

外国に高飛びしようと考えたのは間違いだったことに彼は気づいたのでした。なぜならサー・マスターマン・ペセリック＝ソームズ少将にこの世界で二度と会いたくないと彼ほど強烈に願う者にとって、唯一真の隠れ家はロンドン郊外であるからです。いつ何時ふとした気まぐれでサー・マスターマンはスーツケースに荷物を詰め込み次の便で極東に向かうやもしれません。しかし彼がダリッジ、クリックルウッド、ウィンチモア・ヒル、ブリックストン、バルハムあるいはサービトン行きの次の電車に飛び乗るわけはないのです。この足跡ひとつなき荒漠たる荒野においてならば、オズバートは安全でいられることでしょう。

オズバートは深夜まで待とうと決意しました。そうしたらサウス・オードリー・ストリートの自宅に戻り、古い翡翠器のコレクションといくつか必要なものを荷造りし、それから未開の大地へと消えてゆこう、と。

オズバートが懐しき石段を慎重に忍び足で上り、懐しき鍵穴に鍵を差し込んだ時には、すでに深夜近くになっていました。バッシュフォード・ブラドックがこの家を見張ってはしないかと怯えたのですが、それらしい姿はありません。彼はすばやく暗い玄関ホールに入り込み、後ろ手に玄関ドアをそっと閉めました。

この瞬間、ホールの反対側にある食堂ドアの下から、細い光の筋がこぼれ出ていることに気づいたのでした。

一瞬、この家が自分が思っていたような留守宅ではなかった、というこの証拠はオズバートをかなり驚かせました。それから気を取り直し、彼は何があったかを了解したのでした。従者のパーカーは、言われた通りすぐここを去る代わりに、ご主人様のロンドン不在を奇貨としてこの地に居座り、私的なお楽しみをしているにちがいないのです。とことん頭にきたオズバートは食堂へと急ぎ、自らの疑念のとおりであったと感じたのでした。テーブル上には二人分の心地よい夕食用の食べ物飲み物現物以外のすべてがしつらえられていました。食べ物と飲み物の不在はおそらく、パーカーと――オズバートはこう断言できると確信しました――彼のご婦人の友人がそれを取りに食料貯蔵室に行っているところであるという事実によって説明されるでしょう。

オズバートは猛烈な怒りにカツラの先から足の裏まで煮えたぎらせました。自分が背中を向けた瞬間にこういうことが起こるとは、ああそういうことか、と。窓には重たいカーテンがかかっていましたから、彼はその背後に忍び込みました。饗宴《きょうえん》が開始されたところで、復讐するネメシスのごとくつかつかと歩み出て、正道を踏み外した使用人と対決し、きっぱり思い知らせてやろうというのがオズバートの意図するところでした。バッシュフォード・ブラドックとサー・マスターマン・ペセリック＝ソームズ少将ならばその天衝くがごとき身の丈と鞭縄のごとき筋肉でもって彼を怯《おび》えさせたかもしれません。しかしパーカーみたいな小エビ男が相手なら、己が力を十二分に発揮できると彼は感じたのです。オズバートは過去四十八時間に数多くの出来事を通りすぎてきましたから、パーカーのように一六五センチくらいしかない男との不快事など、むしろ強壮剤のような性質のものに思われたのです。

　間もなく、外から足音が聞こえてきました。彼はそうっとカツラ、付け鼻、付けひげと青メガネを外しました。パーカーと対決する時に変装のせいでショックが和らぐようなことがあってはいけませんから。そうしてカーテンの間から覗《のぞ》き見し、跳躍に備えたのでした。

　オズバートが跳躍することはありませんでした。かわりに、彼は並外れて内気なカメが甲羅の中に隠れるようにちぢこまり、最大限の沈黙を達成しようと耳呼吸を試みる次第となりました。なぜなら入ってきたのはパーカーと軽薄なご婦人友達ではなく、バッシュフォード・ブラドックが弟に見えるくらいに途轍《とてつ》もない体格をした、ならず者の二人組だったからです。

　オズバートは化石化したように立ち尽くしました。彼はこれまで泥棒というものを見たことがなく、それで今こうして彼らを見ながら、これを望遠鏡で見るような段取りになっていたらばよかったのになあと心に思ったのでした。これだけ至近距離にいると、預言者ダニエルがライオンの巣穴に入り〔「ダニエル記」六〕、その後に続く気楽な友好関係の基礎を築く前に感じたのと同じような感覚がしました。八十秒間止めていた息がとうとう大きなあえぎ声となって飛び出し、折良くコルクのポンと飛び出す音によってかき消されたとき、オズバートは心の底からありがたいと思ったのでした。

コルクが抜かれたのはオズバートの一番とっておきのボリンジャーのボトルでした。彼の見るかぎり、略奪者たちは贅沢《ぜいたく》な食事をいただくことの力を信じている様子でした。今日びの、誰も彼もが何かしらのダイエットをしている時代にあっては、バランスのとれた食事とカロリーのことを心配せずに肩を怒らせて目から泡が出るまで精力的に平らげるオールドファッション・スタイルの食事をする人物に出逢うことはまずありません。オズバートの二人の客人は明らかに、このほぼ絶滅が危惧《きぐ》される種に属しているようでした。二人はあたかも高血圧みたいなものがこれまで発明されたことはなかったかのように、タンカード・ジョッキからがぶがぶと飲み、三種類の肉を同時に食らっていました。そして、もう一ぺんポンという音がして、二本目のシャンパンボトルの開封が高らかに宣言されたのでした。

最初から、夕食テーブルにおける会話と言ったようなものはほぼ皆無でした。しかし当初の痛烈な食欲が三ポンドのハム、ビーフ、マトンによって充足されると、オズバートに近い方に座っていた泥棒はリラックスできるようになり、辺りを満足げに見まわしたのでした。

「ここはいい押し込み先だったな、なあアーネスト」彼は言いました。

「る！」彼の話し相手は答えました——口数の少ない男でしたし、またコールドポテトやパンのせいでいささか声も出しにくかったのです。

「本当の名士が住んだりしてたんだろうな」

「る！」

「准男爵とかそんなのがさ。だとしても俺は驚かない」

「る！」シャンパンをもっと飲み、そこにポート、シェリー、イタリアンベルモット、ブランデー古酒と緑のシャルトルーズを少々、ボディを加えるため混ぜ入れながら、二人目の泥棒が言いました。

一人目の泥棒は物思いにふけっているように見えました。

「准男爵と言えばだが」彼は言いました。「いつも考えてたんだが――あー、ディナーをいただいてたとするぞ、なっ？」

「る！」

「この部屋でこういうふうにさ」

「る！」

「うーん、准男爵の姉妹は貴族の息子の娘より、先に入ってくるのかなあ。俺はいつもどっちかなって思ってたんだ」

二人目の泥棒はシャンパン、ポート、シェリー、イタリアンベルモット、ブランデー古酒、緑のシャルトルーズを飲み終え、二杯目を混ぜ合わせていました。

「入ってくるか、だって？」

「ディナーの食卓に着くときだ」

「もし彼女の足が速けりゃ」二人目の泥棒は言いました。「彼女の方が先にドアのところに着くだろ。理屈どおりだ」

一人目の泥棒は眉を上げました。

「アーネスト」彼は冷たく言いました。「お前は教育のないロクデナシみたいな言い方をしてるぞ。上流社会のルールやマナーについて何にも教えてもらってこなかったのか？」

二人目の泥棒は赤面しました。この非難が彼の痛いところを衝いたのは明らかでした。緊張した沈黙があり、一人目の泥棒は食事を再開しました。二人目の泥棒は敵意に満ちた目で彼を見つめていました。その姿にはチャンスの到来を待ちかまえている男の風情がありました。そして彼がそれを見いだすまでに、長くはかかりませんでした。

「ハロルド」彼は言いました。

「なんだ?」一人目の泥棒が言いました。

「音を立てて食べ物を食べるんじゃない、ハロルド」二人目の泥棒は言いました。

一人目の泥棒は彼をにらみつけました。彼の双眸は突然の憤激にぎらぎら輝いていました。彼の甲冑《かっちゅう》にも、連れのそれと同様、穴があいていたのです。

「誰が音を立てて食べてるって?」

「お前がさ」

「俺がか?」

「そうだお前がだ」

「誰が、俺がだって?」

「る!」

「音立てて食べ物を食べてるだって?」

「る! ブタか何かみたいにな」

カーテンの間から警戒しつつ覗き見していたオズバートには、この二人の男があんなにも盛大に飲み干していた大量の流体物が効果を上げはじめてきたことがよくわかりました。二人は不明瞭なだみ声でしゃべり、二人の目は赤く腫れ上がっていました。

「俺は准男爵の姉貴について何でも知ってるわけじゃあないかもしれないが」泥棒アーネストは言いました。「だが食べ物をブタか何かみたいに音立てて食べたりはしないんだ」

そしてこの非難にとどめを刺すように、彼はマトンの脚肉を手に取ると、さも優美そうにそれをかじりだしたのでした。

次の瞬間、戦闘が開始されました。相方のお上品ぶったお手本教育が泥棒ハロルドにはあんまりに思えたのです。いつも社会階級が自分以下であるとみなしてきた相手から礼儀作法を教授されることを、彼は端的に不快に感じました。彼は速やかに手を動かして目の前のボトルをつかみ、同僚の頭上にそれを叩き付けたのでした。

オズバート・マリナーはカーテンの陰で身をすくめていました。彼のうちなるスポーツマンは、多くの男がこれを見るため大枚を支払うようなリングシートにせっかくいながら、すごい光景を見逃してるんだぞとささやきかけてきましたが、しかし彼にはそれを見る度胸がなかったのです。とはいえ、ただ聞くだけでもそれはたいそう興味深いものでした。どすんという音、がしゃんという音は、二人の主役が壁紙と大きな飾り戸棚以外の部屋中のほぼすべての物でお互いを殴り合っていることを表している様子でした。いま二人は床で取っ組み合い、ほどなくボトルでもって長期に及ぶ戦闘に移った模様です。今日までオズバートが存在も気づかずにいた言葉とその組み合わせが、彼の耳に流れ入ってきました。そして戦闘が続くにつれ、ますます彼は自問したのでした。この結果はいかがなことと相なりゆくのか、と。

そしてそれから、巨大な衝突音がして、戦いは始まった時と同様の唐突さで終わったのでした。

カーテンの間からオズバート・マリナーが顔を出せるようになったのは、いくらか時間が経ってからのことでありました。そうしてみて、映画というものを人口に膾炙《かいしゃ》せしめるにかくも与って力ある乱闘シーンのひとつを眺めているような心持ちがしたのでした。映画シーンとしては完璧でした。両者の類似性を完璧たらしめるのに必要なのは、ほぼ無着衣の魅力的なルックスの女の子を数名投入することだけだったのです。

彼は出てくると茫然として廃墟を見つめました。泥棒ハロルドは暖炉に頭を突っ込んで横たわっていました。泥棒アーネストはテーブルの下で二つ折りに畳まれていました。この二人がほんのしばらく前、持ち寄りパーティーをしにこの部屋に入ってきた元気いっぱいの野郎どもと同じ二人だとは、オズバートにはほとんどバカバカしいことに思われました。ハロルドは脱水機の中を通り抜けてきた男の顔をしていました。アーネストからは近ごろ何か強力な重機かなにかに巻き込まれたところであるかのような印象を受けました。もし――というかおそらくそうでしょうが――この二人が警察に知られているとしたら、今や二人を見分けるには特別に眼光鋭い警察官が必要でしょう。

警察のことを考えたところで、オズバートは市民としての責務を思い出しました。彼は電話に向かい、最寄りの交番に電話して、ただちに法執行官たちが死体回収に現場に急行すると申し向けられました。彼は食堂に戻って待ちましたが、その部屋の雰囲気は不快に感じられました。彼は新鮮な空気を吸う必要を感じ、玄関に向かうとドアを開け、石段上に立って深呼吸をしたのでした。

そして、彼がそこに立っていると、暗闇の中からぼんやりした人影が現れ、彼の腕に重たい手が置かれたのでした。

「マリナー君かな？　俺の間違いでなければマリナー君だな？　こんばんは、マリナー君」バッシュフォード・ブラドックの声が言いました。「お前と話がしたい、マリナー君」

オズバートはたじろぐことなく彼を見返しました。彼は不思議な、ほとんど神秘的な落ち着きを感じていました。つまりこの世のすべての物事は相対的であるがゆえに、この瞬間彼はバッシュフォード・ブラドックのことを小型でちっぽけなつまらない奴とみなし、どうして自分はこんな男のことを恐れたりなどしたのだろうと不思議に思ったのです。ハロルドとアーネストと近ごろご一緒したばかりの身の上には、バッシュフォード・ブラドックなどシンガー小人団〔二十世紀初頭に人気を博した小人のヴォードヴィル集団〕の一員に見えたのでした。

「ああ、ブラドックか？」オズバートは言いました。

この瞬間ブレーキのキーッという音がして、ドアの前でバンが一台止まり、警察官がわらわらと姿を現しました。

「マリナーさんですか？」巡査部長が訊ねました。

オズバートは愛想よく挨拶《あいさつ》しました。

「お入りください」彼は言いました。「お入りください。まっすぐどうぞ。二人は食堂にいます。ちょっと手荒な扱いをしなきゃならなかったんですよ。医者に電話した方がいいですね」

「そんなにひどいのですか？」

「くたびれ果ててますね」

「ふん、当然の報いです」巡査部長が言いました。

「そのとおりですよ、巡査部長」オズバートは言いました。「レム・アク・ティティギスティ〔プラウトゥス『綱曳き』より、君は針にて要点に触れたの意〕、です」

バッシュフォード・ブラドックはこのやりとりを聞きながら、いささか困惑して立っていました。

「いったい何があったんだ？」彼は言いました。

黙想中だったオズバートはぴくっと顔を上げました。

「まだいらしたんですか、ご友人」

「いたとも」

「何か僕にご用ですか、ご友人？　何か考えておいでのことでも？」

「俺はただお前と五分間、静かに話がしたいだけだ、マリナー」

「結構ですとも、ご友人」オズバートは言いました。「もちろんもちろん、もちろんですよ。この警官たちが帰って、僕の身体が空くまで待っててください。ちょっと泥棒が入りましてね」

「泥……」バッシュフォード・ブラドックが言いかけたところで、表の石段に二人の警官が姿を現しました。彼らは泥棒ハロルドの身体を支えており、またその後には泥棒アーネストの身体を支える別の二人が続いていました。巡査部長は最後に現れ、オズバートに向かっていささか厳粛に首を横に振りました。

「ご注意をいただかねばなりませんな」彼は言いました。「あなたのなさったことがこの連中にふさわしくないとは言いませんが、しかしお気をつけていただかないといけません。近ごろは……」

「おそらくちょっとやり過ぎでしたね」オズバートは認めました。「でも僕はこういう時には血を見るのが好きなんです。戦いの血ってやつですかね。では、おやすみなさい、巡査部長。おやすみなさい。さてと」バッシュフォード・ブラドックの腕をやさしく摑《つか》みながら、彼は言いました。

「僕と何の話がしたかったんだったかな？　家に入ってくれ。うちの中なら二人きりになれる。使用人たちに休日をやったんで、僕のほかは誰もいないんだ」

バッシュフォード・ブラドックは腕を離しました。間《ま》の悪そうな様子でした。街路灯の光に照らし出された彼の顔は、不思議に蒼白い色をしていました。

「君は――」彼はちょっと咽喉をごくりと鳴らしました。「本当に君がやったのか？」

「本当に僕がって？　ああ、あの二人のことか。うちの食堂で涼しい顔して僕の食べ物を食べ、僕のワインを飲んでるところを見て、それで当然ながら僕が二人に襲いかかったわけだ。だが巡査部長殿の言うとおりだったな。僕は腹を立てると手荒くやり過ぎるんだ。憶えておかなくちゃな」ハンカチを取り出しぎゅっと結び目をこしらえ、彼は言いました。「そういうところは直さなきゃいけない。実を言うと、ときどき自分でも自分の強さがわからなくなるんだ。だが、君はまだ僕に何の用事か話してくれてないな」

バッシュフォード・ブラドックは続けて二回、ごくりと息を呑《の》みました。彼はオズバートから離れて石段の下ににじり降りました。不思議なくらい落ち着かない様子でした。その顔は今や緑色味を帯びていました。

「いや、なんでもない。なんでもない」

「だけどさ、ご友人」オズバートは反論しました。「こんな夜中にわざわざ来てもらうなんて、何か重要なことにちがいないじゃないか」

バッシュフォード・ブラドックはごくんと息を呑みました。

「いや、こういうことなんだ。き、君の婚約のお知らせを朝刊で見て、それで、あー、それでちょっと立ち寄って結婚祝いの贈り物は何がいいか訊こうと思ったんだ」

「親愛なるわが友よ！　なんて親切なことだ」

「いや、あー、もし魚用ナイフを贈って、それでほかのみんなも魚用ナイフを贈ってたらバカバカしいと思って……」

「そのとおりだな。うん、それじゃあ中に入ってその件について話し合おう」

「いや、ありがとう、中には入らない。あんまり入りたくないんだ。おそらく君に手紙で知らせてもらえるといいんじゃないかな。コンゴ川流域ボンゴ局留め、で俺に届く。すぐあっちに戻るんだ」

「わかった」オズバートは言いました。彼は相手の足元を見下ろしました。「おいおいご友人、いったい全体どうしてそんな物の凄《すご》いブーツを履いてるんだ？」

「魚の目ができててね」バッシュフォード・ブラドックは言いました。

「どうして鋲釘付きなんだ？」

「足への衝撃を緩和してくれるんだ」

「わかった。それじゃあ、おやすみだ、ブラドック君」

「おやすみ、マリナー君」

「おやすみ」オズバートは言いました。

「おやすみ」バッシュフォード・ブラドックは言いました。

セドリックの物語

〈アングラーズ・レスト〉の特別室を包み込む心地よい平穏には、常連客のうちに人間の受難に対する無感覚無関心といったものをはぐくむ傾向がある、と聞いたことがある。遺憾ではあるものの、この告発には一理ある。この地を避難所とせしわれらは、人生の行く川の流れからはるか離れたる入り江のよどみ水に守られ、そこに安住している。表の世界には痛みうずき血を流すハートがある、ということをうっすら承知してはいるかもしれない。しかしわれわれはジン・アンド・ジンジャーのおかわりを頼み、そういうことは忘れるのだ。われわれにとって悲劇とは、たまさかの気の抜けたひと瓶のビールを意味することとなり果ててしまった。

それでもなお、こうした利己的無関心の堅い外皮が砕かれることはありうる。そしてこの日曜日の夕暮れ時に入店してきたマリナー氏が、われらが愛してやまぬ才気煥発なるポッスルウェイト嬢とハイ・ストリート、ボントン服地店の礼儀正しき店員であるアルフレッド・ルーキンとの婚約が解消となった旨を宣言したとき、われわれは驚愕《きょうがく》したと述べたとて過言ではない。

「だけどほんの三十分前には」われわれは叫んだ。「彼女は一番上等の黒サテンの服を着て、目に愛の光たたえそいつに会いにでかけていったんだぞ。二人して教会に行くところだったんだ」

「二人がその神聖なる建造物に到着することはなかったのですよ」ため息をつき、厳粛な顔でホットスコッチ・アンド・レモンを啜《すす》りながら、マリナー氏は言った。「二人が出会った瞬間に仲たがいは起こったのです。愛というはかなき細工物を二つに割った石礫《せきれき》とは、アルフレッド・ルーキンが黄色い靴を履いていたという事実だったのです」

「黄色い靴だって？」

「黄色い靴です」マリナー氏は言った。「なみ外れて色あざやかな。このことはただちに議論の俎《そ》上《じょう》に載せられました。鋭敏なる感性と敬虔《けいけん》なる信仰心を備えたる女性、ポッスルウェイト嬢は、かような靴を履いて夕べの礼拝に出席することは教区司祭様に対する非礼であると主張したのです。ルーキン家の者の血は熱く、心傷ついたアルフレッドは、自分はこの靴に一六シリング八ペンス支払ったものであり、教区司祭は頭を煮えたぎらせればいいのだと反駁《はんばく》しました。そして指輪は当事者双方に返還され、すべての贈り物および書簡の返還手続きが開始されたのです」

「たんなる恋人たちのちょっとした喧嘩《けんか》だろ」

「そうであることを祈りましょう」

特別室内をもの思うげな沈黙が覆った。最初にその沈黙を破ったのは、マリナー氏だった。

「奇妙なことです」夢想から目覚め、彼は言った。「運命が同じ道具をなんとさまざまな目的に使用することか、という点がです。ここで二つの愛し合うハートは、一足の黄色い靴によって引き裂かれました。しかしわたしの従兄弟《いとこ》のセドリックの場合には、一足の黄色い靴が彼に花嫁をもたらしたのです。こういうものはどちらの方向にも作用するものなのですね」

わたしが本当の意味で従兄弟のセドリックを好きだったと述べたならば（マリナー氏は語った）、真実をゆがめることになるでしょう。彼は多くの者に好かれるような人物ではありませんでした。少年時代でさえ、彼はやがてなりゆく人物――セント・ジェームズ・ストリート界隈にああも無数にいる、小ぎれいで小むずかしく小うるさくて小やかましい中年独身男性の一人、ということです——になりそうな兆候を示していました。これはわたしがけっして好きになることのないタイプですし、その上セドリックは、小ぎれいで小むずかしく小うるさくて小やかましいのにかてて加えて、ロンドン有数のスノッブの一人でもありました。

その他は、彼はアルバニー〔ピカディリーにある独身者用高級アパートメント〕の居心地よい部屋に暮らし、朝九時半から十二時の間は有能な秘書のマートル・ワトリング嬢と二人きりで引きこもって座り、その性質は謎《なぞ》に包まれたままであるところの何かしらの作業に精励していました。彼はスパッツの歴史に関する記念碑的著作を書いていたのだという者もあれば、自らの回想録を書いていたのだという者もあります。わたしが個人的に信じているのは、彼は何の仕事もしておらず、ひとえにワトリング嬢を追い払うだけの神経がなかったから、この時間中彼女を楽しませていたのだということです。彼女は穏やかで芯《しん》の強い若い女性で、つねにべっ甲ぶちのメガネをとおして世界を見ていました。彼女の唇は硬く、彼女の頬《ほお》は決然としていました。ムッソリーニだったら彼女を解雇することもできたでしょう。絶好調の時ならですよ。しかし彼以外にそんな離れ業をしてのけられる人物を、わたしは誰も思いつけません。

わたしの従兄弟のセドリックとはこういう人物です。すなわち、年齢四十五歳、ウエスト周りは百十二センチ、服装の問題に関しては確固たる権威、所属クラブ認定退屈男六傑中の一人、そしてロンドンじゅうの最高の家々すべてへの入場資格を持った男。こんな人物の平和に木っ端みじんに粉砕のされようがあろうとは、こんな人物の秩序だった日常生活を邪魔立てすることが何かしら起こりようがあろうなどとは、にわかには信じがたいことと思われましょう。しかしそれは起こったのでした。この世の中のどこの曲がり角に、運命がブラスナックルを装着して待ち伏せしていようものか誰にもわからないとは、何たる真理でありましょうか。

セドリック・マリナーの独身生活の平穏に、かくも破壊的打撃を与える日となったその日は、皮肉にも明るい幸福の気配とともに始まりました。その日は日曜日で、また彼は日曜日には絶好調でいるのが常でした。というのはその日はワトリング嬢がアルバニーに来ない日でしたから。しばらく前から、彼はワトリング嬢の前で自分が普段以上に不快でいることに気づいたのです。彼女はその目に不可思議な、思索的な表情をたたえて彼を見る習癖を発達させていました。それは彼には意味の読み取れない表情でしたが、不快でした。丸一日彼女と一緒にいることから解放されて彼はうれしかったのです。

その上、新しいモーニング服が仕立屋から届いたばかりで、鏡に映った自分の姿を見ると、それは一点非の打ち所のないものだったのでした。ネクタイ——控え目で申し分なし。ズボン——完璧《かんぺき》。光り輝く黒い靴——まさしく正統。服装に関して、彼は維持すべき立場のある人間でした。若い友人たちは手本を求めて彼を見たものです。今日、彼らの期待にそむくことはできない、と彼は感じていました。

さてと、一時半に彼はグロヴナー・スクゥエアのナップブル・オヴ・ノップ卿の自宅昼食会に到着する予定でした。またそこには英国貴族社会の最善最高の人々が集うと期待してよいことが、彼にはわかっていました。

予想以上でした。なんとかかんとか紛れ込んだ無骨な准男爵一名を除き、彼を別にして昼食テーブルに着いた者に子爵以下は皆無だったのです。そして、彼の幸福感をまったきものとすることに、彼の席は第七代クール伯爵の麗しき令嬢であるレディー・クロエ・ダウンブロットンの隣でした。彼女に対して彼は長らく父親的かつ敬意に満ちた好意を抱いていたのです。また二人は食事中、最高に意気投合したものですから、パーティーが終了した時、ハイドパークのアキレス像の方へ行くのだけれど、もし同じ方向に行くならいっしょにそぞろ歩かないか、と彼女は提案したのでした。

「実はね」パークレーンを歩きながら、レディー・クロエは言いました。「わたし、誰かに打ち明けなきゃって気がするの。わたし、婚約したのよ」

「ご婚約されたですって！　親愛なるレディー」セドリックはうやうやしく息をしました。「ありとあらゆるご幸運を祈念します。ですが、私は『モーニング・ポスト』紙に告知を見かけておりませんよ」

「そうなの。それに見かける可能性が十五対四以上になるとは思わないわ。すべては古きよき第七代伯爵が、わたしが今日の午後クロードをうちに連れていって玄関マットの上に載せた時にどう反応するかにかかっているの。わたし、クロードを愛しているわ」レディー・クロエはため息をつきました。「言葉にするには強烈すぎる情熱で。だけど彼がみんなの人気者じゃないってこともわかってるの。だって、彼は芸術家で、ひとりでいると地球上の何よりも自転車乗りの浮浪者に見えるんだもの。だけどわたし、最善を願っているのよ。昨日コーエン・ブラザーズに押し込んでモーニング服とシルクハットを買わせたの。ありがたいことに、彼、断然ちゃんとして見えたし、だから……」

彼女の声は弱まり、押し殺されたガラガラ声になりました。二人はハイドパークに入り、アキレスの彫像に近づいてゆくところでした。そしてシルクハットを礼儀正しく持ち上げながら、モーニング・コート、グレイのネクタイ、硬いカラー、そして南北に素晴しい折り目のついた非の打ち所のない縞《しま》のズボンに正しく身をつつんだ好ましい風貌《ふうぼう》の青年が、二人に向かってやってきたのでした。

しかし、ああ悲しや、彼は百パーセント正しくはなかったのです。首からかかとまでは批判の余地はありません。しかしその下はと言うと、ズタボロでした。レディー・クロエに話の道筋を忘れさせ、セドリック・マリナーをして恐怖のうめき声を放たしめたのは、その青年が明るい黄色の靴を履いていたという事実だったのでした。

「クロード」レディー・クロエはふるえる手で両目を覆いました。「ああ神様！」彼女は叫びました。「その靴！　バナナスペシャルズ！　黄色い危険！　どうして？　どういう理由なの？」

その青年はまごついた様子でした。

「これはきらいかい？」彼は言いました。「なかなかイカすと思ったんだ。僕の意見では、この服装一式が必要とするのはちょっぴりの色目だ。全体の構成を助けてるって僕には思えるんだけど」

「最悪だわ。どんなにひどいか彼に教えてあげて、マリナーさん」

「モーニング礼装に黄褐色の靴を合わせることはありません」セドリックは低い、厳粛な声で言いました。深く動揺していたのです。

「どうしていけないんです？」

「なぜかなんて気にしないで」レディー・クロエが言いました。「合わせないの。マリナーさんの服装を見て」

青年はそうしました。

「単調だ」彼は言いました。「面白味がない。気概と名状しがたい何ものかに欠けている。僕は好きじゃないな」

「いいから好きになってもらわなきゃいけないの」レディー・クロエは言いました。「今この瞬間に、マリナーさんと交換していただくんだから」

甲高い、コウモリのごとき中年独身者式悲鳴がセドリックの唇から放たれました。いま聞いたことが正確であったとは、信じられませんでした。

「二人とも来てちょうだい」レディー・クロエがきびきびと言いました。「そこの椅子の後ろででできるわ。マリナーさん、もちろんお気にされませんわよね、ねえ？」

セドリックは依然として激しく身を震わせていました。

「モーニング服と黄色い靴を合わせろと、私におっしゃるのですか?」彼はささやきました。輝くシルクハットの下の彼の顔は、蒼白《あおじろ》く、こわばっていました。

「そうよ」

「ここで? 公園で? この社交シーズンのまっただ中に?」

「そうよ。急いで」

「しかし……」

「マリナーさん! お願い。わたしの言うとおりにして」

彼女は懇願するような目でセドリックを見つめ、そして彼の思考の混沌《こんとん》としたうねりの中から明確かつ水晶のごとく明晰《めいせき》に、この女の子は伯爵令嬢であるばかりでなく、母方の親戚にはサマセットシャーのメオファム家があり、バッキンガムシャーのブラッシュマーレー家があり、ウィルトシャーのウィドリントン家があり、ハンプシャーのヒルズベリー＝ヘップワース家があるのだというひとえに重要な事実が想起されてきたのでした。どれほど途方もないことであろうと、これほどまで家柄のよい人の要求を拒むことができるでしょうか?

彼は麻痺《まひ》状態で立っていました。これまでの人生において、彼は自らの服装の異論の余地なき正統性に誇りを抱いてきました。青年時代、彼が明るい色のネクタイをして外出したことは一度たりともありません。折り返し付きのズボンの問題に関する彼の厳格な態度はしばしば巷間の語り草でありました。また、たとえその流行がさる高貴なご身分の方によってもたらされたものであったとしても、ディナージャケットと合わせて白いウエストコートを着用するといった些細《ささい》な逸脱に対し、彼はつねに激しく抵抗してきました。この女性は、いま自分が彼に頼んでいることの途方もない重大さを、どれほど理解していないことか。彼はとまどいました。彼の目には涙がにじみ、彼の耳は引きつりました。ハイドパークは彼の周りをぐるぐると回っているかのように感じられました。

そしてその時、彼方より聞こえる声のように、何かが彼の耳に、彼女のまたいとこのアデレードはスライスおよびセール卿と結婚し、また彼女の家系図にはサセックスのブールズ家とフレンチ＝ファーミローズ――ケントのフレンチ＝ファーミローズ家ではなく、ドーセットシャーの一族――も属しているのだよとささやきかけてきたように思われたのです。これが命運を決しました。

「わかりました！」セドリック・マリナーは言ったのでした。

一人きりになってからしばらくの間、従兄弟のセドリックはこれからどうしたものかと途方に暮れている男の外観をすべて備えていました。彼はその場に根が生えたかのごとく立ち尽くし、これまで非の打ち所がなかったはずの足の上に開花したサフラン色の恐怖を、魔法にかけられたように見つめていました。それから猛烈な努力で体勢をととのえ、ハイドパーク・コーナーまでこっそり移動し、通りがかりのタクシーを止め、運転手にアルバニーに行くよう指示して、あわてて車に飛び乗ったのでした。

身を隠した安堵《あんど》は当初それはそれは強烈で、他のことを考える余裕がなくなるくらいでした。やがて彼は、間もなく自分は居心地のよいアパートメントに安全に戻るのだし、そこにはこの恐ろしいシロモノに取って代わるべき三十七足の黒靴が揃《そろ》っているのだと、自分に言い聞かせました。アルバニーに着いたところでようやく、前途に待ち受ける困難に彼は気づいたのでした。

アルバニーのロビーを、黄熱病の発生した船みたいな姿でどうやって歩くことができるというのでしょう――彼、セドリック・マリナー、服装の正確さに関してはしばしば近衛連隊の若者たちに助言を求められ、一度は公爵の次男にまで意見を求められたこの男に？　そんなのは想像もできないことです。彼の良識のすべてが恐怖にたじろぎました。ではどうしたらよいのでしょう？

マリナー家の一族の者の特徴は、自らの置かれた窮境がいかに甚だしかろうとも、けっして平静を失わないことです。セドリックは窓から身を乗り出し、タクシーの運転手に声をかけました。

「おい、君」彼は言いました。「君の靴を幾らで売る?」

その運転手は、電光石火で頭の回るロンドン男ではありませんでした。まるまる一分間、彼は座ったまま、赤鼻のヒツジみたいな顔をして、言われたことが頭に沁《し》みとおるのを待っていました。

「俺《おい》らの靴かい?」とうとう彼は言いました。

「君の靴だ!」

「俺らの靴を幾らで売るかってか?」

「そのとおり。君の靴が欲しい。君の靴は幾らだ?」

「靴が幾らかってか?」

「まさしく。その靴だ。幾らだ?」

「旦那さんは俺らの靴を買いたいってか?」

「そのとおり」

「ああそうか」運転手は言いました。「だけど、あのう、こういう具合なんでさ。俺らは靴を履いてねえんで。魚の目が痛くって片足はテニス靴、片足はスリッパで来てるんだ。両方で五シリングで結構ですぜ」

セドリック・マリナーは口もきけず、シートにのけぞりました。この落胆は彼の感覚を麻痺させました。しかし、この危機にあって古きよきマリナー家の臨機応変の才が彼を助けたのです。一瞬の後、彼の頭は窓の外にもういっぺん突き出されました。

「行き先変更だ」彼は言いました。「ヴァレー・フィールド、マリーゴールド・ロード、ナスタチウム荘七番に行ってくれ」

運転手はしばらくの間、じっくり考え込んでいました。

「どうして?」彼は言いました。

「どうしてでもいい」

「アルバニーと言った」運転手は言いました。「旦那さんが最初に言ったのは、アルバニーに行ってくれ、だった。それでここはアルバニーだ。誰にだって訊《き》いてくれ」

「そうだ、そのとおり。だが今はナスタチウム荘七番に行きたいんだ……」

「どういう綴《つづ》りだ?」

「nひとつ、七番ナスタチウム荘、マリーゴールド・ロード……」

「それはどう綴るんで?」

「gひとつ」

「それでそいつはヴァレー・フィールドにあるんだって?」

「そのとおり」

「vひとつ?」

「vひとつにfひとつ」セドリックは言いました。

運転手は黙ってしばらく座っていました。綴り字競技が終わると、彼は考えをまとめているようでした。

「全部わかってきた」彼は言いました。「旦那さんがしたいのはヴァレー・フィールド、マリーゴールド・ロード、ナスタチウム荘七番に行くことだな」

「そのとおり」

「ふん、それで旦那、」テニス靴とスリッパは今いるのかい? それともそっちに着くまで待つのかい?」

「テニス靴はいらん。スリッパもいらない。そういうものの取引はしない」

「片足半クラウンでいいんだが」

「結構」

「じゃあ二シリングで」

「いや、いい、いらん。テニス靴はいらない。スリッパはまったく必要ない」

「靴はいらないのかい？」

「いらん」

「それでスリッパもいらない？」

「いらん」

「だが旦那は」事実を綜合し、それらを常識的に並べ替えて、運転手は言いました。「ヴァレー・フィールド、マリーゴールド・ロード、ナスタチウム荘七番には行きたいんだな」

「そのとおり」

「ああそうか」クラッチに静かなる叱責《しっせき》を込め、運転手は言いました。「さてとはっきりさせようじゃないか。最初っからそう言ってくれてたら、今ごろ道中半分くらいまでは来てるはずだ」

セドリック・マリナーの許《もと》に押し寄せた、かの絵のごとく風光明媚《ふうこうめいび》なロンドンの南東郵便区域の郊外、ヴァレー・フィールド、マリーゴールド・ロード、ナスタチウム荘七番を訪問しようという衝動は、怠惰な気まぐれに由来するものではありませんでした。また、たんなる旅行と観光への情熱に起因するものでもありません。そこは彼の秘書のマートル・ワトリング嬢が住まう住所だったのです。そしてセドリックがただいま構築した計画は、彼の意見では、これまでで最高の出来であったのです。彼が提案する方法とは、ワトリング嬢を探し、彼の鍵を渡し、タクシーに乗せてアルバニーに送り出して彼の三十七足の黒靴の中の一足を持ってきてもらうというものでした。彼女がそれを持って戻ってきたあかつきには、彼はそれを履き、ふたたび世界と相まみえることができるのです。

この計画に欠陥は見いだせませんでしたし、ヴァレー・フィールドに向かう長い道のりの間にも、何らの欠陥が見いだされることはありませんでした。こぎれいな小さな赤煉瓦《あかれんが》の家の前庭の外にタクシーが停まり、彼が車を降り、運転手に待つように（「待てだって？」運転手は言いました。「待てってのはどういう意味でい？　ああ、待てってことか？」）言う段になってはじめて、疑念が彼を苛《さいな》みはじめたのでした。ドアベルを押そうと指をあげながらも、つめたい不信の思いがじわじわと忍び寄ってき、あたかももう少しで公爵未亡人のアバラを突っつくところだったとでもいうように、彼は鋭く指を引いたのでした。

彼はモーニング服と黄色の靴でワトリング嬢に会うことができるでしょうか？　いやいやながら、自分にはできないと彼はひとりごちました。彼女がどれほど頻繁に現代の服装問題の弛緩《しかん》を嘆く『タイムズ』紙宛の手紙を口述筆記してきたことかを、彼は思い出しました。そして今の自分を見たら彼女がどんな顔をすることかと思うと、脳ミソがぐるぐる回転する心地がするのでした。あの眉を上げ……あの唇は軽蔑《けいべつ》にみち……あの透明で穏やかな目は嫌悪の念を表明し……。できない。彼はワトリング嬢に合わせる顔がないのでした。

ぼんやりした諦念《ていねん》とでもいったものがセドリック・マリナーを覆いました。もはやあらがったとて仕方がないことが彼にはわかったのです。彼はドアから踵《きびす》を返してタクシーに戻り、運転手にアルバニーに戻りたいと説明する（「だけどあんた、あそこにいったん着いたろ。そしたら嫌だって言ったんだろうが」と運転手が言う声が、彼には聞こえました）労のみ多き作業に着手する寸前でありました。と、その時突然、どこかごく近いところから、糊《のり》の大桶《おけ》で窒息中のブタから発されるがごとき大きなごぼごぼ音が彼の耳に届いたのです。それは誰かが鼻を鳴らす音でした。振り返り、肘脇の窓が開いていることに彼は気づいたのでした。

先に申し上げておくべきでしたが、その日の午後はうだるがごとき暑さだったのです。それは郊外住宅の世帯主がローストビーフとヨークシャー・プディングと粉ふきいもとアップルタルトとチェダーチーズと瓶ビールで命をつないだ後、居間に退いて気分爽快《そうかい》なひと眠りをする、そういう種類の午後でした。そうしたひと眠りを享楽するこうした世帯主が、ただいまセドリックがのぞき込んでいる部屋の呼び物であったのでした。彼は大柄のでっぷりした男性で、ハンカチを顔にかぶせ、足を別の椅子に載せ、肘掛け椅子に横たわっていました。そしてその足が靴下だけで覆われているのを、セドリックは見たのでした。彼の靴は傍らのじゅうたんの上に置かれていたのです。後じさってみたらば浴室の熱い発熱機に触れてしまったぐらいに激しい、突然の戦慄《せんりつ》とともに、セドリックはそれが黒靴であることを視認したのでした。

次の瞬間、何らかの抗し難い力に駆り立てられるかのように、セドリック・マリナーは音なく窓を通り抜け、四つん這《ば》いで床を進みました。歯を食いしばり、目を奇妙な光に輝かせ。もしシルクハットをかぶっていなかったら、彼はインドの密林で獲物を追うチーターの精妙な複製に見えたことでしょう。

セドリックは着実に這い進みました。この種のことを一度もしたことのない人物としては、彼は驚くべき熟練と技術を見せていました。実際、彼がかくもそっくりなチーターがこの場にいたら、仕事に役立つヒントをひとつ二つ、見つけ出したことでしょう。じりじりと、音なく前進し、いま彼の物欲しげな指は一足のブーツの上でためらっていました。しかしこの瞬間、夏の午後の眠たげな静寂は、彼のピンと張りつめた感覚にはG・K・チェスタトン〔ブラウン神父シリーズの作者。巨漢だった〕がブリキ板の上に落っこちたかのように聞こえる音によってこっぱみじんに粉砕されたのです。実を言うとそれは彼の帽子が床に落っこちた音だったのですが、これまでの出来事によって彼が押しやられていたやや神経症的状況にあっては、ほぼ彼の耳を聞こえなくするほどでした。彼ほどのウエストサイズの人物には非凡と言えるほどの音なき敏捷《びんしょう》な跳躍をひとつやると、安全を求め、彼は肘掛け椅子の後ろに潜り込んだのでした。

長いひとときが過ぎ、当初、彼はすべてはめでたしめでたしになったのかと思いました。見たところ睡眠者は目覚めていない様子だったからです。それから咽喉《のど》を鳴らす音がして重たい身体《からだ》が起き上がり、セドリックの頭上数センチのところを大きな手が通り過ぎていって壁の呼び鈴を押したのでした。そしてただいまドアが開き、パーラーメイドが入ってきました。

「ジェーン」椅子の男が言いました。

「はい、旦那様？」

「何かで目が覚めた」

「はい、旦那様？」

「わしの印象では……ジェーン！」

「はい、旦那様？」

「床に転がっているそのシルクハットは何だ？」

「シルクハットでございますか？」

「そうだ、シルクハットだ。結構じゃあないか」男は、不満げに言いました。「さわやかな睡眠を取ろうとして、目を閉じたかどうかしたら部屋中シルクハットまみれになっとるとはな。静かな休息を求めてやってきたら、まったく警告なしにわしはシルクハットの海に膝《ひざ》まで浸かっとる。なぜシルクハットなんじゃ、ジェーン？　わしは明確な回答を要求する」

「おそらくマートルお嬢様がそちらに置かれたのではございますまいか、旦那様」

「マートル嬢がどうしてシルクハットをそこらじゅうに撒《ま》き散らすのかな？」

「はい、旦那様」

「はい、旦那様とはどういう意味だ？」

「いいえ、旦那様」

「よろしい。これからは口を開く前に考えることだ。その帽子は片づけるように、ジェーン。それでもう邪魔が入らんよう気をつけてくれ。どうしても昼寝をしなきゃならんのだから」

「マートルお嬢様は、あなた様は前庭の草取りをされるご予定だとおっしゃっておいででした」

「その事実は認識しておる、ジェーン」その男は威厳に満ちた態度で言いました。「いずれ前庭に行って草取りはするつもりだ。だが、まずは昼寝をせねばならん。今日は六月の日曜日だ。鳥たちも木立で眠っておる。ウィリー坊ちゃんも医者の言いつけどおり自室で眠っている。わしも寝る。下がっておれ、ジェーン。シルクハットは片づけておくよう」

ドアが閉まりました。男は満足げにぶつぶつ言いながら椅子の背に身を委《ゆだ》ね、再びいびきをかきはじめたのでした。


セドリックが性急に行動することはありませんでした。苦い経験から、彼はボーイスカウトがゆりかごで学ぶ注意点を学び取ったのです。おそらく十五分間くらい、彼は隠れ場所に身をかがめ、その場に留まりました。それからいびきがクレッシェンドに達しました。それは今やワグナーの曲から飛び出してきたかのような大音響になり、安全に行動が起こせる時の来れりとセドリックには思えたのでした。彼は左足の靴を脱ぎ、秘密の隠れ家からそうっと這い出し、片方の黒靴をつかんでそれを履きました。それは足にぴったりで、ここではじめて満足に似た感情が彼の全身を覆ったのです。あと一分で、あとほんの少しで、すべてはめでたしめでたしになるのです。

この勇気づけられる思いが彼の脳裡《のうり》をよぎったちょうどその時、彼の心臓の前歯をぐらつかせるくらいの唐突さで、ふたたび沈黙が破られました――今度はノーア沖で射撃訓練をしている大艦隊みたいな音によって。一瞬の後、彼は椅子の後ろのすきまに、ふるえながら戻ったのでした。

睡眠者はがばっと跳ね起きました。

「女性と子供たちを救え」彼は言いました。

それから腕が伸びて呼び鈴を再び押しました。

「ジェーン！」

「旦那様？」

「ジェーン、あのクソいまいましい窓枠がまたゆるんでおる。この家の窓枠みたいなモノを、わしは見たことがない。ハエが一匹止まれば落っこちてくるぞ。本か何かで支えておくんだ」

「はい、旦那様」

「それでもうひとつ言っておく、ジェーン。わしがこう言ったと他所で言ってもらってかまわない。今度静かに昼寝したくなったら、わしはボイラー工場に行くことにする」

パーラーメイドは出てゆきました。男はため息をつき、もう一度椅子に座りました。そしてただいま室内にはふたたびワルキューレの騎行のごとき轟音《ごうおん》がこだましだしたのでした。

それから間もなく、天井からドンドンいう音が聞こえてきました。

それらは愉快な、元気のいいドンドン音でした。セドリックには足の大きな人たちが大勢して上の部屋でモーリスダンスを踊っているように聞こえました。そしてこんな時に連中を歓楽にふけるに至らしめた彼らの自分勝手さに、彼は憤ったのでした。椅子の男はすでに身体をかすかに動かしはじめ、今や身体を起こして慣れた動きでまたもやベルに手を伸ばしていました。

「ジェーン！」

「旦那様？」

「聞くんだ！」

「はい、旦那様」

「あれは何だ？」

「日曜日のご睡眠をおとりのウィリー坊ちゃまと存じます」

男は椅子から飛び出しました。感情の昂《たかぶ》りのあまり言葉にならない様子なのは明らかでした。彼はうつろに反響するあくびをし、靴を履きはじめました。

「ジェーン！」

「旦那様？」

「こんな真似はもう沢山だ。外に出て草取りをすることにした。くわはどこだ？」

「玄関ホールでございます」

「宗教的迫害だ」男は苦々しげに言いました。「宗教的迫害とは、こういうものだったんじゃろう。最初はシルクハット……窓枠……ウィリー坊ちゃん……どれだけでも強弁してもらってかまわないが、ジェーン、だが恐れることなくわしは言う。わしは主張する——そして事実はわしの味方をしてくれよう——これこそ宗教的迫害じゃと……ジェーン！」

彼の唇から、言葉にならないガラガラ声が発されました。彼は窒息している様子でした。

「ジェーン！」

「はい、旦那様？」

「わしの顔をまっすぐ見るんじゃ！」

「はい、旦那様」

「さてと、答えてもらおう、ジェーン。ごまかしや曖昧《あいまい》表現はなしにしよう。この靴を黄色にしたのは誰だ？」

「靴でございますか、旦那様？」

「そうだ、靴だ」

「黄色でございますか、旦那様？」

「そうだ、黄色だ。この靴を見るんじゃ。よくよく精査せい。偏見なき精神でそいつにしっかり目を走らせるんだ。この靴を脱いだ時、こいつは黒かった。ちょっとの間目をつぶって、開けた時には黄色になっておる。わしはこの種のことにおとなしく目をつぶるような男ではない。誰がやった？」

「わたくしではございません、旦那様」

「誰かがやったにちがいない。おそらくギャングの仕業だ。この家では不吉なできごとが起こっておる。いいか、ジェーン、ナスタチウム荘七番は突然——それももっと悪いことに日曜日にじゃ——呪いの館に変わってしまった。今日一日が終わる前に、カーテンの間から何かをつかもうとする手が何本も伸びてきて、壁の中から死体が転がり出たとしても、わしはもうたいして驚かんぞ。気にくわんな、ジェーン。正直にそう言わせてもらう。わしの前に立ちはだからんでくれ、草を取りに行くんでな」

ドアはばしんと閉じ、居間の中には平穏が戻りました。しかしセドリック・マリナーの心のうちはそうではありません。マリナー家の者は皆、明晰な思考者です。自分の置かれた立場がかなり悪い方向に傾いたという事実をセドリックが認識するまでに、長くはかかりませんでした。そうです、彼は自陣を失ったのです。この部屋に入った時、彼はシルクハットと黄色い靴姿でした。シルクハットなしで、片足には黄色い靴、もう片足には黒い靴を履いて、彼はこの部屋を出てゆくのです。

これは過酷な退行でしょう。

そして今、彼の敗北を完膚なきまでにしたのは、彼側の通信手段が断たれたことでした。少なくとも一時の安全を見いだせるはずのタクシーと彼の間には、くわを持った男が立っているのです。これは冒険を愛する男をすら恐怖に震撼《しんかん》させる状況でありました。ダグラス・フェアバンクスならばこういうことが好きだったかもしれません。しかしセドリックには、我慢ならないことと思えたのです。

取るべき道はただひとつと思われました。この恐るべき家にはおそらく裏庭と、そこに出る裏口ドアがあるはずです。唯一すべきは音なく廊下を進み――こんな家において音なく進むことが可能であるならばですが――裏口ドアを見つけて裏庭に出て、塀をよじ上り隣家の庭に出、道路に忍び出てタクシーに向かい疾走して家に帰ることです。アルバニーのホールポーターが自分をどう思うかなどと思い悩むことを、彼はほぼやめていました。おそらく彼は軽い笑いと、何かしらの賭《か》けのネタ話とで、セドリックの外見を見逃してくれることでしょう。あるいは気前よくわいろを弾めば、口をつぐんでいてくれるかもしれません。いずれにせよ、問題、結論、帰結はどうあれ、彼はアルバニーに戻らねばならず、それも可能なかぎり速やかにそうしなければならないのです。彼は失意の人となっていました。

じゅうたん上を抜き足、差し足、セドリックはドアを開けて部屋の外を覗きました。廊下はからっぽでした。彼は廊下を忍び歩き、それで突き当たりまでたどり着こうというその時、階段を降りてくる足音が聞こえたのでした。彼の左手にドアがあり、それは開け放たれていました。彼はその中に飛び込み、気がつけば小さな部屋の中にいて、その部屋の窓からは心地よい庭が見晴らせたのでした。足音は通り過ぎて台所の階段を降りてゆきました。

セドリックは再び息をつきました。危険は去り、冒険に満ちた旅路の最後の行程に着手する段となったのです。タクシーへの思いに、彼の心は強力な磁石のようにひきつけられました。この瞬間まで、彼はあのタクシーの運転手に格別な愛情を覚えてはいませんでしたが、気がつけば、今やあの人物とふたたび相まみえることを切望していたのでした。小川のせせらぎを求めあえぐ雄ジカのごとく、彼はあの運転手を求めあえいだのです。

注意深く、セドリックは窓を開けました。更に前進する前に地勢を視察すべく、彼はそこから顔を突き出しました。彼が見た光景は、勇気づけられるものでした。窓の下の地面へ降りるのはごく簡単そうだったのです。彼はただそこを通り抜ければよく、それですべてはこともなしになるのです。

そうしようと準備を整えていたところで、彼の首の後ろに窓枠がギロチンのように落ちてきて、気がつけば彼は窓にしっかり挟まり身動きがとれなくなっていたのでした。

思慮深げな顔をした赤毛のねこ――彼は彼の入室時にマットから起き上がって青白い目でセドリックを入念に観察していたのでした――が、ただいま前進し、彼の左のくるぶしの匂いを思索的にくんくん嗅《か》ぎました。一連の出来事は、このねこには変則的ではあるもののヒューマンインタレストに満ち満ちたものと思えたのです。ねこは座って、瞑想《めいそう》にふけりはじめました。

さてと、セドリックも同じことをしていました。よくよく考えてみれば、彼のような立場に置かれた人間に瞑想する以外にできることはほとんどないのです。そしてかなり長い間、セドリック・マリナーはほほえむ庭を見下ろし、忙しく思いにふけっていたのでした。

容易に予測されるように、この状況は心地よいものとは言えません。かような状況にあっては、人の心のうちの陽気で和やかな部分が表層に出てくることはめったにありません。彼の思いは苦々しい方向に傾きがちでありましたし、また彼の怨嗟《えんさ》がこの不愉快な状況の責任を負うべきと彼が考える人物の方向に向かったのは必然的でした。

セドリックの場合、責任の所在の同定に困難はありませんでした。この破滅をもたらしたのは女性でした――伯爵の一人娘、という言い方もできましょう。セドリックが今、クロエ・ダウンブロットンのことを、彼女の社会的地位の高さにも関わらず、可能なかぎり最大限に厳しい心持ちにて考えていたという事実以上に、彼の内部で起こった革命の意義を語りうることはないでしょう。

実際、あまりにも心動かされたため、レディー・クロエのことを徹底的に嫌うだけでは満足できず、彼はやがてその嫌悪を――最初は彼女の親類縁者に、最終的には、およそ信じられないことと思われましょうが、英国貴族階級全体に向けたのでした。二十四時間前には――いえ、ほんの二時間前までは――セドリック・マリナーはデブリット貴族名鑑に記載された人々全員を愛していました。第一級の公爵から「傍系親族」という見出しの下、ページの一番どん底にかろうじて載っている人々までを。何ものにも鎮圧し得ないと思われた尊敬に満ちた熱情で。そして今や彼の魂のうちには、ほぼ赤い共和主義と言いうる大暴動が起こっていたのでした。

オスミツバチみたいなのらくら者、と彼は彼らのことを思いました。そして、厳しいかもしれませんが、ただのオウムみたいなめかし屋とまで。そうです、たんなる金遣いの荒いめかし屋オウムだと。たまたま彼は実際にめかし屋オウムを見たことはなかったのですが、しかし何らかの奇妙な直感によって、それこそわが祖国の典型的貴族が類似しているものだと彼は確信したのでした。「いったいいつまで?」セドリックは悲嘆にうめきました。「いったいいつまで?」

モスクワから燃え上がった清浄な自由の炎が、レディー・クロエ・ダウンブロットンにはじまる序列順にその他連中を捕えゴクツブシどもをカリカリに焼き焦がす日の到来を、彼は切なく焦がれたのでした。

右ふくらはぎに走った激痛により彼の注意が社会革命から逸《そ》らされたのは、瞑想のこの時点でのことでした。思索型のねこには時折、突発的に、奇妙な、後ろ足で立って最寄りの直立した物体にて爪を研ぎたいという夢想のごとき衝動が訪れるものです。通常ならば木を用いるのですが、しかし今回の場合、手近に木はありませんでしたから、室内にいた赤毛のねこはセドリックの右足ふくらはぎで間に合わせることにしたのです。心ここなき体《てい》にて、ねこは人知の及ばぬ深遠な問題に思いを遊ばせ、一、二度目をぱちぱちとしばたたかせた後、おもむろに立ち上がって彼の肉組織深く爪を沈め、ゆっくり、のろのろした動きでそれを引き下ろしたのでした。

セドリックの唇から、ガンジス河畔をそぞろ歩いていたらば突然ワニに嚙《か》みつかれてまっぷたつにされたインド人小作農夫の発する悲鳴のような悲鳴が放たれました。それはクラリオンらっぱの音のように、庭じゅうに甲高く響きわたりました。そしてそのこだまが消えようという時、若い女性が小径をやってきたのです。彼女のべっ甲ぶちのメガネに太陽が反射してきらきら光り、セドリック・マリナーはそれが彼の秘書、マートル・ワトリング嬢であることに気づいたのでした。

「こんにちは、マリナーさん」ワトリング嬢は言いました。

彼女はいつもの落ち着いた、抑制された声で話しました。もし雇用主に出会い、会ってみたらば彼の頭以外に何にも見えないということで彼女が驚いていたとしても、それを伺わせるところはほとんどありませんでした。私設秘書というものは初対面の一番最初に、雇用主が何をしようともけっして驚いてはならないということを学ぶのです。

しかしマートル・ワトリングは女性的好奇心に全面的に欠けていたわけではありませんでした。

「そこで何をしておいでですの、マリナーさん？」彼女は訊《たず》ねました。

「何かが私の足に嚙みついている」セドリックは叫びました。

「それは死すべき者の過ちでしょう」ワトリング嬢は言いました。彼女はクリスチャン・サイエンス【一八七九年、ボストンで創設されたキリスト教系の新宗教。その教義において病気や苦痛は死すべき者の過ちとされる】の信者だったのです。「どうしてあなたはそこで、不自然な姿勢で立っておいでですの？」

「窓から外を見ていたら、窓枠が落ちてきたんだ」

「どうして窓の外を見てらしたんですの？」

「ここから飛び降りるのにどれだけあるかを見るためだ」

「どうして飛び降りようとなさったんですの？」

「ここから出ていきたかったんだ」

「どうしてこちらにいらしたんですの？」

セドリックには、すべてを話さねばならないことが明確にわかりました。そうするのは嫌でしたが、しかしそうしなければマートル・ワトリングはそこに立って日が暮れるまで「どうして」で始まる文章を言いつづけることでしょう。しゃがれ声で、彼は彼女にすべてを話したのでした。

彼が話し終えてからしばらくの間、彼女は黙っていました。物思うげな表情が、彼女の顔に浮かびました。

「あなたに必要なのは」彼女は言いました。「誰か面倒を見てくれる人ですわ」

彼女は言葉を止めました。

「そうね、誰にもできる仕事じゃないわね」彼女は思索に耽りつつ、言いました。「だけど、わたくしがそれを引き受けてもいいわ」

奇妙な予感がセドリックをぞっとさせました。

「どういう意味だ？」彼はあえぎました。

「あなたに必要なのは」マートル・ワトリングは言いました。「奥様よ。わたくし、ずっとそのことを考えてましたの。今やぜんぶはっきりしたわ。あなたは結婚なさるべきです。わたくし、あなたと結婚しますわ、マリナーさん」

セドリックは低い悲鳴をあげました。つまりこれが過去数週間、彼がこの秘書のメガネで縁取られた目のうちにたまたま見てとった、あの目つきの意味だったのです。
砂利道《じゃりみち》を歩く足音がしました。声が聞こえ、それはあの椅子で眠っていた男の声でした。彼は明らかに動揺していました。

「マートル」彼は言いました。「知ってのとおり、わしは何でもないことで大騒ぎする男じゃあない。人生をあるがままに受け入れ、清濁併せ呑める男だ。じゃがこの家には薄気味悪い力が作用していると話しておくのが、わしの義務かと思う。空気は間違いなく不吉じゃ。どこからともなくシルクハットが現れた。黒靴は黄色になった。それでここにいるこのタクシーじゃ。この運転手は……貴君の名前は聞いておらんかったな。ランカスター？　ランカスターさん、わしの娘のマートルじゃ……それで今こちらのランカスターさんが話してくださったところでは、この方の客がいくらか前に前庭に入って、たちまち地上から消え失せ、二度と姿を見せないのだそうだ。何らかの無名の秘密結社が活動中で、ナスタチウム荘七番は、暗い隅から金切り声が聞こえ、謎《なぞ》の中国人が意味ありげな素振りで行ったり来たりする、そういうミステリー劇に出てくる家になってしまったのだとわしは確信しておる……」彼は驚愕の鋭い悲鳴を放ちながら言葉を止め、目をみはって立ち尽くしました。「なんたること！　あれは何じゃ？」

「何、お父様？」

「あれじゃ。あの胴体なしの頭じゃ。あの身体のない顔。はっきり言っておくが、この家の横から生首が突き出しておる。わしの立っとるところに来るんじゃ。ここならはっきり見える」

「ああ、あれのこと？」マートルは言った。「あれはわたしのフィアンセよ」

「お前のフィアンセじゃと？」

「わたしのフィアンセのセドリック・マリナーさんよ」

「あれでそいつは全部なのかい？」タクシー運転手は驚いて言いました。

「家の中にもっとあるわ」マートルは言いました。

いくらか落ち着きを取り戻したワトリング氏は、セドリックをしげしげと検分しました。

「マリナーじゃと？　うちの娘はあなたのところで働いているんですな、どうです？」

「そのとおりです」セドリックは言いました。

「それであなたは娘と結婚なさりたい？」

「もちろん彼はわたしと結婚したいわ」セドリックが答える前に、マートルは言いました。

するとと突然、セドリックの内部で何かが「いいとも」と言ったかのようだったのです。確かに彼は一度たりとも結婚を考えたことはありません――落ち込み時にそれが脳裡《のうり》に浮かぶとき、すべての中年独身男性が感じる身の毛もよだつ恐怖なしには。また、確かに、もし彼が花嫁の仕様書を提出せよと言われたら、マートル・ワトリングとは少なからぬ点において異なったモノを書き記していたことでしょう。しかし結局のところ、彼女の強く有能な顔を見るにつけ、この女性のような妻といっしょなら、少なくとも自分は世界から保護され、かばわれて暮らせることだろう、そして二度と今日の午後通り経てきたような種類の事態にさらされることはあるまいと、彼は感じたのでした。それは十分よいことに思われました。

そして他にもよいことはありました。セドリックのように強固な共和主義的見解を持った人物には、それはおそらく何より最も重要な点だったでしょう。マートル・ワトリングを批判して何と言うにせよ、彼女は陽気で心ない貴族階級の成員ではないのです。サセックスのブールズ家も、ハンプシャーのヒルズベリー゠ヘップワース家も彼女の一族にはいません。彼女は善良で堅実な郊外家系出身で、父方ではワンズワース市、タンジェリン・ロードのヒギンソン家、母方ではブリックレイのブラウン家、ペッカムのパーキンス家、ウォッジャー家――ウインチェスター・ヒルのウォッジャー家でポンダーズ・エンドの一群ではない、と親戚関係にあるのです。

「それは私の切に願うところです」セドリックは低い、断固たる声で言いました。「それでどなたかご親切にこの窓を私の首から持ち上げて、私の足に爪を立てつづけているこのクソいまいましいねこをけとばしてくださったら、皆さんとその件について話し合うといたしましょう」

オープン・ハウス

マリナー氏は読んでいた手紙を脇に置くと、〈アングラーズ・レスト〉の特別室にいる小集団に向かい、満足げに笑いかけた。

「実によろこばしいことです」彼はつぶやいた。

「いい知らせですか?」僕たちは訊《き》いた。

「最高ですよ」マリナー氏は言った。「この手紙はわたしの甥《おい》のユースタスから来たものです。彼はスイスの英国領事館に勤めているのですよ。わが一族の期待に完全に応《こた》えてくれました」

「うまくやってるんですか、甥御さんは?」

「この上ないほどです」マリナー氏は言った。

彼は感慨深げに、くっくと笑った。

「おかしなものです」彼は言った。「今やかくもたいした大成功を収めているというのに、あの子にあの仕事を引き受けさせるのにどれだけ苦労したかを思いますとね。あの子を説得するのは無理だと思われた時期もありました。もし、宿命が一仕事してくれていなければ……」

「甥御さんは領事館に勤務したくなかったんですか?」

「考えるだけで胸がむかむかしたんだそうです。名付け親のナップブル・オヴ・ノップ卿の影響力のおかげ様で、この素晴らしい空席が目の前にぶら下がったというのに、あの子はその職に就くことを断固として拒んだのです。自分はロンドンに留まりたいのだと言ったのですよ。ロンドンが好きで、愛するこの地からぜったいに動きはしないと言い張ったのです」

一族の他の者たちは、この強情をたんなる気まぐれだと思いました（と、マリナー氏は言った）。しかしわたしは、この若者の信頼を勝ち得ていましたから、こうした決断の背後には確固たる理由があることを知っていたのです。まず第一に、あの子は自分が、故サー・カスバート・ビーズレイ＝ビーズレイ准男爵の寡婦にしてありあまるほどの資産を持った高齢婦人、ジョージアナ伯母《おば》さんのお気に入りの甥であることを知っていました。そして第二に、彼はマルチェラ・ティルウィットという名の女の子に、近頃恋していたのです。

「スイスなんかにとっとと行ってたら、どんなにか大バカ者ですよ」あの子の抵抗を打ち破ろうとわたしが説得を加えていたある日、彼は言いました。「ジョージアナ伯母さんにうまいこと言って取り入るためには、僕はここにいなきゃいけないでしょう、ねえそうじゃありませんか？　それにマルチェラ・ティルウィットみたいな女の子に郵便経由で求愛できると思ったら、とんでもない大まちがいですよ。彼女の方も軟化してきてるって思える出来事が今朝あって、今こそ僕ならではのタッチがものすごく大事なところなんです。さあ来い、どいつもこいつも揃って来い。この岩の根が動かぬやうに、敵に後を見せる俺ではないぞ」〔スコット「湖の麗人」五・一〇〕と、ユースタスは言いました。あの子もマリナー家の多くの者と同じく、強い詩人気質の持ち主でありましたから。

わたしは後で知ったのですが、その朝何が起こったかというと、マルチェラ・ティルウィットが電話をかけてきて、寝ている甥っ子の目を覚ましたのでした。

「ハロー！」彼女は言いました。「もしもしユースタス？」

「はいはい」ユースタスは言いました。事実そのとおりだったわけですから。

「ねえ、ユースタス」そのお嬢さんは続けて言いました。「わたし明日パリへ行くの」

「行かないでおくれよ！」ユースタスは言いました。

「行くのよ、おバカさん」お嬢さんは言いました。「証拠に切符を見せてあげてもよくてよ。聞いて、ユースタス。わたしのためにあなたにしていただきたいことがあるの。わたしのカナリアは知ってるでしょ？」

「ウィリアムのこと？」

「そう、ウィリアムよ。わたしのペケ犬は知ってる？」

「レジナルドかい？」

「そのとおり、レジナルドよ。でね、わたしあの子たちを連れていけないの。だってウィリアムは旅行がきらいだし、レジナルドは帰ってきたら検疫所に半年行かなきゃいけなくなるんだもの。そんなことしたらあの子おこって泡吹いちゃうわ。だからわたしの留守中、あの子たちにねぐらを与えていただけないかしら」

「もちろんいいとも」ユースタスは言いました。「われわれマリナー家の者の家は、いつだってオープン・ハウスなんだからね」

「ぜんぜん面倒はかからないのよ。レジナルドはまるきり体育会系じゃないから、公園を二十分も爽快《そうかい》に散歩すれば運動についてはそれでもう一日オッケーなんだから。それで、食べ物の方は、あなたの食べてるものなら何でもやってちょうだい。生肉とか、仔犬用ビスケットとか、そんなものね。カクテルは飲ませちゃだめよ。具合が悪くなっちゃうから」

「よしきたホーだよ」ユースタスは言いました。「これまでのところシナリオは順調だ。ウィリアムはどうなんだい？」

「ウィリアムのことだけど、あの子は食べ物についてはちょっと変わってるの。どういうわけかは神のみぞ知るだけど、鳥えさ用の種とノボロギクって草が好きなのね。わたしはそんなのご免だけど。鳥えさ用の種は鳥えさ用の種屋で買えるわ」

「それでノボロギクはもちろん、ノボロギク屋で買えるんだね？」

「そのとおりよ。それでウィリアムは一日一回か二回、カゴから出してあげて部屋中をぱたぱた飛んでまわってお腹ぽっこりにならないようにしてあげなきゃいけないの。水浴が済んだらすぐにちゃんと戻ってくるから。ぜんぶわかってもらえた？」

「ヒョウみたいに話に食らいついてるとも」ユースタスが言いました。

「ぜったい無理に決まってるわ」

「わかってるさ。レジナルドには爽快な散歩。ウィリアムには爽快なぱたぱただろ」

「だいじょうぶだわね。じゃいいわ。わたしがあの子たち二人とも、ものすごく大事にしてるってこと忘れないでね。命がけで守ってちょうだい」

「ぜったいにさ」ユースタスは言いました。「もちろんだとも！　まかせといて。断言できるよ。ぜったいにね」

もちろん、その後起こったことに照らして考えると、今となっては皮肉に思われるのですが、しかし甥の話してくれたところでは、あのときは彼にとって人生最善の時だったそうです。

ユースタスは全身全霊をかけて、このお嬢さんを愛していました。彼女がこのきわめて重大な信頼を置く先として、取り巻き連中の輪の中から他ならぬこの自分を選んだということは、すなわち彼女が自分のことを実質的な価値のある、頼りにできる男と見なしていると、そういうことにちがいないと彼には思えたのでした。

「こんな人たち、結局いったい何よ？」友人名簿に目を走らせながら、彼女はひとりごちたにちが

いないのです。「ただのチョウチョウじゃない。だけどそう、ユースタス・マリナー、彼はちがう。人間がちゃんとしてる。若き人格者だわ」と。

彼がうれしがったのにはもうひとつ理由がありました。マルチェラ・ティルウィットがいないのはたいそうさみしいことですが、彼女がしばらくロンドンを留守にすることを彼はうれしく思ったのです。なぜならその時点での彼の恋愛生活はいささかもつれ気味で、彼女の不在は調整と整理をちょっぴり行う時間をうまく与えてくれそうだったからです。

一週間かそこら前まで、彼は別のお嬢さん――ビアトリス・ワターソンという令嬢です――と激しく愛し合っていました。ところがある晩、スタジオ・パーティーで彼はマルチェラに会い、たちまち彼女の方がわが情熱の対象としてはるかに優れていることを見抜いてしまったのです。

都会暮らしの若者の生活を、ごく複雑なものにするのはこの種の出来事です。彼らはカウンターの端から端まで歩ききる前に、選択をしてしまいがちなのです。彼は女性Aに対して、たくましき男の愛を捧げ、それでうれしがっていたところに女性Bがやってきて、で、それまで彼には彼女の存在を知る由もなかったわけです。かくして彼は自分が間違った選択をしたことに気づき、ご返品ご交換をするため、ビーバーみたいに奮闘することを余儀なくされる次第となるのでした。

この時点でのユースタスの希望は、ビアトリスとの関係を先細りにして舞台をきれいさっぱりさせ、よってマルチェラに持てるかぎりすべての魂を集中できるようにすることでした。そしてマルチェラのロンドン不在により、彼はこの手続き遂行に必要な時間を手にすることができるわけです。

そういうわけで、ビアトリスとの関係を先細りにせんがため、マルチェラが発ったその日に彼はビアトリスをお茶に誘い、するとお茶の席でビアトリスがたまたま口にしたことには――また女の子というのはそうしたことをたまたま口にするものなのですが――次の土曜日は彼女の誕生日だというのです。そしてユースタスは「ああ、そうなんだほんとに。じゃあ僕のフラットに来て食事をしてゆきなよ」と言い、するとビアトリスはあら素敵と言い、するとユースタスが何かプレゼントに最高のものをあげなくっちゃと言い、するとビアトリスは「え、いいのよほんとに、ええ、ほんとにいいの」と言い、そしてユースタスはだめだよぜったいにあげるって決めてるんだ、と言ったと、まあそういったわけだったわけです。かくして先細り手続きは上首尾に開始されたのでした。というのはつまり、ユースタスは来週日曜日に自分がウィトルフィールド・クム・バグズレイ・オン・シーにあるジョージアナ伯母さんの家にいる予定であり、であるからして彼女が昼食を楽しみに到着してみたらばそこにはホストがいないどころかプレゼントと言えるようなものはまったくないことを知り、こころ深く侮辱されてその結果冷たくよそよそしく冷ややかになるであろうということを承知していたからなのです。

機略というべきものがこうした際には求められるのだと、わたしの甥は話してくれました。誰の感情も傷つけずに目的を達せられるものではないのだ、と。また、おそらくあの子の言ったことは正しいのでしょう。

お茶の後、ユースタスはフラットに戻ってレジナルドを爽快な散歩に連れ出し、ウィリアムにはぱたぱたのひとときをやって、その晩床に就く時には、神天にしろしめし、すべて世はこともなしと感じていたのでした。

翌日は晴れ渡った暑い日でした。そして突然ユースタスは、ウィリアムはカゴを窓台に載せてもらったらばすごくよろこぶのではないかと思い当たったのでした。つまりそうすれば化学線を体組織に取り込めるわけですからね。というわけで彼はそれをやって、然る後にレジナルドを散歩に連れ出し、朝の気付けの一杯をいただけるだけの仕事はしたなと感じながらフラットに戻ったのでした。彼は従者のブレンキンソップに飲料調整用器具を持ってくるようにと指示し、やがて時おかずして家内は目に見えて平和の支配するところとなりました。ウィリアムは窓台で元気いっぱいにさえずっており、レジナルドは重労働から解放されてソファの下にて休息を取り、そしてユースタスは世に一切の憂いもなきがごとくウイスキー・アンド・ソーダを啜《すす》っていました。と、ドアが開き、ブレンキンソップが来客を宣言したのでした。

「オーランド・ウォザースプーン様」と、ブレンキンソップは言い、パントリーで読書中であった映画雑誌の続きを読むために退出してゆきました。

ユースタスはテーブルにグラスを置き、当惑したとまでは言わないまでも、いささか困惑した心持ちにて、ご来駕《らいが》の光栄に応えようと立ち上がりました。ウォザースプーンの名は彼の記憶の琴線にまったく触れるところなく、過去の人生においてこれまでこの人物に会ったことがあったかどうか、思い出せなかったのです。

それでオーランド・ウォザースプーンという人物は、一度見たら容易に忘れられるような人物ではなかったのでした。彼の体型は大型寄りで、部屋中に充満して溢《あふ》れ出さんばかりの勢いでした。体格に関しては、プリモ・カルネラ〔イタリア出身のプロボクサー。史上最も体重の重いヘビー級チャンピオンと言われた〕もかくやといった風情だったのです。もしカルネラが少年期に喫煙して発育を阻害されていたならば、の話ですが。その人の前方には超大型のスープこし型口ひげが風にそよいでおり、その双眸《そうぼう》はフクロウ、特務曹長、あるいはスコットランド・ヤードの警部に特徴的とされる、人を射抜くがごとき鋭さを備えていました。

ユースタスは自分が少しも動揺していないことに気づきました。

「いやあ、こんにちは！」彼は言いました。

オーランド・ウォザースプーンはユースタスを鋭く吟味し、またその様は彼には敵意を帯びているように感じられました。もしユースタスが並はずれて不快なゴキブリだったとしても、この人物は彼を同じように見たことでしょう。この人物の目に宿る表情は、うちの畑のレタスにナメクジがいないかどうか見てまわる郊外居住者の目に宿るそれと同じものでした。

「マリナーさんですか？」彼は言いました。

「そうだと思いますよ」そうだろうと思いながらユースタスは言いました。

「私の名前はウォザースプーンといいます」

「ええ」ユースタスは言いました。「ブレンキンソップがそう言っていました。彼はいつも頼りになる男なんですよ」

「私は庭の向こうのフラットに住んでおる者です」

「はあそうですか」依然困惑しながら、ユースタスは言いました。「お幸せにお暮らしでいらっしゃるんでしょうね？」

「貴君の質問に答えるならば、私の生活は全面的に平穏です。しかしながら、今朝私は、心の平安を粉砕し、熱き血潮を血管にたぎらせる光景を見たのです」

「それはお困りですね」ユースタスは言いました。「どういうわけであなたの血流はそんな具合になったんですか？」

「お話ししましょう、マリナーさん。私は数分前に窓辺に座り、来るべき動物愛護連盟の年次晩餐《ばんさん》会での演説の原稿を書いておりました。私は同連盟の終身次席会長の任に就いております。と、戦《せん》慄《りつ》すべきことに、私は悪魔が哀れな鳥を虐待しているのを目撃したのです。しばらくの間、私は茫《ぼう》然《ぜん》自失状態にてそれを見つめておりました。私の血は冷たく凍りついたのです」

「血は熱かったのではなかったのですか？」

「最初は熱く、それから冷えきったのです。私の胸はこの悪魔に対する怒りで煮えたぎりました」

「しょうがないですね」ユースタスは言いました。「僕がきらいなタイプがひとつあるとしたら、それは悪魔です。そいつは誰なんです？」

「マリナー」料理用バナナか、ごく特大サイズのバナナみたいな指を突き出し、オーランド・ウォザースプーンは言いました。「汝《なんじ》こそその者なり！」

「なんですって！」

「さよう」彼は繰り返して言いました。「お前だ、マリナー！　この鳥いじめ！　翼あるわれらが友に災厄をもたらす者、マリナー！　あのカナリアを燃える太陽の直射する窓台に置くとは、このスペインの異端審問官マリナー、いったいどういう料簡《りょうけん》ですか？　ドングリ目の暗殺者がお前を帽子なしで直射日光の下に置いて、お前を焼き殺そうとしたらどういう心持ちがする？」彼は窓辺に行くと鳥カゴをひったくりました。「マリナー、お前のような人間が世界の進歩の車輪を止め、動物愛護連盟のような結社の存在を必要たらしめるのだ」

「僕はその鳥がよろこぶと思ったんですよ」ユースタスは弱々しく言いました。

「マリナー、お前は嘘をついている」オーランド・ウォザースプーンは言いました。

　そして彼はユースタスを、自分には新しい友達ができたのではないという当初よりの思いを確信にまで強めるような目で見たのでした。

「ところで」緊張を和らげたいと願い、ユースタスは言いました。「一杯お飲みになられますか」

「私は一杯飲みません！」

「よしきたホーです」ユースタスは言いました。「一杯はなしですね。ですけど、話を元に戻しますと、あなたは誤解をされておいでですよ、ウォザースプーンさん。僕はバカだったかもしれないし、間違っていたかもしれない。ですが神も照覧、僕はよかれと思ってしたんです。正直に言うと、カゴを日に当ててやったら、ウィリアムが大喜びすると思ったんですよ」

「けっ！」オーランド・ウォザースプーンは言いました。

　彼がこう言った時、その声を聞きつけた犬のレジナルドが、もしやコーヒーシュガーにありつけるかしらんとソファの下からのっそりはい出てきたのでした。

レジナルドの正直顔を見て、ユースタスの心は明るくなりました。二人の間には相互尊敬に基づく友情がはぐくまれていたのです。彼は手を伸ばし、チッチと舌を鳴らしました。

不幸なことに、かの人物の口ひげを突然アップで見、己が身体に対する悪意ある陰謀が巡らされていると確信したレジナルドは、絹裂くがごとき悲鳴を放つとソファの下に飛び戻り、そこに留まって緊急援助を求めたのでした。

オーランド・ウォザースプーンはこの一件から、最悪の解釈を導きました。

「ハッ、マリナー！」彼は言いました。「これでわかった。カナリアに悪魔的虐待を加えるのみならず、お前はこの罪なき犬にも極悪非道な凶暴行為を加えているのだ。だからお前を見ただけで、その犬はキャンキャン鳴きながら逃げ出すのだな」

ユースタスは誤解を解こうと努力しました。

「この犬がいやがっているのは僕を見たせいじゃないと思いますよ」彼は言いました。「実際、この犬がたじろぎもしないで僕を長いこと見つめるのを、よく見てますから」

「ではこの犬の顕著な感情の表出は、何のせいだと君は言うのかな？」

「えー、実を言うと」ユースタスは言いました。「問題の根っこは、この犬があなたの口ひげをあんまり好きじゃないってことだと思います」

この訪問客は上着の左袖を、もの思うげにまくり上げはじめました。

「マリナー君、お前は私の口ひげを批判しようというのか？」

「いえ、いえ」ユースタスは言いました。「とっても素敵だと思いますよ」

「お前が私の口ひげを侮辱しようとするとはきわめて遺憾である」オーランド・ウォザースプーンは言いました。「マリナー君、私の祖母はよくこの口ひげをロンドンのウエストエンドじゅうで一番素敵だと言ってくれたものだ。〈ライオン風〉というのが、祖母が用いた形容だった。しかしおそらくお前は私の祖母の目は節穴だったと言うんだろうな？　おそらくお前は私の祖母を、愚かな老女でその判断なんぞは軽くはねのけられると、思っているのだな？」

「そんなことは絶対にありません」ユースタスは言いました。

「それはよかった」ウォザースプーンは言いました。「お前は私の祖母を侮辱したとして死ぬ瀬際まで殴りつけられた、三番目の男になっていたところだった。それとも四番目だったかな？」彼は考え込みました。「手帳を見てからおしえてやろう」

「わざわざお手数をおかけいただかなくても結構です」ユースタスは言いました。

会話に間《ま》が空きました。

「さてと、マリナー君」ようやくオーランド・ウォザースプーンが言いました。「これまでにしておこう。だが私と会うのがこれで最後だとは思うなよ。これを見るんだ」彼は手帳を取り出しました。「私はここに厳重な監視を必要とする悪魔のブラックリストを記してある。貴君のクリスチャン・ネームを伺ってよろしいかな？」

「ユースタスです」

「年齢は？」

「二十四歳です」

「身長は？」

「一七八センチです」

「体重は？」

「えーと」ユースタスは言いました。「あなたがいらっしゃったときは六八・五キロくらいだったんですが。今はいくぶん減ってると思います」

「では六六・七キロとしよう。ありがとう、マリナー君。これですべて完了だ。貴君は私が抜き打ち訪問する不審人物のリストに入りましたからな。これからは、いつ何どき私が貴君の家のドアをノックするか知れないものとお考えいただきたい」

「お近くにお越しの際はいつでもどうぞ」ユースタスが言いました。

「われわれ動物愛護連盟は」手帳をしまいながらオーランド・ウォザースプーンは言いました。「かような問題について理不尽ではありません。組織として、悪魔の問題には謙抑と節度をもって対処するよう指示が出ております。初犯者に対しては、警告のみにて済ませている。その後は……家に戻ったら貴君宛に最新のブックレットを郵送するのを忘れんようにせねばな。そこにウエスト・ケンジントンのマングルズベリー・マンション九号在住J・B・ストークスが、飼いねこに野菜を投げつけるのをやめよとの警告を無視したためにどうなったかが詳細に記されております。ではごきげんよう、マリナーさん。玄関までのお見送りは無用です」

甥のユースタスのようなタイプの若者は、本質的に回復力が強いものです。この会見があったのは木曜日でした。金曜日の一時頃までに、彼はこの出来事をほとんどすべて忘れていました。そして土曜日の正午までには、ふたたびいつもの陽気な彼に戻っていたのでした。

ご記憶でしょうが、この土曜日に、ジョージアナ伯母さんと週末を過ごすため、ユースタスはウィトルフォード・クム・バグズレイ・オン・シーにでかけてゆくことになっていました。

ウィトルフォード・クム・バグズレイ・オン・シーというところは、そこを訪問した経験のある人々によると、パリや戦前のウィーンのような場所ではないそうです。実際、桟橋をそぞろ歩いてスロットマシーンにペニー硬貨を入れたところで、若者世代が熱烈に求めるめくるめく大興奮の快楽の連続に関しては、これにて終了なのだそうです。

にもかかわらず、気がつけばユースタスはこの旅行をたいそう楽しみにしていたのでした。自分がホーム・レイルズの株式十万ポンドと遺伝性のリューマチ性心臓疾患とを兼ね備えたる女性との関係を堅固にしているという事実は別にして、わが家を発ってから二十四時間以内にビアトリスがからっぽのフラットを訪問し、憤慨し眉を上げた状態にて立ち去る次第となり、もって自分のことをマルチェラ問題に関して己が個性を自由に表現できる身の上にしてくれると思うことは愉快でありました。

ブレンキンソップが荷造りするのを横目で見ながら、彼は陽気に口笛を吹きました。

「僕の留守中の計画については、完全に理解してもらったな、ブレンキンソップ?」

「はい、ご主人様」

「レジナルド坊ちゃんを毎日散歩に連れ出す」

「はい、ご主人様」

「ウィリアム坊ちゃんをぱたぱたさせる」

「はい、ご主人様」

「まぜこぜにしないように。つまりだ、レジナルドにぱたぱたさせてウィリアムを散歩に連れてくようなことはないように、ってことだ」

「はい、ご主人様」

「よし」ユースタスは言いました。「それでブレンキンソップ、明日の日曜日には、お若いレディが昼食にやってくる。僕はここにはいないと説明し、彼女の欲しがったものを何でもやってくれ」

「かしこまりました、ご主人様」

ユースタスは心も軽く旅立ちました。ウィトルフォード・クム・バグズレイ・オン・シーに到着すると、彼は伯母さんとダブル・ペイシェンスをし、彼女のねこの左耳の下をときどきくすぐってやって遊歩道を歩く、平穏な週末を過ごしました。月曜日に彼は午後一時四十分の汽車に乗り、ロンドンに戻りました。伯母さんは最後まで上機嫌でした。

「来週金曜日にハロゲートに行く途中でロンドンに寄るからね」と、別れ際に伯母さんは言いました。「お茶をご馳走《ちそう》してもらえるかねえ」

「よろこんでご馳走させていただきますよ、ジョージアナ伯母さん」ユースタスは言いました。「うちで伯母さんをおもてなしする機会がいただけないことを、かねがね嘆き悲しんでいたんです。来週金曜日、四時半ですね。わかりました！」

すべてがあまりにも満足のゆく具合に進行してゆくようで、ユースタスの精神は大いに高揚していました。彼は汽車の中でずいぶん歌を歌いました。

「ヤッホー、ブレンキンソップ！」ほとんど大はしゃぎの体《てい》にてフラットに帰ってきた彼は言いました。「ぜんぶ快調かな？」

「はい、ご主人様」ブレンキンソップは言いました。「ご快適なご週末をお過ごしでいらしたものと拝察申し上げます」

「最高だった」ユースタスは言いました。「動物たちは元気かい？」

「ウィリアムお坊ちゃまはご健勝でいらっしゃいます」

「それはよかった！　それでレジナルドは？」

「レジナルドお坊ちゃまに関しましては、わたくしは直接的知識の権威をもって何ごとかを申し上げる立場にはございません。と申しますのは、お若いご令嬢様がレジナルド様をお連れ去りになられたものでございますから」

ユースタスは椅子に取りすがりました。

「連れ去っただって？」

「はい、ご主人様。お連れ去りあそばされました。ご出立の折のご指示をご想起いただけますならば、あなた様はわたくしに、ご令嬢様が望まれたものは何でも差し上げるようにとお申しつけになられました。ご令嬢様はレジナルドお坊ちゃまをお選びあそばされたのでございます。あの方はわたくしにあなた様宛に、お目にかかれないのは残念だが伯母上様をご落胆させるわけにはいかないお立場はよく理解できるということ、またあなた様におかれましてはあの方に誕生日プレゼントを差し上げることを強くお望みでいらっしゃるのだから、レジナルド坊ちゃまをお連れになられる旨伝言申し上げるようにとご要望でいらっしゃいました」

ユースタスは懸命な努力にて自制心を維持しました。この男を非難したところで何ら得るものはないと理解したのです。ブレンキンソップは、彼なりの考えにしたがって行動したのです。この従者が常に指示を字義どおりに遂行する、文字に忠実な頭の回転の持ち主であったことを想起すべきだったと、彼は内心思ったのでした。

「すぐ彼女に電話するんだ、急いで」ユースタスは言いました。

「遺憾ながら不可能でございます、ご主人様。ご令嬢様は本日午後二時の汽車にてパリへお発《た》ちとお話しでいらっしゃいました」

「それじゃあブレンキンソップ」ユースタスは言いました。「すぐに一杯たのむ」

「かしこまりました、ご主人様」

この気付け薬はこの若者の頭をはっきりさせてくれたようでした。

「ブレンキンソップ」彼は言いました。「僕の言うことを注意して聞いてくれ。気を散らしてちゃだめだぞ。よく考えなきゃいけない——ごくごくよく考えなきゃいけない」

「はい、ご主人様」

簡単な言葉で、ユースタスは現在の状況を説明しました。ブレンキンソップは舌をちっと鳴らしました。ユースタスは手を上げてそれを抑制しました。

「それはやめろ、ブレンキンソップ」

「はい、ご主人様」

「ちがう時だったらいつだって僕は、君がシャンパンの瓶からコルクを抜いている男のまねをするのをよろこんで聞いたことだろう。だが今はだめだ。今度出席するパーティーの時まで、そいつはとっといてくれ」

「かしこまりました、ご主人様」

ユースタスは当面の問題に戻りました。

「僕の置かれた状態は理解してもらえたな？　僕らは力を合わせて考えなきゃならない、ブレンキンソップ。ティルウィット嬢の愛犬消滅の件をどうやったらうまく彼女に説明できるだろうか？」

「ご令嬢様に、あなた様が公園に同犬を散歩にお連れ出しあそばされた際、同犬が首輪を外して逃げ出したとお伝え申し上げたならば、信憑性《しんぴょうせい》がありはいたしませぬか？」

「だいたいそれでいい、ブレンキンソップ」ユースタスは言いました。「だが完全にじゃあない。現実に起こったのは、君があの犬を散歩に連れていって、それでまるで完全にアホみたいに、犬をなくしてきちゃったってことだ」

「いえ、さりながら、ご主人様……」

「ブレンキンソップ」ユースタスは言いました。「君の体組織内に古きよき封建精神がたとえひとしずくでもあるなら、今こそそれを見せるべき時だ。この危機において僕を支援してくれ。君が敗者になることはない」

「かしこまりました、ご主人様」

「もちろん君は理解していることだろうが、ティルウィット嬢が戻ってきたら、彼女の前で僕は君を盛大にののしらないといけなくなる。だが君には行間を読んでもらって、すべてを軽い冗談の精神で受け止めてもらわないといけないんだ」

「かしこまりました、ご主人様」

「じゃあ、よしきたホーだ、ブレンキンソップ。ああ、ところで、僕の伯母さんが金曜日にお茶に来ることになった」

「かしこまりました、ご主人様」

以上の予備手続きが完了したところで、ユースタスは道ならしへと進みました。マルチェラ宛に長い名文で手紙を書き、不幸にも気管支性の風邪を引いて病床に就いていた折、レジナルドを公園で散歩させる任務を、自分が全幅の信頼を置く従者ブレンキンソップに代行させることを余儀なくされたと述べたのです。彼は更に続けて、自分の熱心な愛情と世話ゆえにレジナルドは最高の健康を享受したところであり、また二人で過ごした長く居心地のいい夜の思い出を、自分はいつだって切ないよろこびとともに思い出すことだろうと書き記しました。彼はレジナルドと自分が無言の交感をしつつ並んで座っている絵を描き添えました――彼は何かしらの良書に集中し、レジナルドはあれかこれかの物事について瞑想《めいそう》にふけっている――そうしながら彼の目には、涙が浮かんできたくらいでした。

それでもなお、彼の心は平穏と言うにはほど遠い状態にありました。女性というものは、心理的ストレス状態にあるとき、大量に非難を振りまきがちです。おそらくその本流はブレンキンソップに向かうでしょうが、彼の方向に向かう分も数滴はあることでしょう。

と言いますのは、もしこのマルチェラ・ティルウィットという女の子に欠点がひとつあるとしたら、それは彼女の女性としての本性の盛大なる熱烈さゆえ、時としてそれがいささか盛大に大爆発することがある点であったからなのです。彼女はいわゆるきらめく目をした長身で浅黒い女性たちの仲間で、ストレス時には、すっくりと身を起こして立ち上がり、立ち向かう男性の首にその視線を直撃させる傾向がいささかあったのです。時がその傷をある程度癒《いや》してくれてはいましたが、しかし今だに彼は、二人して劇場に遅れて到着し、それからチケットを居間のマントルピース上に置き忘れたことに気づいた夜、彼女が自分に言った数々のことどものいくつかを思い出すのでした。有能な伝記作家であればものの二分で完全な人物像の材料を集められたことでしょう。人生における他のどの時よりも、その短い会見中に彼は自分自身について多くを学んだのでした。

したがって当然ながら、彼はその後の数日間、ずいぶんくよくよと思いあぐねていました。この時期、心ここにない体《てい》でいるユースタスの姿に、友人たちはだいぶいらいらさせられたものです。彼はどんよりした目で「何だって？」と言い、それから座り直してグラスを空ける習癖を発達させたものですから、そうしたことは皆彼を会話全般の非常なお荷物にしたのでした。

背中を丸め、あごをだらりと下げて隅っこに座り込むユースタスの姿は、きわめて不快な光景でありました。甥の仲間のメンバーたちはそれについて苦情を言いはじめました。内臓を抜いた後、彼をクラブ内に転がしておく権利は剝製《はくせい》師にはない、気合いを入れて詰め物を詰め、仕事を終了すべきだ、と彼らは言ったのです。

ある日の午後、ユースタスがそんなふうに座っていて、手近にウェイターがいないかなあと目を上げると突然、壁に貼られたその日が何日何曜日かを記したカードが彼の目に止まったのでした。そして次の瞬間、この男は死んだものと思って片付けてくれるようベルを鳴らそうとしていた仲間のメンバーは、彼が飛び上がって速やかに部屋を出てゆくのを見て驚愕《きょうがく》したのでした。

その日が金曜日で、ジョージアナ伯母さんがフラットにお茶を飲みにやってくる日であることに、ユースタスは突然気づいたのでした。またキック・オフの時間まで、もう三分半しかなかったのです。

高速タクシーがたちまち彼を家に連れ帰ってくれました。フラットに入ると、伯母さんがまだ到着していないのを知って彼は安堵《あんど》しました。ティー・テーブルの用意はできていましたが、鳥カゴ内で歌を歌っているウィリアムの他、部屋には誰もいませんでした。大いに安堵し、ユースタスは鳥カゴに向かうと扉を開け、するとウィリアムはカナリア特有のエキセントリックな仕草にて数秒間飛び上がったり下がったりした後、外に出てぱたぱた行ったり来たりをしはじめたのでした。

荷をたっぷり積載したプレートを持ってブレンキンソップが入ってきたのは、この時でした。

「キューカンバー・サンドウィッチでございます、ご主人様」ブレンキンソップは言いました。「淑女様方はたいていこちらに強い依存を形成しておられるものでございますゆえ」

ユースタスはうなずきました。この男の本能に誤るところなしでした。彼の伯母さんは重度のキューカンバー・サンドウィッチ依存症なのです。腹を空かせた狼のごとく彼女がそれに襲いかかる様を、幾度となく彼は目撃したものでした。

「奥方様のご到着はまだか？」彼は言いました。

「はい、ご主人様。奥方様におかれましてはご電報をお打ちあそばされんがため、通りにおでかけになられました。あなた様におかれましてはクリームをご提供申し上げることをご希望でいらっしゃいましょうか？　それとも通常の牛乳にて十分でございましょうか？」

「クリームだって？　牛乳だって？」

「お皿をもう一枚ご用意いたしております」

「ブレンキンソップ」熱っぽい手でひたいを拭《ぬぐ》いながら、ユースタスは言いました。なにしろ近頃は彼の心の平安をかき乱すことが多かったものですから。「君はどうやら何かについて話しているらしいが、腑《ふ》に落ちないんだ。牛乳とクリームっていうその訳《わけ》のわからない話はなんだ？」

「ねこのためでございます、ご主人様」

「奥方様はご愛猫のフランシス様をご同行させておいでなのでございます」

ユースタスの顔から、緊張の表情が消え去りました。

「ああ、伯母さんのねこか?」

「はい、ご主人様」

「うむ、食べ物に関しては、ねこは牛乳を飲むし――われわれ全員と同じにだ――、牛乳が好きなんだ。だがうちにはカナリアがいるから、台所でやるように」

「フランシス様は台所にはいらっしゃいません、ご主人様」

「うむ、パントリーでも、僕の寝室でも、どこでも奴のいるところでだ」

「わたくしがフランシス様を最後に拝見いたしました時には、窓台で涼しげなお散歩をお楽しみでいらっしゃいました」

そしてこの瞬間、夕焼け空を背景に、しなやかなシルエットが浮かび上がったのです。

「おい! おーい! なんてこった! おーい! なんてこった!」あからさまな恐怖の目でその姿を見つめながら、ユースタスは叫びました。

「はい、ご主人様」ブレンキンソップは言いました。「失礼をいたします、ご主人様。玄関の呼び鈴が鳴ったようでございます」

かくして、ユースタスを強烈な興奮の餌食《えじき》としたまま、彼は姿を消したのでした。

ユースタスは、犬問題においてあれほど不注意であったにもかかわらず、かような表現をお許しいただけるなら、カナリアに対する彼の賭《か》け金を守ることを、いまだに期待していました。言い換えますと、マルチェラ・ティルウィットが戻ってきて、消えたレジナルドの件について辛辣《しんらつ》になりはじめたら、彼は「たしかにその通り。レジナルドに関しては、君の期待に添えなかった。だが何か言う前にひと休みしてあのカナリアを見てくれ――ヴァイオリンみたいに元気いっぱいで健康に溢れかえっている。それはなぜだい? 僕のたゆみない努力のおかげじゃないか」と言える立場にいたかったのです。

総合得点からペケ犬一匹失点したことを認めざるを得ない上に、頼みの綱のウィリアムまでが彼女の会ったこともないねこの胃液と分かちがたく混ざり合っていることを明かさねばならないとすると、彼はきわめて不快な立場に置かれることになります。

そしてその悲劇が差し迫っていることは、この動物の顔に浮かぶ表情からむかむかするくらいに明らかでした。それは敬虔《けいけん》な法悦の表情でした。キューカンバー・サンドウィッチにこれから襲いかかろうとするジョージアナ伯母さんの顔に浮かぶ表情に、彼はほぼ同じものを観察したことがあります。フランシスは今や部屋の中にあり、落ち着き払った、意志に満ちた目で、カナリアを見上げていました。彼のしっぽ先はぴくぴく動いていました。

次の瞬間、ユースタスの発する恐怖のうめき声を伴奏に、彼はカナリア目指して空中に身を投じたのでした。

さてと、ウィリアムはバカではありません。多くのカナリアならばひるんだであろうところを、彼はまったきサンフロワ、すなわち冷静を維持したのでした。彼はやや左に移動し、ひと足差でねこの手を逃れました。また、そうしながらも、彼のくちばしは断固たる笑みに弧を描いていました。実際、後になって思い返してみれば、最初からウィリアムはこの状況を完全に制御下に置いており、ひと笑いさせてもらうために、放っておいてもらいたかっただけであったことがユースタスにはわかったのでした。

しかしながらその瞬間には、そうは思えませんでした。骨の髄まで動揺し、このカナリアは最大の危難に遭遇していると彼は思い込んだのでした。ウィリアムは自分に提供できるかぎりの援助と慰安のすべてを必要としていると思ったのです。そして、彼はティー・テーブルにすばやく飛びつくと、何かしら戦闘の武器となりそうなものをかき回して捜したのでした。

彼の手が最初に触れたのはキューカンバー・サンドウィッチの皿でした。可能なかぎりの敏速さで、彼はそれを一個一個発射しました。しかし、ほんのいくつかは的に命中したとはいえ、実質的な成果の達成はありませんでした。キューカンバー・サンドウィッチはそれ自体の性質ゆえ、投擲《とうてき》物としてはしごくお粗末であったのです。ユースタスが一日フランシスめがけて命中球を放ちつづけたところで、彼の勢いを減ずることは不可能であったでしょう。実際、最後のサンドウィッチがこのねこのあばらに命中した後でも尚、彼は期待に満ち満ち宙をひっかきつつ、ふたたび空中へと身を投じたのでした。

鳥ウィリアムはまたもや横へと一歩動き、ねこフランシスは着地しました。そしてユースタスは感情の昂《たかぶ》りのあまり、フランシスに投げつけたサルタナケーキ、マフィン三個、角砂糖一個すべて何センチも的を外しつづけたのでした。

それから破れかぶれになって、彼はもちろん一番最初にしているべきであったことをしたのでした。テーブルクロスをつかむと、途轍《とてつ》もなくこっそりとねこの背後直近ににじり寄り、もう一遍飛び上がろうと筋肉を緊張させていた彼の上にそれを落としたのです。そして、ねことテーブルクロスの混合体上に身を投げ出すと、そのふたつを一個の簡便小包に梱包してのけたのでした。

この時点でユースタスは自分の手並みをたいそうよろこんでいました。ラグビーを何年もプレイしていない身としてはあっぱれな機転、知性、明敏さを示せたと思ったのです。大量の苦い批判がテーブルクロスごしに伝わってはきましたが、彼はそれを無視しました。この一件について静かに考える時がきたら、フランシスは自分が受けるにふさわしいものを受け取っているのだと理解することが彼にはわかっていました。カナリアを見たせいで冷淡で合理的な判断力がゆがんでいない時には、フランシスはいつも公平な考え方をするねこでしたから。

この趣旨の言葉をひとつふたつ、このねこに回転儀みたいに振る舞うのをやめてもらえるよう、発しようとしていたのですが、と、見回してみたところで、自分がこの部屋に一人きりでないことに彼は気づいたのです。

ドアのところに群れなしていたのは、彼のジョージアナ伯母さん、マルチェラ・ティルウィット嬢、そして記憶に新しいオーランド・ウォザースプーンの姿だったのです。

「レディー・ビーズレイ＝ビーズレイ、ティルウッドお嬢様、オーランド・ウォザースプーン様」と、ブレンキンソップが宣言しました。「お茶のお仕度が整っております」

ユースタスの唇から声なき悲鳴が放たれました。無感覚になった彼の指の間から、テーブルクロスがはらりとこぼれ落ちました。そしてねこのフランシスはじゅうたん上に頭から落ち、横の壁に駆け上るとカーテンてっぺんの防衛有利の地を占めたのでした。

しばらく間がありました。ユースタスにはなんと言ったものかわかりませんでした。ごくごく間《ま》の悪い思いでいたわけです。

沈黙を破ったのはオーランド・ウォザースプーンでした。

「そうら！」オーランド・ウォザースプーンは言いました。「見ましたぞ、お前のいつものやり口だ」

ユースタスのジョージアナ伯母さんは劇的に指を振り立てていました。

「わたくしのねこにキューカンバー・サンドウィッチを投げつけたんですのよ！」

「私も目撃しましたとも」ウォザースプーンは言いました。彼は不快な、穏やかな声で言いました。また、彼の姿はどこぞのいかがわしげな宗教の高僧が、キャディーに九番アイアンを用意させるのに先立って人身御供《ひとみごくう》の身体《からだ》に目を走らせる様に似ていなくはなかったのでした。「それだけではない。私の目に間違いがなければ、サルタナケーキにマフィンもでしたぞ」

「新しいマフィンをお持ちいたしましょうか、ご主人様？」ブレンキンソップが訊《たず》ねました。

「要するに本件はウエスト・ケンジントン、マングルズベリー・マンション九号、J・B・ストークスの一件にそっくり対応するようです」

「聞いてください」ユースタスは窓の方に後じさりながら言いました。「僕にはぜんぶ説明できるんです」

「説明の必要などない、マリナー」オーランド・ウォザースプーンは言いました。彼は上着の左袖をめくり上げ、右袖もめくり上げはじめているところでした。彼は二頭筋を柔軟にするため力を入れました。「一目瞭然《いちもくりょうぜん》で説明済みだ」

カーテン下でチュッチュと舌を鳴らして立っていたユースタスのジョージアナ伯母さんは、愛想がよいとは言えない心持ちにてこの小集団に戻ってきました。出来《しゅったい》したことどもに過度に興奮し、フランシスはまったく知らんぷりし、彼女は大いに傷ついていたのでした。

「お前の家の電話を使っていいならね、ユースタス」彼女は静かに言いました。「うちの弁護士に電話してお前を相続人から外してもらいますよ。だけどまず最初に」いまや実に不快なふうに鼻孔から空気を吸い込み吹き出していたウォザースプーンに向かって、彼女は言いました。「この子を死ぬ寸前までぶん殴っていただけたら、わたくしたいへん恩に着ますわ」

「今まさにそうしようとしていたところですよ、奥様」礼儀正しくウォザースプーンは言いました。「こちらのご令嬢にご親切に一歩横にご移動していただければ――」

「キューカンバー・サンドウィッチは新しくお持ちいたしましょうか、ご主人様？」ブレンキンソップが訊ねました。

「待って！」それまで黙っていたマルチェラ・ティルウィットが叫びました。

オーランド・ウォザースプーンはやさしく首を横に振りました。

「もし暴力シーンに異を唱えようとされるおつもりでしたら、ティルウットさん――ところであなたはバフスのジョージ・ティルウッド少将のご親戚でいらっしゃいますかな？」

「わたしの叔父《おじ》ですわ」

「さてさてさて！　つい昨日の晩、少将と食事したところですよ」

「世界は狭いですわね、まったく」レディー・ビーズレイ＝ビーズレイが言いました。

「まったくですな」オーランド・ウォザースプーンが言いました。「狭すぎてねこいじめマリナーと私がいっしょに暮らす余地はないくらいですよ。そういうわけですから、彼を抹殺すべくささやかながら微力を尽くさせていただきましょう。あ、それで言いかけていたんですが、もし暴力シーンに異を唱え、この青年のために嘆願しようとお考えでいらっしゃるようでしたら、残念ながらまったく無駄です。嘆願を聞き入れる余地はありません。われわれ動物愛護連盟の規則はきわめて厳格なのです」

マルチェラ・ティルウィットは硬質の、耳ざわりな笑い声を上げました。

「嘆願ですって！」彼女は言いました。「どういう意味ですの――嘆願だなんて？　このごろつきの余計者のために嘆願する気なんてありませんわ。わたし、一発目はわたしに殴らせていただけるかってお訊きしようとしてたところなの」

「さようですか？　なぜかと伺ってもよろしいですかな？」

マルチェラの目がきらめきました。彼女はスペインの血を受け継いでいるにちがいないと確信したと、ユースタスはわたしに語ってくれましたよ。

「新しくサルタナケーキはお持ちいたしましょうか、ご主人様？」ブレンキンソップが訊ねました。

「なぜかをお話ししますわ」マルチェラが叫びました。「この男が何をしたかご存じ？　わたし、うちの犬のレジナルドの世話を彼に頼んだんです。彼はレジナルドを守り、大事にするって誓ったのよ。そしたらどうなったと思って？　わたしがパリに発《た》つか発たないかってうちに、この人地元のビアトリスなんとかって女の誕生日プレゼントにあの子をくれてやっちゃったのよ」

　ユースタスは絞め殺されるような叫び声を発しました。

「僕に説明させてくれ！」

「わたしはパリにいたの」マルチェラは続けて言いました。「シャンゼリゼを歩いていたら、ペケ犬連れでこっちに向かって歩いてくる女がいて、それでわたし「ハロー、あのペケはうちのレジナルドにそっくりじゃない」って思ったの。それで近づいてきたらその子はレジナルドで、それでわたし「ねえ、ちょっと！　あなたわたしのペケのレジナルドを連れて何してるの？」って訊いたの。そしたらその女「わたしのペケのレジナルドってどういう意味？　この犬はわたしのペケのパーシヴァルよ。友達のユースタス・マリナーから誕生日プレゼントにもらったの」って言ったのよ。それでわたし次の飛行機に飛び乗って、この男をバラバラに引き裂いてやりに帰ってきたの。それでわたしが言いたいのは、これだけお金と手間をかけてやってきたのにこの人に襲いかからせてもらえないんだとしたらあんまりすぎるってことだわ」

　そして愛らしい顔を両手で覆うと、彼女は制御不能なすすり泣きを開始したのでした。

　オーランド・ウォザースプーンはレディー・ビーズレイ＝ビーズレイを見つめ、レディー・ビーズレイ＝ビーズレイはオーランド・ウォザースプーンを見つめました。二人の目には同情と共感が浮かんでいました。

「よしよし」レディー・ビーズレイ＝ビーズレイは言いました。「よしよし、いい子いい子」

「私を信じていただきたい、ティルウッドさん」父のごとく彼女の肩をぽんぽん叩きながら、オーランド・ウォザースプーンが言いました。「わが旧友、バフスのジョージ少将の姪御《めいご》さんのために私がしないことはそうはない。しかし今回のこの件は、どれほどつらくとも、断固たる態度を貫かねばならないのです。私はわれわれ動物愛護連盟の年次総会で報告をせねばならず、またそこで私が一歩引いてかよわき手弱女《たおやめ》に、ただいま議題に上がっているかくも重大な問題につき自らすべきことを代行させたと説明するとしたら、どう思われることか？　ティルウッドさん、お考え下さい。どうかよくよくお考えください！」

「わかりました」すすり泣きながらマルチェラは言いました。「ですけど飛行機に乗っているうんざりする長い間、ずっとわたし、ユースタス・マリナーに会ったらどうしてやろうかってそればっかり考えて自分を元気づけていたんですの。ご覧いただけます？　ほら、わたし一番重いパラソルを持ってきましたのよ」

　オーランド・ウォザースプーンは大甘な笑みを浮かべつつ、その華奢《きゃしゃ》な武器に目をやりました。

「残念ながら本件のような事例に、その武器では役に立ちませんよ」彼は言いました。「この件は私にご一任いただいた方がいい」

「新しくマフィンはお持ちいたしましょうか、ご主人様？」ブレンキンソップが言いました。

「自慢するわけではありませんが」ウォザースプーンは言いました。「しかし私にはかなりの経験があるのですよ。委員会から公式の謝意を何度も表明されております」

「いいわね、わかって」レディー・ビーズレイ＝ビーズレイが慰めるように言いました。「こちらにおまかせした方がずっとよろしくてよ――」

「バター付きトースト、ショートケーキ、マカロンはいかがいたしましょう？」ブレンキンソップが訊きました。

「――すべてウォザースプーンさんのお手におまかせするのがよろしくてよ。お気持ちはほんとうによくわかってよ。わたくしの気持ちもおんなじなの。だけどもね、いい子ちゃん、この現代にあってすら、表立たないのが女の仕事なんだから――」

「ええ、まあいいわ！」憂鬱《ゆううつ》げにマルチェラが言いました。

レディー・ビーズレイ＝ビーズレイは彼女をかき抱き、肩越しにオーランド・ウォザースプーンに明るくうなずきました。

「どうぞお続けあそばせ、ウォザースプーンさん」彼女は言いました。

ウォザースプーンは公式の感謝の言葉とともに一礼しました。そして身を翻したところで、ちょうどユースタスが窓を通って姿を消してゆくのを目にしたのでした。

実は、この会話が進行している間に、ユースタスは自分がその開いた窓にますます惹《ひ》きつけられてゆくのに気づいたのでした。それは彼を差し招いているように見えました。そしてこの瞬間、理解能力を完全に失ってウォータークレスとフルーツサラダのようなものを勧めだしたブレンキンソップの脇を軽く迂回《うかい》すると、彼は奈落へと身を投じ、見事着地すると、広大な地平へと素晴らしいスピードで駆け出したのでした。

その晩、付けひげで変装し身を深く覆った姿で甥はわたしの住所を訪ねてき、スイス行きの切符をやかましく要求したのでした。数日後、現地に到着した彼は、以来任務にたゆまず精力を注ぎつづけています。

そんなこんなで、さきほどわたしが読んでいた手紙で、彼はスイス十字のついたカッコー時計と副大統領の御前《ごぜん》でヨーデルを披露する権利付きで第三等深紅エーデルワイス位に叙せられたと報《しら》せてよこしたのですよ。あれほど若い者には大変な名誉です。

ベストセラー

激しい苦痛に苛《さいな》まれたる魂より発された鋭い鼻鳴らし音が、〈アングラーズ・レスト〉の特別室を覆う穏やかな沈黙を打ち破った。見上げてみると、われらが多感なるバーメイド、ポッスルウェイト嬢が、ふきんをそっと目にあてている姿があったのだった。

「お騒がせしてごめんなさいね」心配げな目に応《こた》えてポッスルウェイト嬢は言った。「だけど彼がインドに行ってしまって、古い屋敷の外、月影の下、唇を堅く引き結び、目に涙を湛《たた》えることなく、残された彼女が立ち尽くしているところだったの。そしたら彼女のちいさい愛犬が、そうっと近寄ってきて彼女の腕をなめるのよ。まるで気持ちはわかるし同情しています、ってみたいに」

われわれはぽかんとして互いに目を見合わせあった。常に変わらぬ明敏な洞察力で、この謎《なぞ》の核心をえぐり出したのはマリナー氏だった。

「ああ」マリナー氏は言った。「『後悔の記憶』を読んでいらしたのですね。お気に召しましたか?」

「うっとりですわ」ポッスルウェイト嬢は言った。「女の魂をメスでさらけ出してみせてくれるんですもの」

「前作の水準に比べ、見劣りするところはありませんでしたか? 『わかれ道』と同じくらいの秀作だと思われましたか?」

「もっといいですわ」

「ああ」スタウト・アンド・ビターが言った。「小説を読んでらしたんですか？」

「『わかれ道』の作者の最新作です」マリナー氏が言った。「間違いなくご記憶でおいでのことでしょうが、同書は数年前に実に衝撃的なセンセーションを巻き起こしたのでした。この作者の作品には、わたしはとりわけ関心を強く持っているのです。彼女はわたしの姪《めい》なものですから」

「姪御さんですって！」

「結婚して姪になったのですよ。私生活では、彼女はエグバート・マリナー夫人なのです」彼はスコッチ・アンド・レモンを啜《すす》り、しばらくじっと考えていた。

「わたしの甥《おい》のエグバートとその花嫁の話を」彼は言った。「お聞きになられたいでしょうか？ごく短い簡単な話で、わたしたちの生活に毎日起こっている痛切なヒューマン・インタレスト・ドラマのひとつに過ぎないのですが。ポッスルウェイトさんにわたしのグラスにおかわりを注いでくださる元気がまだおありでしたら、よろこんで皆さんにお話しさせていただきましょう」


六月のある晩、絵のごとくうつくしいバーウォッシュ湾の小さなリゾートで桟橋の端に佇む甥のエグバートの姿を思い浮かべていただくようにと、わたしは皆さんにお願いします。エヴァンジェリン・ペンベリーに、己がハートのごく近くにあった質問をしようと、彼は心を鼓舞していたのです。それを訊《き》こうと百ぺんもがんばってきたのですが、百ぺん共、その勇気がなかったのです。でも今夜の自分は絶好調だと彼は感じていました。それで咳払いをして、話しだしたのでした。

「君にお願いしたいことがあるんだ」エグバートは低いしゃがれ声で言いました。

彼は言葉を止めました。不可思議な息切れを感じたのです。娘は月に照らされた水面を見つめていました。その夜は音なく静まり返った夜でした。どこかはるか遠くから、街のバンドの演奏がかすかに聞こえてきました。『タンホイザー』の夕星の歌からの一節で、第二トロンボーンにいささか邪魔されていました。彼は楽譜をまちがえて『ウェディング・オヴ・ザ・ペインティット・ドール』〔初期トーキー映画『ブロードウェイ・メロディー』（一九二九）の挿入歌〕を演奏していたのです。

「君にお願いしたことが、あるんだ」エグバートが言いました。

「つづけてちょうだい」彼女はささやきました。

ふたたび彼は言葉を止めました。彼は怖かったのです。彼女の答えは彼にとってそれはそれは多くを意味したのですから。

エグバート・マリナーは安静療法のため、この静かな海辺の村にやってきました。彼の職業は編集者で『ザ・ウィークリー・ブックラバー』誌の所属スタッフでした。またあらゆる統計の示すとおり、文芸週刊誌の編集者というのは危険な商売の中でもごく上位にランクされるものです。女流小説家にインタヴューする緊張は、もっとも身体《しんたい》頑丈な者以外の身体《からだ》をはげしく蝕《むしば》むのです。

六カ月間、毎週毎週、エグバート・マリナーは女流小説家たちが芸術と自分の理想について語るのを聞きつづけてきました。彼は彼女たちのブドワールの居心地のよい隅っこで彼女たちに会い、彼女たちが犬にやさしくする姿と庭の花々の間で過ごす時にもっともしあわせでいる様を目にしました。そしてある朝、彼が口の周りに泡のぶつぶつを散らしながら机に着席し、「オーレリア・マッキノン、彼女は白百合の芳香からインスピレーションを得る」と、ぼんやりした、抑揚のない声で繰り返しつぶやいているのを目にした時、『ザ・ウィークリー・ブックラバー』の経営者は速やかにまっすぐ専門家の許《もと》へと彼を送ったのでした。

「ええそうですな」電話機のようなものでエグバートの胸の音をしばらく聞いた後、専門家は言いました。「少々お疲れですな、そうでしょう。目の前に点々が浮かんでいるのが見えるでしょう、どうです。それで精神の落ち込みから、アシカみたいに吠《ほ》えたくてたまらない時がありますな。そうでしょう。血流中の赤血球を増加させる必要がありますな」

そしてこの赤血球の増加は、エヴァンジェリン・ペンベリーをはじめて見た瞬間に開始されたのでした。二人はピクニックで出会いました。皿一杯のチキンサラダから砂粒をよける任務の手を休めたとき、エグバートの目はティースプーンで蜂《はち》をつぶしている神のごとき女の子の上に止まったのです。そして『ザ・ウィークリー・ブックラバー』のオフィスからよろめき出てきて以来はじめて、エグバートはねこが石炭がら入れから引きずり出し、よくよく見聞した結果ねこ類の消費には不適とみなして拒絶した何ものかみたいな気分ではなくなったのでした。一瞬にして彼の身体内部は赤血球の大集会のようになりました。何百万もの赤血球がざぶざぶとしぶきを上げ、土手の上でまだためらっている何百万のともがらに「おいでよ！　この血はオッケーだよ！」と陽気に呼びかけているのです。

十分後、彼はエヴァンジェリン・ペンベリーのいない人生はからっぽであるとの結論に到達していました。

それでもいまだに彼は、彼女の足下にハートを投げ出すことに躊躇《ちゅうちょ》していました。彼女はだいじょうぶに見えました。彼女はだいじょうぶそうだと思えました。おそらくきっと彼女はだいじょうぶでしょう。ですがプロポーズの前にどうしても彼は確認しなければなりませんでした。突然彼女が左隅をピンク色のシルクのリボンで結んだ原稿を取り出して、彼に忌憚《きたん》のない意見を求めてくる危険が存在しないことを、ぜったいに確認しなければならなかったのです。誰にもこれはどうしてもだめという苦手はあるものです。ナメクジがだめな人もいますし、ゴキブリがだめな人もいます。エグバート・マリナーは女流小説家がだめだったのです。

そういうわけで今、月の光の中に佇《たたず》みながら、彼は言ったのでした。

「君は今まで小説を書いたことはあるかい？」

彼女は驚いた様子でした。

「小説ですって？　ないわ」

「短編ならもしかしてあるんじゃない？」

「ないわ」

エグバートは声を落としました。

「詩は？」かすれ声で彼はささやきました。

「ないわ」

エグバートはもはやためらいはしませんでした。帽子の中からウサギを取り出して彼女の前にどさんと置く奇術師のように、彼はわが魂を取り出したのでした。彼は彼女に愛を告げ、その深さ、その純粋さと永遠に続く優秀性を強調しました。彼は乞《こ》い願い、懇願し、目を白黒させ、彼女の小さな手をしっかりと握りました。そして、返答を待とうと一息ついて、彼女が同じ線のことをずっと考えており、彼が彼女について感じるのと同じように感じていたことを知ったとき、ほとんど卒倒しそうな気分になったのでした。彼の歓喜の杯はなみなみと満ちあふれているかに思われました。

愛が人それぞれに異なった影響を及ぼすというのはまことに不思議なことです。翌朝エグバートはゴルフコースに出て、最初の九ホールをオーバーボギー一度で終えました。一方エヴァンジェリンはというと、胸のうちにふつふつとわき起こる衝動を覚え、またそれは速やかな表現を要求したものですから、小さなチッペンデールのテーブルに着座し、マシュマロを五個食べ、小説を書きはじめたのでした。

三週間にわたる陽光とバーウォッシュ湾のオゾンは、ロンドンに帰って危険な職業を再開してもよしとエグバートの主治医が判断するところまで、彼の身体系を回復させました。エヴァンジェリンは一カ月後、彼を追ってゆきました。ある晴れた日の午後四時十五分に彼女は彼の家に到着し、四時十六分三十秒に、エグバートは愛の光を目にたたえ、ドアを飛び出してきたのでした。

「エヴァンジェリン！」

「エグバート！」

しかしここでわたしは再会した恋人たちの歓喜について長々と詳述することはしません。エヴァンジェリンがエグバートの肩から顔を上げ、くっくと笑い声を発したところから話をはじめましょう。彼女は軽い笑いを発したと述べたいところですが、しかしそれは軽い笑いではなかったのです。それはくっくという笑い声——ひそやかな、不吉な、恥ずかしげなくっく笑いで、名状なき恐怖でエグバートの血を凍らせたのでした。彼は彼女を見つめ、すると彼女はもういっぺんくっくと笑いました。

「エグバート」彼女は言いました。「お話ししたいことがあるの」

「何だい？」エグバートは言いました。

エヴァンジェリンはまたくっくと笑いました。

「言葉にするとすごくおかしいってことはわかってるんだけど」彼女は言いました。「だけど……」

「何、何だい？」

「わたし、小説を書いたのよ、エグバート」

古代ギリシャの悲劇においては、観客の悲哀と恐怖の念をあまりにも強烈に惹《ひ》き起こすであろう出来事は舞台裏にて起こらねばならぬというのが、承認されたルールでありました。したがって厳密に言うならば、この場面は省略されて然《しか》るべきです。とはいえ現代の公衆は古代ギリシャ人よりも多くのことに耐えられるのですから、この箇所は記録にとどめた方がよろしいでしょう。

苦痛に苛まれるエグバート・マリナーの目の前で、部屋はゆらゆら泳ぐことをやめました。やがてピアノ、椅子、絵画、そしてマントルピース上の剝製《はくせい》の鳥の入ったケースも、通常位置に収まりました。彼は言葉を見つけました。

「君は小説を書いたのかい？」うつろな声で、彼は言いました。

「えーと、わたし、第二十四章までできてるの」

「第二十四章までできてるのかい？」

「残りは簡単でしょ？」

しばしの間、沈黙が辺りを支配しました――エグバートの荒い呼吸によってのみ、破られる沈黙が。それからエヴァンジェリンが衝動的に言いました。

「ああ、エグバート！」彼女は叫びました。「わたし、これ本当によく書けていると思うの。今あなたに読んで聞かせてあげるわね」

大悲劇が起こっているとき、相対的に生ぬるかったその不幸の開始時のことを思い返し、あのとき運命が最も過酷だとどれほど感じたことかと思い出す、というのはまったく不思議なものです。その午後エグバートは、自分の悲哀と苦悩は底打ちしたと感じました。エヴァンジェリンは彼の理想の台座の上から転げ落ちたのだと、彼は胸のうちで思いました。彼女は秘められた小説書きであることを自ら暴露したのです。これが限界だ、ぎりぎりの崖っぷちだと彼は感じました。これでとどめだ、と。

ところがなんとまあ、そんなことはなかったのです。それは雨の最初のひとしずくが雷雨と似ているのと同じ程度に、限界に似たものだったのです。

とはいえこの間違いは無理もないのです。その日の午後にエグバートが苛まれたはげしい苦痛は、自分は残りかすまで苦杯を喫し終えたのだと思い込んだ彼の大間違いがやむをえないものであったことを、十分納得させてくれるものでした。彼女が『わかれ道』という題名を付したこのシロモノを聞きながら、彼は絶え間なく身をよじり続けていました。それは彼の魂をぎゅうぎゅうの堅結びに結んだのでした。

エヴァンジェリンの小説は恐ろしい、不謹慎な作品でした。彼以外の人物の頬《ほお》を必ずや紅潮させるであろうというような意味においてではなく、彼女の注目をかつて惹いたことのある唯一のロマンス——すなわち彼女自身のロマンスということです——をすべて微に入り細を穿《うが》ち率直な言葉で書き記してあったがゆえにそうだったのです。そこには彼の求愛のすべてがありました。はじめての聖なるキス、また婚約二日目に二人がしたけんかも省略することなく。小説の中で彼女は、実際には二十三分間しか続かなかったけんかを、十年間にわたる仲たがいにまでふくらませて磨き上げました。それゆえこのタイトルが付けられ、最初の五千字で物語が終了することが妨げられたのです。彼のプロポーズはというと、逐語的に引用されていました。それを聞きながら、自分はこんなにも恐るべきワサビダイコンで大気を汚染することができたのだとの思いに、エグバートは身を震わせたのでした。

多くの男たちがこれまでそうしてき、これからもそうするであろうように、彼は女性というものがどこまで行き着けることかに驚嘆していました。『わかれ道』を読み聞かされることは、個人的にはピカディリーをそぞろ歩いていたらば突然ズボンが消え失せてしまったくらいの気分に彼をしたのでした。

こうした感情を言葉にすることもできたのでしょうが、しかしマリナー家の者は騎士道精神に満ちていることで名高いのです。エヴァンジェリンをぶったり、厚底靴で彼女の顔の上を歩いたりしたら、自分はある程度はずかしく思うことだろう、と彼は想像しました。しかしその恥の念は、彼が『わかれ道』についてどう思うかを一ミリメートルでも口にしたら感じるであろう恥の念に比べたら、何ほどのものではないことでしょう。

「素晴らしい！」彼はしゃがれ声で言いました。

彼女の双眸《そうぼう》はきらきら輝いていました。

「本当にそう思って？」

「すごい！」

単音節語で話す方が楽であることに、彼は気づいたのです。

「買ってくれる出版社があるとは思えないのだけど」エヴァンジェリンが言いました。

エグバートの気分は少し良くなってきました。もちろん、彼女が小説を書いたという事実はなんとしても変えられませんが、しかしこれをもみ消すことは可能かもしれないのです。

「だからわたし、これを自費出版しようと思うの」

エグバートは応えませんでした。彼はいくらか離れた位置をじっと見つめ、火の点《つ》いていないマッチで万年筆に火を点けようとしていたのです。

そして自分がエグバートをもてあそびはじめたばかりであることをじゅうじゅう承知でいる「運命」は、無慈悲に含み笑いをしていたのでした。

出版界においては何期に一度かごくまれに大事件が起こります。何かしら明確でない理由で大衆の偉大なるハートはびっくりジャンプをし、あらかじめ広告もされず、唯一の認知要求は『認可居酒屋ガゼット』誌に二行書評で「読みやすい」と書かれたことだけであるにもかかわらずこの世界に忍び込んでしまった小説を確保するため、大衆の偉大なる財布はからっぽにされるのです。

新進のメインプライス・アンド・ピーボディー社は『わかれ道』の初版を三百部印刷しました。そして無念にも、エヴァンジェリンが二十部しか買わないと知ったところで――どういうわけか楽天家のメインプライスは彼女が百部は買うもの（「ご友人に頒布いただくこともできますよ」）と思い込んでいたのです――本書に関する彼らの関心は、古紙相場に目を配ることだけになっていました。彼らが大儲《もう》けするはずの本は、スタルティシア・ボドウィンの『臓物』で、同書に関しては「小説におけるセックス要素増大の危機――そこに限界はないのか？」という新聞紙上での討論があらかじめ設営されていたのでした。

一カ月以内に『臓物』は忘れ去られていました。紙上討論はまったく無関心な大衆の前でいたずらに気炎を上げたのでした。大衆はいつもながら速やかに豹変《ひょうへん》し、セックスはもう十分だから善良で甘美で健全な、男が乙女に捧げる純愛に関するやさしい物語、その辺に放置できて、思春期の息子が部屋に入ってくる物音を聞くたび大型ソファのクッションの下に押し込まなくてもいい本を求めていたのです。そして大衆がとくに支持した一冊が、エヴァンジェリンの『わかれ道』であったのでした。

編集者たちの髪の毛に麦わらを突きたてさせ、有力な青年作家たちを食料卸売店に大挙して駆け込ませて見習い販売員の職にまだ空きはあるかと訊《たず》ねさせるのは、こうした、急速で予告なしの大衆の心の変化なのです。大転換のその瞬間までは、セックスが唯一の安全カードでした。出版社の刊行目録には、してしまった男たちと、すべきでなかったのにしてしまった女たちの罪深い物語がうんうんうなっていました。ところが今や警告なく市場から底が抜け、純粋で質朴な作品を求める新たな嗜好《しこう》をよろこばせられるほぼ唯一の方法は、『わかれ道』を争って買い求めることだけになっていたのです。

彼らは虎のように争いました。メインプライス・アンド・ピーボディーのオフィスは蜂の巣みたいにブンブンにぎわうことになりました。印刷機は夜昼なく動きつづけました。さい果てのスコットランド、ブート島の海峡からコーンウォールの岩だらけの海岸に至るまで、『わかれ道』を求める怒号が響き渡ったのでした。ロンドン郊外アーリング・ウエストのすべての家庭において、『わかれ道』は飾り棚上の葉蘭と家族のアルバムの隣に見いだされました。聖職者はそれについて説教し、パロディストはそれをパロディ化し、株式仲買人たちはコクラン〔二〇世紀初頭に、英国で成功を収めた劇場興業主〕のレヴューには行かずに家にいて、それを読んでは泣いたのでした。

報道各紙ではその演劇化、ミュージカル・コメディ化、映画化の可能性が無数に伝えられていました。ナイジェル・プレイフェアがそれをシビル・ソーンダイクのために買い、サー・アルフレッド・ブットがネリー・ウォーレスのためにそれを買ったと伝えられました。ラディー・クリフはそれに依拠したミュージカル劇を計画中で、スタンリー・ルピーノとレスリー・ヘンソンが出演すると報道されました〔いずれも当時有名なマネジャー、俳優、女優〕。主人公パーシーの役をカルネラが考慮中であるとの噂《うわさ》もありました。

そしてこの波のてっぺんに、息もつかず、しかし幸福に、エヴァンジェリンが乗っていたのでした。

それでエグバートは？　波の谷間でぶつぶつ言っていたのはエグバートでした。しかし今はエグバートのことに頭を悩ましている場合ではありません。

しかしながらエグバートが彼自身について頭を悩ます時間はたっぷりありました。困惑と呼ぶのもバカバカしいような心理状態で、彼は日々を過ごしていました。彼は驚愕《きょうがく》し、圧倒され、めちゃめちゃに打ちのめされていました。十万人をはるかに超える数の赤の他人が、彼の私生活の最も神聖な秘密を読んでほくそ笑んでおり、そしてまた、十万個をはるかに超える数の人々の心に、自分のプロポーズの言葉が一字一句そのまま刻み込まれているのだということを、彼はうすらぼんやりと理解していました。けれどもそのことが自分を大勢の興味津々の聴衆の前でタールを塗られ鳥の羽を付けて見せ物にされているような気分にさせるという以外、彼はあまり気にしませんでした。彼を本当に苦しめたのは、エヴァンジェリンに起こった変化だったのです。

人間の心というのは容易に繁栄に順応するものです。セレブリティでいることが目新しく当惑であったエヴァンジェリンの第一段階は間もなく過ぎ去りました。はじめての記者をどもりどもり迎えたことは遠い思い出となりました。二週間後には、彼女は記者に対し有名政治家風のごく平然たる態度で語り、またノートを持った青年記者に、帰ったら会社のウェブスター大辞典で調べなければならないような言葉で返答するようになっていたのでした。わたくしの芸術は、建築的というよりはむしろ韻律的であり、またあえて言えばわたくしはシューレアリストに近い、と彼女は彼らに語りました。

彼女はエグバートの無教養な情熱のはるか高みを飛翔していました。彼がアディントンまでドライブしてちょっぴりゴルフをしようと誘ったとき、彼女は遠慮しました。返事を書かなければいけない手紙がたくさんあるから、と。人々は彼女に『わかれ道』がどれほど自分を助けてくれたことかと言っていつも手紙を送ってくるのです。また読者に対しては礼儀正しくあらねばなりません。サインもそうです。彼女には本当に、一瞬たりとも暇はないのです。

彼は彼女にアマチュア・チャンピオンシップにいっしょにでかけようと誘いました。彼女は首を横に振りました。その日はイースト・ダリッジ・ミネルヴァ文芸進歩派女性クラブで「現代フィクションの諸傾向」に関する講演をする日と重なっているから、というのです。

エグバートはこうしたことすべてを我慢できたかもしれません。なぜなら彼女がアマチュア・チャンピオンシップのことをあんなにも軽々しく扱えたという事実にも関わらず、彼はまだ彼女のことを深く愛していたからです。しかしこの時点で、突然彼の人生に毒ガスのように、ヘンダーソン・バンクスの不吉な姿がただよい流れてきたのでした。

ある日、彼女がマンチェスター合同母の会で「小説――それは教育的であるべきか？」に関する講演をするため急ぎでかける前、十分間エグバートに時間を与えてくれていたとき、彼はうさんくさげに訊いたのでした。「君といっしょに通りをやってきた、あの男は誰なんだい？」「男じゃないわ」エヴァンジェリンは答えて言いました。「あの人はわたしの著作権エージェントよ」

そしてその通りだったのでした。ヘンダーソン・バンクスは今やエヴァンジェリンの業務を取り仕切っていました。この公共の福祉に対する顕著な汚点野郎は、べっ甲ぶちのメガネをかけ、女性クライアントに対してクークー声でうやうやしい態度をとる、大甘の人間ロシア風シャルロット菓子だったのです。彼は浅黒く、ロマンティックな顔立ちと、しなやかな体つき、首に二重巻きにしたいやらしいクラヴァットと、発言を「親愛なるレディー」という言葉で開始する習慣の持ち主でした。要するに、婚約者が自分の婚約相手のまわりで最もうろついてもらいたくないと思うような男だったのです。もしエヴァンジェリンが著作権エージェントを持たねばならないなら、エグバートが彼女のために選んだであろうエージェントは、体つきのがっしりした間抜け顔の著作権エージェントで、吸いかけの葉巻をくちゃくちゃ嚙《か》んで、編集者の聖域に入る時にはぜいぜい息をする、そういう男でした。

彼の顔を嫉妬《しっと》の表情がよぎりました。

「ちょっと神様助けてって感じに見えるな」批判めいた調子で、彼は言いました。

「バンクスさんは有能な実務家よ」エヴァンジェリンは言い返しました。

「ああ、そうなの？」目に見えて冷笑的な態度で、エグバートは言いました。

そしてその件についてはひとまずそれにておしまいになったのでした。

しかし、その状態は長くは続きませんでした。翌週月曜日の朝、エグバートはエヴァンジェリンに電話して、昼食に誘いました。

「ごめんなさい」エヴァンジェリンは言いました。「わたし、バンクスさんと昼食の約束をしているの」

「ああ?」エグバートは言いました。

「ええ」エヴァンジェリンが言いました。

「おお!」エグバートが言いました。

二日後、エグバートはエヴァンジェリンに電話して、夕食に招待しました。

「ごめんなさいね」エヴァンジェリンは言いました。「わたし、バンクスさんとお食事するの」

「おお!」エグバートは言いました。

「ええ」エヴァンジェリンは言いました。

「ああ!」エグバートは言いました。

三日後、エグバートは劇場のチケットを持ってエヴァンジェリンのフラットに到着しました。

「ごめんなさい――」エヴァンジェリンが話しはじめました。

「言わなくてもいい」エグバートは言いました。「当ててやろう。君はバンクス氏と劇場にでかけるんだろ」

「ええ、そうなの。あの方、チェーホフの『葬儀屋を探す六つの死体』の初日の席を持ってらっしゃるの」

「ああそうか、持ってるのか?」

「ええそうよ、持ってらっしゃるの」

「おおそうか、持ってるのか?」

「ええ、持ってらっしゃるのよ」

エグバートは部屋の中を何回か行ったり来たりし、それからしばらくの間、彼が歯を鋭くきしらせる音の他は沈黙がつづきました。そして、彼は言ったのでした。

「この腫れ歯ぐきバンクスについては簡単に済ますとして」エグバートは言いました。「僕は君が著作権エージェントを持つ邪魔をするなんてことはぜったいにしない男だ。もし君が小説を書かなきゃならないなら、それは君と神様との間の問題だ。それで、もし君が小説を書きたいって思うなら、きっと君は著作権エージェントを持たなきゃならないんだろう。だが——ここのところをよく聞いて欲しいんだが——君の左耳にクークー言う著作権エージェント、君のことを「親愛なるレディー」って呼ぶだけじゃなくって、君と毎日昼食と夕食をいっしょに食べていっしょに劇場に通うことが仕事上ぜったい必要だと考えているらしき著作権エージェントを雇う必要があるとは、僕には思えないんだ」

「わたし——」

エグバートは手を上げて彼女を制しました。

「僕の話は終わっちゃいない」彼は続けて言いました。「僕を心の狭い男とは誰も呼べないはずだ。もしヘンダーソン・バンクスが歴史上の偉大な恋人たちの一人みたいにもう少し見えないでくれていたら、僕は何にも言わなかったろう。もしクライアントに仕事の話をする時のヘンダーソン・バンクスの発声がもうちょっとつがいに呼びかけるナイチンゲールを思わせるものじゃなかったら、僕だって黙っていたはずだ。だけど彼はそうじゃないしそうもしない。それでそういうわけだから、君が僕と婚約中だという事実を考慮すれば、このうなだれた花野郎とはこんなに頻繁には会わないようにと君に指導するのが僕の義務だと思う。実際、僕は会うのは完全にやめにしてもらいたい。もし奴が君と仕事の話を語り合いたいなら、電話でしてもらいたい。それで奴が間違い電話をかければいいと僕は思う」

エヴァンジェリンは立ち上がっていました。そしてきらめく目を向け、彼に立ち向かったのでした。

「そうなの？」彼女は言いました。

「そうだ」エグバートは言いました。

「わたしって農奴なの？」エヴァンジェリンは問い質《ただ》しました。

「え、何だって？」エグバートは言いました。

「農奴よ。奴隷。ただ働き人。あなたのどんな小さな気まぐれにも従う生き物」

エグバートはこの問題を考量しました。

「いや」彼は言いました。「そうは思わない」

「そうよ」エヴァンジェリンは言いました。「ちがうわ。それにわたしはあなたに、わたしが選ぶお友達のことで指図してもらいたくないの」

エグバートはうつろに目をみはりました。

「つまり君は、僕がこれだけ言った後でも、このクソいまいましい菊の花野郎に相変わらずちやほやされたいのかい？」

「そうよ」

「君は大真面目に、これからも相変わらずこの腐れチーズ野郎となかよしでいるって、そう言っているのかい？」

「そうよ」

「君は絶対的全面的に、この大自然の造りそこないを追い出すことを拒否するって、そう言うのかい？」

「そうよ」

「そうか！」エグバートは言いました。

懇願するような調子が、彼の声に入り込みました。

「だけどね、エヴァンジェリン。これは君のエグバートのお願いなんだよ」

高慢な娘は、猛烈な、苦い笑いを発しました。

「あらそう？」彼女は言い、もういっぺん笑いました。「あなた、わたしたちがまだ婚約してると思ってらっしゃるの？」

「そうじゃないのかい？」

「ぜったいにそうじゃないわ。あなたはわたしを侮辱した。わたしの最も繊細な感情を踏みにじって、悪意に満ちた暴君だってことを証明したわ。あなたがどんな人間かってことがわかるのが遅すぎなくて感謝だわ。さようなら、マリナーさん」

「だけど、聞いてくれよ――」エグバートは話をつづけようとしました。

「出てって！」エヴァンジェリンが言いました。「お帽子はそちらよ」

彼女は尊大な態度で、ドアを指差しました。一瞬後、彼女は彼の後ろでバンと音立ててそのドアを閉めたのでした。

エレベーターに乗ったのは陰気な顔のエグバート・マリナーでした。そしてスローン・ストリートを大股に歩くのはもっと陰気な顔をしたエグバート・マリナーでした。わが夢が終わったことが、彼にはわかったのです。自ら築き上げた空中楼閣の崩れ落ちた廃墟を思い、彼は無慈悲な笑いを発したのでした。

それでもまだ、彼には仕事がありました。

『ザ・ウィークリー・ブックラバー』のオフィスでは、エグバート・マリナーに不可思議な変化が訪れたとささやかれていました。彼はより強く、よりタフな男になったように見えました。エグバートが病気をして以来、感動的な人間味あふれる態度で彼に接し、彼がオフィスに留まることを許して、もっと血気盛んな者たちを女流小説家にインタヴューしに送り出しながら、彼には「これから出る本」に関する短評を書かせるだけでいた編集長は、今や頼りにできる右腕を手にしたのです。「著書に囲まれたマートル・ブートル」に関するコラムが求められたとき、ブルームズベリーの荒涼たる大地に編集長が送り出したのはエグバートでした。かくも危険な任務を委《ゆだ》ねられるべきではなかった若造のユースタス・ジョンソンが、偉大なるセックス小説家ローラ・ラ・モットと二十分間過ごした後、ぐるぐる回りしながら歩き、リージェント・パークの手すりに頭をがんがんぶつけているところを発見されたとき、さっと飛びついてその穴を埋めたのはエグバートでした。

彼がメイベル・グランジャーソンとグール＝プランク夫人に同じ日の午後にインタヴューしたのも、この時期のことでした。これは『ザ・ウィークリー・ブックラバー』のオフィスでは、いまだに息をひそめて語られる偉業です。そして『ザ・ウィークリー・ブックラバー』のオフィス内においてのみならず今日に至るまで、たじろぎ尻込みする気弱な編集者に文芸編集長がはっぱをかける時のスローガンは、「マリナーのことを思い出せ」なのです。

「マリナーは怖れたか?」彼らは言ったものでした。「マリナーはひるんだか?」と。

そして「エヴァンジェリン・ペンベリーとのおしゃべり」がクリスマス特別号のために必要とされたとき、編集長が一番最初に考えたのはエグバートでした。彼はエグバートを呼び出しました。

「ああ、マリナー」

「はい、編集長」

「前に聞いたことがあるようだったらそう言ってくれよ」編集長は言いました。「だがな、昔々、アイルランド人、スコットランド人、そしてユダヤ人がいた――」

そして、編集長と編集者の会見につきものの形式手続きが終了すると、彼は仕事の話に戻ったのでした。

「マリナー」彼のことをスタッフ全員の人気者にしている持ち前の親切で父親的な言い方で、編集長は言いました。「愛するわが雑誌のために大手柄を立ててもらうチャンスだと言って、話を始めるとしよう。だがそう言った後にはこう言っとかなきゃあならない。もしいやなら、君には断れるんだよ、と。このところ君にはつらい仕事をこなしてきてもらっている。またもし君がこの任務に耐えられないと思うようなら、そのことは理解する。だが実を言うとわれわれは、クリスマス特別号のために「エヴァンジェリン・ペンベリーとのおしゃべり」を必要としているんだ」

彼はこの若者がたじろぐのを目にし、同情するふうにうなずきました。

「君には荷が勝ち過ぎだと思うんだな？　そうじゃないかと思った。彼女は一番たちの悪いタイプなんだそうだ。高飛車で、声を張り上げて語るんだな。ああいい、気にしないでくれ。ジョンソンの奴にやってもらえるかどうか見てみよう。今じゃあだいぶ回復して、巻き返しを狙ってると聞いてるしな」

今やエグバートは自分を取り戻していました。

「いいえ、編集長」彼は言いました。「僕が行きます」

「行ってくれるのか？」

「ええ、行きます」

「五割増しのコラムが必要なんだ」

「五割増しのコラムを、取ってきますよ」

けっして女々しくはない感情を隠そうと、編集長は顔をそむけました。

「いま行け、マリナー」彼は言いました。「そして勝利せよ」

ふたたび押すことはあるまいと思っていた懐しき呼び鈴を押しながら、エグバート・マリナーの心のうちにはわき起こる感情がせめぎ合っていました。二人が仲たがいして以来、エヴァンジェリンを一度か二度、見かけたことがありましたが、それは距離をおいたところから見たに過ぎません。今、彼は彼女と差し向かいで対面しなければならないのです。彼はよろこんでいたでしょうか、悲しんでいたでしょうか？　エグバートにはどちらとも言えませんでした。自分が彼女のことをまだ愛しているということだけは、わかっていました。

彼は居間にいました。その部屋がどれほど居心地よく見えたことか。そこにはどれほど彼女の存在がしみ込んでいたことか。そのソファで彼は彼女の腰に腕をまわし、しばしば並び座ったものでした——

背後から聞こえた足音が、仮面をかぶるべき時が来たぞと彼に警告しました。無理矢理インタヴュアーの硬い笑顔をこしらえると、彼は振り返りました。

「こんにちは」彼は言いました。

彼女はやせていました。着やせしてそう見えるのか、十八日間ダイエットをやっているかのどちらかでしょう。彼女の美しい顔はやつれ、もし見間違いでなければ、心痛でやせ衰えているように見えました。

「こんにちは、ペンベリー先生」彼は言いました。「『ザ・ウィークリー・ブックラバー』から参りました。小誌に先生の芸術と目標に関する読者の興味を惹く事柄をいくつかお話しいただけるよう編集長からご連絡が行って、ご親切にもご承諾をいただいたと承知しております」

彼女は唇を嚙みました。

「おかけになってください、えーと、お名前は？」

「マリナーです」エグバートは言いました。

「マリナーさん」エヴァンジェリンは言いました。「どうぞおかけになってください。ええ、お望みのお話を何でもよろこんでいたしますわ」

エグバートは腰をおろしました。

「犬はお好きでいらっしゃいますか、ペンベリー先生?」彼は訊ねました。

「大好きですわ」エヴァンジェリンが言いました。

「あとでちょっとよろしければ」エグバートは言いました。「犬にやさしくしているところを写真に撮らせていただきたいのですが。うちの読者はそういう人間味を感じさせる写真が好きなのですよ。よろしいでしょうか?」

「ええ、よろこんで」エヴァンジェリンは言いました。「あとで犬を呼んできますわ。わたし犬が好きなんですの――それとお花も」

「もちろん花に囲まれている時が一番おしあわせでいらっしゃるんですね?」

「ええ、そうですわ」

「先生は時々、花々は幼くして無邪気なままで死んだ子供たちの魂だとお考えでいらっしゃいますね?」

「よくそう思いますわ」

「それでは」鉛筆の先っぽをなめながら、エグバートは言いました。「先生の理想についてお話しいただけますでしょうか。理想はどうでしょうか?」

エヴァンジェリンは言いよどみました。

「ええ、だいじょうぶですわ」彼女は言いました。

「小説とは」エグバートは言いました。「現代の最も偉大な知的向上の道具であると言われてきました。そういった点はどのように担保していらっしゃいますか?」

「ええ、そうですね」

「もちろん、小説にも色々ありますが」

「ええ、そうですね」

「『わかれ道』の続編をお書きになるお考えはおありですか？」

「ええ、そうですね」

「どの程度進捗中かを伺ってもよろしいでしょうか？」

「ああ、エグバート！」エヴァンジェリンは言いました。

威厳が八月の氷のごとく解け去り、敵意が完全にノックアウトされ、ダムが決壊したかのように人間的慈愛の甘露が怒濤《どとう》となって痛みうずくハートに押し寄せる、そういう台詞はあるものです。とりわけ涙つきの「ああ、エグバート！」は、そうした中でももちろん最もすぐれたものです。

エヴァンジェリンの「ああ、エグバート！」はナイアガラの滝のような涙を伴っていました。彼女はソファに身を投げ出すと、今は悲嘆に我を忘れ、クッションをくしゃくしゃにしていました。彼女はステーキのかたまりを呑《の》み込んだブルドッグの仔犬みたいに、嗚咽《おえつ》を呑み込んでいました。

そして、その瞬間エグバートの堅固無比の自制心は、脚元をけりつけられたかのように崩れ落ちたのでした。彼は彼女の手を握りました。彼女の髪をなでました。彼女の腰を抱きしめました。彼女の肩をぽんぽん叩きました。彼は彼女の背筋をなでさすりました。

「エヴァンジェリン！」

「ああ、エグバート！」

彼女の隣にひざまずいて、なぐさめの言葉をあれこれかけながらも、エグバート・マリナーの幸福の唯一の瑕《きず》は、エヴァンジェリンがこの場面、会話その他全部をいただいて、次の小説で使うことだろうという暗い確信でした。そしてその理由ゆえ、彼は発言をある程度まで抑制したのでした。

しかし、熱するにつれ、彼は注意を完全に忘れてしまいました。彼女は彼に取りすがり、彼の名前をかなしげにささやいていました。発言終了までに、メインプライス・アンド・ピーボディーを歓喜の叫びとともにオフィスじゅう飛んでまわらせるであろう言葉を約二千語、エグバートは表現していたのでした。

彼はそのことでくよくよするのはもうやめました。だからどうだというのでしょう？　彼は自分のなすべきことをしたのであり、もしそれが十万冊売れるとしたら――十万冊売ってやればいいではありませんか。腕の中にエヴァンジェリンをかき抱きながら、彼はスカンジナビア語を含むすべての言語で自分が著作権を持っているかどうかなどということを、気にもかけませんでした。

「ああ、エグバート！」エヴァンジェリンは言いました。

「ああ、愛しい人！」

「ああ、エグバート。わたし困っているの」

「僕の天使！　どうしたんだい？」

エヴァンジェリンは座り直すと、涙を拭《ふ》こうとしました。

「バンクスさんのせいなの」

エグバート・マリナーの顔に、どう猛で不機嫌な表情が暗い影を落としました。こうなることを予想していて然るべきだったのだと、彼は内心思いました。首のまわりに二重巻きするタイをしている男は、遅かれ早かれぜったいか弱き女性に何らかのおそろしい非礼を働くに決まっているのです。そこにべっ甲ぶちのメガネを足し合わせよ。その総和は人間のかたちをした悪魔となることでしょう。

「あいつを殺してやる」彼は言いました。「ずっと前にそうしてやるべきだったのに、のびのびになってたんだ。あいつは何をした？　君にいやらしい振舞いをしたのか？　あのべっ甲ぶちのサテュロス野郎は君にキスしようとしたのかい？」

「あの人、わたしをがんじがらめにしたの」

　エグバートは目をぱちぱちさせました。

「何をしたって?」

「わたしをがんじがらめにしたの。雑誌でなの。長編の連載を三本と、短編をいくつかわからないくらい、取り決めてきたの」

「契約を取ってきたと、そういうことかい?」

　エヴァンジェリンは泣きながらうなずきました。

「そうなの。彼は誰とでもわたしをがんじがらめに縛りつけるの。それでみんなして前払いで小切手を送ってくるんだわ。わたしはどうしたらいいの?　ねえ、どうしたらいいの?」

「小切手を現金化するんだ」エグバートは言いました。

「だけどその後はどうするの?」

「金を遣えばいい」

「だけどその後は?」

　エグバートは考え込みました。

「ああ、そいつは厄介だな、もちろん」彼は言いました。「その後は原稿を書かなきゃならないんだろうな」

　エヴァンジェリンは我を忘れてすすり泣きました。

「だけど書けないの!　わたし何週間もやってみたわ。だけど何にも書けないの。もうぜったいに何にも書けないんだわ。わたし何にも書きたくなんかないの。わたし書くのがきらい。何を書いていいかわからないの。わたし死んだ方がましだわ」

　彼女は彼にしがみつきました。

「今朝あの人から手紙が来たの。また雑誌ふたつと契約したんですって」

エグバートは彼女にやさしくキスしました。編集者になる前、彼は作家だったのです。彼にはわかっていました。多感な芸術家を悩ませるのは、前払いの原稿料ではありません。働かねばならないことなのです。

「わたし、どうしたらいい？」エヴァンジェリンは叫びました。

「ぜんぶやめちゃえよ」エグバートは言いました。「エヴァンジェリン。君がゴルフではじめてティー・ショットを打った時のこと、憶えてるかい？ 僕はそこにいなかった。だけどきっとそいつは五百ヤード飛んで、みんながゴルフはむずかしいなんて言ってるのはどういうことかしらって思ったにちがいないんだ。その後は何年も何年も、何ひとつちゃんとできない。それからだんだんと、何年もおそろしい苦労をした後で、やっとコツがわかってくるんだ。小説書きもそれとまったく同じだ。君ははじめてティー・ショットを打った。そいつはなかなかの強打だった。さてと、もしそいつを続けるなら、君はおそろしい苦労をしなきゃならない。そんなことして何になる？ やめちゃうんだ」

「それでお金は返すのね？」

エグバートは首を横に振りました。「ちがう」彼はきっぱりと言いました。「それはやり過ぎだ。金はしっかり摑《つか》んどくんだ。両手でしっかり握りしめて。庭に埋めてバッテンで印をつけておくんだ」

「でも小説はどうするの？ 誰が書いてくれるの？」

エグバートはやさしくほほえみました。

「僕さ」彼は言いました。「光明を見いだすまで、僕も『わかれ道』そっくりのヨタ話を書いてたんだ。僕たちが結婚したら僕は君にこう言う。祈禱書《きとうしよ》を僕がちゃんと憶えてればだけど、「世俗の財産をすべて汝《なんじ》に授ける」ってね。その中には出版社にうまいこと印刷させてやれなかった三本の長編と、編集者が誰も引き受けなかった短編が少なくとも二十本はある。ぜんぶ君にあげるよ。君の長編は今夜完成する。そしたらメインプライス・アンド・ピーボディーがそいつを五十万部売るのを、座って眺めてようじゃないか」

「ああ、エグバート！」エヴァンジェリンは言いました。

「エヴァンジェリン！」エグバートは言いました。

過去よりの声

〈アングラーズ・レスト〉から川上へ二、三キロ行ったところの、古き歴史あるパブリック・スクールで近ごろ校長の交代があって、特別室に集うわれらささやかな小集団は、新任校長について論じ合っていた。

灰色の髪をしたタンカード・オヴ・スタウトは、率直に言ってこの人事を憂慮の目で見ている一人だった。

「ベンジャーだと！」彼は叫んだ。「ベンジャーが校長先生になるだなんて！」

「素晴らしい経歴の持ち主なんだろう」

「ああそうさ。だが、なんてこった。奴は俺といっしょに学校に行ったんだ」

「人生いずれそんなことにも慣れるものさ」僕たちは熱く主張した。

タンカードはお前らには俺の言っている意味がわかってない、と言った。つまり自分はちび黒べンジャーがジャムのくっついたイートンカラーの服を着て、教室に白ネズミを持ち込んだ件で数学の先生にののしられていた姿が思い出せると言いたいのだ、と。

「あいつはピンク色の顔をした、チビでデブのガキだった」タンカードは続けて言った。「去年の七月にはじめて再会したんだが、まったく変わってなかった。あんな奴が校長だなんて考えられない。校長先生ってものは年齢は百歳で身長二メートル十センチ、炎のまなこと長くて白いあごひげがなきゃいけないもんだと思ってた。俺にとって、校長先生はエプスタインの〈ジェネシス〉〔前衛彫刻家ジェイコブ・エプスタインの一九三〇年作巨大妊婦像〕とヨハネの黙示録から飛び出してきた何かしらを足し合わせたみたいなもんだったんだ」

　マリナー氏は寛大ににっこりと笑った。

「きっとあなたは早くに学校を離れられたのですね？」

「十六歳の時に。伯父《おじ》の事業を手伝わなきゃならなかったものでね」

「まさにそうなのです」マリナー氏は賢人ふうにうなずいた。「言い換えれば、あなたは一番頂点の人物と個人的なつき合いをするようになり、その人のことを指導者、哲学者、そして友人、と見なすようになる年齢以前に学生生活を終了した、ということです。その結果あなたはいわゆる名高き校長固着、あるいは校長恐怖症に罹患《りかん》されておいでていらっしゃる——まさしくわたしの甥《おい》のサシェヴェレルがそうであったようにです。あの子はいささかひ弱な若者で、十五歳の誕生日の直後に両親によってハーボロー・カレッジを退学させられ、自宅で家庭教師に教育されたのです。それですからハーボローの支配者J・G・スメザースト牧師は割れ瓶を食い破って生徒をむさぼり食らう人物であると彼が断言するのを、わたしはよく聞いたものでしたよ」

「俺はうちの学校の校長は満月の夜にはファイヴズのコート裏で人身《ひとみ》御《ご》供《くう》を捧げているんだって、強く疑ってる」タンカードは言った。

「あなたやわたしの甥のサシェヴェレルのように、学校を早い時期に離れた人たちは」マリナー氏は言った。「そうした子供めいた詩的な空想を完全に失うことはないのです。一生の間、恐怖症が持続するわけです。また時にはそのせいで面白い顛末《てんまつ》に至ることがあります——わたしの甥のサシェヴェレルの場合のように」

甥のサシェヴェレルの異常なまでの性質温和さと小心さは（と、マリナー氏は語った）、彼の昔の校長先生によって形成された恐怖のせいであると、わたしはつねづね考えてきました。神経質な少年で、年月の経過により自信家に成長してゆく様子もまるでありませんでした。成人に達するまでには、地下鉄ではぜったい席に座れたためしはなく、執事、交通警察官、郵便局の女性事務員の前では挙動不審になるという、そういう人間の部類にしっかり属するようになっていました。彼はウェイターがフランス語で話しかけてきたとき人々に笑いとばされる、そういう種類の若者でした。

またそれはとりわけ不幸なことでありました。なぜならサシェヴェレルは最近サー・レドヴァース・ブランクサム中佐の一人娘であるミュリエルと秘密裡《り》に婚約したところで、また中佐というのが保守派の郷紳で、かつてフォックスハウンド犬に「ヨーイックス」と言った中でも一番のタフな人物であったからです。サシェヴェレルはミュリエル嬢がロンドンの伯母《おば》さんを訪問している最中に彼女と出逢いました。そして一部にはその遠慮がちで控えめな態度物腰のせいで、一部には糸をちょっぴり使って手品をしてみせたせいで、彼女の愛情を勝ち得たのでした。彼はその技芸における達人であったのです。

ミュリエルはイングランドの狩り場に大量に生息する活発で快活な女の子のひとりでした。ゲートルを巻いて乗馬用鞭《むち》でそれをぴしゃりと打ちすえる自信家の青年たちの間で生まれてこのかたずっと育ったものですから、彼女はつねに無意識のうちに、何かちがったものを求めていたのです。そしてサシェヴェレルの内気で、温和で、おどおどした性格は彼女のうちなる母性を目覚めさせたのでした。友情は急速に加熱して愛情へと変わり、その結果、ある日の午後、気がつけば彼と彼女は決定的に婚約しており、ご家族にこの報《しら》せを伝えるという前途の展望に直面していたのでした。

「それでもしあなたがこの先に楽しい仕事が待ち構えてると思ってらっしゃるなら」ミュリエルは

言いました。「とんでもないから。お父様はゴリラよ。わたしが従兄弟《いとこ》のバーナードと婚約した時のことを憶えてるのだけど——」

「君が君の何と何をした時だって?」サシェヴェレルはあえぎあえぎ言いました。

「ええそうよ」娘は言いました。「お話ししてなかったかしら。わたし、前に一度従兄弟のバーナードと婚約したの。だけどあの人がわたしに親分ぶった態度をとろうとしたから、婚約解消したの。バーナードにはちょっと優位のオス的なところがありすぎるのね。だから愛想尽かししてやったの。とはいっても、わたしたちまだいいお友達よ。だけどわたしが言おうとしてたのは、お父様がやってくるとバーナードはアシカみたいにぜいぜい言って、片足立ちしたものだったってことなのね。それで彼は近衛兵なのよ。それでわかるでしょ。でもわたしたち、やってみなきゃ。あなたを今週末タワーズに連れていって、どうなるか見てみましょ」

もしその週末の訪問の間に、父親と婚約者との間に相互尊敬が生じることをミュリエルが期待していたのだとしたら、彼女は失望する運命にありました。ことははじめから大失敗だったのです。サシェヴェレルの招待主は彼に一番いい客用寝室であるブルー・スイートを与え、彼のために一番年代物のポートを取り出し、きわめて丁重にもてなしてくれました。しかし彼がこの若者を評価していないことは明らかでした。中佐の話題はヒツジ(病める時も、健やかなる時も)、堆肥《たいひ》、小麦、サトウダイコン、狩猟、射撃、そして釣りでした。一方、サシェヴェレルの話題はというと、プルースト、ロシアバレエ、日本の木版画、そして若きブルームズベリーの小説家たちに対するジェイムズ・ジョイスの影響だったのです。この二人の男の魂が融合することはまったくありませんでした。ブランクサム中佐はサシェヴェレルの足に実際に嚙《か》みついたわけではありませんが、それだけ言ったらもうそれで全部です。

ミュリエルは深く憂慮していました。

「状況を説明してあげる、ねえドッグフェイス」月曜日、愛するフィアンセが汽車に乗るのを見送りながら、彼女は言いました。「わたしたち、出だしをしくじったの。お父様はあなたを一目見て気に入ったかもしれないけど、でももしそうだったとしても、もういっぺん見て気持ちを変えたんだわ」

「残念だけど僕たちは大いに共鳴し合ったとは言えない」サシェヴェレルはため息をつきました。

「お父上を見るだけで僕は不可思議な気持ちの落ち込みを感じるっていう事実は別にしても、僕との会話はお父上には退屈だったようだ」

「あなたの話題の選び方がよくなかったの」

「できなかったんだ。僕はサトウダイコンについてあまりにも無知だ。肥料は僕にとって封印された書物なんだ」

「わたしが言いたいのもそこなの」ミュリエルは言いました。「ぜんぶ変えなきゃだめよ。あなたがお父様に報告する前に、前もって慎重に地面に肥料を撒《ま》いとかなきゃいけないの。言ってる意味がわかってもらえればだけど。第二ラウンド開始のベルが鳴って危険なダン・マッグルー〔R・W・H・ヴィスの詩の登場人物〕が火を噴きながらあなた目がけてコーナーから飛び出してくる前に、あなたは科学的農業学に関する有益な知識を獲得してなきゃだめ。そしたらお父様は嬉しがってくれるわ」

「だけどどうやったらいいんだい?」

「どうするか教えてあげる。わたし、前に雑誌を読んでいて、そしたらそこにほとんど何から何まで教えてくれる通信教育学校の広告が出ていたの。あなたが受けたいコースにバツ印をしてクーポンを切り取って封をすれば、あとは向こうでやってくれるわ。きっとあなたのところにパンフレットや何やら送ってくるんでしょう。だからロンドンに着いた瞬間に、その広告を探して——『ピカディリー・マガジン』に出てたわ——そしたらそこに手紙を出して、全力を尽くすようにって言うのよ」

鉄道旅行の間じゅう、サシェヴェレルはこの助言について考えていました。そして考えれば考えるほど、これがどれほど素晴らしいものかがいっそう明瞭に理解されてくるのでした。ブランクサム中佐に彼が与えた悪印象は、主として前者のお気に入りの話題について自分が無知であったせいだったのです。グアーノやヤンガー・レスターシャー種のヒツジに対するディップの影響に関する気の利いた話をときどき投入できる立場にありさえしたら、ミュリエルの父親が彼を見る目はずっとやさしくなるに決まっているのです。

彼はいっときも無駄にせずクーポンを切り取り、代金小切手を同封の上、広告記載の住所にそれを送りました。そして二日後には大きな小包が到着し、彼は集中コースの勉強に専心したのでした。

最初の第六レッスンを修了する頃までに、当惑の感覚がサシェヴェレルを襲い始めていました。もちろん彼は通信教育学校のメソッドというものを何一つ知りませんでしたし、まだ見ぬ講師に盲目的な信頼を寄せる覚悟でいましたが、しかし、科学的農業学に関するコースが科学的農業学にまったく触れないというのは奇妙なことと思われました。こうした問題について自分が赤子のようなものであるとはじゅうじゅう承知していましたが、それでもこの件は最初に言及されるべきトピックのひとつだと彼は思ったのです。

しかし事実はそうでありませんでした。その講座は深呼吸と規則的な運動と冷水浴とヨガと心のトレーニングについては大量の助言を含んでいましたが、科学的農業学の問題に関しては曖昧《あいまい》かつ不明確でした。とにかくその点に話が進まないのです。それはヒツジについて何も語らず、肥料について何も語らず、またサトウダイコンについて語ることを避けるありさまときたら、あたかもこの健康によい野菜のことをほとんど不道徳だと考えているかのようでした。

最初のうちは、サシェヴェレルはおとなしくこのことを受け入れていました。人生のすべてのことを受け入れてきたのと同じように。しかし次第に、勉強が進むにつれ、不可思議な苛立《いらだ》たしい感覚が彼をとらえはじめたのでした。とりわけ朝になると、自分がだいぶイライラしていることに彼は気づきました。そしてレッスン第七回が届けられ、そこにも変わらず科学的農業学と向き合うことに対する講師の馬鹿げた内気さが存在するのを目にしたとき、彼はもうこれ以上我慢はしないと決めたのでした。彼は激怒していました。この人たちはわざと自分をだまくらかしているのだ、と彼は考えました。サシェヴェレルはでかけていって彼らに会い、自分がこんなふうに軽くあしらわれて黙っているような男ではないということを、思い知らせてやろうと決心したのでした。

〈我が校におまかせ通信教育学校〉の本社はキングズウェーを外れたところの大きなビルの中にありました。サシェヴェレルは東風のごとく正面玄関を通り抜け、気がつけば、冷たくて生意気な目をした小さいボーイと向き合っていたのでした。

「はい？」深い疑念を込めて、少年は言いました。彼は人間同胞を信頼せず、彼らの行動に最悪の動機を当てはめるタイプの人物である模様でした。

サシェヴェレルはぶっきらぼうに〈ジョン・B・フィルブリック社長〉という銘が掛けられたドアを指さしました。

「ジョン・B・フィルブリック社長に会いたい」彼は言いました。

少年は蔑《さげす》んだふうに唇をゆがめました。彼はもの言わぬ軽蔑《けいべつ》にてこの申し入れを対処する寸前でいるようでした。それから彼は、嘲笑的《ちょうしょうてき》な言葉を一言、もったいなくもお授けくださったのでした。

「お約束なしでフィルブリックさんにはお会いいただくことはできません」彼は言いました。

数週間前なら、こんなことを言われたらサシェヴェレルは、顔を赤らめ足をこんがらがせながらよろめき出ていっていたことでしょう。しかし今や彼はこのガキを羽根のごとく払いのけ、大股に中のオフィスへと向かっていったのでした。

机の椅子にはセイウチひげをたくわえた禿げ頭の男が座っていました。

「ジョン・フィルブリックさんですか？」サシェヴェレルはぶっきらぼうに言いました。

「それが私の名前ですが」

「それじゃあ僕の話を聞いてください、フィルブリック」サシェヴェレルは言いました。「僕は科学的農業学コースのために十五ギニー前払いで支払った。お宅が送ってくれたレッスン第七回まで来ているんだが、その中に科学的農業にほんのわずかでも関係する事柄が一言だって見つけられたら、僕は自分の帽子を食べてやりますよ——それとあなたの帽子もだ、フィルブルック」

社長はメガネを取り出すとそれを掛け、サシェヴェレルが彼の前に投げ出した文献の山を見つめました。彼は眉を上げ、舌をチッと鳴らしました。

「舌を鳴らすのはやめろ！」サシェヴェレルは言いました。「僕がここに来たのは説明を求めるためで、舌をチッと鳴らされるためじゃあない」

「なんたること！」社長は言いました。「なんと不可解なことでしょう」

サシェヴェレルは力強く机を叩きました。

「フィルブリック」彼は叫びました。「問題をはぐらかすんじゃあない。不可解じゃない。スキャンダラスで醜悪で不名誉なことだ。僕は強硬な手段をとらせてもらう。この非道を世間じゅうに最大限広く情け容赦なく知らしめ、完全に暴露するためにはいかなる努力も惜しまないつもりだ」

社長は手を挙げて反対の意を表明しました。

「お願いです！」彼は訴えました。「ご貴殿のご憤慨は理解いたします——お名前は何と——はい、マリナー様でいらっしゃいますか、ありがとうございます……ご貴殿のご憤慨は理解いたします、マリナー様。ご貴殿のご心配には同情いたします。しかしわれわれがご貴殿をだまそうなどということを望んでおったわけではないとは、断言いたします。うちの事務方の不幸な不手際に過ぎず、またこの事務方の者については厳しく譴責《けんせき》しておくところです。つまり、間違った講座があなたに送られていた、ということなのですよ」

サシェヴェレルのもっともな怒りは、いささか和らぎました。

「ああそうですか？」いくらか穏やかな調子で、彼は言いました。「そうか、講座間違いですか？」

「講座間違いです」フィルブリック氏は言いました。「そして」意味ありげな一瞥《いちべつ》を訪問者に向けると、続けて彼は言いました。「これほど即座に結果が出るということは、我が校の教育システムの有効性のいちじるしい証左であるとは、ご同意いただけるところでありましょう」

サシェヴェレルは当惑しました。

社長は愛想よく笑いました。

「結果ですって？」彼は言いました。「結果というのはどういう意味です？」

「あなたが過去数週間ご受講されていたのは、マリナー様」彼は言いました。「〈完全なる自信と鉄の意志をどうやって手に入れるか〉に関する講座だったのです」

通信教育学校のオフィスを去りながらも、不思議な昂揚感《こうよう》がサシェヴェレル・マリナーの胸を満たしていました。どれだけであれ、長い時間人を悩ませていた謎が解決されることはつねに安堵《あんど》です。またジョン・フィルブリックが彼に告げたことは、いくつかの不可解な事柄を明快に解決してくれたのです。ほんのわずかの間に自分と自分のまわりの世界との関係に変化が起こったことを、彼は理解したのでした。目を見つめた時にタクシー運転手がへなへなとしおれたこと、以前なら弱気に脇へのいていたことでしょうに、自分が図々しい歩行者に対して一歩たりとも道を譲らなかったことを、彼は思い出していました。そのときこうした出来事は彼を困惑させましたが、今やすべてが解明されたのです。

しかし主として彼がよろこんだのは、自分は今や科学的農業学の勉強をする面倒くさい必要から解放された、という思いからでした。それは彼の芸術家的魂がつねに嫌悪を感じてやまなかった主題でした。明らかに、彼ほどの鉄の意志を備えた男がサー・レドヴァース・ブランクサムをよろこばせるだけのために大量の退屈な事実を泥縄式に暗記したりするとしたら時間の無駄です。サー・レドヴァース・ブランクサムはあるがままの自分を受け入れ、愛することだろうとサシェヴェレルは感じたのでした。

彼はその件については何の問題も予測していませんでした。彼の心の目には、タワーズのディナー・テーブルの椅子の背にゆったりもたれ、ポートのグラスを傾けながら、自分がすでに彼の娘に求婚したことを告げる彼の姿が浮かんでいました。おそらく、純粋に儀礼上の必要から、彼はこの結婚に対する親爺《おやじ》さんの同意を求めているかのごときふりを礼儀正しく装うことでしょう。しかし頑迷な兆候をほんの少しでも見せようものなら、彼は自分が何をすべきかをわかっているのです。

上機嫌で、サシェヴェレルはカールトン・ホテルに向かって歩きだしました。そこで昼食にするつもりだったのです。ヘイマーケットに入るとすぐ、彼は突然立ち止まりました。彼の意志堅固な顔に、暗い影が入り込んでいました。

タクシーが彼を追い抜き、そしてその車内に彼の婚約者、ミュリエル・ブランクサムが座っていたのです。そして彼女の横には、いやらしい顔ににやにや笑いを浮かべ、近衛旅団のネクタイをした青年が座っていたのでした。

すべてのマリナー家の者と同じく、サシェヴェレルがきわめて直感力の鋭い人物であったという事実ゆえに、たちまち彼はこの青年がミュリエルの従兄弟のバーナードであると推論しました。彼が拳《こぶし》を握りしめ双眸《そうぼう》を炎できらめかせ、タクシーを見つめながら立ちつくしていたという事実から、この二人がタクシーの後部座席で屈託なく近接して押し合いへし合いする光景が、彼の中に最大限の憎悪と嫉妬を惹き起こしたことが推測されましょう。

彼に話してくれたとおり、ミュリエルはかつて従兄弟と婚約していました。そして二人が依然としてあんなにもむかむかするほど親しい関係にあるのだとの思いは、サシェヴェレルの魂に浸蝕性の酸のごとく作用したのでした。

タクシーでなかよくおでかけだと。なんてこった！　ランチョン・テーブルで差し向かいでお楽しみだって。けっ！　まさしく平地の町〔「創世記」十三。ソドムとゴモラのこと〕をあれほど嫌われ者にしたような類いのことが行われているのです。ミュリエルがきっぱりした態度で取り扱ってやらねばならない娘である、ということを彼は明瞭《めいりょう》に理解しました。彼には独占欲の強いヴィクトリア朝期の男のようなところは何一つありませんでした——ものの考え方においては本質的に現代的で心の広い男であると彼は自負していました——しかし、もしミュリエルがこの目玉の飛び出た笑い方の気障《きざ》な歯ブラシ口ひげの近衛連隊兵とバビロン的酒池肉林を辺り構わずつづけ、それで自分が二枚貝みたいに黙っていると思っているなら、彼女は必ずや思い知らされることでしょう。

また、サシェヴェレル・マリナーはもしかすると、とは言わない男でした。

一瞬、別のタクシーを捕まえて二人を追いかけようかとも考えましたが、それからそうしない方がいいと思い直しました。彼は激怒していましたが、抑制を失ってはいませんでした。自分が望みどおりにミュリエルを叱《しか》りつけるときには、彼女ひとりを叱りつけたいと思っていました。彼女がロンドンにいるとしたら、きっとエニスモア・ガーデンに住む伯母《おば》さんの家に滞在していることでしょう。何かちょっと食べてから、暇な時にそこに行こう、と思ったのです。

エニスモア・ガーデンの執事は到着したサシェヴェレルに、思った通りミュリエルは当家をご訪問中であり、とはいえただいまはご昼食におでかけ中でお留守であると報せてくれました。サシェヴェレルは待たせてもらうことにして、そしてただいま居間のドアが開き、彼女が入ってきたのでした。

彼女は彼を見てよろこんだ様子でした。

「ハロー、連鎖球菌ちゃん」彼女は言いました。「来てたのね、そう？　今朝電話してお昼をちょっとごちそうになれないかって聞こうとしたんだけどあなたはおでかけで、それで代わりにバーナードに電話してタクシーワンメーターでサヴォイに行ってきたのよ」

「僕は君を見かけた」サシェヴェレルは冷たく言いました。

「あらそう？　かわいそうなおバカさん。どうしてひと声かけてくださらなかったの？」

「僕は君の従兄弟のバーナードになんか会いたくなかったからだ」変わらぬ冷たい声でサシェヴェレルは言いました。「それで、この不快な話題をつづけている間に言っておくが、僕は君に、あの男には二度と会わないよう要求しなければならない」

娘は目をみはりました。

「あなた、何をしなければならない、ですって？」

「僕は君に、彼とは二度と会わないよう要求しなければならない」サシェヴェレルは繰り返して言いました。「僕は君と従兄弟のバーナードとの交際の継続を望まない。僕は奴の顔がきらいだし、僕の婚約者が若い男と二人きりで昼食をとることも認めない」

ミュリエルは当惑した様子でした。

「あなた、かわいそうなバーナードを袖にしろっていうの？」

「そう強く要求する」

「だけど、おバカさん、わたしたち幼なじみなのよ」

サシェヴェレルは肩をすくめました。

「もし」彼は言いました。「君がバーナードと幼なじみでもこれまで生き延びてこられたなら、そのことに感謝してそれはそれでよしとすればいいじゃないか。どうしてわざわざ奴を追い求めてこれ以上の罰を受けようなんてするんだ？　さてと」サシェヴェレルはつっけんどんに言いました。

「僕の希望は述べた。君はそれを尊重するんだ」

ミュリエルは言葉を見つけるのに苦慮している様子でした。彼女は沸騰するソースパンみたいにバブバブ言っていました。また、誰であれ偏見のない目を持つ批評家ならば、彼女の感情の高まりを非難することはできなかったことでしょう。彼女がこの前サシェヴェレルに会ったとき、彼の前ではちぢこまったスミレですらシカゴのギャングに見えるくらいだったということを想起せねばなりません。それが今ここで、彼は彼女の目をまっすぐ睨《にら》みつけ、あたかもイタリアの公務員たちに週給十二％カットを通告しているムッソリーニのように、世界中に届けとばかりの勢いで声を張り上げているのです。

「それでだ」サシェヴェレルは言いました。「他にも言っておきたいことがある。僕は君の父上にできるかぎり早く会って、僕たちの婚約を宣言したい。僕の計画がどんなものかを知ってもらっていい時期だ。だから今週末タワーズに滞在できるように取りはからってもらえるとうれしい。さてと」時計をちらっと見ると、サシェヴェレルは話を締めくくりました。「もう行かなきゃ。対応しなきゃならない問題がいくつかあるんだ。君と従兄弟氏の昼食がだいぶ長引いたせいで、もうずいぶんと遅くなった。じゃあさよなら。土曜日に会おう」

その週末の土曜日にブランクサム・タワーズに向かって出発したとき、サシェヴェレルは絶好調の気分でした。鉄の意志をどう成長させるかに関する第八回レッスンが朝の配達で彼の許に届き、彼は列車内でそれを勉強したのです。それは素晴らしいものでした。それはナポレオンがまさしくどのようにしてああなったのかを教えてくれましたし、目を細めて人々をきびしくねめつける方法に関する技術的記述だけでも金を払う価値がありました。彼は自信の輝きに満ち、マーケット・ブランクサム駅へと降り立ちました。唯一彼の心配は、サー・レドヴァースが彼の計画への反対といったような性質のことを何か猛烈な勢いで試みはしないかというおそれでした。彼は哀れな親爺さんを自宅のディナー・テーブルでかりかりに焼き焦がすことを余儀なくされたくはなかったのです。

彼はこの点について熟考し、中佐をできるかぎりお手柔らかに倒すことを心がけようと決意しました。と、彼の名を呼ぶ声がしたのでした。

「マリナーさんですか？」

彼は振り向きました。自分の目で見たのだから信じなければいけない、と彼は思いました。そして、もし自分の目を信じるとすると、彼の横に立っている男はミュリエルの従兄弟バーナードに他ならなかったのです。

「迎えに出るように言われてきたんですよ」バーナードは続けて言いました。「僕は親爺さんの甥っ子です。車まで歩くとしましょうか？」

サシェヴェレルは言葉を失っていました。自分があれだけ言った後で、ミュリエルが従兄弟をタワーズに招待したのだとの思いは、彼から言葉を奪い去りました。彼は黙ったまま彼に随《つ》いて車まで歩いたのでした。

ミュリエルはタワーズの居間にいて、すでにディナー用の服に着替え、陽気にカクテルをシェイクしていました。

「あら着いたの？」ミュリエルが言いました。

別の時だったら、彼女の素振りがおかしいことをサシェヴェレルは感じとったかもしれません。そこにはいつにない冷淡さがありました。上の空でいた彼は気づかなかったのですが、彼女の目には危険なきらめきがあったのです。

「ああ」彼は短く答えました。「着いた」

「ビッシュの連中はまだ着かないのかい？」バーナードが訊《たず》ねました。

「まだよ。お父様に電報が届いたの。遅くなるまで来られないって。ボグナーの主教様が地元の田舎者の群れに堅信礼を授けにいらっしゃるんですって」サシェヴェレルの方に向き直って、ミュリエルは言いました。

「ああそう？」サシェヴェレルは言いました。彼は主教様に関心はありませんでした。彼らは彼に何の興味も惹《ひ》き起こしませんでした。彼に関心があったのは、彼女の不快な従兄弟がどういうわけで自分の表明した願いをものともせず今夜ここに来ることになったのか、に関する彼女の説明だけだったのです。

「さてと」バーナードは言いました。「そろそろ二階へ行ってウェイターに変装してきた方がいいかな」

「僕もだ」サシェヴェレルは言いました。彼は彼女に向き直りました。「僕の部屋は前と同じ〈ブルー・スイート〉でいいのかな？」

「ちがうわ」ミュリエルは言いました。「あなたは〈ガーデン・ルーム〉よ。だって……」

「よくわかった」サシェヴェレルはぶっきらぼうに言いました。

彼は回れ右して、ドアに向かいもったいぶった足取りで歩いたのでした。

駅でバーナードに会ってサシェヴェレルが感じた憤りは、ディナー用の服に着替えながら彼の胸のうちで煮えたぎったそれと比べれば、どれほどのものでもありませんでした。そもそもバーナードがタワーズにいるというのが言語道断のことなのです。彼が自分に優先して一番いい寝室を与えられたということは、脳みそがぐるぐる回るくらいの大事件でした。

　皆さんはおそらくご存じでしょうが、田舎の邸宅における寝室の配分というのは、劇場における楽屋の配分と同じくらいに厳格な序列の問題なのです。お偉方が一番いい寝室をとり、小者は可能な範囲で押し合いへし合いします。もしサシェヴェレルが脇役といっしょの楽屋を使うよう言われたプリマドンナだったとしたって、これほどの屈辱は覚えなかったことでしょう。

　問題はブルー・スイートがこの家で唯一専用浴室の付いた部屋であったというだけのことではありません。これは物事の原理原則の問題なのです。自分がガーデン・ルームに押し込められ、一方バーナードはブルー・スイートの豪奢《ごうしゃ》な悦楽にふけっているという事実は、彼がランチョン・パーティーのとき取った態度に意趣返しをしてやろうというミュリエルの宣言に等しいのです。それはちいさな、意図的な侮辱でした。そしてサシェヴェレルは、こんなナンセンスは遅滞なくつぼみのうちに摘み取ろうと冷たく決意してディナーの席に降りてきたのでした。

　思考に没入するあまり、彼はディナーのはじまりの頃の会話にまったく注意を払っていませんでした。彼は陰気にスープをひと匙《さじ》ふた匙すすり、サーモンの一切れをもてあそんでいました。しかしスピリチュアルな意味では、彼は遠く離れたところにいたのです。仔羊の鞍下《くらした》肉が配膳《はいぜん》され、召使いたちが野菜を持ってきはじめた段になってようやく、テーブルの上座からした人食い虎がインド人農奴を見つけたときの声に似ていなくもない吠《ほ》え声により、彼はもの思いから目覚めたのでした。そして見上げると、その声がサー・レドヴァース・ブランクサムから発されたことに気づきました。彼の招待主はたった今執事によって彼の鼻先に置かれた皿を不快げに見つめていました。

それだけならばごく普通の出来事だと申せましょう――ただ一家の頭領がホウレンソウをきらったという、古い、昔ながらの物語です。しかし何らかの理由で、それはサシェヴェレルをはげしく苛立たせたのでした。彼のピンと張りつめた神経は、辺りを満たしはじめた動物的絶叫に逆なでされ、そして彼は心の中で、サー・レドヴァースがただちに絶叫を止めないかぎり自分は確実にそれを抑制するだろう、と思ったのでした。

その間サー・レドヴァースは迫りくる運命を知る由《よし》もなく、皿をにらみつけていました。

「このいかがわしい、ぐちゃぐちゃした、気味の悪い、ずるずるした、壊疽《えそ》にかかったようなシロモノはなんだ？」彼はしわがれた、耳ざわりな声で言いました。

執事は答えませんでした。こういうことはしょっちゅう経験して慣れっこだったのです。彼はただ、優れた執事がこうした場合に装着する超然とした表情の分量を増しただけでした。彼は弁護士の助言なしにしゃべることを拒否している著名な銀行家のように見えました。必要な情報を提供したのは、ミュリエルでした。

「それ、ホウレンソウよ、お父様」

「では片付けてねこにやってくれ。わしがホウレンソウをきらいなのは知っておろう」

「だけど、とっても身体《からだ》にいいのよ」

「わしの身体にいいなどと、誰が言った？」

「お医者さまたち全員よ。ヘモグロビンが足りない時に、元気にしてくれるの」

「わしのヘモグロビンは十分足りておる」中佐は怒りっぽい調子で言いました。「どうしていいかわからんくらい沢山じゃ」

「鉄分たっぷりなの」

「鉄じゃと！」中佐の眉毛は真ん中でくっついて一本の恐るべき体毛の防柵になりました。彼ははげしく鼻をフンと鳴らしました。「鉄じゃと！　わしを剣呑《の》みの曲芸師だとでも思っとるのか？　わしがダチョウで、鉄を常食にしてるとでも思っとるのか？　おそらくドアノブを何個かとローラースケートを何足か腹に詰め込めと、そう言いたいんじゃな？　それともネクタイピンを少々か？　鉄じゃと、はあ結構！」

要するに、普通の、昔ながらのイギリス上流家庭におけるホウレンソウをめぐる口論にすぎません。しかしサシェヴェレルはそうした気分ではなかったのです。この口喧嘩《くちげんか》と論争は彼を苛立たせ、そしてこれはやめさせねばならないと彼は決意したのでした。彼は椅子から半分立ち上がりました。「ブランクサム」彼は静かな、抑揚のない声で言いました。「ホウレンソウを食べろ」

「えっ？　なんじゃと？　なんだって？」

「すぐにホウレンソウを食べるんだ、ブランクサム」サシェヴェレルは言いました。そして同時に、彼は目を細め、招待主を鋭くねめつけたのでした。

すると突然、老人の頰《ほお》から、深い紫色が消えはじめました。ゆっくりと、彼の眉毛は正常位置へと這《は》い戻りだしました。しばらくの間彼の目はサシェヴェレルの目と合い、それから目線を落とすと、弱々しい笑みが彼の顔に入り込んだのでした。

「さてさて」スプーンに手を伸ばし、それを握りながら、虚勢を張ろうと哀れにも試みつつ、彼は言いました。「ここにあるのは何じゃったかな？　ああ、ホウレンソウか？　結構、結構！　鉄分たっぷり、医師連中の大いに勧めるところじゃな」

そして彼はそれを突っつくと、大量に掬《すく》い上げたのでした。

短い沈黙がつづきました。中佐がホウレンソウを食べるくちゃくちゃいう音によってのみ中断される沈黙が。それからサシェヴェレルが口を開きました。

「ディナーの後、すぐにあなたの書斎でお目にかかりたい」ぶっきらぼうに彼は言いました。

ディナー終了後四十分ほどしてサシェヴェレルが居間に入ってきたとき、ミュリエルはピアノを弾いていました。自分が本調子でいないことを自覚している若い娘の神経系を和らげるために大自然が特別に提供してくれたらしき、ロシアの作曲家の作品を、彼女は演奏していました。その作品は身を引いて構え、定期船のエンジン室みたいな勢いでピアノが震動するくらいのスウィングを連打しつづけることによって最善の結果が得られる、というような曲でした。そして元気で頑健な娘であるミュリエルは、そこに大量の活力を投入していたのでした。

サシェヴェレルの変化はミュリエルを計り知れないほど苦しめていました。彼のことを思うと、ダンスのときパートナーにアイスクリームを持ってきてと言ったら、彼がスッポンスープのボウルを持って跳ねまわって戻ってきた時に感じたような心持ちになるのでした。だまされた——というのが彼女が感じていた思いでした。彼女はやさしくて性質の穏やかなかわいらしい仔ヒツジちゃんにハートを与えたのに、そうした瞬間に彼は突然ヒツジの皮をさっと脱ぎ捨ててこう言ったのです。「エイプリル・フール！　俺はオオカミだぞ！」と。

生来誇り高き性格でありましたから、ミュリエル・ブランクサムはいかなるかたちでも男性に親分ぶられるのがいやでした。彼女の誇り高き精神はそうしたものに嫌悪を感じたのです。そして親分ぶることは、もはやサシェヴェレル・マリナーのミドル・ネームになってしまっていたのですから。

その結果、サシェヴェレルが居間に入ってきたとき、愛する女性は大爆発の準備万端でいたのでした。

彼は何も感づいていませんでした。彼は自分自身によろこんでおり、またそのことを顔に出していました。

「夕食のとき、君の父上に目にもの見せてやったろ、どうだい？」サシェヴェレルは陽気に言いました。「きっちり分《ぶ》をわきまえさせてやったと思うんだ」

ミュリエルは静かに音を抑え、歯を軋《きし》らせました。

「たいして手応《てごた》えなしだったな」サシェヴェレルは言いました。「君がお父上について言っていたことからすると、ほんとに激辛の親爺さんだと思ってたんけど、僕にはまるで正反対だって感じられた。望みうるかぎり最高に穏やかなご老人だった。僕たちの婚約のことを告げたとき、お父上は僕の足に頭を擦りつけ、両脚を上げて転げてまわってらしたよ」

ミュリエルは静かに息を呑みました。

「わたしたちの、何ですって？」彼女は言いました。

「僕たちの婚約だよ」

「あら？」ミュリエルは言いました。「あなた、お父様にわたしたちが婚約してるってお話しなさったの？」

「もちろんそうしたとも」

「それじゃあすぐにお戻りになって」突然、はげしい怒りに燃え、ミュリエルは言いました。「お父様に、今のは冗談だったっておっしゃってらして」

サシェヴェレルは目をみはりました。

「ごめん、いま言ったこと、もういっぺん言ってくれるかい？」

「お望みなら、百ぺんだって言うわ」ミュリエルは言いました。「あなたの間抜け頭にこのことをよく叩き込んでおいて。注意して憶えるのよ。必要なら、あなたのシャツの袖口に書き込んでちょうだい。わたしはあなたと結婚しない。大金が懸かってたとしたって、昔の学校友達をよろこばせるためにだってあなたとは結婚しない。世界中のお金をくれるって言われたってあなたとは結婚しない。いいわね！」

サシェヴェレルは目をぱちぱちさせました。彼は圧倒されていたのです。

「今のは愛想尽かしみたいに聞こえるんだけど」彼は言いました。

「愛想尽かしよ」

「君は本当に僕をお払い箱にしようとしているの？」

「そうよ」

「君のかわいいサシェヴェレルを、愛してないのかい？」

「ええ愛してないわ。わたしのかわいいサシェヴェレルは最低だって思うもの」

沈黙がありました。サシェヴェレルは眉を下げて彼女を見ました。そして短い、苦い笑いを放つと、こう言ったのでした。

「ああ、よくわかった」


サシェヴェレル・マリナーは嫉妬《しっと》の怒りに煮えたぎっていました。もちろん、何があったかを彼は見抜いたのです。あの娘はふたたび従兄弟のバーナードの華やかな魅力の虜《とりこ》となり、汚れた手袋のように一人のマリナーのハートを投げ捨てたのでした。しかしもし彼がこの状況をおとなしく受け入れてこれ以上何も言わないと思っているなら、すぐ彼女は自らのあやまちに気づくことでしょう。

サシェヴェレルはこの娘を愛していました――この退廃した世の中で愛としてまかり通っている生ぬるい好意とかいったシロモノではなく、中世の豊穣《ほうじょう》かつ情熱的な魂の熱情のかぎりを込めて、彼女を愛していたのです。そして彼は彼女と結婚しようとしていました。そうです、たとえ近衛連隊ぜんぶが邪魔に入ろうとも、彼は彼女と手に手をとって祭壇に向かい、翌朝の朝食時には彼女がケーキを切る手伝いをするのだと、堅く心に決めていたのです。

バーナードだと……！　バーナードなんて、すぐに片付けてやる。

内なる興奮はあったものの、サシェヴェレルは危機に接した時のマリナーを特徴づける精神の明《めい》晰《せき》さを維持していました。テラスを一時間行ったり来たりする間に、自分が何をせねばならないかがわかりました。早まった行動をしても得られるものは何もありません。誰にも邪魔されず、彼の鉄の人間性が全開であの男の上に振り撒かれるよう、静けき夜にバーナードと一対一で対決しなければならないのです。

そうして厩舎《きゅうしゃ》の上の時計が夜十一時を報せる時が訪れ、サシェヴェレル・マリナーがブルー・スイートに無慈悲に腰を据え、餌食《えじき》となる者の到着を待つ姿が見られたのでありました。

彼の頭脳は氷のようでした。彼は軍事行動計画を完成させていました。彼にあの男を傷つけようという意図はありませんでした――ただこの屋敷をただちに立ちさり、二度とミュリエルと会ったり話したりしないようにと命令するだけのつもりだったのです。

かくてサシェヴェレル・マリナーは沈思黙考していました。その晩、従兄弟のバーナードがブルー・スイートの半径十メートル以内にけっして来ないことを知る由もなく。バーナードはすでに三階のピンク・ルームに憩うていました。最初から彼はその部屋をねぐらとしていたのです。最も名誉ある客人の居室であるブルー・スイートは、ボグナー主教のためにはじめから取り置かれていたのでした。

キャブレターのトラブルと一連の回り道のせいで、主教様のブランクサム・タワーズ到着は遅れていました。最初は晩餐《ばんさん》に間に合うことを願い、それから九時半頃には到着するものと思い、最終的には、十一時をちょっと過ぎて目的地に到着し、彼はたいそう安堵したのでした。

かくも深夜となっては、手早くサンドウィッチを食べ、ライムジュースのソーダ割りを少々いただくことが、この高位聖職者が招待主に振る舞われたもてなしのすべてでした。これらを食べ終えると、もはや就寝の用意ができたものと了解し、ブランクサム中佐に案内されて彼はブルー・スイートのドア前に到着したのでした。

「ご快適にお過ごしいただけるとよろしいのですが、主教様」中佐は言いました。

「さようと確信しておりますとも、ブランクサム君」主教は言いました。「明日には疲労回復して他のお客人にお目にかかれるとよいのですがのう」

「甥のバーナードの他に客人は、もう一人いるだけです。マリナーという名の若者です」

「マリナーですと？」

「マリナーです」

「ああそうですか」主教は言いました。「マリナー」

そして同時に、部屋の内側では、わたしの甥のサシェヴェレルが椅子から飛び上がり、彫像のごとく凍りついて立ち尽くしていたのでした。

このお話を物語る際に、わたしはサシェヴェレルのハーボロー・カレッジでの経歴について軽く触れておきました。ここで彼の学生生活においてつねにハイライトであった事件について手短かに述べたとて、脇道にそれたことにはならないでしょう。

ある晴れた夏の日、齢《よわい》十四歳半の少年であったわたしの甥は、ゴルフボールを持ち出して建物の脇に投げつけることで、学校生活の日常の倦怠《けんたい》をまぎらわそうとしていました。跳ね返ってきたボールを受け止めようというのが彼の意図であったわけですが、不幸にも実地テストにおいてボールは跳ね返ってこなかったのです。真北に向かうはずがそれは北北東に向かい、その結果、校長先生が外気を吸おうと窓から身を乗り出したまさしくその瞬間に、校長室の窓を通過したのでした。そして次の瞬間、あきらかに天国より発された声が、ひとつの言葉を告げました。その声はパイプオルガンの最低音のようで、またその言葉はたった一語でした。

「**マリナー!!!**」

そして、今サシェヴェレルが聞いた言葉は同じ言葉で、また声も同じ声だったのです。

わたしの甥の不安を真に理解するためには、わたしがただいまお話ししたエピソードが長年彼の記憶に青々と留まっていたという事実をご理解いただかねばなりません。彼の最大の悪夢、そして彼の士気に最大の落ち込みをもたらしてきたのはつねに、無力な思いで震えながら立ち、かたわらでは「マリナー！」と叫ぶ声が聞こえる、ということだったのです。

となれば彼が一瞬の麻痺《まひ》状態になったのも驚いたことではありません。彼の頭の中で唯一整合的な思考は、彼にボグナーの主教は彼の昔の学校の校長先生だったＪ・Ｇ・スメザースト牧師だと話してくれるだけの頭が誰かにあったらよかったのに、という苦い思いでした。だったら当然、この家から二歩で出ていっていたはずだったのです。しかし連中はただボグナーの主教と言っただけで、それだけでは彼には何もわかろう由もないのですから。

さてと、時すでに遅しです。彼は誰かがどこかでＪ・Ｇ・スメザースト牧師が主教になったというようなことを何か言ったのを聞いたことがあるような気がしました。そしてこの虚脱状態にあってすら、彼はこの行為の卑劣さに当然ながら義憤の身震いを覚えるのでした。校長先生たちが自分の名前をこんなふうに変えて、それを人々に気づかせないままにしているのはフェアではありません。Ｊ・Ｇ・スメザーストは言いたいだけ主張すればいいでしょうが、しかし彼がコミュニティに対してうさんくさい真似をしたという事実からは逃れようがありません。あの男は偽名を使ってうろついているようなものなのですから。

しかし今は正不正の問題について抽象的思弁に耽《ふけ》っている場合ではありません。彼は隠れなければば……隠れなければならないのです。

しかしどうしてわたしの甥のサシェヴェレルに隠れなければならない訳《わけ》があるのかと、皆さんはお訊ねになられるかもしれません。彼は〈我が校におまかせ通信教育学校〉から簡単な八回の授業を受け、完璧《かんぺき》な自信と鉄の意志を手にしたのではなかったか、と。その通りです。しかしこのおそろしい瞬間に、彼が学んだことはすべて夢のごとく彼の許《もと》から消え去ってしまったのです。歳月は逆行し、ふたたび彼は校長先生恐怖症の完全支配下にある十五歳のゼリー状少年に戻っていたのでした。

一瞬の早業で、サシェヴェレル・マリナーはベッドの下に潜り込みました。そしてドアが開いたとき、彼はそこで息を殺し、耳がカサカサ音を立てないよう頑張りつつ、横たわっていたのでした。


スメザースト（別名ボグナー）は服をゆっくり脱ぐタイプの人物でした。彼はゲートルを外し、それからしばらくの間立ったまま、どうやら瞑想《めいそう》に耽っている様子で、賛美歌の一節をハミングしました。しばらくすると彼は脱衣を再開しましたが、その時ですら試練は終わりませんでした。サシェヴェレルが横たわる拘束された位置から見える範囲では、主教様はいくつか柔軟体操をしているようでした。それから浴室に行って歯を磨きました。彼がベッドに上がってシーツの間に身を横たえ、明かりを消したのは、半時間は経った時のことでした。

彼がそうしてだいぶ経ってからも、サシェヴェレルは微動だにせず現在地に留まっていました。しかし今、枕付近から聞こえてくるかすかな、リズミカルな音が、主教が眠ったことを保証してくれ、そして彼はねぐらから慎重に這《は》い出してきたのでした。そして、計り知れないほどの注意をもって足を踏み出しドアのところに行き、それを開け、そこを抜け出したのでした。

後ろ手にドアを閉めた時にサシェヴェレルが感じた安堵は、もし彼がちょっとしたまちがいで外の廊下の楽園に到着したのではなく、ただ浴室に入っただけであったことに気づいていたならば、これほど深くはなかったことでしょう。この事実は彼が予期せず椅子に衝突し、それをひっくり返し、バスマットにけつまずいて支えを求め暗闇に手をあがき、流しの上のガラス棚上のビン各種――その内容物は順番に、スカルポ（「毛穴に栄養」）、ひげそり後のお顔にスージン、ドクター・ウィルバーフォースのゴールデン・ガーグルうがい薬大ビンあるいは七シリング六ペニーサイズでした――を払い落とすまで、彼には理解されていなかったのでした。床に叩き付けられたこれら物品は、サシェヴェレル・マリナーよりはるかに鈍い男にすら真実を明らかに語ったことでしょう。

彼は速やかに行動しました。後ろの部屋からは、まごうかたなき主教様がベッドに起き上がる物音が彼の耳に届いていましたし、彼は遅滞なく行動しました。彼はあわててスウィッチを手でさぐり、明かりをつけました。かんぬきを見つけ、それを閉めました。それからようやく浴槽の縁に腰かけ、この状況を入念な精査に付そうと試みたのでした。

彼は長いこと静かに思考しているわけにはゆきませんでした。ドアの向こうからはげしい息づかいの音が聞こえ、それから声がしたのです。

「誰じゃ？」

なつかしき古き学校時代においてつねにそうであったように、その声はサシェヴェレルを二十センチ跳び上がらせました。彼がようやく着地したところで、別の声が寝室からしてきました。それはサー・レドヴァース・ブランクサム中佐の声で、ガラスの粉砕される音を聞きつけよき招待主の親切精神をもって安否を問いにやってきたのでした。

「どうなされましたか、主教様？」彼は訊ねました。

「泥棒じゃ、中佐殿」主教は答えました。

「泥棒ですと？」

「泥棒じゃ。浴室に鍵をかけ閉じこもっておる」

「それは何とまあ幸運なことじゃ」中佐は心の底から言いました。「わしはたまたまここに戦斧《せんぷ》と猟銃を持ってきておりましてな」

サシェヴェレルは今こそ会話に加わるべき時だと感じました。彼はドアのところにゆき、鍵穴に口を付けたのでした。

「大丈夫です」震える声で、彼は言いました。

中佐は驚きの叫びを発しました。

「奴は大丈夫だと言っとりますぞ」彼はそう報告しました。

「なぜ大丈夫だと言うのでしょうな?」主教は訊ねました。

「そこは訊きませんでした」中佐は答えて言いました。「ただ大丈夫だと言っておるのです」

主教は怒ったように鼻をフンと鳴らしました。

「大丈夫であるわけがない」彼は熱を込めて言いました。「それでどうして大丈夫でいるを装わんといかんかが些《ちっ》ともわからん。中佐殿、われわれのとるべき最善の方策はかようなものと考えますぞ。すなわち、貴君は猟銃を持ってそこで構え、わしはこの見事な戦斧でドアを叩き割るといたしましょう」

そしてこの否定の余地なく決定的な瞬間に、何か柔らかくまとわりつくものがサシェヴェレルの右耳をかすめ、彼をもういっぺん跳び上がらせたのでした——今回は二十五センチくらいでしたか。それで回れ右してみたところで、耳に触れたのが浴室窓のカーテンであったことを彼は知ったのです。

今や天も割れんがばかりの大音響が轟《とどろ》き、ドアの蝶番《ちょうつがい》はぐらぐら揺れていました。主教は百人の闘士聖職者のご先祖様の血をその身のうちに燃やし、戦斧にて作業を開始していたのでした。

しかしサシェヴェレルはその轟音《ごうおん》を聞いてはいませんでした。彼の全注目は、その開いた窓に向けられていました。そして今すばやい動きで、彼はそれを伝ってよじ上り、鉛板葺《ぶ》きの屋根らしきところに降り立ったのでした。

一瞬、彼はまわりを闇雲に見まわしました。そして、おそらくは「雪と氷のただ中に「エクセルシオル（より高く）！」」と不思議な銘句の記された旗運びたる何かしら少年時代の無意識の記憶によって、彼はただちに上方向へと跳び上り、屋根を登りはじめたのでした。

ブルー・スイート上階の自室に戻ったミュリエル・ブランクサムは、まだ床に就いてはいませんでした。彼女は開け放った窓辺に座り、考え、考えていました。

彼女の思いは苦いものでした。深く後悔したというのではありません。先の対談の際、サシェヴェレルに愛想尽かしをしたことについて、その行為は正当であったと彼女の良心は彼女に告げていました。彼は暴君的な砂漠の族長みたいに振る舞ったのです。そして暴君的な砂漠の族長を嫌悪することこそ、つねに彼女の精神構造の不可欠の部分であったのですから。

しかし正義はわれにありという意識は、こんな時に女の子の支えとなるには十分でないものです。そして自分の愛したサシェヴェレルを思うとき、痛切な痛みがミュリエルを襲うのでした――以前の、穏やかで、心やさしいサシェヴェレル、畏敬《いけい》のまなざしで彼女を見つめる以上のことは何も求めず、糸を使ってちょっぴり手品をするため必要な注意を払うために目線を外す他は、そのまなざしを彼女に向けつづけたサシェヴェレル。彼女は消えてしまったサシェヴェレルを悼《いた》み嘆いたのでした。

もちろん今やこうなってしまったからには、彼は翌朝早くこの家を出てゆくことでしょう――おそらくは彼女が一階に降りてゆくはるか前に。なぜなら彼女は朝寝坊でしたから。わたしが二度と彼に会うことはあるのかしら、と、彼女は思ったのでした。

この瞬間、会うことはあったのでした。彼は四つん這いで屋根の勾配《こうばい》を彼女に向かい登っていました——そして、ねこならぬ身としては、ごく見事に、それをやってのけていました。彼女が立ち上がるか立ち上がらぬかのうちに、彼は窓辺に立ち、窓枠をつかんだのでした。

ミュリエルは息もできずにいました。彼女は大きく見開いた、悲劇的な目で彼を見つめました。

「何の用？」きびしく彼女は訊ねました。

「えーと、実を言うとなんだけど」サシェヴェレルは言いました。「もしよかったら、君のベッドの下に隠れさせてもらえないかなあ」

そして突然、薄明かりの下、この娘は彼の顔が不可解な恐怖にゆがんでいることに気づいたのでした。そしてその顔を見て、それまで抱いていた敵意は大波のごとく消え去ったかのようで、そしてなつかしき愛と尊敬とが熱くみずみずしく噴き出したのでした。一瞬前まで、彼女は彼の頭をレンガで殴りつけたいと思っていました。今や彼の心を慰撫《いぶ》し、彼を守ることを彼女は熱望していました。なぜならここにもういっぺん、わたしの崇拝したサシェヴェレルが戻ってきたのだから——可哀そうで小心でこわがりで、どうしようもないだめな人。彼の髪を彼女はいつだって撫《な》でさすってやりたかったし、また彼に対し彼女は、砂糖のかたまりをくれてやりたいという不思議な断続的渇望を抱いたものでした。

「すぐ入って」彼女は言いました。

彼は彼女に手短かな感謝の言葉を投げかけると窓枠を飛び越えました。すると突如彼の身体《からだ》は硬直し、とり乱した、追いつめられた表情が彼の目にふたたび宿ったのでした。どこか下の方から、においを追う主教様の低いうなり声が聞こえてきたのです。彼はミュリエルに取りすがりました。そして彼女は悪夢におびえる子供の心を和らげるように、彼を抱きしめたのでした。

「聞いて！」彼はささやきました。

「あの人たち、誰なの？」ミュリエルは訊ねました。

「校長先生だ」サシェヴェレルは息をあえがせて言いました。「校長先生の大群なんだ。それと中佐だ。中佐の一個連隊なんだ。戦斧と猟銃を持ってる。僕を助けて、ミュリエル！」

「だいじょうぶよ、だいじょうぶ！」ミュリエルは言いました。「よしよしよし」

彼女は彼をベッドへと導き、そして彼は潜水するアヒルみたいにその下に飛び込んだのでした。

「そこなら安全よ」ミュリエルは言いました。「さあ、何があったかぜんぶおしえてちょうだい」

部屋の外からは、追跡者たちの叫び声が聞こえてきました。当初の小隊は執事と数名の血気盛んなフットマンらにより増員されていました。とぎれとぎれに、サシェヴェレルは彼女にすべてを話したのでした。

「だけどあなたブルー・スイートで何をしていたの？」彼が話を終えると、娘は訊ねました。「わからないわ」

「僕は君の従兄弟のバーナードと話をして、もし君と結婚したいなら、わが屍《しかばね》を越えてゆけと言いに行ってたんだ」

「なんていやな思いつきだこと！」いささか震えながらミュリエルは言いました。「どうしたらそんなことになるのか、わからないけど」怒号に耳をすませ、彼女は一瞬言葉を止めました。どこか階下で、フットマンたちが次々と転がり落ちて折り重なっている様子でした。また獲物を狩り立てる主教様が帽子スタンドのとらわれとなり放つ甲高い悲鳴も聞こえてきました。「だけどいったい全体どうして」先ほどの発言を再開し、彼女は訊ねました。「わたしがバーナードと結婚するだなんて思ったの？」

「君が僕を振ったのはそのせいだと思ったんだ」

「もちろんそうじゃないわ。わたしがあなたに愛想尽かししたのは、あなたが突然、野蛮で怒鳴りたてていばり散らす居丈高な最低男になったからよ」

サシェヴェレルが口を開く前に、しばらく間《ま》がありました。

「そうだったかなあ？」とうとう彼は言いました。「うん、きっとそうだったんだろう。ねえ、おしえてくれないか」彼は続けて言いました。「早朝、いい牛乳列車はあるかなあ？」

「三時四十分だったと思うわ」

「僕はそれに乗る」

「あなた、どうしても行かなきゃいけないの？」

「行かなきゃならない」

「わかったわ」ミュリエルは言いました。「でもまた会えるまでにそんなに時間はかからないはずよ。数日中にわたしロンドンに駆けつけるから、そしたら二人でちょっぴりランチを食べて、そして結婚してそれから……」

ベッドの下からあえぎ声が聞こえてきました。

「結婚するだって！　君はほんとに僕と結婚してくれるの、ミュリエル？」

「もちろんするわ。過去は死んだの。あなたはまたわたしの大事なかわいいエンジェルちゃんよ。ああ、わたし狂おしく激しくあなたを愛しているわ。ここ数週間の間、あなたに何があったのか想像もつかないけど、もうぜんぶ終わったんでしょ。だからこれ以上その話はなしにしましょ。ほら聞いて！」ゴゥオーンという轟音《あくば》が夜陰を満たし、それにつづいて何らかの外国語、おそらくはヒンドスタン語らしきもので悪罵の言葉が洪水のごとく溢《あふ》れ返るのを示して指を立て、彼女は言いました。「きっとお父様がディナーの銅鑼《どら》にぶつかって転んだんだわ」

サシェヴェレルは答えませんでした。胸がいっぱいで言葉にならなかったのです。彼は自分がどんなに深くこの女性を愛していることか、そしてこれら数語の彼女の言葉がどれほど自分を幸福にしてくれたことかと考えていました。

　とはいえ、歓喜に入り交じって、悲しみのようなものもあったのです。古のローマ詩人が言ったように、スルギト・アマリ・アリクィド、すなわち苦きもの現れわれらを悩ます〔ルクレティウス『物の本質について』第四巻。歓喜の泉のただ中より、苦きもの現れわれらを悩ます〕、なのです。彼は〈我が校におまかせ通信教育学校〉に二十回レッスン分を前払いで十五ギニー支払ったことを思い出したのでした。彼はレッスン第八回でそれを捨てるのです。また彼をナイフのごとく突き刺してやまない思いは、もはや自分にはジョン・B・フィルブリック社長のところにでかけてゆくのに十分な自信と鉄の意志は残っていない、ということだったのでした。

勝利の笑顔

〈アングラーズ・レスト〉の特別室内での会話は、英国貴族および地主階級に広範にゆきわたるははだ遺憾な道徳基準の低さ、という主題に転じた。

博覧強記のわれらがポッスルウェイト嬢が、ただいま読書中の小説では子爵が一族の顧問弁護士を崖《がけ》から突き落としたところであると述べ、それによってこれなる問題提起がなされたのだった。「弁護士が彼の罪深い秘密を知ってしまったからなの」善良な女性であるからして、ポッスルウェイト嬢はいくらか乱暴にグラスを磨きながら説明した。「この弁護士がその子爵の罪深い秘密を知ってしまって、それでそいつが彼を崖から突き落としたの。きっとそういうことって、みんな知らないだけでしょっちゅう起こってるんでしょうね」

マリナー氏は厳粛にうなずいた。

「本当にそのとおりなのです」彼は同意した。「ですから一族の顧問弁護士が崖の底で二個以上の断片になって見つかったときにスコットランドヤードのお偉方のビッグ・フォーが一番にすることは、近在中の子爵全員を一斉逮捕することなのですね」

「准男爵は子爵よりたちが悪い」パイント・オヴ・スタウトが熱を込めて言った。「ウシの売買でつい先月准男爵にやられたばかりなんだ」

「伯爵は准男爵よりたちが悪い」ウイスキー・サワーが主張した。「伯爵についてなら、いろいろ言いたいことがあるんだ」

「OBE（大英帝国勲章）はどうだ？」マイルド・アンド・ビターが問い質《ただ》した。「俺に言わせりゃあ、OBEだって見張ってる必要がある」

マリナー氏はため息をついた。

「事実はこうなのです」彼は言った。「皆さんそのようにお認めになられることをいやがられますが、英国貴族階級全体が不道徳性の継ぎはぎ、蜂《はち》の巣状の寄せ集めなのです。ピンを持ってデブリッツ貴族名鑑のページをどこでもいいから突き刺してご覧なさい。さすれば日焼けした首みたいにか弱い良心を持ってそこいら中をうろつきまわっている御仁の御名前を突き通したことにお気づきになられることでしょう、とわたしはあえて断言するものです。わたしの言ったことを証明する必要があるようでしたら、わたしの甥《おい》の私立探偵エイドリアン・マリナーの話がその証拠になるでしょうか」

「あなたに私立探偵の甥御さんがいらっしゃるだなんて、知りませんでしたよ」ウイスキー・サワーが言った。

ええ、そうなのです。今はもう引退していますが、一時期はこの業界で誰よりも熱心なやり手だったのですよ。オックスフォードを卒業して、ひとつふたつ自分に合わない仕事を試してみた後、あの子はアルバマール・ストリートのウィジェリー＆ブーン探偵事務所の職員として適所を得たのです。そしてこの名門事務所に所属して二年目に、第五代ブラングボルトン伯爵の次女、レディー・ミリセント・シップトン＝ベリンジャーと出逢い、恋に落ちたのでした。

若い二人を結びつけたのは「迷子のシーリハムテリアの冒険」でした。純粋に職業的観点からすれば、甥がこの件を自らの推理力の最大勝利の中にけっして入れることはないのですが、しかしそれがいかなる帰結に至ったかを考えるならば、本事件を彼のキャリアにおける最も重要な事件に選んだとしても無理はありません。事件は公園でさまよっている犬を見つけ、首輪に書かれた名前と住所から同犬をアッパー・ブルック・ストリート一八A、レディー・ミリセント・シップトン゠ベリンジャーの所有と推論し、散歩終了時に同犬を同道して同所に向かい、同犬を同所有者に返還したというものでした。

この件に触れると、「児戯《じぎ》にも等しいですよ」という言葉で、いつもエイドリアン・マリナーはこの捜索のことを一蹴《いっしゅう》したものです。しかし、たとえこれが探偵道の至高の名人芸であったとて、レディー・ミリセントにこれ以上の賞賛と情熱を覚えさせることは不可能だったことでしょう。彼女は尻尾《しっぽ》を振ってわたしの甥にじゃれつきました。彼女は彼をバタつきトースト、アンチョヴィ・サンドウィッチそして二種類のケーキよりなるお茶に招待しました。そしてお茶の終了時には、まだ知り合った初期段階であるにもかかわらず、たんなる友情よりも熱い関係となって彼は同家を辞去したのでした。

実際、わたしの信ずるところ、その娘さんはエイドリアンが彼女に恋するのと同じくらいたちまち彼に恋したのでした。彼を魅了したのは彼女のまばゆいばかりのブロンドの美しさでしたが、一方、彼女はというと彼の容貌《ようぼう》の端正さ――この点はすべてのマリナー家の者に共通するところです――だけでなく、彼が浅黒く痩《や》せ型で、そして不可解な憂鬱《ゆううつ》の空気を身にまとっていたという事実にも心奪われていたのです。

実を言うと、これは甥が少年期よりわずらってきた迷惑千万な消化不良発作のせいであったのです。しかしこの娘さんには、当然ながら偉大でロマンティックな魂の存在の証左に見えたのでした。

彼の中に隠れた深みがあるのでなければ、あんなにも深刻で悲しげな顔ができるものではない、と、彼女は感じたのです。

彼女の観点から物事を理解することは可能です。彼女は生まれてこのかた、貧弱な視力をモノクルで補い、会話に関しては、アカデミーはご覧になられましたかと訊《き》くか、レモネードはいかがですかと訊くかしたら、あとはご用済みの脳みそなしの若者たちと慣れ親しんできたのです。エイドリアン・マリナーのように浅黒く、鋭い目をして、足跡、心理学、そして地下世界について上手に気楽に語ってくれる男性が彼女に与えた印象は、驚くほど強かったにちがいないのです。

いずれにせよ、二人の愛は急速に熟しました。はじめて出逢ってから二週間もしないうちに、ルパート街にある探偵たちのクラブ、シニア・ブラッドステインで昼食をご馳走《ちそう》しながらエイドリアンは彼女にプロポーズし、そして求婚は受け入れられたのでした。そしてそれから二十四時間の間、郊外地区を含むロンドン全体で、彼ほど幸福な私立探偵はいなかったと言っても過言ではなかったのです。

しかしながら翌日、昼食にふたたびミリセントと会ったとき、彼女の美しいかんばせに、訓練を積んだ彼の目にはただちに激しい苦痛とわかる感情を認め、彼はこころ乱されたのでした。

「ああ、エイドリアン」娘さんはうちひしがれた様子で言いました。「最悪の事態が起こったわ。お父様がわたしたちの結婚のことに、聞く耳をお持ちにならないの。わたしたち婚約したって言ったら、お父様「クソ！」って何べんもおっしゃって、それでそんなクソいまいましいナンセンスは生まれてこのかた聞いたことがないって付け加えたの。わかるでしょ、一九二八年のジョー伯父《おじ》さまのご災難以来、お父様は探偵を毛嫌いしてらっしゃるのよ」

「僕は君のジョー伯父さんに会ったことはないと思うけど」

「来年になれば機会があるわ。普通に受刑態度良好で仮釈放が決まれば、七月頃にはうちに戻れるでしょ。別件もあるの」

「別件もあるのかい？」

「あるの。サー・ジャスパー・アドルトン、ＯＢＥは知っていて？」

「金融業の？」

「お父様はわたしをそいつと結婚させたいの。ひどい話でしょ？」

「それよりもっと愉快な話はある」エイドリアンは同意して言いました。「これは慎重にじっくり考える必要がずいぶんあるな」

　自分の置かれた不幸な状況をじっくり考える過程は、エイドリアン・マリナーの消化不良に過度に強烈な発作を引き起こす効果がありました。ここ二週間というもの、ミリセントといっしょに過ごし彼女も自分を愛していると推理する歓喜ゆえに、発作は完全に休止していました。しかし今それは再開し、かつてないほど悪化したのです。とうとう、サソリ一家をうっかり呑《の》み込んでしまった人物のありとあらゆる感情のあれこれすべてを追体験して眠れぬ夜を過ごした後、彼は専門家の助力を求めたのでした。

　この専門医は、より保守的な医療専門職の一団の古くさい処方を軽蔑《けいべつ》する先鋭的かつ現代的な精神の持ち主でした。彼は注意深くエイドリアンを診察すると、指先をコツコツやりながら椅子に深く座り直しました。

「笑って！」彼は言いました。

「へっ？」エイドリアンは言いました。

「笑ってください、マリナーさん」

「笑えとおっしゃいましたか？」

「そうです。笑ってください」

「だけど」エイドリアンは指摘しました。「僕はたった今、はじめて愛した女性を失ったところなんです」

「ふむ、それはよかった」専門医は言いました。彼は独身だったのです。「さてと、よろしければこっちにきてください。笑いはじめて」

エイドリアンはいささかあっけにとられていました。

「聞いてください」彼は言いました。「この笑うっていうのは何なんです？　ご記憶でしたら、僕の胃液について僕たちは話しはじめたんですよ。それが今や何らかの不可思議なルートで、笑いの話題に移ってるみたいじゃありませんか。どういう意味です、笑えというのは？　僕はけっして笑いません。十二歳のとき執事がスパニエル犬にけつまずいて僕のエリザベス伯母《おば》さんに溶かしバターをかけたとき以来、僕は一度も笑ったことがないんです」

専門医はうなずきました。

「まさしくそのとおり。またそれが、あなたが消化不良で苦しんでいらっしゃる理由なのです」彼は続けて言いました。「今や先進的な専門医の間では、消化不良は純粋に精神的問題であると理解されております。われわれはそれを薬や飲み薬で治療はいたしません。幸福が唯一の治療法です。陽気でいなさい、マリナーさん。朗らかでいなさい。そして、それができないなら、とにかく笑いなさい。笑い筋を働かせること、それだけでも効きます。さてと外に出て、空き時間があったらいつでも忘れず笑うようにしましょう」

「こうですか？」エイドリアンが言いました。

「もっと大きくですね」

「これではどうです？」

「前よりはいいです」専門医はいいました。「ですがまだ望ましい快活さが十分でない。当然ながら、練習が必要ですな。しばらくは慣れない仕事をさせられて筋肉がぎくしゃくした動きをするものと思わねばなりません。しだいしだいに、快活な笑いになってくれますよ」

彼はエイドリアンを興味深げに見つめました。

「不思議だ」彼は言いました。「マリナーさん、おかしな笑みですなあ、あなたのほほえみは。モナリザのほほえみをいささか思い出します。底に同じようなひややかさと悪意がある。ほとんど悪意に満ちたジト目に見えます。どういうわけか、あなたはすべてを知っているのだという気配が伝わってくる。さいわいわたしの人生に隠し事はないし、誰に見られて困ることはない。ですが思うに、今のところは病人や神経質な人に対してはほほえまないようになさった方がよろしいですな。それではごきげんよう、マリナーさん。ちょうど五ギニーになります」

事務所から課された任務遂行のため、その日の午後でかけた際、エイドリアンの顔にはいかなる種類の笑みもありませんでした。彼は目の前の試練に尻込みしていたのです。彼はグロヴナー・スクゥエアで行われる結婚披露宴で結婚プレゼントを見張るよう言われており、そして当然ながら、何であれ結婚式に関係することは彼のハートに剣を突き通す事柄であったのです。プレゼントが置かれた部屋をパトロールする彼の顔はこわばり、形相は険悪になっていました。これまでこうした催事の際に、自分が探偵であることが誰にもわからないというのが彼の誇りでした。けれども今日は子供にだって彼の職業が見抜けたことでしょう。彼はシャーロック・ホームズのように見えましたから。

まわりに押し寄せる陽気な人だかりに、エイドリアンが関心を払うことはほとんどありませんでした。いつもこうした場面では緊張して警戒しているのに、いま彼の思いは千々に乱れてしょうがないのです。彼は悲しくミリセントのことを考えていました。そして突然——おそらくこうした陰気な黙考の結果であったのでしょうが、結婚式のシャンパン一杯もささやかながら寄与していたのやもしれません――上品なウエストコートの第三ボタンの辺りから、それはそれは激しい消化不良性の激痛が彼の身体を貫き、ただちにそれに対して何かしなければならないという切迫した必要を感じたのでした。

猛烈な努力で、彼は顔をゆがめ、なんとかほほえみのかたちにしようとしました。そして、そうしたところで、テーブルのひとつの近くをうろついていた太ってずんぐりした赤ら顔で灰色の口ひげの中年男性が、振り向いて彼を見たのでした。

「ひゃあ！」蒼白《そうはく》になって、彼は言いました。

サー・サットン・ハートレイ＝ウェスピング准男爵――その赤ら顔の男は彼だったのです――は、きわめて楽しい午後を過ごしていました。社交界の結婚披露宴に出席するすべての准男爵同様、彼は到着以来さまざまなテーブルを回っては、こちらでは魚用ナイフ、あちらでは宝石つきのエッグスタンドをポケットにくすね入れ、すでに彼のトン数が許すかぎりの貨物を積載し終え、かねてなじみの商売相手ユーストン・ロードの質屋までそぞろ歩いて行こうと考えていたところだったのです。エイドリアンのほほえみを見て、彼はぞっとして立ちすくみ、その場に凍りつきました。

エイドリアンのほほえみに関する専門医の所見を、私たちはすでに知っています。公明正大な良心の人である彼ですら、その底にひややかさと悪意を見いだしたのでした。となれば、それがサー・サットン・ハートレイ＝ウェスピングに与えた効果がいかばかりであったかは容易にご想像いただけることでしょう。

どんなことをしても、自分はこのジト目の男を懐柔しなければならない、と彼は思ったのでした。ポケットから速やかにダイアモンドのネックレス一点、魚用ナイフ五点、タバコ用ライター十点、そしてエッグスタンド数点を取り出してテーブルに置くと、神経質な薄笑いを浮かべながら彼はエイドリアンの許《もと》にやってきました。

「ごきげんはいかがですかな、ご友人？」彼は言いました。

　エイドリアンはたいへん結構ですと言いました。また実のところ、本当にそうだったのです。専門医の処方は魔法のように効きました。彼は前に会ったかどうか思い出せない人物にこんなふうに親しげに挨拶《あいさつ》されていささか驚いていましたが、きっと人を惹《ひ》きつける自分の人間性の魅力のせいだろうと思って納得したのでした。

「そりゃあ結構」心の底から准男爵は言いました。「それは素晴らしい。それは最高じゃ。あー――ところでわしは今君が笑うのを見たと思うのじゃが」

「ええ」エイドリアンは言いました。「わたしは笑いました。おわかりでしょう――」

「もちろんわかっておる。もちろんじゃご友人。貴君はわしがこちらの善良な招待主にしておった冗談を見とがめられたんじゃな。そしてこのささやかな冗談の背後にアニムスすなわち悪意、あるいはアリエール・パンセすなわち犯意なきことをご理解されておいでだ。上等で清潔なお楽しみ以外の何ものでもない、招待主ご自身以上に心の底から笑う方もおられまい、と。それではさて、今週末は何をなさるご予定ですかな、ご友人？　サセックスにあるわしの屋敷に来てはいただけんかの？」

「たいへんご親切にありがとうございます」エイドリアンは疑わしげに言いました。自分が一風変わった週末を過ごしたい気分でいるかどうか、確信がなかったのです。

「では名刺をお渡しししよう。金曜日ご到着ということでお待ちしておりますぞ。ごくささやかな集まりでしてな。ブラングボルトン卿、サー・ジャスパー・アドルトン、その他数名じゃ。ただのらくら過ごし、夜はちょっとブリッジをやってと、そんな具合ですわい。素晴らしい。けっこう結構。では金曜日にお目にかかりましょう」

そして、通りすがりに無造作にエッグスタンドをテーブルに落とすと、サー・サットンは消え去ったのでした。

准男爵の招待を受け入れるべきか否かという迷いは、仲間の招待客の名前を聞いた瞬間に消えうせました。フィアンセにとって自分のフィアンセの父親と自分のフィアンセの未来のフィアンセに会うのは、つねに興味深いことです。ミリセントがエイドリアンに悪い知らせを告げて以来はじめて、彼はほとんど陽気な心持ちになってきました。この准男爵が一目見て自分のことをこんなにも途轍《とてつ》もなく気に入るなら、ブラングボルトン卿が同じように彼に惹かれないともかぎらないではありませんか——実際、エイドリアンの職業を無視して彼を自分の義理の息子として歓迎するくらいに。

金曜日、彼は意図と目的と明るい心に満ち満ちて、荷づくりをしたのでした。

彼の探検旅行の一番はじめに起こった幸運な偶然が、エイドリアンの楽観主義を更に増大させました。運命が自分に味方してくれている、と感じたのです。目的地行きの列車の空いた車室を探しながらヴィクトリア駅のホームを歩いていると、長身で貴族的な老紳士が執事風の横顔の男に助けられてファーストクラスの車両に乗り込むのを彼は目にしました。そして後者が、消えたシーリハムの謎《なぞ》を解決した後でアッパー・ブルック・ストリート十八A番地を訪問した際、彼を家内に通してくれた従者であることに気がついたのでした。とすると明らかに、あの白髪の威厳ある乗客は他ならぬブラングボルトン卿でしかあり得ません。そしてエイドリアンは、長い汽車旅行中にこの親爺《おやじ》さんにもし気に入られなかったならば、自らの高い好感度と礼儀正しさの強烈な魅力について自分は大いに思い違いをしていたことになる、と感じたのでした。

そういうわけですから、動き始めた汽車に彼は飛び乗り、すると伯爵は読んでいた新聞からちらりと顔を上げると、ドアに向かって親指を突き出したのでした。

「出ていけクソったれ！」彼は言いました。「満員じゃ」

車室に彼ら二人以外に人はいませんでしたから、エイドリアンはこの要請にしたがう動きは見せませんでした。また実際のところ、汽車がこんなにもスピードを増している状態で、今降りるのは不可能だったことでしょう。代わりに、彼は礼儀正しく話しかけました。

「ブラングボルトン卿でいらっしゃいますね？」

「地獄へ行け」閣下は言いました。

「今週末ウェスピング・ホールの招待客としてごいっしょさせていただく者です」

「だから何じゃ？」

「ただ申し上げているだけです」

「ああそうか？」ブラングボルトン卿は言いました。「ふん、いっしょに行くと言うなら、ささやかな賭《か》け事はいかがかな？」

彼のような社会的地位にある人物のならいとして、ミリセントのお父上はつねにトランプ一組を携行していました。かなりの手先の器用さを天分として生まれ持った彼は、列車内でこれで一仕事やっつけるのが常でした。

「ペルシャの王様をされたことはおありかな？」シャッフルしながら、彼は言いました。

「ないと思います」エイドリアンは言いました。

「ごく簡単ですぞ」ブラングボルトン卿は言いました。「カードを切って、相手の手札より高いカードが出る方に一ポンドかそこら賭ける。出たら勝ち、出なければ負けじゃ」

それはブラインドフーキーにいくらか似ているようだとエイドリアンは言いました。

「ブラインドフーキーに似ておる」ブラングボルトン卿は言いました。「実によくブラインドフーキーに似ておる。実際、ブラインドフーキーがおできなら、ペルシャの王様もできるでしょう」

二人がウェスピング・パーヴァの駅に降り立つまでに、エイドリアンは帳簿のよくない方に二〇ポンド付けられていました。しかしながら、その事実が彼の心を苦しめることはありませんでした。反対に、彼はことの成り行きにおおいに満足していました。勝ち続きに得意になるあまり、伯爵は明らかに心安くなっていましたから、エイドリアンは可能なかぎり早い機会にこの有利な立場を最大限に利用しようと心に決めたのでした。

したがって、ウェスピング・ホールに到着すると、彼はぐずぐずしていませんでした。正装着用の銅鑼《どら》が鳴るとただちにブラングボルトン卿の部屋に向かうと、閣下は入浴中でした。

「一言お話ししてもよろしいですか、ブラングボルトン卿?」彼は言いました。

「一言以上でもよろしいですぞ」きわめて友好的な調子にて、他方は答えました。「石鹸《せっけん》を見つけるのを手伝っていただけんかの?」

「石鹸をなくされたんですか?」

「ああ。ついさっきまでそこにあったのに、今はないんじゃ」

「不思議ですね」エイドリアンは言いました。

「実に不可思議じゃ」ブラングボルトン卿も意を同じくしました。「こういうことが起こると、考えさせられるというものじゃ。わしの石鹸でもある。わしが自分で持ってきたんじゃ」

エイドリアンは考え込みました。

「何があったのかをそのままお話しください」彼は言いました。「あなた自身の言葉で。そしてどうかすべてをお話しください。どんなに些細《ささい》な細部が重要かどうかわからないのですから」

彼の話し相手は考えをまとめあげました。

「わしの名は」彼は始めました。「レジナルド・アレクサンダー・モンタキュート・ジェイムズ・ブラムフィルド・トレジェニス・シップトン゠ベリンジャー第五代ブラングボルトン伯爵じゃ。今月十六日――すなわち今日――わしは友人のサー・サットン・ハートレイ゠ウェスピング准男爵の家――要するにここじゃ――を週末を過ごす目的で訪れておる。サー・サットンがこの家の客人には甘美で爽快《そうかい》でいてもらうことを好むのを知っておったから、わしは晩餐《ばんさん》前に入浴しようと決意した。わしは石鹼の封を切り、間もなく首から上にまんべんなく石鹼を塗りたくった。それから右足に移ろうとしたところで、なんと石鹼が消え失せておることに気づいたのじゃ。いやらしい衝撃じゃった」

この語りにエイドリアンは細心の注意をもって耳を傾けました。確かにこの問題にはいくつか注目すべき点があるようでした。

「内部者の犯行のようですね」思慮深げに彼は言いました。「ギャングの犯行ではまずあり得ない。ギャングがいたらお気づきになられたでしょう。よろしければもういっぺん、手短かに事実をお話しいただけますか？」

「うーむ、わしはここにおって、入浴中で、それで石鹼がここに――わしの手と手の間にあった。次の瞬間そいつは消えていたんじゃ」

「何も省略していないのは確かですか？」

ブラングボルトン伯爵は考え込みました。

「いや、もちろんわしは歌っておった」

エイドリアンの顔に緊張が走りました。

「何を歌ってらっしゃったんです？」

「『サニーボーイ』じゃ」

エイドリアンの表情は明るくなりました。

「思ったとおりです」彼は満足して言いました。「まさしく思ったとおりです。お気づきでしょうか、ブラングボルトン卿、その歌を歌う際、最後の「ボーイ」のところで筋肉が無意識的に収縮することに？　こうです——〈いつまでも僕の、サニー**ボーイ**〉、わかりましたか？　この曲に適切な味わいを添えながら演奏する際、両手が近接並置状態にあったとすると、ここのところで両手を組み合わせずにいることは不可能なのです。それでももし両手の間につるつるする物体、たとえば石鹸のようなものですね、があったとすると、それは必然的に鋭く上方に飛ばされて落っこちるわけです」——彼は室内を鋭く見渡しました——「浴槽の外のマットの上に。ほら、こんなふうにですよ」消えた物体を拾い上げ、所有者に返還すると、彼はそう結論づけました。

ブラングボルトン卿は口を開けて茫然《ぼうぜん》としていました。

「うーむ、なんとまあ」彼は叫びました。「わしがこれまで見た中で一番のお手並みじゃ！」

「初歩です」肩をすくめてエイドリアンは言いました。

「貴君は探偵になられるべきじゃ」

エイドリアンはキューの合図を受け取りました。

「僕は探偵なんです」彼は言いました。「名前はマリナーといいます」

しばらくの間、その言葉は何の感銘も与えないかのようでした。年老いた伯爵は相変わらず石鹸水の中でにこにこしていました。と、突然、彼の愛想の良さは不吉な速さで消え去ったのでした。

「マリナー？　貴君はマリナーとおっしゃったかな？」

「言いました」

「まさか貴君は——」

「お嬢さんのミリセントさんを言い表しようのない情熱で愛している男か、ですか？　そうです、ブラングボルトン卿。僕です。また僕はあなたに結婚のご許可をいただきたいと願っています」

伯爵の表情は恐ろしい渋面へと暗転しました。ヘチマたわしをつかんでいた彼の指は、けいれんするかのように握り締められました。

「ほう？」彼は言いました。「貴君が、さようか？　貴様はわしがクソいまいましい足跡・タバコ調査係をわが一族に歓迎するとでも思っとるのか？　わしの娘が虫眼鏡を持って四つん這《ば》いで辺りをうろつき回って小さな物体を拾い上げて慎重にそれを財布にしまうような野郎と結婚することにわしが同意するとでも思っとるのか？　そうじゃ！　ミリセントがクソいまいましい探偵ふぜいと結婚するのを許すくらいなら――」

「探偵のどこがいけないのですか？」

「探偵のどこがいけないかなんぞ、知ったことか。わしの娘と結婚するじゃと、まったく！　ずうずうしいにも程がある。まったく、貴様はうちの娘に口紅も買ってやれんじゃろう」

エイドリアンは威厳を保ちました。

「僕の労働に期待するほど高額の報酬が支払われてはいないのは確かですが、でも会社の方では次のクリスマスに昇給がありそうな――」

「けっ！」ブラングボルトン卿は言いました。「へっ！　娘の婚姻関係の段取りにもしご関心をお持ちならば申し上げるが、娘はブラマー゠ヤマナー金鉱の会社設立が完了し次第、同社の持ち主であるわが旧友ジャスパー・アドルトンと結婚することになっておる。マリナー君、貴君に対してわしはたった二語しか言うべきことを持たない。一語目が**とっとと**、残りが**でてゆけ**、じゃ。ではただちにそうしていただこうか」

エイドリアンはため息をつきました。この高慢な老人が今のような気分でいる時に、あえて反論したところで望みなしと理解したのです。

「それならしかたないですね、ブラングボルトン卿」彼は静かに言いました。

そして後頭部に見事命中した爪ブラシには気づかぬふりをして、彼は部屋を去ったのでした。

半時間ほどの後に始まったディナーでサー・サットン・ハートレイ＝ウェスピングによって提供された食事と飲み物は、大層な美食家が望みうるかぎり最高のものでした。しかしエイドリアンはそれらをがつがつと呑み込むばかりで、ほとんど味わいもしませんでした。彼の注意のすべては真っ正面に座っているサー・ジャスパー・アドルトンの上に釘付けにされていたのでした。

そしてサー・ジャスパーを見れば見るほど、この男が自分の愛する娘と結婚するとの思いに、ますます嫌悪をつのらされるのでした。

もちろん、愛する娘と結婚しようという男性を吟味見聞する熱烈な若者は、つねに厳しい批評家となるものです。おそらくそうした特殊状況下に置かれたら、クラーク・ゲイブルやローレンス・オリヴィエに対してだってエイドリアンは不信の目を向けたことでしょう。しかしサー・ジャスパーの場合、彼の不満に合理的根拠があったことは認めざるを得ません。

まず第一に、そこには金融業者二人分くらい十分ある金融業者がいました。それはあたかも金融業者を一人つくろうと計画した大自然が、「この仕事はしっかりやろう。材料をケチケチするまい」とひとりごち、その結果あまりにも熱を入れすぎてやりすぎてしまったかのようでした。その上、肥満しているのみならず、禿《は》げてぎょろ目でもありました。それで禿げ頭とぎょろぎょろした目の突出を見逃してやったとしても、彼がかなりの年配だという事実からは逃れようがありません。こんな男はミリセントのようなかわいらしい若い娘に歓迎されざる関心を無理押しするよりも、ケンザル緑地墓地の墓の値段を訊いて回っている方がずっとましだと、エイドリアンは感じたのです。そして食事が終了するとただちに、冷たい憎悪をみなぎらせ、彼に近づいていったのでした。

「話がある」と彼は言い、サー・ジャスパーを外のテラスに連れてゆきました。

このOBEは、冷たい夜気の中、彼について歩きながら、驚き、いささか不安そうな様子でいました。彼はディナーテーブルでエイドリアンが自分を念入りに吟味検討していたことに気づいていました。そして、ついさっき金鉱目論見書《もくろみ》を出したばかりの金融業者が嫌ってやまないことがもしひとつあるとしたら、それは念入りに吟味検討されることだったのです。

「何の用じゃ？」彼は神経質そうに訊《たず》ねました。

エイドリアンは彼を冷たく一瞥《いちべつ》しました。

「あんたは今まで鏡を見たことがあるか、サー・ジャスパー？」彼はぶっきらぼうに訊ねました。

「しょっちゅう見ておるが」金融業者は困惑して答えました。

「体重を量ったことはあるか？」

「よくある」

「仕立て屋があんたの腰回りをご苦労して測りながら助手に大声で数字を言って聞かせてるのを、聞いたことはあるのか？」

「あるとも」

「それじゃあ」エイドリアンは言いました。「公平無私で親切すぎる友情精神から言わせてもらうが、あんたは自分が食べすぎのうすのろジジイだってことはわかってるはずだ。それならどういうわけで自分がレディー・ミリセント・シップトン゠ベリンジャーに似合いの伴侶だなんて思えるのか、正直言ってまるでわからない。あの若くてかわいらしい娘さんと並んで祭壇に向かって歩いたら、どんな底なしの大バカに見えるかってことは考えてていいはずだろう？　みんなあんたのことを、姪《めい》を動物園に連れてってやってる年寄りの伯父さんとまちがえることだろうよ」

OBEは憤慨してあごを引きました。

「ホー！」彼は言いました。

「『ホー！』なんて言ったってだめだ」エイドリアンは言いました。「『ホー！』なんて言ったって逃げられやしない。話し合いや議論やらがぜんぶ終了したところで、あんたはたしかに百万長者かもしれないが、不快な顔して肥満した、老人性の百万長者だって事実だけが残るんだ。僕があんただったら、ぜんぶ帳消しにする。いったい全体あんたは何のために結婚したがるんだ？　あんたは今のままでずっと幸せのはずだ。それだけじゃない。金融業者の生活のリスクを考えてみるんだ。あのかわいらしい娘さんが突然あんたから電報を受け取って、たった今ダートムーア刑務所で七年のおつとめを始めたところだから晩ごはんは待たずにいてくれって言われたら、そりゃあずいぶんと結構なことだろうな」

この発言の初期段階において、サー・ジャスパーの唇は怒りの反論に震えていました。しかし、この最後の言葉で、それらは口にされず消えていったのでした。彼は目に見えてたじろぎ、あからさまな恐怖の目で話者を見つめました。

「ど、どういう意味じゃ？」彼はどもりながら言いました。

「気にするな」エイドリアンは言いました。

もちろん彼は、金融に手を出したＯＢＥのほぼすべてが遅かれ早かれ刑務所に行っているという事実に基づき、純粋な当てずっぽうでものを言ったのでした。サー・ジャスパーの実際の状況については、何も知らなかったのです。

「おい、聞いてくれ！」金融業者は言いました。

しかしエイドリアンは聞く耳を持ちませんでした。ディナーの間、考えることに気を取られるあまり、彼が食べ物を急いで呑み込んだということについては、先ほどお話ししました。今、大自然がその代償を要求したのです。鋭いけいれんがとつぜん彼の身体《からだ》を走り、短い苦痛の「痛！」の叫びとともに、彼は身体をふたつに折り曲げ、丸く輪を書いて歩き出したのでした。

サー・ジャスパーは我慢ならないというふうに舌をチッと鳴らしました。

「アステアのポンポン・ダンスをしとる場合じゃあない」彼は厳しく言いました。「刑務所が何のと言ったとき、どういう意味だったかをおしえてもらおう」

エイドリアンは身体をまっすぐに戻しました。テラスにあふれる銀色の月明かりの筋に照らされ、彼の整った容貌がはっきりと見えました。そして恐怖の戦慄《せんりつ》とともに、その顔が冷ややかな不吉な笑みをたたえているのを、サー・ジャスパーは目にしたのでした――それは彼には、ほとんどジト目に等しいほほえみに見えたのでした。

金融業者が厳密に吟味検討されることをきらうというお話は先ほど申し上げました。それよりもっと激烈に、彼らはジト目を向けられることをきらうのです。サー・ジャスパーはよろめきました。そしてふたたび問い質《ただ》そうとしたところで、依然ほほ笑んでいたエイドリアンはよろよろした足取りで影の中へと入り込み、視界から消え去ったのでした。

金融業者は喫煙室へと急ぎました。そこに強い飲み物材料があるのを知っていたからです。強い飲み物こそ、その瞬間彼が緊急に必要としていたものでした。あのほほえみに自分が読み込んだような深い意味があるはずがないと、彼は自分に言い聞かせようとしていました。しかし喫煙室に入った彼はそれでもなお、神経質そうに震えていたのでした。

彼が扉を開けると、怒った声が彼の耳を襲ってきました。彼にはそれがブラングボルトン卿のものであることがわかりました。

「まったく卑劣なやり方だ」伯爵閣下は高音テナーでこう言っていました。

サー・ジャスパーは困惑して目をみはりました。彼の招待主であるサー・サットン・ハートトレイ＝ウェスピングが壁に背を押し付けられて立っており、ブラングボルトン卿はというと彼のシャツの前立てをピストン様の人差し指でコツコツ叩き、あきらかに徹底的に糾弾している最中だったのです。

「いったいどうした？」金融業者は訊ねました。

「いったいどうしたか教えてやる」ブラングボルトン卿は叫びました。「この犬野郎が客人を見張るために探偵を連れ込みおった。マリナーなる名前の、いまいましい男じゃ」彼は苦々しげに言いました。「音に聞こえた英国のもてなしの心も、これまでじゃな。いやはや！」相変わらず准男爵と一粒ダイアモンドをはめ込んだ飾りボタンのまわりを指でコツコツ叩きながら、彼は続けて言いました。「まったく卑劣なやり方だとわしは思う。わしが社交界の友達を何人か小宅に招待するとしたら、当然へアブラシには鎖をつけるし執事に毎晩銀スプーンの数は数えさせる。だがクソいまいましい探偵を雇おうとまではぜったい夢にも思わん。人には掟《おきて》というものがある。つまりノブレス・オブリージュということじゃ、おい、どうなんじゃ？」

「だが聞いてくれ」准男爵は訴えました。「ずっと言っとるじゃないか。あの男を招待しないわけにはいかなかったんじゃ。うちのパンと塩を口にしたら、わしの件を暴露はすまい、とな」

「お前の件を暴露するとはどういう意味じゃ？」

サー・サットンは咳払いをしました。

「いやなんでもない。ごく些細なことじゃ。とはいえ、間違いなくあの男はそれと望めばわしに関する厄介事を惹き起こせる立場にあった。だから、見あげてみたらあの男があの恐ろしい、冷笑的な何でも知っているという顔でわしにほほえみかけているのに気づいたとき――」

サー・ジャスパー・アドルトンは鋭い悲鳴を発しました。

「ほほえむじゃと！」彼ははっと息を呑みました。「ほほえむと言ったか？」

「ほほえむと」准男爵は言いました。「そう言った。人を突き通して人の内側をサーチライトで照らし出すような、そういうほほえみじゃった」

サー・ジャスパーはまたはっと息を呑みました。

「その男――そのほほえむという男は――背が高く浅黒くて痩せた男か？」

「そうじゃ。晩餐のときお前の向かいに座っとった」

「それでそいつは探偵なんじゃな？」

「そうじゃ」ブラングボルトン卿は言いました。「頭脳明晰《めいせき》な敏腕探偵じゃ」彼は不承不承付け加えました。「生まれてこのかた会ったことのないくらいにな。あいつが石鹸を見つけ出した手並みときたら……何か第六感とでもいった能力を備えておるのではないかと思った。そう言ってわかってもらえるかの。まったくいまいましい。わしは探偵がきらいなんじゃ」彼は身を震わせながら、言いました。「連中を見ると虫唾《むしず》が走る。またこいつは鉄面皮にも娘のミリセントと結婚したがっておるんじゃ！」

「では後ほど」サー・ジャスパーは言いました。そしてひとっ飛びで部屋を出て、テラスに向かいました。ぼやぼやしている暇はない、と感じたのです。全速力で走る彼の赤ら顔はゆがみ、血の気を失っていました。彼は片手で内ポケットから小切手帳を取り出し、もう片方の手でズボンのポケットから万年筆を取り出していました。

金融業者がエイドリアンを見つけたとき、胃の具合はずっと回復していました。専門医の助言を求めに行った日のことを彼は神に感謝しました。間違いない、さすが専門家だ、と彼は思いました。ほほえみは頰《ほお》の筋肉を痛くするかもしれませんが、消化不良の発作に魔法のように効くのはまちがいありません。

サー・ジャスパーが小切手帳とペンを振りながらテラスに突入してくるしばらく前まで、エイドリアンは顔を休めていました。しかし今、頰の痛みが和らいだところで、治療を再開した方が賢明だと考えたのでした。そういったわけで、彼に向かって急ぎ駆け寄ってきた金融業者は、いかにも意味ありげな、いかにも含みのあるほほえみにて出迎えられ、立ち止まってしばらく口のきけない状態になる、といったような次第となったのでした。

「ああ、ここにいらっしゃいましたか！」ようやく回復した彼は言いました。「ちょっとご内密にお話ができますかな、マリナーさん？」

エイドリアンはほほえみながらうなずきました。金融業者は彼の上着の袖をつかんでテラスを横切りました。彼は少々ぜいぜい音を立て、息をしていました。

「あれからよくよく考え直したのです」彼は言いました。「それで貴君が正しいとの結論に達しました」

「正しいですって」エイドリアンは言いました。

「結婚することについてです。おっしゃるとおり無理なことです」

「無理ですか？」

「ぜったいに無理です。馬鹿げている。今ならわかりますとも。わしはあのお嬢さんの相手になるには年をとりすぎている」

「ええ」

「頭も禿げすぎている」

「そのとおりです」

「太りすぎてもいる」

「まったく太りすぎですね」エイドリアンは同意しました。この突然の変心は彼を困惑させましたが、とはいえ相手の言葉は彼の耳には音楽の調べのように聞こえました。このOBEが話す一音節ひとつひとつが、彼のハートを春先の仔ヒツジのようにぴょんぴょん跳ねまわらせたのでした。そして彼の唇はほほえんで曲線を描きました。

それを見たサー・ジャスパーは、怯《おび》えた馬のように後じさったのでした。彼はエイドリアンの腕を熱を込めてなでさすりました。

「そういうわけで決心したのですよ」彼は言いました。「あなたのご助言を容れ――もしこうおっしゃったという記憶が正しければですが――ぜんぶ帳消しにしよう、と」

「それよりご賢明なご判断はありませんね」エイドリアンは心から言いました。

「そうなるとこの状況で英国に留まるとすると」サー・ジャスパーは続けて言いました。「不快な事態が出来するかもしれません。ですからすぐにどこか遠い場所に――たとえば南アフリカですか――にこっそりでかけようと思うのですよ。私の判断は正しいとは思われませんか？」小切手帳を引っ張りだしながら、彼は訊きました。

「まったく正しいですね」エイドリアンは言いました。

「私のこのささやかな計画のことを誰にも言わずにおいていただけますかな？　われわれ二人の秘密にしていただく、と？　もし、たとえばですが、スコットランドヤードにいるあなたのお仲間が私の所在について関心があるようなことを言ってきたとしても、知らないと弁明していただく、と？」

「もちろんですよ」

「結構！」サー・ジャスパーは安堵《あんど》して言いました。「それで、もうひとつ話があるのです。ブラングボルトンから、あなたがレディー・ミリセントとの結婚を強く希望されておいでと伺いました。それで結婚式の時には私はきっと――今とっさに思いついたのはカヤオなのですが――そちらの方に行っているると思いますので、ささやかな結婚祝いを今贈らせていただきたいと思うのですよ」

彼は小切手帳に慌てて走り書きすると、ページを破りとってエイドリアンに手渡しました。

「よろしいですかな！」彼は言いました。「他言は無用ですぞ！」

「了解です」エイドリアンは言いました。

金融業者が車庫の方角に姿を消すのを眺めながら、彼は自分がこんなにも善良な人物のことを見損なっていたことを後悔していました。ただいま車のエンジンの音がして、彼が出発したのが知れました。少なくとも彼と彼の幸福との間にあったひとつの障害が取り除かれたと感じながら、エイドリアンは残りの人々は何しているものかと屋内にそぞろ歩いていったのでした。

図書室にぶらりと入っていった彼の目をとらえたのは、静かで、平穏な場面でした。ラバーブリッジをしようという幾人かの要望を却下し、ブラングボルトン卿は小テーブルに集めた仲間にお気に入りのペルシャの王様の手ほどきを始めていました。

「まったく簡単なんじゃ、いいやまったく」彼はこう言っていました。「カードをとって切る。それで自分の切ったカードが相手の切ったカードより高い方に賭ける——たとえば十ポンドとしますかの。それで、高ければ勝ち。高くなければ相手の勝ちと、そういうことです。ごく簡単ではありませんかな？」

一同はゲームに没頭し、エイドリアンは部屋をそぞろ歩きながら、先ほどのサー・ジャスパー・アドルトンとの対話が彼の胸のうちに湧《わ》き起こした激情のほとばしりを鎮めようとしていました。今や彼に残された課題は、ブラングボルトン卿の心から何らかの方法で彼に対する偏見を取り除くことです。

もちろん容易なことではありません。まず第一に、彼の財政窮乏という問題があります。

突然彼は、金融業者が手渡していった小切手をまだ見てなかったのを思い出しました。彼はそれをポケットから引っ張りだしました。

それを一瞥《いちべつ》したエイドリアン・マリナーは、嵐の中のポプラのごとくうち震えたのでした。

どれくらいを期待していたのかはわかりません。おそらくは五ポンド。せいぜいいいところ十ポンドでしょう。タバコのライターか魚型フライ返しかエッグスタンドを買えるくらいのほんのささやかなプレゼントを、彼は想像していたのです。

それは十万ポンドの小切手でした。

その衝撃はあまりにも激しかったものですから、向こう側の鏡に映っている自分の姿を見ても、自分だとはわからないくらいでした。もやもやした狭霧《さぎり》の中を見通しているような気分でした。やがて狭霧が晴れ、エイドリアンには自分の顔がはっきりと見えただけでなく、左手に座ったナップル・オヴ・ノップ卿に対してカードを切っている最中のブラングボルトン卿の顔をも、はっきり見ることができたのでした。

そして、突然のこの富の獲得が、愛する女性の父親に対して必ずや持つはずの効果について考えるにつけ、エイドリアンの顔は突如、すばやく笑みで覆われたのでした。

すると同時に彼の背後から、あえぐような悲鳴が聞こえてきました。そして、鏡の中をのぞき込むと、彼の目はブラングボルトン卿の目と出合ったのでした。かねてよりいささか出目気味ではあった彼の目ですが、今やそれは凸状であることにおいてほぼエビ並みにまでなっていました。ナップル・オヴ・ノップ卿は、ポケットから紙幣を取り出すとテーブル沿いにそれを手渡していました。

「またもやエースか！」彼は叫びました。「いやはや、参った！」

ブラングボルトン卿は椅子から立ち上がりました。

「失礼」おかしなしわがれ声で彼は言いました。「ちょっとそこにいるわが親愛なる友人、マリナー君と内密の話がしたい。ちょっと二人で話ができるかな、マリナー君？」

図書室の窓から声が聞こえなくなるテラスの端に着くまで、二人の男の間には沈黙がありました。

それからブラングボルトン卿が咳払いをしました。

「マリナー君」彼は話しはじめました。「いや、むしろ――君のクリスチャン・ネームは何と言うのかな?」

「エイドリアンです」

「わが親愛なるエイドリアンよ」ブラングボルトン卿が言いました。「近頃わしの記憶はかくあるべしというような具合ではないのだが、しかしディナーの前に風呂に入っている時、貴君はうちの娘のミリセントと結婚したいというようなことについて、何か言っていたという記憶があるのだが」

「はい、言いました」エイドリアンは答えました。「またその際閣下が求婚者としての僕の資格にご反対された理由は、主として財政的なものでした。あれから僕は金持ちになったということをはっきり申し上げます」

「わしは貴君に反対したことなどないのだよ、エイドリアン。財政的だろうがなんだろうがの」愛情込めて彼の腕をぽんぽん叩きながら、ブラングボルトン卿は言いました。「娘の結婚相手は、善良で、心やさしき、君のような若者であるべきだといつもわしは思ってきた。エイドリアン、貴君は本来心のやさしい人物じゃから、義理の父親のことを言いふらして悲しい思いをさせたりは……そのいやあの……ちょっとした……いや、要するにじゃ、わしがブラインドフーキーというかいや、ペルシャの王様に……あるささやかな……興味と興奮を増加すべく意図された――変奏と言ってよろしいかな?……と、そうしたものを導入したことに貴君は気づかれたと、そう君の笑みからわしは理解したわけじゃ。そして君が義理の父親に恥をかかせることはぜったいにない……うむ、手短かに言えばじゃ、青年よ、ミリセントを妻とせよ、そして父親の祝福を受け取ってくれたまえ、ということじゃ」

彼はエイドリアンに向かって手を伸ばしました。彼はそれを熱く握りしめました。

「僕は世界一の幸せ者です」ほほえみながら、彼は言いました。

ブラングボルトン卿は顔をしかめました。

「すまんがそれはやめていただけるかの」彼は言いました。

「僕は笑っただけです」エイドリアンは言いました。

「わかっておる」ブラングボルトン卿は言いました。


お話しすることはもうほとんどありません。エイドリアンとミリセントはファッショナブルなウエストエンドの教会で三カ月後に結婚式を挙げました。そこには社交界の全員が勢揃《せいぞろ》いしました。結婚式はビトルシャム主任司祭師によって執り行われました。

贈り物は大量でしかも高価なものばかりで、花嫁は愛らしく見えました。結婚式はビトルシャム主任司祭師によって執り行われました。


式の後、礼拝室で、エイドリアンがミリセントを見、それですべての厄介ごとが終わって、将来どんな運命が待ち構えていようともこの愛らしい娘は現に自分のものであるということに初めて気づいたような思いがしたとき、まったき幸福感がこの若者の全身を包んだのでした。

式の間じゅう、彼は人生のもっとも重大な局面に立つ男にふさわしい厳粛な顔をしていました。しかし今、何かスピリチュアルな刺激に衝き動かされたかのように、エイドリアンは彼女をその腕にかき抱きました。そして彼女の肩ごしに、破顔一笑したのでした。

気がつけば彼の目はビトルシャム主任司祭師の目の中をのぞき込んでいました。一瞬の後、彼は自分の腕をとんとんする手の感触に気づいたのでした。

「二人で内密に話ができるかな、マリナー君？」主任司祭師は低い声で言いました。

ユークリッジ・シリーズ

ユークリッジの名犬大学
Ukridge's Dog College

ユークリッジの事故シンジケート
Ukridge's Accident Syndicate

バトリング・ビルソンのカムバック
The Come-Back of Battling Billson

冷静な実務的頭脳
The Level Business Head

ユークリッジ、アンティーク家具を売る
Ukridge Starts a Bank Account

ユークリッジの名犬大学

「なあ相棒」僕の煙草《たばこ》を勝手にとって、心ここにあらずというふうに煙草の小袋をポケットにそっと滑り込ませながら、この不屈の男、スタンリー・ファンショー・ユークリッジが言った。「俺様の話を聞け、汝堕《なんじ》天使ベリアルの子よ」

「なんだって？」小袋を取り返しながら僕は言った。

「お前さ、ものすごい大儲《もう》けがしたくないか？」

「したいさ」

「じゃあ俺様の伝記を書けよ。そいつを新聞に載せて、利益は山分けだ。俺はお前の書いたもんを最近詳しく検討してるんだぜ、なあ大将。全部だめだ。お前の問題は、人間性の湧泉《ゆうせん》の真奥《しんおう》を窮《きわ》めるってことをしないところだ。お前は何かどうかつまらんヨタ話を思いついて、それでただ無理やり押しまくってるだけなんだ。なあ、俺様の人生とがっぷり四《よ》つに組んだら、書くに値することが何かしらつかめるはずだ。そこにはどっさり大金が転がってるぞ——英国内連載権に米国内連載権、それと単行本化権に演劇化権に映画化権だ——なあ、俺の言うことを信用してもらっていいんだが、控えめに見積もったって少なくとも一本五万ポンドは稼げるだろうな」

「そんなにか？」

「十分いける。それでまた訊《き》くんだが、こうするのはどうだ。お前はいい奴だし俺たちは長年の友達だからな、俺の分の英国内連載権をお前に一〇〇ポンドで売ってやろう」

「どうして僕が一〇〇ポンド持ってるだなんて思うのさ?」

「うーん、じゃあ英国内連載権と米国内連載権、合わせて五〇ポンドでどうだ?」

「お前のカラー、留め金から外れてるぞ」

「それじゃあ俺の分全部まとめて二五ポンドでどうだ?」

「僕はいいよ、ありがとう」

「じゃあこうしよう、なあ大将」ユークリッジは思いついたみたいに言った。「当座をしのぐ分、半クラウンだけ貸してくれ」

S・F・ユークリッジのうろんな経歴における第一級の事件を――一部の人々が推奨するようにうまい具合にもみ消すのではなく――一般読者の知るところとすべきであるなら、思うにそれを書くのは僕の仕事だろう。ユークリッジと僕は学校時代からずっと仲良しだった。僕らはいっしょに芝生の上でスポーツをしたものだし、彼が放校されたとき、僕くらいそれを寂しがった生徒はいない。この放校の件は、運の悪い話だったのだ。ユークリッジの寛大なる精神は、つねづね校則とは不和をきたすところであったのだが、ある晩こっそり寮を抜け出して地元の村祭りでココナッツ投げの技能を試そうとしたことにより、最も峻厳《しゅんげん》なる規則に違背するところとなったのだ。赤い付けひげと付け鼻を装着するという賢明な配慮も、その全過程中ついうっかりスクール・キャップをかぶったまま過ごしてしまったことにより完全に水泡に帰したのだった。彼は翌朝学校を去った。誰もがそれを惜しんだ。

それから数年間、僕らの交友には断絶があった。僕はケンブリッジで大いに学芸を吸収していた。それでユークリッジは、ごくたまに来る手紙や共通の知り合いの報告から知りえた限りでは、シギみたいに世界中を駆け回っていたのだ。ニューヨークで出くわしたという者もいた。家畜運搬船からちょうど降りてきたところだったという。ブエノスアイレスで見かけたという者もいた。モンテカルロで突然現れた彼に五ポンド巻き上げられたと悲しげに語る者もあった。僕がロンドンに落ち着くようになってようやく、彼は僕の生活に戻ってきたのだった。ある日僕らはピカディリーで出逢い、断絶していた友情を再開したのだ。旧友の結びつきというのは強いものだ。また彼と僕の体型がほぼ同じで、僕の靴下やらシャツやらを着られたという事実が、僕ら二人をたいそう強く結びつけたのだった。

そして彼は再び姿を消した。消息を聞いたのはそれから一カ月かそこらか過ぎてからのことだった。

その報《しら》せを運んできたのはジョージ・タッパーだった。ジョージは僕らが最終学年のとき学校のリーダー格で、若年期に嘱望された前途有望性を、まさしく一分の隙《すき》もない完璧《かんぺき》さでもって実現してのけている人物だった。奴は外務省で立派にやっていて、周りから一目も二目も置かれている。奴は生真面目でとろけやすいハートの持ち主で、他人の問題をものすごく深刻に受け止める性質だ。しばしば奴は僕に向かって、ユークリッジの行き当たりばったりの人生行路の進捗状況を父親のごとく嘆いて見せたものだった。そして今こうして話をする奴の姿は、改心した放蕩《ほうとう》息子のことを語るおごそかな歓喜に満ち満ちているように見えた。

「ユークリッジのことを聞いたか?」ジョージ・タッパーは言った。「とうとう落ち着いたんだ。ウィンブルドンコモンにでっかい豪邸を構えてる叔母《おば》さんと住むことになった。たいそうな金持ちだそうだ。俺は喜んでるんだ。これであいつも何とかなるだろう」

ある意味奴の言うことは正しいのだろうと僕は思った。だがウィンブルドンの金持ちの叔母さんのところにおとなしく厄介になるなどというのは、S・F・ユークリッジの華麗な経歴のおしまいにはふさわしからぬ、ほとんど悲劇的な結末といってよいことだと思えた。それでそれから一週間後、彼に会ったとき、僕の心はますます重く沈んだのだった。

それはオックスフォード・ストリートでのことで、時はというと郊外から来た御婦人方が買い物をする時間帯のことだった。彼は犬とか守衛やらといっしょにセルフリッジ百貨店の店先に立っていた。両手は箱で一杯で、顔は弱々しい苦痛の仮面に覆われていた。またあまりにも美麗ないでたちでいたものだから、しばらく僕にはそれが彼だとはわからなかったくらいだ。真っ当な人物が身にまとうものはすべて、彼の身体上に装着されていた。シルクハットからエナメル革の靴まで全部だ。そしてまた、会ったその瞬間に打ち明けてくれたことだが、彼は途轍《とてつ》もない地獄の責め苦に苛《さいな》まれているのだった。この靴は彼を締めつけ、この帽子はひたいに激痛を生じさせる。そしてカラーは帽子と靴を両方合わせたよりもっと悪いときている。

「叔母さんのお仕着せなんだ」彼は憂鬱《ゆううつ》げに言った。と、頭で店の中をぐいと示したところで鋭い吠《ほ》え声を発した。この動作のせいでカラーに首をえぐられたからだ。

「とは言ったってさ」幸福な事柄に心を向けてやろうと思って僕は言った。「すごく幸せに暮らしてるんだろ。ジョージ・タッパーが言ってたけどお前の叔母さんは金持ちだっていうじゃないか。しっかりぶら下がっていい思いをさせてもらってるんだろうが」

「メシはいいんだ」ユークリッジは認めた。「だが退屈な暮らしだぜ。退屈な暮らしだ、なあ大将」

「たまには僕のところに出かけてこいよ」

「夜間の外出は禁止されてる」

「じゃあ僕が行って会えばいいのか？」

激烈な恐怖の表情がシルクハットの陰からすばやく発された。

「ゆめゆめそんなことは考えないでくれ」ユークリッジは真剣に言った。「頼むからそんなことは考えるんじゃない。お前はいい奴だ——俺の親友だったりなんとかさ——だけど実を言うと、あの家での俺様の立場はいまだ磐石《ばんじゃく》ってわけじゃないんだ。お前がちょっとでも姿を見せたら最後、俺の威信はガタ落ちだ。ジュリア叔母さんはお前のことを俗物だと思うに違いないんだ」

「僕は俗物じゃないぞ」

「うーん、俗物に見えるんだ。お前はつば広のソフト帽なんかをかぶって、ソフト・カラーをつけてる。それでこう言わせてもらうのを許して欲しいんだが、なあ大将、俺がお前なら叔母さんが出てくる前に今すぐここをおさらばするな。じゃあな、大将」

「イカボデ、栄光は去れり〔『サムエル記』上四・二一〕！」オックスフォード・ストリート街を去り行きながら、僕は悲しくひとりごちた。「イカボデ、栄光は去れり！」

　僕はもっと彼のことを信用してやっていて然《しか》るべきだったのだ。僕はもっともっとユークリッジのことを理解してやっているべきだった。ロンドン郊外があの偉大な男をいつまでも囚《とら》われの身としておけないのは、エルバ島がナポレオンを囲い置けないのと同じだと、わかっていてやらなければならなかったのだ。

　ある日の午後、当時僕が二階の寝室と居間を借りて住んでいたイブリー街の家に帰ったところ、家主のバウルズが階段の下で聞き耳を立てるようにして立っていた。

「ごきげんよう」バウルズが言った。「紳士様があなた様をお待ちでいらっしゃいます。あの方が今さっきわたくしをお呼びになられたお声が聞こえたように存じましたもので」

「誰だって？」

「ユークリッジ様でございます。あの方は——」

　階上から馬鹿でかい声が轟《とどろ》き響いた。

「バウルズ、なあ大将！」

バウルズというのは他のありとあらゆるロンドン南西地区の家具付アパート経営者と同じく元執事で、彼の周りには、他のありとあらゆる元執事同様、威厳ある優越感のオーラが衣服みたいにまとわりついていた。それでいつだってそいつは僕の志気を粉砕したものだ。彼は恰幅《かっぷく》がよく、禿頭《とくとう》で、薄い緑色の飛び出した目をした男だった。――その目は冷静に僕を値踏みした上で未熟だと判断したといったふうだった。「ふむ！」その目はこう言っているように見えた。「若い――若いな。わたくしが然るべきお屋敷にお仕え申し上げておったころ慣れ親しんだ方々とは違う」このやんごとなき人物が「大将」などと呼びつけられる――それもあんなふうに声を張り上げてだ――のを聞いて僕は、主教様が背中をポンポンたたかれるのを見て若い敬虔《けいけん》な副牧師が感じるのと同じような、切迫した混沌《こんとん》の感覚を覚えたものだ。したがって彼が穏やかなだけでなく、仲間意識すら感じられる態度でそれに応《こた》えたときのショックは、僕を唖然《あぜん》とさせた。

「何でございましょうか？」バウルズはクークーささやいた。

「骨を六本とコルク抜きを持ってきてくれ」

「かしこまりました、旦那様」

バウルズはその場を去った。それで僕は階上にかけあがり、僕の部屋のドアをバンと開けた。

「何てこった！」度肝を抜かれて僕は言った。

そこはペキニーズ犬たちの大海原だった。よくよく精査した結果その数は六匹に減じたが、最初は何百頭にも見えた。どこを向いてもギョロリとむいた目と目が合った。室内は波打つ尻尾《しっぽ》たちの森だった。そして、マントルピースに背を向け、穏やかに煙草を吸いながら、ユークリッジが立っていたのだ。

「ハロー、大将！」愛想よく手を振りながら彼は言った。まるでこの僕に、構わないからどうぞくつろいでいってくれと言わんばかりにだ。「ちょうど間に合った。俺様はあと十五分で汽車に乗らなきゃならないから急がなきゃいけない。やめろ、この犬っコロめ！」彼は吠えた。それで僕の到着以来執拗《しつよう》に吠えたて続けていた六匹のペキニーズは吠えるのをやめ、静かになった。ユークリッジの人間性がどうぶつ王国で磁力を発揮して元執事からペケ犬に至るまでを魅了するらしきことは、ほとんど薄気味が悪いくらいだ。「俺はケント州のシープス・クレイに出発するんだ。向こうにコテージを借りてる」

「そこで暮らすつもりなのか？」

「そうだ」

「だけど叔母さんはどうするんだ？」

「ああ、叔母上様とは訣別《けつべつ》した。人生は厳しい、人生は真面目だ〔ロングフェローの詩『人生賛歌』〕。それにもし大儲けがしたかったら、俺様は忙しく動き回らなきゃならないしウィンブルドンなんかに閉じこもっちゃいられないからな」

「じゅうじゅうごもっともだ」

「それだけじゃない。叔母さんは俺の顔を見ただけで気分が悪くなるから二度と姿を見せないでちょうだいって俺に言ったんだ」

彼に会った瞬間に、そんな大変動が持ち上がったのではないかと察しているべきだったのだ。前回会った時にユークリッジを目にも絢《あや》に飾りたてていた贅沢《ぜいたく》な衣装は姿を消し、彼は前ウィンブルドン期のいでたちに回帰していた。そいつは広告の文句にいうみたいに、ひときわ個性的な装いだった。灰色のフランネルのズボンにゴルフ用の上着、茶色のセーターの上に、彼は王者のローブのごとく黄色のマッキントッシュ・コートを着用していた。彼のカラーは留め金から外れ、五、六センチほど首筋がむき出しに覗《のぞ》いていた。彼の髪は無秩序で、尊大そうな鼻のてっぺんには銀ぶちの鼻メガネが掛けられており、そいつはジンジャー・ビールの蓋《ふた》を留める針金でびらびらした耳に巧妙に取りつけられていた。彼の外観すべてが、人をして嫌悪の情を抱かしめずにはおかれぬものだった。

バウルズが皿いっぱいに骨を載せて現れた。

「それでいい。そいつを床に置いてくれないか」

「かしこまりました、旦那様」

「あの男はいいな」ドアが閉まるとユークリッジは言った。「お前が帰ってくる前にずいぶんと面白い話をしてたんだぜ。あいつにミュージック・ホールに出てる従兄弟《いとこ》がいるってのは知ってるか？」

「僕にはたいして話なんかしちゃくれないんだ」

「今度俺に紹介するって約束してくれた。仕事のやり方を心得た男に知り合いがいるってのは、役に立つかもしれないからな。わかるか、なあ、驚くべき計画を思いついたんだ」彼は劇的なしぐさで腕をサッとふり払った、と、おかげで祈りを捧げるおさなごサムエルの石膏《せっこう》像がひっくり返った。「大丈夫、だいじょうぶ。ノリか何かでくっつけときゃあいいさ。それにそんなモノはないほうが気分がいいだろ。そうだ。俺は偉大な計画を思いついたんだ。千年に一度って思いつきだ」

「どういうやつだ？」

「犬のトレーニングをするんだ」

「犬のトレーニングだって？」

「ミュージック・ホールの舞台用にさ。演技する犬だ。曲芸犬たちさ。たんまり金が儲かるぞ。まずはささやかにここにいる六匹で始める。こいつらにいくらか芸を仕込んだら、ミュージック・ホール業界の連中に高く売って新しく十二匹買う。そいつらをトレーニングしてまた高く売ったらその金で今度は新しく二十四匹買える。そいつらをトレーニングして――」

「ちょっと待った」僕の頭はくらくらしてきた。僕は全国土をペキニーズ犬で覆われ尽くした祖国英国の姿を思い浮かべていたのだ。で、そいつらは全部がぜんぶ、曲芸をしていた。「連中が売れるなんてどうしてわかるのさ？」

「もちろん売れるとも。需要は莫大だぜ。供給が追いつかない。手堅く見積もったって年に四、五千ポンドの利益が上がると考えていい。むろんそいつは、この事業が本当に軌道に乗るまでの話だがな」

「わかった」

「俺の下で働くアシスタントが一ダースと体制の整った組織ができて、事業が軌道に乗れば、大金が転がり込んでくるようになる。俺が目指すのは田舎にある一種の犬の大学なんだ。広い庭のある、でっかい屋敷さ。通常授業に規定のカリキュラム、スタッフも豊富だ。各自担当犬をたくさん抱えてる。俺は管理監督と指揮監督だ。なぜって一旦軌道に乗ったら、そいつは勝手に走り始めるから、俺様はただ座って小切手に裏書きしてりゃあそれでいいんだ。それに事業をイギリス国内に限るって手はない。文明世界を通じて、曲芸犬の需要は普遍的だ。アメリカは曲芸犬を求めている。オーストラリアは曲芸犬を求めている。アフリカにゃあ二、三匹いれば十分だろうな、間違いない。なあ、俺が目指すのは、この業界でやがて独占を獲得するってことなんだ。どういう種類であれ、曲芸犬が必要な者は自動的に俺様のところに来ざるを得ないっていうふうにしたいんだ。とまあ、そういうことだ。お前がちょっぴり資本を拠出《きょしゅつ》したいって言うなら、有利な条件で第一段階から仲間に入れてやってもいいぜ」

「いや、いい」

「わかった。好きにしろ。ただこのことは忘れるなよ。フォード自動車が創業したとき九〇〇ドルを投資した男は、後で大枚四千万ドルをせしめたんだぜ。おい、あの時計は合ってるのか？　なん

てこった！　汽車に遅れちまう。このいまいましい動物を動かす手伝いをしてくれよ」

五分後、六頭のペキニーズ犬をつき従え、僕の煙草一ポンドと僕の靴下三足、それと残っていたウイスキーを瓶ごと携えて、ライフワークを開始すべくユークリッジはタクシーにてチャリングクロス駅に向け出発したのだった。

おそらくは六週間ほどが過ぎた。ユークリッジなしの平穏な六週間だ。そしてある朝僕は興奮した電報を受け取った。実際、そいつは電報というよりは苦悶《くもん》の叫びに近かった。その一字一句に、圧倒的な負け戦をむなしく戦った偉大な男の苦悩する精神が息づいていた。そいつはシュア人ビルダデとの長い対話の後、ヨブが発信するような類《たぐ》いの電報だった〔『ヨブ記』二・十一、八・一、二五・一〕。

すぐ来い、頼む相棒。生死に関わる問題だ、大将。切迫した状況。俺を見捨てるな。

そいつは僕を集合ラッパみたいに煽《あお》り立てた。僕は次の汽車に乗った。

シープス・クレイ、ホワイト・コテージ――おそらく数年内に愛犬家の巡礼たちの訪なうであろう史跡、そしてメッカとなるべき運命にあるこの地――は、小さくてボロっちい建物で、村から少し離れたロンドンに向かう幹線道路のすぐ近くに立っていた。僕は難なくそいつを探し当てた。というのはユークリッジはこの界隈《かいわい》ではちょっとしたセレブになっているらしかったからだ。だが家内に入るのは容易ではなかった。僕は丸々一分間ドアを叩き続けたが得るところなく、続けて声を張り上げてみた。それでユークリッジは留守なのだろうと結論を下しかけたところで突然ドアが開いた。まさしくその瞬間に僕は最後のひと叩きをしたところだったから、室内に入る僕の姿は新しい高難度のステップを練習中のバレエ・リュスの団員を想起させるものとなった。

「すまない、大将」ユークリッジが言った。「お前だってわかってたらこんなに待たせなかった。

グーチだと思ったんだ、食料品屋のな。六ポンド三シリング一ペニーのつけがあるんだ」

「そうか」

「あいつは売り掛け金を払えって俺を追っかけまわしてるんだ」居間に向かって歩きながらユークリッジは苦々しげに言った。「ちょっと参ってる。まったくちょっと参ってるんだ。俺様はここでどでかい新事業を開始し、地元に成長産業を確立して地域住民に利益をもたらそうとやってきてるんだ。それが連中が最初にしたことときたら、まわれ右してこれから飯を食わせてやろうっていうこの手に嚙《か》みつくことなんだぜ。ここに着いて以来、こういう吸血鬼みたいな強欲な連中に邪魔されてイラつかされ通しなんだ。ほんの少しの信頼、ほんの少しの同情、ほんの少しの古きよきギヴ・アンド・テイクの精神――俺が求めてるのはそれだけだ。それがどうだ？　連中は金を支払えって言うんだ！　つけを払えって俺にうるさくまとわりついてくる。わかるか、この途轍もなく困難かつ繊細微妙な仕事のためには、俺の思考と精力のすべて、集中力のぎりぎりすべてを思う存分行使しなきゃならない。俺は連中にびた一文だって支払うわけにはいかなかった。後で、連中が至極真っ当な忍耐力を発揮してくれた後でなら、連中の非道な勘定書きを五十倍にして支払ってやれる身の上になれるんだぜ。だがまだ機は熟しちゃいない。俺様は連中に言って聞かせてやった。俺はこう言ったんだ。「俺は忙しい男だ。六頭のペキニーズ犬をミュージック・ホールの舞台用に教育している。そこにお前らはやってきて売り掛け金を支払えとかブチブチ言ってよこして俺の集中力を削《そ》ぎ、作業能率を損ねてくれてるんだ。これは協調の精神じゃあない」俺は言った。「そんな精神じゃ富は獲得できない。狭隘《きょうあい》な小金稼ぎの精神じゃあ成功は勝ちとり得ないんだ」だがだめだ。連中にはそこのところがわからない。連中はのべつここに来ちゃ幹線道路で俺を待ち伏せしてるから、もう俺の人生は完全なる呪《のろ》いと化してるんだ。さてそれで次に何が起こったと思う？」

「何だ？」

「犬たちだ」

「ジステンパーにやられたのか？」

「ちがう。もっと悪い。家主が賃料のかたにって犬たちを差し押さえちまいやがった！　資産がこっそり連れ出されちまったんだ。資産凍結だ。事業に着手したとたん、ことは暗礁に乗り上げちまった。こんな卑劣な話、お前生まれてこの方聞いたことがあるか？　確かに俺は毎週あのいまいましい額の賃料を支払うって同意はしたし、もう六週遅れだってこともわかってる。だがさ、まったく！　これからどでかい事業をこの手で始めようって男は、きわめて繊細微妙な事柄にかかりっきりで、そんな瑣事《さじ》なんかに煩わされちゃいられないだろう――うーむ、こういうことをみんなニッカーソンの野郎に説明したんだが、何の甲斐《かい》もなかった。それでお前に電報を打ったんだ」

「ああ！」僕は言った。そしてそれから短く、意味深長な間があった。

「思うんだが」瞑想《めいそう》するがごとくユークリッジは言った。「お前、誰か頼りになる奴のことを思いついてくれないかな」

彼は他人事みたいな、ほぼ無頓着を装ったふうな言い方で言ったが、彼の目は意味ありげに僕に向けてキラリと光っており、僕は思わず罪悪感を覚えて目を逸《そ》らしたものだ。そのときの僕の財務状況はいつもながらに不安定な状態にあった――実を言うといつにも増してそうだったのだ。前の土曜日のケンプトン・パークでの不満足な投機のせいだ。それに金を貸してやるべき時がもしあるなら今こそその時だと思われた。僕は切羽詰まった思いで熟考した。敏速な思考が必要なときだ。

「ジョージ・タッパーだ！」僕は叫んだ。霊感の絶頂で僕は叫んだ。

「ジョージ・タッパーだって？」ユークリッジがこだまを返した。晴れやかに、彼の憂鬱は太陽の前の霧のごとく溶けて消え去った。「まさしくあいつだ！　どうして奴のことを思いつかなかったのか不思議でたまらないぜ。そうさ、ジョージ・タッパーだ！　でっかいハートのジョージだ、懐かしき学友さ。奴なら喜んでやってくれるし、金がないわけがない。外務官僚ってのは一〇ポンド札の一枚や二枚は靴下に押し込んであるもんなんだ。公金からくすね取ってるんだな。大急ぎで街に戻れ、全速力でだ。タッパーをつかまえてどっさり飲ませてやって二〇ポンド借りるんだ。善良なる者みな集いて朋友《ほうゆう》の助けをするときは来《きた》りぬだ」

ジョージ・タッパーが我々の期待に応えないはずはないと僕は確信していたし、やっぱりその通りだった。奴は四の五の言わずに資金を拠出してくれた――むしろ熱狂してくれたと言ったって過言ではないほどだ。こんな依頼は奴にはオーダーメイドで誂《あつら》えたようなものだ。少年時代、ジョージ・タッパーは学内誌に感傷的な詩を書いていた。長ずるに及び、奴はいつだって賛同者名簿を拵《こしら》えて記念館とか寄贈品とかを寄付しようと待ち構えているような男に成長した。奴は僕の話を外務官僚がスイスに宣戦布告しようか、それともサン・マリノに毅然《きぜん》とした覚書を送ろうかと決断する際に身にまとうような、真剣な官僚然とした態度で聞いてくれた。それで話し始めて十分経つかどうかしたところで手を伸ばして小切手帳を取っていた。ユークリッジの悲惨な状況は、奴の心の深いところに訴えたようだ。

「じゃああいつは犬のトレーニングをやってるのか」ジョージは言った。「残念な話だ。奴がやっと真っ当な仕事に身を落ち着けようとしてみたら、初《しょ》っ端《ぱな》から財政上の困難に邪魔されてるだなんてあんまりじゃないか。俺たちが奴のために何か実利的なことをしてやるべきなんだろうな。どのみち二〇ポンド貸したくらいじゃあ状況が根本的に変わるだなんて、あり得んからなあ」

「その金を貸したなんて考えるのは楽観的に過ぎると思うぞ」

「ユークリッジに必要なのは資本だ」

「彼もそう思ってる。食料品屋のグーチもそう思ってる」

「資本だ」毅然とした態度でジョージ・タッパーは繰り返した。まるでどこかの大国の全権大使に向かって言い聞かせているみたいな調子でだ。「いかなる冒険的事業にも、最初は資本がいるんだ」奴は思いに沈むようにしかめっ面をこしらえた。「ユークリッジのための資本をどこから手に入れてやったらいいんだろうなあ?」

「銀行を襲撃するか?」

ジョージ・タッパーの表情が明るく晴れわたった。

「わかった!」奴は言った。「俺は今夜まっすぐウィンブルドンまで行って、奴の叔母上と話をしてみる」

「彼女にとってユークリッジは冷めたチーズトーストとおんなじくらい不人気だってことを忘れてもらっちゃ困るぞ」

「一時的なごたごたなんかはあるだろうさ。だが俺が彼女に事実を話して聞かせて、ユークリッジが暮らしを立てる努力を本気で始めたんだって納得させりゃあ――」

「うーん、やりたきゃやるがいい。だがおそらく彼女はオウムをけしかけてくるだろうな」

「むろん外交的にやらにゃならん。お前はユークリッジには俺の提案を言わないほうがいい。余計な希望をもたせちゃあ、だめだった時に気の毒だ」

翌朝、シープス・クレイ駅のプラットホームに見えた燃え立つような黄色が、汽車の到着をユークリッジが出迎えに来てくれたことを僕に報せた。雲ひとつない空からは太陽が燦々《さんさん》と降り注いでいたが、スタンリー・ファンショー・ユークリッジにマッキントッシュ・コートを脱がせるには陽光以上の何ものかが必要なのだ。彼は生命を吹き込まれたカラシの染みみたいに見えた。

汽車がホームに入ったとき、彼は孤独な威厳ある姿でパイプに火を点《つ》けようとしながら立っていた。だが汽車から降りていってみると、彼が悲しげな顔つきの男と二人づれでいるのに気がついた。そいつが早口に話す態度の真剣さと、身振り手振りの猛烈から推して察するに、そいつがきわめて感慨を深くしている何らかの主題について議論を戦わせている模様だった。ユークリッジは不愉快で嫌そうに見えた。そして僕が彼らに接近するにつれ、答える彼の声がにわかに活気づくのが聞きとれた。

「さあご主人、さあ大将、理性的にいきましょう。どどんとでっかく、広く柔軟な態度を涵養《かんよう》しようじゃありませんか――」

彼は僕を見ると、その男の許《もと》を離れた――不承不承というような風情ではなかった。そして僕の腕をつかむと、プラットホームの端へと引っぱっていった。悲しげな顔つきの男は、優柔不断そうに後をついてきた。

「金は持ってきたか、おい？」切迫したひそひそ声でユークリッジは訊いた。「手に入れてきたんだろうな？」

「ああ、ここにある」

「しまえ、しまうんだ！」僕がポケットを探ろうとすると、ユークリッジは悲痛なうめき声を発した。「俺がいま誰と話してたかわかってるのか？　グーチだ、食料品屋の！」

「六ポンド三シリング一ペニーの未払い債務があるんだったか？」

「そのとおりだ！」

「ふーん、じゃあお前にとっちゃあ好機到来ってとこだ。あいつに黄金の財布を投げつけてやれよ。それであいつも間抜けに見えることだろうさ」

「なあ大将、俺には食料品屋に間抜け面をさせてやるだけのために、無駄に遣ってる金なんかありゃしないんだ。その金は家主のニッカーソンに支払うことに決まってる」

「ああそうか！　おい、あの六ポンド三シリング一ペニー男が僕たちについてきてるみたいだぜ」

「それじゃあ一生のお願いだ。急いでいこう！　俺たちが二〇ポンド持ってるなんてあいつに知られたことにゃあ、命が危うい。飛びかかってくるぜ」

　彼は僕を急《せ》きたてて駅を出、野原の中をうねうねと伸びる日陰の小径《こみち》を、「寂しき道を、恐怖と不安を抱え歩く人のごと、ひとたび来し方を振り返りし後は、歩を進め、二度とふたたび振り返ることなし、なぜなら恐ろしき悪魔が背後に迫れるを知りおればこそ〔コールリッジ「老水夫行」第六部〕」みたいにこっそりと通り抜けた。実を言うとその恐ろしき悪魔は最初の二、三歩で追跡を断念したから、一瞬後、僕はその事実にユークリッジの注意を促した。その日は必要もなく闇雲にウォーキングの世界記録を破ってまわるような日ではなかったからだ。

　彼は立ち止まった。安心したふうだった。そして広いひたいをハンカチで拭《ぬぐ》った。気がついたのだが、このハンカチはかつて僕の所有物であったものだ。

「あいつを振り切れてとにかくよかった」彼は言った。「奴は奴なりにいい人物ではあるんだろう、きっとな——よき夫、よき父だって聞いてるし、教会の聖歌隊で歌ってるんだそうだ。だが、ビジョンってもんがない。奴に欠けているのはそれだ。ビジョンだ。なあ大将。ありとあらゆる巨大な事業企画ってものは、寛大かつ陽気な信用貸しの上に築き上げられてるってことが、あいつにゃあ理解できないんだ。信用貸しこそ商行為の活力源だってことがどうしてもわからないんだな。信用貸しなしじゃあ、融通性ってものがない。商行為に融通性がなけりゃ、いったい全体何のいいところがある？」

「わからん」

「誰にだってわかりゃあしないさ。さあてと、奴も行っちまったことだし、例の金を渡してもらおうか。タッピーの奴は気前よく金を出してくれたのか？」

「気前よくだ」

「そうだと思った」ユークリッジは言った。深く感動しながらだ。「わかってたとも。いい奴だ。

最高の男なんだ。俺はいつだってタッピーの奴が好きだった。頼りにできる男だ。いつの日か、事業がでっかく成長した暁には、奴はこれを千倍にして受け取ることだろう。お前が小額紙幣で持ってきてくれてよかった」

「どうしてさ？」

「そのニッカーソンって野郎の机の周りに、撒《ま》き散らしてやるのさ」

「そいつはここに住んでるのか？」

我々は道路から奥まったところにある、木々に囲まれた赤い屋根の家の前に着いた。ユークリッジは力を込めてノッカーを振り下ろした。

「ニッカーソン氏に伝えてくれ」彼はメイドに言った。「ユークリッジ氏がご訪問で、話があると」

かくしてただ今、我々が案内された部屋に入ってきたこの人物の立居振舞態度物腰には、繊細微妙ではあるがしかしなおかつはっきりと識別できる何か、すなわち世界中の債権者をかくのごとく特徴づける何かしらが備わっていた。ニッカーソン氏は中背で、顔はほぼ完全にひげで被覆されており、その灌木《かんぼく》の植え込みの合間から凍《い》てついた目でユークリッジを見つめ、有害生物的磁波を放っていた。一瞥《いちべつ》してこの人物がユークリッジを好きでないことが見て取れた。全般的に、ニッカーソン氏という男は、旧約聖書のあんまり感じのよくない預言者が、まさにこれから囚われのアモリ人の君主に面会するところであるといった趣きに見えたものだ。

「さあて？」彼は言った。僕はこの語がこれほどにいやらしい調子で発話されるのを、これまで聞いたことがない。

「家賃の件で来ました」

「ああ！」用心深げに、ニッカーソン氏は言った。

「支払いに来たんです」ユークリッジは言った。

「支払いにいらしたですと！」ニッカーソン氏は叫び声を上げた。信じられない、と言いたげにだ。「ほうら、これでどうだ！」ユークリッジは言った。そして壮麗なしぐさで、紙幣を机上に浴びせ投げつけたのだった。

このどでかい頭脳の持ち主が、なぜ小額紙幣を欲したか、いまや僕にはよくわかった。華々しい舞台効果が得られたからだ。開け放たれた窓からはそよ風が吹き入っており、それが山積みの紙幣たちをそよがせるカサカサ音はたいそう音楽的で、とたんにニッカーソン氏の厳粛な表情は、剃刀《かみそり》の刃に吹きかけた息みたいに消えうせたのだった。一瞬、彼の目には呆然《ぼうぜん》とした表情が宿り、また身体《からだ》が少しぐらつきもした。そして、金をかき集めようと始めるにつれ、彼は巡礼たちを祝福する慈悲ぶかき主教様の雰囲気を身に帯びたものだ。ニッカーソン氏に関する限り、陽はまた昇った。

「これはこれは、お有難うございます、ユークリッジさん」彼は言った。「まことに有難うございます。お気を害されてはいらっしゃらないでしょうな？」

「俺のほうは大丈夫ですよ、大将」ユークリッジは愛想よく応えた。「ビジネスはビジネスですから」

「まさしくさようでございますとも」

「さてと、それじゃあ犬たちは返して頂けますね」ユークリッジは言った。マントルピース上にたったいま見つけた葉巻入れの箱から勝手に一本失敬し、その上更に二、三本、いかにも図々しげにポケットに押し込みながらだ。「俺のところに帰ってくるのは、早ければ早いほどいいんですよ。連中は一日分の教育を、すでに逃しているわけですからね」

「いや、もちろんですよ、ユークリッジさん。もちろんですとも。犬たちは庭の奥の物置小屋にいます。今すぐ連れて参りますとも」

彼はこびへつらうふうに何やらべらべら言いながらドアから撤退した。

「ああいう連中がどれだけ金好きかってのは、まったく驚きだぜ」ユークリッジはため息をついた。「俺はああいうのを見るのは好きじゃない。浅ましい、って思うんだ。金をかき集めながら、あの野郎の目はキラキラきらめいてた。掛け値なしのキラキラだったぜ、なあ。こりゃあいい葉巻だな」彼はそう付け加えると、更に三本をポケットに納めた。

外からよろよろした足音が聞こえ、ニッカーソン氏がふたたび部屋に入ってきた。この人物は明らかに何か胸に秘めたるところがあるようだった。ひげに縁取られた彼の双眸《そうぼう》には、どんよりと生気のない表情が湛《たた》えられており、また彼の唇は、ジャングル越しに判別することはきわめて困難だったが、悲しげにたわんでいるように見えた。彼は詰め物をしたうなぎの皮で耳の後ろを強打されたばかりの小預言者に似ていた。

「ユークリッジさん！」

「ハロー？」

「あの、小さい犬たちのことですが！」

「はい？」

「あの小さい犬たちが！」

「彼らがどうしたんです？」

「消えてしまいました！」

「消えたですって？」

「逃げ出したんです！」

「逃げ出した？　いったい全体どうして逃げたりなんかできるんです？」

「物置小屋の裏の板が緩んでおったようです。あの小さい犬たちは、あそこをすり抜けたに違いありません。見つけ出そうにも足跡ひとつ残っていないのです」

ユークリッジは絶望して腕を振りあげた。彼は囚われの風船みたいに膨張した。彼のつるなし眼鏡は鼻の上で凍りつき、彼のマッキントッシュ・コートは恐ろしげにはためき、彼のカラーは留め具からはじけ飛んだ。彼は拳《こぶし》を振り下ろし、それは音たてて机上に衝突した。

「なんてこった！」

「まことに申し訳ないことです……」

「なんてこった！」ユークリッジは叫んだ。「あんまりだ。あんまりすぎるぜ。俺様はここに大事業を開始しようとやってきた。そいつはいずれ、この近隣全域に産業を振興し、繁栄をもたらすはずだったんだ。それで俺が事業に取りかかって、起業の予備的な細かい点に取り組もうとするかしないかってところで、この男がやってきて俺の犬たちをくすね盗《と》っていきやがったんだ。そしていまや、こいつは薄笑いを浮かべながら俺にこう言ってよこし……」

「ユークリッジさん。私は決して……」

「薄笑いを浮かべながら、犬たちは消えただなんて言ってよこすんだ。消えただって？　どこに消えたんだ？　コン畜生！　国じゅうどこへだって行ってそうなもんだ。奴らにもう二度と会える見込みなんてない。六匹の貴重なペキニーズ犬が、すでに舞台用の教育をほぼ修了し、途轍もない金額で売りに出せるところだった名犬たちが……」

ニッカーソン氏は後ろめたげにぎこちなく手探りし、ポケットからしわくちゃになった紙幣の束を取り出した。彼は興奮した体でそれをユークリッジにぐいと押しつけたが、彼はそれをさも嫌そうに払いのけた。

「こちらの紳士は」ユークリッジは大げさな身振りで僕を指差すと声を轟かせた。「偶然だが、弁護士なんだ。たまたま今日俺を訪ねてきてくれたのは実に幸運だった。先生はこの成りゆきを詳しくご覧でいらっしゃいましたか？」

僕はこの成りゆきをとても詳しく見たと言った。

「法的措置が取られることになるというご意見でしょうか？」

僕はその蓋然性《がいぜん》はきわめて高いと言い、そしてこの専門的判断はニッカーソン氏の崩壊に仕上げの一撃を加えた模様だった。ほとんど涙ながらに、彼はユークリッジに紙幣を押しつけた。

「これは何なんです？」ユークリッジは言った。尊大にだ。

「わ、私は考えたのですが、ユークリッジさん。もし貴方にご同意いただけるならば、貴方のお金は返金し、それでこの一件は終了とお考え頂くということで……」

ユークリッジは眉を上げて僕に向き直った。

「ハッ！」彼は叫んだ。「ワッハッハ！」

「ワッハッハ！」僕も忠実にコーラスに加わった。

「この人は俺に金を返せば一件落着だと思ってるんだ。結構な話じゃないか？」

「秀逸ですね」僕は同意した。

「あの犬たちには何百ポンドもの価値があるんだ。それなのにこいつときたら、ケチな二〇ポンドぽっちで帳消しできるなんて思ってやがる。もしほんとに自分の耳で聞いたんじゃなけりゃ、信じられやしないだろう、なあ大将？」

「絶対無理ですよ！」

「俺がこれからどうするかを話してやろう」ひとしきり考えた後、ユークリッジは言った。「俺様はこの金を受け取ることにする」ニッカーソン氏は彼に感謝した。「それで地元の商人たちとの間に、清算が必要なわずかばかりの未払い金がひとつふたつあるんだ。あんたはそいつを清算してくれるだろう――」

「もちろんですとも、ユークリッジさん。もちろんですとも」

「その後のことは――また考え直さなきゃならないだろうな。もし訴訟開始と決めたら、うちの弁護士からいずれ連絡が行くことになるから」

そして我々は、ひげの裏側で卑しく身を縮め、見る影もなく打ちひしがれた男を置いてたち去ったのだった。

木蔭の小径を通り抜け、まぶしく白い道路に出るにつれ、これほどの大災難の時にありながら、ユークリッジは賞賛すべき不屈の精神を維持していると僕には思えてならなかった。彼の商品、彼の企業の生命線がケント州じゅうに散り散りに散り去ってしまい、おそらく二度とふたたび戻ってくることはないのだ。それで貸借勘定表の反対側に示せることといったら、数週間の滞納家賃をチャラにしてもらうことと食料品屋のグーチと仲間たちの請求書の清算だけなのだ。並の男の精神を木っ端微塵《みじん》に粉砕するには十分な状況である。しかし、ユークリッジはぜんぜんまったく意気消沈した様子ではなかった。むしろのん気なふうだった。彼の双眸はつるなし眼鏡の後ろで光り輝いていたし、また彼は楽しげに口笛を吹いてもいた。それでいよいよ彼が歌まで歌いはじめた時には、僕は話題を転ずる頃合いだと感じたのだった。

「お前はこれからどうするんだ?」僕は訊いた。

「誰だって、俺が?」快活にユークリッジは言った。「ああ、俺は次の汽車で街に戻る。隣の駅まででてくてく歩いてくことにしたって構わんだろ? たったの八キロだ。シープス・クレイ駅から乗るのはちょっぴり危険だろうからな」

「どうして危険なのさ?」

「犬たちのせいさ、もちろんじゃないか」

「犬たちだって?」

ユークリッジは陽気に鼻唄を歌った。

「ああ、そうだった。お前に言っとくのを忘れてた。あいつらを取り返してあるんだ」

「なんだって？」

「そうさ。昨日の晩遅くでかけていって連中を物置小屋からくすね盗ったんだ」彼はうれしそうにくすくす笑った。「完全に簡単だった。明晰《めいせき》で冷静な頭が要《い》るってだけだ。死んだねこを借りてきてそいつに紐《ひも》をくくりつけて暗くなってからニッカーソンのうちの庭にでかけていって物置小屋の裏の板を一枚はがしてそこから頭を突っ込んでチッチって音をたててやった。犬たちはどっと流れ出てきた。それで俺様はキャット大佐を引きずりながら脱兎のごとく走り去ったってわけだ。大変な走りっぷりだったんだぜ、大将。犬たちは匂いをすぐさま嗅《か》ぎつけて、時速八十キロで走り出したんだ。ねこと俺はずっと時速八十八キロだ。いつなんどきニッカーソンが物音を聞きつけて銃を発砲し始めるんじゃないかって、気が気じゃなかった。だが何にも起こらなかった。俺は野原を横切って犬たちの群れを二十分間休みなしで引っぱりまわして、犬たちにはうちの居間に落ち着いてもらって、それからおやすみいただいたってわけだ。いやまったく疲労困憊《こんぱい》させられたもんだったぜ！　俺も昔ほど若かぁないんだからな」

僕はしばらく無言でいた。ほとんど畏敬《いけい》の念に似た思いに感じ入っていることは、意識していた。この男は掛け値なしに偉大だ。いつだってユークリッジには、道徳意識を鈍麻《どんま》させる何かがあるのだ。

「さてと」やっと僕は言った。「お前には確かにビジョンがある」

「そうか？」ユークリッジは言った。喜んでいる。

「それにでっかくて広々して自由自在な展望力もだ」

「今どきはそうじゃなきゃいけないんだぜ、なあ相棒。成功するビジネス・キャリアの基本だ」

「それで次なる手はどうなるんだ？」

僕らはだんだんホワイト・コテージに近づいていった。それは陽光に焼かれ、立っていた。それで僕は中で何か冷たいものを飲めたらいいなと思った。居間の窓は開いていて、中からペキニーズ犬のキャンキャンいう声が聞こえていた。

「うーん、どこか別のところにコテージを見つけよう」ユークリッジは言った。一種の感慨を覚えつつ、小さき我が家を見つめながらだ。

「難しくはないはずだ。コテージなんてどこにだっていくらだってある。そしたら真剣な仕事に本気で取り掛かるんだ。俺がすでに成し遂げた進歩にお前は驚くはずだぞ。今すぐ、この犬たちにどんなことができるか、見せてやるからな」

「連中は吠えるのは達者みたいだな」

「うん。何かに興奮してるみたいだ。なあ、わかるだろ、俺にはすごいアイディアがあるんだ。お前の部屋で会ったとき、俺の計画はミュージック・ホールの曲芸犬に特化するってことだった――いわゆるプロ犬だな。だが俺様は考え直したんだ。いまや俺は、アマチュア・タレントを養成しない理由はないって思っている。たとえばお前が犬を飼ってるとするぞ――ペットのフィドだ――それでお前は、そいつが時々ちょっぴり芸をしてくれたら、家庭内が明るくなるだろうなって思うんだ。さてそれでお前は忙しい男だ。犬に芸を教えてやってる暇はない。そこで首輪に名札を結びつけ、ユークリッジ愛犬カレッジに一カ月送り出す。そして帰ってきたときには、完璧に教育済みなんだ。手間いらず、世話いらず、お支払いはお手軽な分割払いでどうぞときた。なんてこった、プロ養成コースよりでっかい金が転がってないなんて言えないんじゃないか。やがていずれ犬の飼い主たちは、うちに犬を送ってくるのがきまりってことにならないわけがないと思うんだ。息子をイートンやウィンチェスターにやるみたいにさ。ひゃあなんてこっただ！　アイディアがどんどんふくらんできた。いいか、話してやる――うちのカレッジを卒業した犬たちに特別の首輪を発行するってのはどうだ？　誰でも一目見たらわかるような特徴的なやつさ。意味はわかるだろ？　名誉の勲章みたいなもんだ。ユークリッジ首輪をつける資格のある犬の飼い主は、つけてない犬の飼い主を見下げられる立場に立つってことだ。いずれ然るべき社会的地位にある人物なら誰だって、非ユークリッジ犬の飼い主なんかじゃあ恥ずかしくて居ても立ってもいられないって次第になるわけだ。地滑り的大勝利ってやつだな。全国各地から犬たちが押し寄せてくる。俺様だけじゃ処理しきれないほどの大仕事だ。支店を設けなきゃならない。途轍もなく壮大な計画なんだ。何百万も儲かるぜ、なあおい！　何百万だ！」玄関ドアの取っ手に手を掛けながら彼は一呼吸ついた。「むろん」彼は続けて言った。「今現在に限っては、俺は切羽詰まってて手許《てもと》不如意っていうハンデを負っていて、この仕事にささやかなスケールでしか臨めないって事実を見て見ぬ振りをしたってしょうがないからな。つまりどういうことかって言うと、なあおい、ここはどうにかこうにかして資本を手に入れなきゃならんってことだ」

よろこばしき報せを告げるときは来《きた》れりと思われた。

「この話はしない約束だったんだが」僕は言った。「がっかりさせるようなことになったらいけないからな。だが、実を言うと、ジョージ・タッパーがお前のために資本を調達しようとしているんだ。僕が昨晩別れたとき、奴はそれを受け取りにいこうってところだったんだ」

「ジョージ・タッパー！」——女々しくはない感情に、ユークリッジの両のまなこは曇った。——「ジョージ・タッパーだって！　なんてこった。あいつは地の塩だ。善良で、忠実な男だ。真の友人だな。頼りになる奴だ。俺が思うに、タッピーみたいな男がもっといたら、現代の悲観主義やら社会的動揺やらはぜんぜんなしで済むはずだ。奴には俺様のために資本調達するアイディアがあるようだったか？」

「ああ。奴はお前の叔母さんに、お前がここにペキニーズ犬の訓練をしに来てるって言いにいったんだ。それで――どうかしたのか?」

歓喜に沸いていたユークリッジの顔に恐るべき変化が起こった。奴の目は突き出し、顎《あご》はだらんと落ちた。ここに灰色のひげをあと何十センチか付け足したら、奴は今さっきのニッカーソン氏そっくりになっていたことだろう。

「俺の、叔母さんだって?」ドアの取っ手をガチャガチャやりながら、奴はつぶやいた。

「そうさ。どうしたんだ? 奴はお前の叔母さんにすべてを話したら、態度を軟化させてお前のために尽力してくれるんじゃないかって思ったんだ」

死闘の果てに勇敢な闘士が最後の力を振り絞って洩《も》らすようなため息が、ユークリッジのマッキントッシュ・コートに覆われた胸から発された。

「どうしようもない、地獄じみた、おせっかいで余計なお世話でありとあらゆることを何もかにも目茶苦茶にする間抜けで余計者のアホの中で」弱々しげに、彼は言った。「ジョージ・タッパーくらい最低の男はいない」

「どういう意味だ?」

「あの男を野放しにしとくべきじゃない。あいつは公共の脅威だ」

「だけどさ――」

「あの犬は叔母さんのなんだ。叔母さんが俺を追い出したときに、くすね盗ってきたんだ!」

コテージの中では、ペキニーズ犬たちが依然勤勉にキャンキャン言っていた。

「俺が思うに」ユークリッジは言った。「こりゃちょっと厄介だな」

彼はもっと続けて話したかったのだと思う。だが、この時点で、コテージの中から唐突に、恐ろしく無愛想な声が聞こえてきたのだった。それは女性の声だった。静かで、鋼《はがね》のような、冷たい目と嘴状《くちばしじょう》の鼻、暗灰色の髪の存在を示唆するような声だと僕には思われた。

「スタンリー！」

発話されたのはそれだけだった。だがそれで十分だった。ユークリッジの目は盛んな憶測で〔キーツの詩「初めてチャップマン訳のホーマーを披見して」〕僕の目と合った。奴はレタスを食べている最中にびっくりさせられたカタツムリみたいに、マッキントッシュ・コートの中に身を縮こまらせた。

「スタンリー！」

「はい、ジュリア叔母さん？」ユークリッジは震え声で言った。

「こっちへいらっしゃい。話があります」

「はい、ジュリア叔母さん」

僕はそっと道路に出ていった。コテージの中ではペキニーズ犬たちのキャンキャン声がいよいよヒステリックになっていた。自分が小走りしていることに僕は気づいた。そしてそれから——その日は暖かな日だったのだが——ずいぶん早く駆けだしているのに気づいた。留まりたければ留まることだってできたはずだ。だがどういうわけか僕はそうしたくなかった。何かが僕に、この神聖なる家庭内シーンにおいて、自分は邪魔者だと告げたような気がしたのだ。

そういう印象を僕に与えたのが何だったのかはわからない——おそらくはビジョン、あるいはでっかくて広々して自由自在な展望力であったのだろう。

ユークリッジの事故シンジケート

「おい相棒、ちょっといいか」ユークリッジが言った。そして僕の腕をつかんで歩き出すと教会の扉のまわりに群れ集《つど》ったちょっとした人だかりのところまできて止まった。

そいつは繁殖期のロンドンの朝には、ハイド・パークとチェルシーのキングズ・ロードの間のひっそりした広場にたたずむ教会の外ならばどこでだって見られるような人だかりだった。

その人だかりはコックみたいに見える女性五名、子守女四名、角のパブ〈一房の葡萄《ぶどう》亭〉の壁に寄りかかる通常業務をひとまず離れてやってきた非生産階級の男たち半ダース、野菜を満載した手押し車を押す呼び売り商人一名、少年数名、犬十一匹、それと目的ありげに肩からカメラを提げた若者二、三名よりなっていた。結婚式が進行中なのは明明白白だった。また、カメラマンの存在と縁石沿いに停められた格好いい自動車から推して察するに、なかなかお洒落《しゃれ》な結婚式であるらしかった。僕にわからなかったのは、なぜこの最も断固たる独身者ユークリッジが、これら観衆のうちに身を投じようと欲したかである。

「いったい」僕は訊《き》いた。「どういう考えがあってこんなことをするんだ？　どうして赤の他人の人生の葬式に散歩の途中を邪魔されなきゃならないのさ？」

ユークリッジはこの問いにしばらく答えなかった。何らかの思考に没頭しているようだった。それから空漠とした陰気な哄笑《こうしょう》を放った――瀕死《ひんし》のヘラジカの最後のうがいみたいな凄惨《せいさん》な音のするやつだ。

「赤の他人だって！　聞いてあきれる」彼はいつものがさつな物言いで応《こた》えた。「あそこで結婚してるのがどこのどいつだかお前は知らないのか？」

「誰なんだ？」

「テディ・ウィークスさ」

「テディ・ウィークス？　テディ・ウィークスだって？　なんてこった！」僕は叫んだ。「嘘だろう？」

そして五年の年月がたちまち消え去ったのだ。

ユークリッジがあの壮大な計画を打ち立てたのはビーク街のイタリア料理店バロリーニズにおいてだった。バロリーニズはソーホーの慈善事業みたいなレストランがコーヒー付き四品コースを一シリング六ペンスで提供してくれていた時代に、我ら前途有望なる清貧の徒ら小集団の行きつけの場所だったのだ。それでその晩そこには、ユークリッジと僕の他に以下の街の若者たちがいた。テディ・ウィークス、俳優、六週間の『ただの売り子』第三番手組の巡業公演を終えたばかり。ヴィクター・ビーミッシュ、芸術家、『ピカディリー・マガジン』誌の広告ページに「あらおやラクラク自動ピアノ」の絵を描いている。バートラム・フォックス、『悔恨の灰』、その他映画化されずじまいだった数々の映画のシナリオライター。そしてロバート・ダンヒル。奴は八〇ポンドの年俸で新アジア銀行に雇われていて、生真面目で合理的な産業界を代表している。それでその時はいつものとおりテディ・ウィークスが会話に割って入って、どんなに自分が優秀か、そしてどれほど悪意ある宿命に過酷に弄《もてあそ》ばれているることとかをまたもや話して聞かせてくれているところだったのだ。

テディ・ウィークスについて説明する必要はないだろう。別の、もっと響きのいい名前で挿絵入り週刊新聞読者にはおそろしくおなじみのはずだ。奴はその当時、今もだが、いやになるくらいハンサムな青年で、今日の劇場に通う一般大衆が高く評価するのとまさしく同じ、哀愁をたたえた瞳、移り気な唇、ウェーヴのかかった髪の持ち主だった。それでいて現時点での奴のキャリアはバロウ・イン・ファーネスで初日を幕開けして週の後半はブートル〔いずれもイングランド北西部の町〕に移動するようなドサ回りの小劇団で浪費されていた。奴はこの理由を、ユークリッジが自分の困難の理由をそこに帰さしめがちであるのと同様、資本の欠如に求めていた。

「俺には何だってある」コーヒースプーンで自分の発言を強調しながら、愚痴っぽく奴は言った。「ルックス、才能、人間性、美声――全部揃《そろ》ってる。俺に必要なのはチャンスだけだ。なのにさ、ちゃんとした服がないばっかりにチャンスをものにできないでいる。支配人なんてのはみんな同じだ。上っ面ばっかり眺めて中身を見ようともしない。そいつが天才の持ち主かどうかをわざわざ見きわめようなんてしないんだ。連中が見てるのは服ばっかりさ。もし俺がコーク街の洋服屋でスーツを誂《あつら》えられたら、靴だってもしモーゼス・ブラザーズの古靴じゃなくてモイコフでオーダーメードできたら、一度でいいからちゃんとした帽子、本当に上等のスパッツ、金の煙草入れを拵《こしら》えられたらさ、そしたらその瞬間に俺はロンドン中のどんな支配人の事務所にだってつかつか入っていって、明日ウエストエンドで上演してるどんな作品にだって出演契約が結べるのにさ」

フレディ・ラントが入ってきたのはこの時だった。フレディはロバート・ダンヒルと同じく金融界の大立者となるべく修行中の身で、またバロリーニズの熱心な顧客の一人でもあった。それで我々はここで最後に奴に会ってからずいぶん時が経っていることに気がついたのだった。お見限りの理由は何だったのかと僕らは訊《たず》ねた。

「寝てたんだ」フレディは言った。「二週間以上さ」

この発言はユークリッジの断固たる非難を招いた。この偉大な男はぜったいに正午前には起きないことを習慣としている。また不注意に投ぜられたマッチによりひとつきりしかないズボンに焼け焦げの穴ができた際、シーツの間に四十八時間留まった記録がある。しかし、かくも壮大なスケールの怠惰なるものにはショックを覚えたのだ。

「この大怠けの青二才め」彼は厳しく論評を加えた。「青春の黄金の時をそんなふうに浪費しやがって。身を粉にして働いて名をあげるべく奮闘努力してなきゃいけない時にだ」

　フレディは不当に負わされた汚名を払拭《ふっしょく》すべく異を唱えた。

「事故に遭ったんだ」彼は説明した。「自転車で転んで足首を挫《くじ》いてさ」

「そりゃあご不運な」が、我々の下した評決だった。

「いや、そいつはどうかな」フレディは言った。「休養をとるってのは悪いこっちゃない。それにもちろん儲《もう》かったしな」

「なんで儲かるんだ?」

「『週刊サイクリスト』誌から、足首を捻挫《ねんざ》した件で五ポンドもらったんだ」

「お前が——何だって?」ユークリッジが叫んだ。いつも通り、あぶく銭の話にはことのほか注意を喚起されてのことだ。「お前はそこに座ってどこかの三文雑誌がお前が脚を挫いたってだけのために五ポンド支払っただなんてヨタ話を俺に言って聞かせるつもりか? しっかりしろよ、なあ大将。そんなことがあるはずがないじゃないか」

「本当の話だ」

「じゃあその五ポンド見せてみろよ」

「だめだ。見せたら最後、お前に借り倒されちまう」

　ユークリッジはこの中傷を威厳ある沈黙で無視した。

「足首を捻挫したら誰にでも五ポンドくれるのか?」彼は訊いた。要点は外していない。

「そうだ。定期購読者ならな」

「うますぎる話だと思った」ユークリッジはむっつりして言った。

「週刊誌の多くはこういう策略をはじめてるんだ」フレディは言葉を続けた。「一年分の購読料を支払う、そしたら傷害保険に加入したことになってるって寸法さ」

僕らは興味を覚えた。この頃はまだロンドンじゅうの日刊紙がライヴァル他社と保険を巡ってキチガイじみた競争をくり広げ、首をへし折った市民にどっさり金を支払って大金持ちにしてやるといって売り込みを始める前のことだった。近頃では新聞は正真正銘の死体になら二千ポンド払うし、ちょっと足首を脱臼《だっきゅう》したくらいでも週五ポンドは堅い。だが当時まだああいうアイディアは目新しかったし、魅力があった。

「どのくらいの数の雑誌がそういうことをやってるんだ？」ユークリッジが言った。彼の目の輝きを見れば、その偉大な頭脳が発電機みたいにブンブンいい始めたのがわかったはずだ。「十誌くらいか？」

「そうだな。そんなところだろう。十誌ってところだ」

「それじゃあそいつを全部定期購読してる奴が足首を挫いたら五〇ポンドもらえるってことか？」

ユークリッジは鋭い推論能力を働かせて言った。

「もっと重傷ならもっとだ」この件についての専門家、フレディが言った。「標準料金表があるんだ。腕の骨折ならこれだけ、脚の骨折ならこれだけって具合にな」

ユークリッジのカラーは止め具から外れて吹っ飛び、我々の方に向き直った時には、奴の鼻メガネは酔っ払ったみたいにふらふらぶら下がっていた。

「なあ、お前らみんなでいくら金が集められる？」奴は詰問した。

「金を集めてどうするんだ？」ロバート・ダンヒルが訊いた。銀行家の慎重さだ。

「いいか大将、わからないのか？　一世一代のアイディアがひらめいたんだ。こいつはいまだかつてない最高最上間違いなしの大計画だ。俺たちで金を出しあってそのどうでもいい雑誌全誌の年間購読予約をするんだ」

「そしたらどうなる？」ダンヒルが言った。熱のこもらない、冷たい調子でだ。

銀行というところは銀行員に感情を抑制すべく訓練する。そうやって支店長になった時に当座貸越をきっぱり拒否できるようにしておくのだ。

「我々のうちの誰も何の事故にも遭わず、金は無駄になるってだけの話じゃないか」

「なんてこと言うんだ、アホたれ」ユークリッジは鼻を鳴らした。「そんなことを運まかせにしようだなんて、まさか思ってやしないだろ、どうだ？　聞けよ！　こういう計画なんだ。俺たちはそういう雑誌全誌の年間購読予約をする。それからみんなでくじを引く。それで運命のカードか何かを引いた奴がでかけていって脚を折ってそれで金を引っ張ってくる。そいつをみんなで山分けにして豪勢に暮らすんだ。何百ポンドにもなるはずだ」

長い沈黙が続いた。それからダンヒルがまた話しだした。奴は融通が利くというよりは堅実な方だ。

「脚が折れなかったらどうする？」

「やめてくれないか！」ユークリッジが叫んだ。憤激にかられつつだ。「我々は二十世紀に生きている。我々には近代文明のありとあらゆる潤沢な資源が思うままに使えて、脚を折るためのありとあらゆる機会が眼前に開けてるんだ――なのにお前はそんな馬鹿げた質問をしてよこすのかよ！もちろん脚は折れるに決まってる。どんな間抜けにだって脚は折れるさ。ちょっとあんまりだぜ！俺たちはみんなどうにもこうにも金欠で――まあ個人的な話をさせてもらえれば、フレディーが土曜日まで俺にさっきの五ポンドのうちの幾らかを貸してくれるんでなけりゃ、俺は対処困難な厄介事をしょい込むことになる。俺たちみんなどうしようもなく金が要《い》るんだ。なのに俺様がちょいと金を集めようってこの素晴らしい計画を披露してやったら、俺様の敏速な知性の働きを誉めそやす代わりに、お前は座ったままそうやって反対してよこすんだ。そういう精神はいかん。そういう精神じゃあ勝利はつかめん」

「そんなに金に困ってるなら」ダンヒルが異を唱えた。「お前はこの共同投資にどれだけ出資するつもりなんだ？」

悲痛な、ほとんど愕然《がくぜん》とせんばかりの表情がユークリッジの目に宿った。まるで自分の耳が信じられないというように、彼は鼻メガネ越しにダンヒルを見つめた。

「俺が？」奴は叫んだ。「俺様がだって？　ああ気に入った！　こりゃあ驚いた、結構な話じゃないか！　どうして、まったく、この世の中に少しでも正義ってものが存在するなら、お前のそのクソいまいましい胸にちょっとだって良識と善意の光があるなら、このアイディアの提案者ってことで俺様はただでこの話に乗らせてもらえると思いたいんだがな。ちょっとあんまりだぜ！　俺は脳みそを提供して、その上なけなしの金まで出せって言われなきゃならない。いやまったく、そうくるとは思ってなかった。なんてこったただ！　心傷つくってもんじゃないか。もし誰か俺に旧友ってのは――」

「ああ、わかったわかった」ロバート・ダンヒルが言った。「わかったわかったわかった。だがひとつだけ言わせてくれ。もしお前が当たりくじを引きあてたら、そしたら今日は俺にとって、わが生涯最良の日だ」

「引きやしないさ」ユークリッジが言った。「引きあてないって予感がするんだ」

それで実際彼は引きあてなかったのだ。遠くでウェイターが送話管の向こうのコックと喧嘩《けんか》する物音によってのみ時おり中断される厳粛な沈黙の中、我々はくじ引きを完了し、運命の男はテデイ・ウィークスと決まった。

いくら脚の骨折がその後の人生においてよりは軽微な問題でありうる青春の時代にあったとしても、道路にのこのこ出ていって事故がわが身に降りかかってくれないといけないという状況は、純然たる愉快では決してあり得ない。そういう状況において、そうしたら自分の友達がみんな得をするのだという思いは、ほんの少しの心の慰めにしかならない。公共の福祉がためわが身を犠牲にすることに奴はまったく何の慰めにもならなかったようだった。テディ・ウィークスにとって、それが一定量の抵抗を感じていることは、日々が過ぎゆき、しかしなお奴が五体満足でいることをやめずにいるのを見るにつけ、ますます明白になった。この件について討議すべく僕を訪問した際、ユークリッジは目に見えて動揺していた。僕が質朴な朝食に取りかかろうとしていたテーブル脇の椅子に深く沈み込み、僕のコーヒーを半分飲み干した後で、彼は深々とため息をついた。

「驚くべきことだ」彼はうめいた。「ちょっと期待はずれの話じゃないか。俺様は脳みそを振り絞って、みんながみんな金をものすごく必要としてるって時にささやかな金儲けができる計画を考えようとした。それで俺がおそらく当代一の最も単純かつ最も素晴らしい考えを思いついたって時に、あのいまいましいウィークスの奴ときたら簡単容易な義務を怠って俺様をがっかりさせてくれやがるんだ。あんな奴がくじを引きあてたのも俺の運命だ。それで何より悪いことに、もう奴で始めちまったからには、このまま続けるしかない。また金を集めて別の誰かの名前で年間購読予約をするなんてのは無理だ。ウィークスでいくか誰でもいかないかのどっちかなんだ」

「僕は奴に時間をやらなきゃいけないと思うよ」

「奴もそう言ってる」ユークリッジは憤懣《ふんまん》やるかたなしといったふうに言った。勝手に僕のトーストを食べながらだ。「奴はどうやって手をつけたものかわからないって言うんだ。奴の話を聞いてると、でかけていって些細《ささい》な事故に遭うなんてことが、まるで繊細微妙で複雑きわまりない大仕事で、長年の研究と特別な準備が要るみたいに思えてくる。まったく、六歳の子供にだってそんな真似は逆立ちしたって五分ですむ話なんだ。あいつは特別選り好みが激しいんだ。俺様が役に立つ助言をしてやると、寛大かつ合理的な協調の精神でもってそいつを受け入れる代わりに、つまらん反論をして食ってかかってくる。奴はまったくいまいましいくらいに好みがうるさいんだ。昨日の晩二人で出かけたらさ、二人の作業員が殴り合いの喧嘩をしてるところに出くわした。ものすごく屈強そうな連中で、どっちをとっても奴を一カ月かそこら入院させる能力はゆうにありそうだった。俺はあいつに間に入って仲裁してやれよって言った。すると奴はいやだと言う。あの二人の間の個人的な争いごとで自分の出る幕じゃないから、割って入る正当性が感じられないって言うんだ。好みの細かい奴なんだ。まったく。なあ、お前、あいつは頼りにならない折れた葦《あし》野郎だ。怖気《おじけ》づいてるんだ。そもそもあんな奴にくじを引かせたのが間違いだった。ああいう男は絶対に結果をもたらしちゃくれないってことをわかってなきゃいけなかった。良心なんてないんだ。エスプリ・ド・コールっていうか協同精神ってものが欠けてる。共同体の利益のために、ほんの取るに足らない小さな面倒事を引き受けてやろうって観念がないんだ。もっとマーマレードはないのか、なあ相棒?」

「ない」

「じゃあ俺は行く」不機嫌そうにユークリッジは言った。「思うんだが」ドアのところで立ち止まって奴は言った。「お前は俺に五シリング貸しちゃあくれないよな」

「どうしてそれがわかった?」

「じゃあ教えてやる」ユークリッジは言った。いつもながらに公平かつ物のわかった言い方でだ。「今夜の夕メシ代はお前が払ってくれ」この幸福な妥協によって、さしあたりちょっとは気分が引き立ったようだ。だが、沈んだ表情がふたたび彼を覆った。彼の顔は曇った。彼は言った。「あの哀れな弱虫男のせいで囚《とら》われの身となり、解放される日を待ち焦がれている金たちのことを思うとさ、俺はむせび泣きたくなる。むせび泣きだぞ、おい。小さな子供みたいにだ。俺はあの男が好きだったことはない――いやな目をしてるし、髪にはウェーヴがかかってる。髪の毛にウェーヴがかかった男を絶対に信用しちゃならないんだ、おいなあ大将」

この悲観主義はひとりユークリッジだけのものではなかった。二週間目が過ぎてテディ・ウィークスに降りかかった災難といえばほんの二、三日で治るような軽い風邪だけという状況を前に、奴のことを憂慮してやまぬシンジケート仲間内の全面的なコンセンサスとなった見解は、事態は切迫しているというものであった。我々が投資した莫大な額の資本をいくらかでも回収できそうな見込みは皆無だった。それでその間にも食料は購入されねばならず、下宿の女主人に家賃は支払われねばならず、適量の煙草は摂取されねばならない。こんな状況で朝刊を読むのは憂鬱《ゆううつ》な仕事だった。

この広い見識に富んだ新聞なるものが我々に理解させるところでは、およそ地球上の人の住むありとあらゆる地域のどんなところでも、ありとあらゆる種類の事故が毎日毎夜、テディ・ウィークス以外のほぼありとあらゆる人物の身の上に出来《しゅったい》しているらしかった。ミネソタ州の農民は刈り取り機に巻き込まれているし、インドの農夫はワニにまっぷたつにされている。摩天楼の鉄桁はフィラデルディアからサンフランシスコに至るすべての街で毎日毎時市民の頭上へと落下を繰り返してやまない。プトマイン中毒に侵されていない者は、断崖絶壁を踏み外したり、壁に自動車で激突したり、マンホールにけつまずいたり、銃が未装塡《そうてん》だと根拠なく思い込んでいたりしているようだ。この機能不全の世の中を、ひとりテディ・ウィークスだけが五体満足で健康に輝きつつ闊歩《かっぽ》しているかのようだった。これは残酷で、皮肉で、救い難く、灰色で、絶望的で、ロシアの小説家がよろこんで書いてまわるような状況である。この危機にあって直接行動に出たユークリッジを僕は責められない。僕が唯一悔やんでやまないのは、不運のためかくも卓抜な計画が失敗に終わったことである。

彼が急いでいるという最初の漠然たる印象は、ある晩二人でキングズ・ロードをいっしょに歩いていたら彼が僕をマーカム・スクゥエアに引っ張り込んだときに訪れた。そこは陰気な掃き溜めで、彼は一時期そこに部屋を借りていたことがある。

「何をしようっていうんだ?」僕は訊いた。この場所が大嫌いだからだ。

「テディ・ウィークスはここに住んでる」ユークリッジが言った。「俺が前に借りてた部屋だ」だからといってこの場所がちょっとでも魅力を増すとは思えなかった。日ごと夜ごと、ありとあらゆる意味で、僕はこんなありとあらゆる大失敗の徴候をすべて備えた投機なんかになけなしの金を投資するくらい愚かだった自分に対する後悔の念をますます強めていた。またテディ・ウィークスに対する僕の感情は冷たく、敵愾心《てきがいしん》に満ちたものであった。

「奴の安否が気になってさ」

「安否が気になるって? どうして?」

「うーん、つまりさ相棒、あいつは犬に噛《か》まれたんじゃないかって気がするんだ」

「どうしてそんなふうに思うのさ?」

「わからん」夢見るがごとくユークリッジは言った。「そんな気がするってだけだ。そんな気ってのがどんなもんかはわかるだろ?」

その美しき出来事について黙想するだけでも胸躍るところあったから、しばらく僕は口をきかなかった。我々が投資した十誌すべてにおいて、犬に噛まれることは全定期購読者が経験すべき事柄として特別に推奨されていた。金の儲かる事故のリストの上半分はそいつで、脚の骨折やひ骨の骨折には劣るが足の巻き爪よりは格上だ。ユークリッジの発言によって想起された絵柄を思い浮かべ、僕はうれしくほくそ笑んだ。と、背後から聞こえた叫び声が人生の現実へと僕を引き戻したのだった。ぞっとするような光景が僕の眼前にあった。通りの向こうから、見慣れたテディ・ウィークスがのんびりそぞろ歩いてくる姿が見えたのだ。奴の優雅な外見を一目見ただけで、我々の希望がはかない砂上の楼閣であったことを思い知るには十分だった。小型のポメラニアンがひと噛りした気配すらなかったのだ。

「ハロー、お二人さん！」テディ・ウィークスが言った。

「ハロー」我々はもの憂げに言った。

「こうしちゃいられないんだ」テディ・ウィークスは言った。「医者を呼んでこなきゃいかん」

「医者だって？」

「ああ、可哀そうなヴィクター・ビーミッシュだ。奴が犬に噛みつかれたんだ」

ユークリッジと僕はうんざりした目で互いを見交わした。なんだか運命の神様が道を逸《そ》れて、いっとき僕らと楽しく遊んでいこうとでもしてるみたいだった。犬がヴィクター・ビーミッシュを噛んで何になる。犬に噛まれたヴィクター・ビーミッシュなんかに市場価値はないのだ。

「俺の下宿の女主人の飼ってる獰猛《どうもう》なケダモノのことは知ってるだろう」テディ・ウィークスは言った。「いつだってあの界隈を突進してまわって、玄関ドアのところに来た者には誰彼なく吠《ほ》えかかる奴だ」僕は思い出した。野蛮な目とぎらぎらした牙をして散髪の必要性がものすごくある大型の雑種犬だ。ユークリッジを訪ねようとしたとき、僕はそいつに一度路上で遭遇したことがある。それで前者がその場にいてくれたというひとえにその事実ゆえに――つまり彼はその犬をよく知っているし、彼にとって全犬類はみな兄弟なのだ――僕はヴィクター・ビーミッシュと同じ運命を免れたのだった。

「どういうわけかあいつが今夜俺の寝室に入り込んでたんだ。俺が帰るのを待ち構えてたんだな。俺はビーミッシュといっしょだったんだが、ドアを開けた瞬間にあのケダモノが奴の脚に噛みついてきた」

「どうしてあいつはお前に嚙みつかなかったんだ?」ユークリッジが憤慨して言った。

「わからないのは」テディ・ウィークスが言った。「いったい全体どうしてあんなケダモノが俺の部屋に入り込んだのかってことだ。誰かが入れたに違いない。まったくもって不可解だ」

「どうしてあいつはお前に嚙みつかなかったんだ」ユークリッジが重ねて聞き質した。

「ああ、俺はなんとかかんとか衣装簞笥《たんす》のてっぺんによじ上れたんだ」テディ・ウィークスは言った。「そしたら大家が来てあいつを連れてってくれた。だが俺はここで話し込んでるわけにはいかないんだ。医者を連れに行かなきゃな」

僕らは無言のまま、奴が通りを軽快な足取りで歩み去るのを見つめていた。また交差点で道を横断する前に一旦停まって車が来ないか左右を確認する慎重な態度と、後じさってトラックをガタガタ通り過ぎさせるその用心深さに注目もした。

「今の話を聞いたか?」ユークリッジが言った。「奴は衣装簞笥のてっぺんに上ったんだ!」

「そうだ」

「それで奴があの素敵なトラックをすばやくよけたところを見たか?」

「見た」

「なんとかしなきゃいかん」ユークリッジはきっぱりと言った。「あの男の責任感を目覚めさせてやらないといかん」

翌日、我々の代表者がテディ・ウィークスを待ち構えた。

ユークリッジが我らがスポークスマンだった。彼は賞賛すべき直截《ちょくせつ》さで要点に切り込んだ。

「それであの件はどうした?」ユークリッジは訊いた。

「何がどうしたって?」テディ・ウィークスが責めるような彼の目を避けながらそわそわした様子で言った。

「いつ行動を起こすんだ?」

「ああ、あの事故の件か?」

「そうだ」

「その件について考えてるんだが」テディ・ウィークスは言った。

ユークリッジは屋内においても屋外においても天候を問わずつねに着ているマッキントッシュ・コートの胸許《もと》をきつく引き寄せた。その仕種には国家の敵を公然と非難せんとするローマの元老院議員を思わせる何ものかがあった。クロディウスを弾劾する前に深く息を吸い込みながらトーガをひゅっと翻したときのキケロもこんな具合だったにちがいない。奴はひとしきり鼻メガネをあるべき場所に留めているジンジャー・ビールの針金をもてあそんでいたが、それからカラーのボタンを後ろで留めようと試みて失敗した。激情の瞬間にあるとき、いつだってユークリッジのカラーはいかなる留め具をもってしても留め置けないとんだりはねたりの気まぐれさを見せつけるのだ。

「そろそろ考えてもいいはずだな」彼は断固たる調子で声を轟《とどろ》かせた。

我々は満足げに席に着いた。ヴィクター・ビーミッシュは違った。奴は椅子を固辞し、マントルピースの脇に立っていた。「俺の考えじゃ、そろそろお前はそいつについて考えていいはずだ。お前が自らの義務を果たしてすぐさま結果を出してくれると信じればこそ、我々みんなお前に莫大な金額を投資したってことが、わかってるのか? お前の腹の中は臆病で空っぽで名誉ある責務を引き受けられないっていう結論に、我々は到達せざるを得ないのだろうか? 我々はお前のことをもっとできた男だと思っていた、ウィークス。俺様の考えじゃ、我々はお前のことを買いかぶってたんだ。我々はお前を、雄雄しい、進取の気性に富んだ、魂のでっかい、百パーセントの男らしい男で、最後の最後まで友人との約束を守ってくれる男だと思っていた」

「そうさ。だが――」

「誠実の観念を持ち、それが我々にとって何を意味するかを正しく認識する男だったら誰だって、すぐさま飛び出していってとっくの大昔に自らの義務を果たす方法を見つけ出していたはずだ。お前は自分の前に転がり込んできた機会だって捕まえようとしないじゃないか。あと一歩道路に踏み出せばトラックと衝突できたところだったのに、お前が後じさりするところを俺様が見たのはほんの昨日のことだ」

「うーん、トラックと衝突するのは簡単じゃあないんだ」

「ナンセンスだ。ちょっとした普通の決意がいるだけだ。想像力を使えよ、青年。子供が道で転んだと考えてみるんだ——小さな、金髪の子だ」ユークリッジは言った。深く心動かされた様子だった。「そこに大型のタクシーか何かが走ってくるんだ。子供の母親は歩道に立ちすくんで、なすすべもない。激しい苦悩に、彼女の両手は握り合わされている。「なんてことなの！」母親は叫ぶ。「わたしのかわいい坊やを救ってくださる方はいらっしゃらないのかしら？」「はい、やります」お前は叫ぶんだ。「**僕が**やります」そこでお前はジャンプして半秒で片がつく。どうしてお前がそうご託《たく》を並べるのかが俺にはわからないんだ」

「ああ、だが——」テディ・ウィークスは言った。

「それだけじゃない。聞いた話だが、ぜんぜん痛くはないんだそうだ。一種の鈍い衝撃だけだそうだ。それで全部だ」

「誰がそんなことを言った？」

「忘れた。誰かだった」

「それじゃあ俺からだと言ってそいつに伝えてもらいたい。お前はアホだってな」テディ・ウィークスは言った。とげとげしい口調でだ。

「よしわかった。トラックに轢《ひ》かれるのに反対だって言うなら、他にも方法は山ほどある。だがな、俺が思うに、そんなものをいくら提案してみたところでどうしようもないんだ。お前にはまったく積極性ってものが欠けてる。昨日俺はわざわざ出かけていってお前の部屋に犬を入れてやったんだぞ。あの犬がお前のために必要な仕事は全部やってくれるはずだったんだ——お前はただじっと立って奴に奴の判断で行動させておくだけでよかった——それがどうなった？　お前は洋服箪笥に——」

ヴィクター・ビーミッシュが言葉を遮った。感情のたかぶりのあまりかすれ声になりながらだ。

「あのクサレ犬をあの部屋に入れたのはお前か？」

「えっ？」ユークリッジは言った。「ああ、そうさ。だがそれについての詳細は後まわしにしよう」彼は急いで続けた。「いま肝心な点は、いったい全体どうやってこのどうしようもないイモ虫野郎を説得して、保険金を回収できる算段をするかってことだ。いったい、まったく、お前だって——」

「俺に言えるのは——」ヴィクター・ビーミッシュが興奮して始めた。

「わかった、わかった」ユークリッジが言った。「またいつかだ。仕事の話に集中しようぜ、なっ。俺が言いたいのは」彼は再び始めた。「お前だって自分のためこの仕事の成功をカラシくらいにホットに望んでると思ってたんだ。お前はいつだって支配人たちに印象づけるいい服がないってぼやいてたじゃないか。ちょっとだけ普通の決断力をかき集めてことをやり遂げさえすれば、お前の取り分で何が買えるか考えてもみろよ。スーツ、靴、帽子、スパッツのことを考えるんだ。お前はいつも自分のだめだめなキャリアの話をして、それでいい服さえあったらウエストエンドの劇場に出演できるのにって言ってたじゃないか。なあ、そいつが買えるチャンスなんだぜ」

彼の雄弁が無為に費やされることはなかった。テディ・ウィークスの目にもの言いたげな表情が宿った。ピスガ山の山頂でモーゼの目に宿ったであろうような表情だ〔『申命記』三四・一〕。奴は呼吸を荒げた。この男が頭の中でコーク街を、こっちの有名洋服店とあっちの有名洋服店とどっちがいいか天秤にかけながらショッピングして歩いているのが見てとれた。

「俺がどうするかを話そう」奴は突然言い出した。「シラフの俺にそんな真似をしろなんて言って聞かせたって無駄だ。俺にはできない。そんな度胸はない。だがもしお前たちみんなで今夜俺にディナーをシャンパンたっぷりつきでおごってくれたら、なんとか調子をそこまでもっていかれるんじゃないかと思う」

重苦しい沈黙が部屋を覆った。シャンパン！　その言葉は弔鐘のごとく響いた。

「いったい全体どうやって俺たちにシャンパンが買えるって言うんだ？」ヴィクター・ビーミッシュが言った。

「ほうら、そうきた」テディ・ウィークスが言った。「それがだめなら話はおしまいだな」

「紳士諸君」ユークリッジが言った。「どうもわが社にはもっと資本が必要であるようだ。どうだろうか、おいなあ大将？　腹を割った、ビジネスライクな、手札をテーブルに広げてみせる気概でもって力を合わせ、何ができるか見てみようじゃないか。俺様は十シリング出せる」

「なんだって？」参集者一同が叫んだ。仰天してだ。

「どうやって？」

「バンジョーを質に入れる」

「お前バンジョーなんか持ってないだろう」

「ない。だがジョージ・タッパーは持ってるし、奴があれをどこにしまってるかは知ってる」

こんな威勢のいいスタートに続いて、新規投資が殺到した。僕は煙草入れを寄付した。バートラム・フォックスは女家主に一週間支払いを待ってもらえると思うと言った。ロバート・ダンヒルにはケントに住む伯父《おじ》さんがいて、うまい具合に如才なく接近すればーポンドはいけるんじゃないかと言った。ヴィクター・ビーミッシュは「あらおやラクラク自動ピアノ」の宣伝部長が将来の作品のために五シリングの先払いを拒むくらいケチなら、自分は彼のことを悲しいほど見損なっていたことになると言った。要するに、数分のうちに、この電撃大攻勢は二ポンド六シリングもの大金をかき集めることに成功したのだった。我々はテディ・ウィークスに、この金額の範囲内でうまい具合に調子を上げられると思うかどうか訊いた。

「やってみる」テディ・ウィークスは言った。

そういうわけで、かの素晴らしき料理店ではシャンパンの一クォート・ボトルが八シリングで出されるという事実も考慮した上で、会合はバロリーニズにて七時と定めた。

社交の集いとしては、テディ・ウィークス調子上げディナーの会は成功ではなかった。スタートの瞬間から我々みんな、これを過酷な試練と感じていたと思う。奴がバロリーニズの八シリングのシャンパンをどっさり飲んでいる傍らで、資金不足ゆえ我々はもっと貧乏くさい飲み物で我慢しなければならなかったという事実はさして堪《こた》えなかった。この集いの心地よさを本当にだいなしにしたのは、このシロモノがテディに及ぼした途轍《とてつ》もない効果だった。バロリーニ氏に卸売りされ、この人物により一本八シリングにてそれを飲むくらい見境のない大衆にご提供されているこのシャンパンに、実際のところ何が入っていたものかはその製造主とそいつの創造主との間の秘密に留まっている。だがそれをグラスに三杯飲んだだけで、テディ・ウィークスを穏やかで口達者な青年から、喧嘩腰のいばりんぼ野郎に変化させるには十分だったのだ。

奴は我々全員に喧嘩を売った。スープの時、奴はヴィクター・ビーミッシュの芸術論を攻撃した。魚料理の時には、映画の将来に関するバートラム・フォックスの見解をこき下ろす奴の姿が見られた。そしてタンポポのサラダ——あるいは誰かが言ったように、ヒモのサラダであったのかもしれない、その点については見解が分かれた——を添えた鶏モモ肉が供される時までに、この地獄の醸造酒の作用により、とうとう奴はユークリッジに向かってその浪費された人生についてご高説を垂れはじめ、それで通りの向こう側まで聞こえるような大声で、表に出て職を得よ、そして鏡の中の自分の顔をしかめつらしないで見られるだけの自尊心を持てるようになれ、とせきたてたのだった。余計なお世話の無作法だと我々みんな思ったのだが、いくらか自尊心があるくらいじゃあそんな真似はできやしないか、と、テディ・ウィークスは更に付け加えた。それだけ言うと、奴は横柄にあと八シリング分の酒を要求したのだった。

我々は弱々しく互いを見つめあった。これらすべてが向かう目的がいかに崇高なものであったとしても、我慢しきれないことに否定の余地はなかった。だが知略が我々を沈黙させた。今宵《こよい》がテディ・ウィークスの夜であり、奴に調子を合わせてやらねばならないことを我々は理解していた。ヴィクター・ビーミッシュは、テディは自分を長らく悩ませてきた問題を解決してくれたと従順に語った。バートラム・フォックスは、テディがクローズ・アップについて言ったことには非常に聞くべきところが多いと同意した。そしてユークリッジさえも、後者による人格的中傷によってその傲《ごう》慢《まん》な魂の根底まで焼け焦がされていたにもかかわらず、奴の説教を肝に銘じてできる限り早く言われたとおり行動するよと約束したのだった。

「そうしたほうがいいな！」バロリーニズで一番いい葉巻の端を嚙みちぎりながら、喧嘩腰でテディ・ウィークスは言った。「それからもうひとつだ――金輪際、お前がやって来て他人の靴下をコソ泥していったなんて話を俺に聞かせないでくれ」

「わかったよ、わが友」ユークリッジは謙虚に言った。

「この世に俺が嫌悪してやまない人間がいるとしたら」テディは言った。赤目でこの犯罪者を睨《にら》みつけながらだ。「そいつは、泥靴コソ棒だ――いや、靴底ドロローだったか、いや、まあ、俺の言いたいことはわかるだろう」

我々は大あわてで奴が何を言わんとしているかはわかると請け合い、それから奴は長い意識不明状態に陥り、そして四分の三時間後にそこから回復して、諸君が何をしようとしているのか自分にはわからないが、自分はこれから店を出ると宣言した。我々は自分たちも出ると言い、勘定を支払ってそうしたのだった。

我々がレストランの外の歩道で奴の周りを取り巻いているのに気づいたときのテディー・ウィークの憤激ぶりは強烈だった。また奴はこの憤りを思う存分表現したものだ。自分にはソーホーで守るべき名声がある、と奴は言ったが——これは真実ではない。

「大丈夫さ、テディ。なあ大将」ユークリッジがなだめるように言った。「俺たちはお前があれをやるときに旧友がまわりにいた方がいいだろうって思ってるだけなんだ」

「あれをやるだって？　何をやるんだ？」

「何言ってる、事故に遭うってことじゃないか」

テディ・ウィークスは凶暴そうに奴を睨みつけた。それから唐突に奴の態度は豹変《ひょうへん》し、腹の底から猛烈な勢いで大声で笑いだしたのだった。

「いやはやまったくあのバカげたアイディアときたらさ！」奴は愉快そうに叫んだ。「俺は事故になんか遭わない。お前らまさか俺が本気で事故に遭おうとしてるだなんて思っちゃいないだろう？ただのおふざけだったんだ」それから再度急激な心境の変化があり、奴は痛切な悲哀のとらわれになったようだった。奴は親しみをこめてユークリッジの腕を撫《な》でさすった。頬《ほお》を涙が流れつたった。

「ふざけてただけなんだ」奴は繰り返した。「ふざけたっていいだろう、どうだ？」奴は懇願するように訊いた。「俺のおふざけは気に入ったろ、どうだい？　全部ふざけて言ってたんだ。事故に遭おうなんてつもりは毛頭なかった。ただ飯が食いたかっただけさ」と、またもやふたたび陽気なふざけ気分が悲しみに打ち克《か》った。「こんなおかしな話、聞いたことがないよな」奴は心底言った。

「事故はいやだ。ディナーは食いたい。ディナー・ダクシデント、ダナー・ディクシデント」言わんとする点を得心させるかのように奴は付け加えた。「さてと、それではおやすみ、皆さん」奴は陽気に言った。そして縁石上のバナナの皮に滑って転んで、あっという間に通りがかりの大型トラックにぶつかって三メートルはね飛ばされた。

「肋骨《ろっこつ》二本と腕ですな」五分後、搬送手続きを監督しながら医師が言った。「担架はそっと運ぶよう」

チャリングクロス病院の関係当局者から、患者が見舞い客と面会できる状態になったと告げられたのは、それから二週間後のことだった。カンパを募った結果、果物籠《かご》の購入資金が確保でき、ユークリッジと僕は出資者代表として一同の感謝と思いやりある質問と共にそいつを運んでいったのだった。

「ハロー！」やっと病室に通された時、僕らは声をひそめ、病人の枕元にふさわしい調子で言った。

「お座りください、紳士方」傷病兵がこれに応えた。

この最初の瞬間に、すでにして僕は何やら驚いた気分を感じていたと告白せねばならない。僕らを紳士呼ばわりするだなんてテディ・ウィークスらしくない。しかしユークリッジは何ら不審を感じていない様子だった。

「さて、さて、さてと」奴は陽気に言った。「調子はどうだい？　ちょっと果物を持ってきてやったぜ」

「見事に回復していますとも」テディ・ウィークスは答えた。依然として冒頭の言葉を変だと思わせた、あの、おかしな堅苦しい口調でだ。「それで僕は申し上げたいんですが、英国は偉大な雑誌各誌の機知と進取の気性とを誇りに思うべきですね。記事の優秀さ、彼ら相互間のさまざまな競争における創意工夫、そして何よりこの傷害保険計画に帰結した進取の精神はこれ以上賞賛のしようがないほどです。おわかりいただけましたか？」

ユークリッジと僕は顔を見合わせた。テディはほぼ健康体に戻ったと聞いていたが、これじゃあまるで錯乱状態だ。

「わかってるのか、おいなあ大将？」ユークリッジが優しく訊ねた。

テディ・ウィークスは驚いたようだった。

「あなた方は記者じゃないんですか？」

「記者っていうのはどういう意味だ？」

「僕はあなた方は僕に保険金を支払ってくださった週刊誌のどれかから、インタヴューにいらっしゃったものと思っていたのですが」テディ・ウィークスは言った。

ユークリッジと僕はまたもやちらっと顔を見合わせた。今度は不安なちらっだ。すでに恐るべき予兆が我々の上に暗い影を落としているように思えた。

「お前本当は俺のこと憶えてるんだろう、テディ、なあ大将？」ユークリッジが心配そうに言った。

テディ・ウィークスは眉をしかめ、苦しげに全神経を集中させた。

「ああ、もちろんさ」とうとう奴は言った。「お前はユークリッジだ、そうだろう？」

「そうとも、ユークリッジだ」

「もちろんだ、ユークリッジ」

「そうだ、ユークリッジだ。俺を忘れるなんておかしいじゃないか！」

「そうなんだ」テディ・ウィークスは言った。「あれが俺をぶちのめしたときのショックのせいだ。俺は頭を打ったに違いないんだ。おかげで俺の記憶はなんだか不確かになっちまった。ここの医者たちはとっても関心を持ってる。ものすごく珍しいケースなんだそうだ。俺はあることは完全に憶えてる、だがあるところでは俺の記憶はまるきり空白なんだ」

「そうか、だがさ、大将」震える声でユークリッジは言った。「お前はあの保険についちゃ忘れちゃいないだろ?」

「ああ、忘れてない、憶えてるさ」

ユークリッジは安堵《あんど》のため息を洩《も》らした。

「俺は何誌も週刊誌を定期購読してたんだ」テディ・ウィークスは続けた。「彼らは今、俺に保険金を支払ってくれている」

「そうだ、そうだ、大将」ユークリッジが叫んだ。「だが俺が言いたいのは、お前はシンジケートのことを憶えてるだろうってことだ。憶えてるよな?」

テディ・ウィークスは眉を上げた。

「シンジケート? 何のシンジケートだ?」

「どうした? みんなで集まってその雑誌を定期予約する金を出し合って、それでくじを引いて誰が出かけていって事故に遭って金を回収するかって決めた時のさ。それでお前がくじを引き当てたんだ。憶えてないのか?」

絶対的な驚愕《きょうがく》、そしてそれに衝撃を受けた驚愕とが、テディ・ウィークスの顔貌《がんぼう》に広がった。この男は激しく憤慨したようだった。

「俺はそんなことはまったく憶えていない」きっぱりと奴は言った。「お前の発言からすると、虚偽の申し立てに基づき何誌もの雑誌から金を受け取ろうだなんて、そんな犯罪的共同謀議みたいなものの仲間になろうなんて俺が同意するとは、一瞬だって想像できない」

「だけどさ、相棒――」

「とはいえ」テディ・ウィークスは言った。「もしこの話に何らかの真実があるなら、間違いなく貴君はそれを証明する証拠の書面を持っているんだろうな」

ユークリッジは僕を見た。僕はユークリッジを見た。長い沈黙があった。

「方位を変えろ、ホーだ、なあ大将?」ユークリッジは悲しげに言った。「ここにいたってしょうがない」

「そうだな」僕は答えた。

「お会いできて嬉しかったよ」テディ・ウィークスは言った。「帰るしかないな」「果物をありがとう」

次に僕が奴を見かけた時、奴はヘイマーケットの支配人室から出てくるところだった。奴は微妙なパールグレイのホンブルグ帽に揃いのスパッツ、それと見えないくらいの赤の綾織の入った見事な仕立ての青いフランネルのスーツを身に着けていた。奴は歓喜に満ち満ちて見えた。僕とすれ違う時、奴は金の煙草入れをポケットから取り出した。

もしご記憶なら、それから間もなく奴はアポロ劇場のあの作品で若き主演俳優として大ヒットを飛ばし、マチネー・アイドルとしてセンセーショナルなキャリアを開始したのだった。

教会の中では曲が変わり、オルガンがおなじみの結婚行進曲を奏で始めたところだった。聖堂番が出てきて扉を開けた。五人のコックたちはかつて彼女らが参列した、別のもっと洒落た結婚式の思い出話をするのをやめた。カメラマンたちはカメラを取り出した。呼び売り商人は野菜の載った手押し車を一歩前に動かした。僕の隣にいたボサボサ頭でひげを剃ってない男は非難めいたうなり声を発した。

「怠惰な金持ちめ!」ボサボサ頭の男が言った。

教会の中より麗人が現れ出《いで》た。腕には別の、いささか麗しさの点で劣る人を付着させている。

テディ・ウィークスが華々しい舞台効果をあげていることに否定の余地はなかった。奴はこれまでに増してハンサムだった。奴のつやつやした髪はゴージャスに波打ち、太陽の下で光輝いていた。奴の目は大きくキラキラ光っていた。非の打ち所のないモーニング・コートとズボンに包まれた奴の柔軟な肢体は、アポロ神のそれだった。しかし奴の花嫁は、テディは金と結婚したのだという印象を抱かせる人物だった。彼らは出入口のところで一旦立ち止まり、カメラマンが活動的に、せかせかと動き出した。

「お前一シリング持ってるか？」ユークリッジが低い、静かな声で言った。

「どうして一シリングいるんだ？」

「おいなあ大将」ユークリッジが切迫した調子で言った。「今ここに一シリング持ってることが最大限、決定的に重要なんだ」

僕はそいつを渡した。ユークリッジは呼び売り商人のほうに向き直った。大きくたっぷりして、みずみずしく熟し過ぎ気味に見えるトマトを奴が手にしているのを僕は視認した。

「一シリング稼ぎたくないか？」ユークリッジが言った。

「稼ぎたいともさ！」ボサボサ頭の男が答えた。

ユークリッジは声をひそめ、しゃがれ声のささやき声になった。

カメラマンたちは用意を終えた。テディ・ウィークスは奴をかくも数多くの女性のハートの恋慕うところとした、凛々《りり》しく顔を上げ胸を張った姿にて、世にひろく知られたその歯並びを披露していた。コックたちは小声で花嫁の容姿について酷評を加えていた。

「それでは、どうぞ」カメラマンの一人が言った。

群集の頭上を越え、見事に、正確にねらいを定め、大きくてみずみずしいトマトがビュンと飛んでいった。それはテディ・ウィークスの表情豊かな目の間で破裂弾みたいに炸裂し、辺りを完全破壊して緋色の廃墟を築いた。それはテディ・ウィークスのカラーに飛び散り、テディ・ウィークスのモーニング・コートの上に滴り落ちた。ボサボサ頭の男はだしぬけに身を翻すと、通りの向こうに走り去っていった。

ユークリッジは僕の腕をつかんだ。彼の目には深い満足の色が湛《たた》えられていた。
「方位を変えろ、ホーだな？」ユークリッジは言った。
ふたりして腕を組み、僕らは気持ちよい六月の陽光の下、悠然と歩き去った。

バトリング・ビルソンのカムバック

「俺は好きだ」ユークリッジは言った。

「そんなわけがない」

「好きだとも。アデノイド万歳だ。俺は支持する」

僕らはトーキー映画の話をしていた。その朝、僕の小説の映画化話が交渉決裂し、それで僕は昼食に招いたユークリッジに、僕としては少しもかまわないんだが――広い意味で一般的に言って――トーキー映画をより高い芸術的レベルに押し上げようという努力がなされていないことは遺憾と思われる、と話していたところだった。最高の材料を入手しようとしないこの近視眼的方針のせいで、トーキー映画は底なしの深淵《しんえん》でのたうち回り、いずれヤジり倒されて世の語り草となることだろうと僕は指摘した。事実……

ユークリッジが自分はそいつが好きだと言ったのはこの時だ。それで僕は憤慨したのだった。この問題に関してエチケット本は黙して語らないが、しかし肉をご馳走《ちそう》してもらって腹がはち切れそうになっている男は、おごり主の言明に如才なく黙従するものだということは書かれざる紳士協定だろう。

「そうだ、コーキー、なあ。お前が腹を立ててるのはわかるが……」

「まったくそんなことはない。連中が僕の作品を買うかどうかに、まったく興味はない。ただ……」

「……だがさ、俺はトーキー映画には特別な愛着があるんだ。何年か前、あれのお陰で俺はひどい窮地を救われたんだからな」

「そんな昔のことじゃあり得ないだろ。あのクソいまいましいシロモノは、ついこないだ始まったばっかりなんだから」

「俺を窮地から救い出してくれたのは、ほとんど一番最初に製作されたやつだったんだ。思い出したが、全部トーキーじゃあなかった。ところどころに時々音響効果があるってやつだ」

「じゃあ『ジャズシンガー』にちがいない」

「たぶんそれだ。名前は思い出せない。あの時は何にもあんまり注意を払えなかった。あのバトリング・ビルソンの野郎のことをひどく心配してたからな。バトリング・ビルソンのことは忘れちゃいないだろ、コーキー？」

もちろん忘れてはいなかった。その格闘家はユークリッジがどこからか掘り出してきて、一年そこそこの間マネージャーをやっていたへビーウェイト級のボクサーだった。その事業において、彼はこの人物の不幸な性格に大いに邪魔されつづけてきた。このビルソンというのは、鉄帯みたいに強靭《きょうじん》な筋肉を持った天下無双のボクサーだったが、最大級の間抜けだったのだ。変人だ。第二ラウンドの真ん中近くになると、対戦相手に対する感傷的同情を発達させる性癖の持ち主で、そうでなければ対戦前夜に入信して、リングに上がることを拒否したのだ。お陰でマネージャーはずいぶん厄介な目に遭ったわけだ。

「あいつはどうしてるのかなって、よく考えるんだ」僕は言った。

「ああ、あいつは恋人と結婚した——バーメイドのフロッシーだ。ホワイトチャペルの方でうなぎのゼリー寄せを作ってうまくやってるはずだ。これは奴がまだ独身の時の話なんだ。あのとき俺は叔母《おば》さんといっしょに暮らしていた。俺を追い出した後でまた引き取ったところだったんだな。それで俺はそのフォークダンス連中に叔母さんの庭を貸す立場に立ったわけだ」

「どうしたって？」

「ある朝たまたま新聞広告を見たんだ。ノースケンジントン・フォークダンス・ソサエティーって名前なんだが、そいつらがロンドンの中心からあんまり遠くない所で、年に一度のお祭りをやれる場所に即金を支払うって話だった。連中のことは聞いたことがあるだろ、コーキー？　ズボンにベルを縛りつけて田舎風のダンスを踊るんだ。蓼食《たで》う虫も好きずきってことがわかる。大抵のとき、連中はちゃんとそういうことは秘密でやってる。だが年に一度、表に出てきて屋外アリーナみたいなモノを必要とするんだ。その時はちょっぴり金に困っていたからな、ウィンブルドンコモンの〈シーダーズ〉の絵のごときうつくしい庭園くらいにふさわしい場所もないだろうって俺はひとりごちたんだ」

「だけど、お前の叔母さんはどうした？」

「つまり、ノースケンジントンのダンサー連中の大群が、入念に手入れされた芝生の上で踊り跳ねまわる件に関する叔母さんの見解ってことか？　さすがだな。いつもながらのご明察だ。まさしくそこが肝心なところなんだ。ジュリア叔母さんはそんなことを考えただけで卒倒しちまうだろう。だが、実に幸運なことに、叔母さんは講演旅行に出かけることになっていた。だからその事実を考量した結果、この聖ヴィトゥスの受難ご一行様の本部にちょいとでかけていって取引の交渉をしてやってもいいなって俺様は考えたんだ。期待したより名誉局長の気前はよくなかったが、やがて合意成立となり、ポケットに現金を入れて俺はそこを立ち去った。一〇ポンドだった。また、そいつは俺がこれまで財布に入れた中でもとりわけ切実に必要とされてた一〇ポンドだったんだ」

「それでもちろんお前の叔母さんは予期せず戻ってきたんだな？」

「ちがう。戻っちゃこなかった。なぜかって？　なぜってそもそもでかけなかったからだ。いやまったく！　約束の日取りについて何か混乱があって、講演旅行は延期になった。前にもこういうことはあったんだ。われわれの生きるこの時代を害するもののひとつはさ、コーキー、こういう講演事務局がことを仕切るクソいまいましい放漫なやり方だ。きっちりしたところがない。お陰で俺様は名誉局長に、取引は終了でそちらとお仲間の受難者たちの皆さんには、サラバンドをどこか他でやってもらわなきゃならないってお報《しら》せする窮境に追いやられる次第となった」

「向こうはそう聞いてどうした？」

「よろこびはしなかったさ。つまり現金獲得がため、叔母さんの家の庭の風光明媚《ふうこうめいび》なことについてはだいぶ盛って伝えてたからな。だから落胆は激しかったと思う。ずいぶんどっさり不平不満を言ってた。だが、どうしようもなかったんだ。本当の問題は、いまや俺は当然ながら、ありていに言って金を返さなきゃならない義務を負ってるってことだった」

「つまりそいつは、返さなかったらお前を刑務所に放り込むって脅したってことか？」

「ああそうだ。そういうような趣旨の話があった。それで俺の立場を困ったことにしたのは、俺はその金をぜんぶ遣っちまってたってことだった」

「おしえてくれないか」僕は言った。「この話はハッピーエンドで終わるのか？」

「ああそうだ。めでたしめでたしで終わった」

「じゃあお前は刑務所には行かなかったんだな？」

「刑務所？　どういう意味だ？　もちろん刑務所なんかに行きやしない。俺ほどのビジョンと臨機応変の才の持ち主は刑務所には行かないんだ。それから数日の間、監獄の影がある程度不気味にのしかかってこなかったとは言わない。わかるだろ、一〇ポンドほどの巨額の金を借りられる相手は絶対的に皆無だったんだ。ジョージ・タッパーはいつだって俺が一番当てにする男だが、五ポンド以上はぜったい無理だ。で、それだけ引き出すのにだってクロロフォルムと手術用鉗子《かんし》を使うことを余儀なくされるのがしょっちゅうなんだ。その他の、お前みたいな連中ときたら——半クラウンに二シリングがせいぜいだ。だめだ、必要な金額を借り受けるのは不可能に思えた。だが肉親だったらどうだ？　ジュリア叔母さんならどうだと、お前は訊《き》くことだろう」

「いいや、訊かない」

「訊かなくて正解だ。ジュリア叔母さんに金の無心をするためには、すべてを打ち明ける必要がある。そしたら即刻お払い箱だ。それだけじゃない。叔母さんが女流小説家だってことの問題は、こういう時の態度に商売っ気が出てきがちだってところだ。金を出してくれないと自分はウォームウッドスクラッブス刑務所に収監されることになるって報せても、受刑中はできるだけ詳しくメモを取るのよ、そしたら『囚人アリステア・シムズ』、とか『希望なき者たち』って話が書けるから、って言うだけだ。同情はまるでなしってことだ。職業的な態度をとるんだな。いつか話してやろう——いや、その話は今はしない。どこまで話した？」

「刑務所に行く途中だってところだ」

「そんなことはないんだ。俺はストランドにある小さなパブに行く途中だった。そこでならいつも一番うまく考えられるんだ。それで今必要なのは、最高にきっちり考え抜くことだ。で、ささやかに一パイント頼んだかどうかのところで、俺はやぶにらみディクソンに会ったんだ」

「誰だそいつは？」

「イーストエンドで大きなボクシング場を経営してる男だ。バトリング・ビルソンのマネージャーをやってた時に知り合った。奴はそいつの主催した試合によく出てたんだ。ディクソンがこっちに来ていっしょに飲もうと誘ったんで、俺は奴のところに行った。運が向いてきたって思ったのを憶えてる。なぜってもしあいつが来るのがあと十分遅かったら、俺の緊張した資力の中から一パイントの代金を払わなきゃならない羽目になってたんだからな」

「聞いてくれ」そのディクソンの野郎は言った。挨拶《あいさつ》をやり取りした後でだ。「お前はまだビルソンのマネージメントをしてるのかい？」

さてと、実を言うと俺はほとんど一年くらい、ビルソンの奴とは会ってなかった。奴が生きてるかどうかすらまったく知らなかったんだ。だが、俺のことはわかってるだろ、コーキー。脳ミソの動きが速いんだ。機敏な知性だな。

「ええ」俺は言った。「やってますとも」

「奴の調子は近ごろどうだ？」

「最高です。かつてないくらいに絶好調です」

「聞いてくれ。ワンラウンド・ピーブルズがうちで来月テディー・バンクスと闘う予定だった。そしたらテディーが足を折っちまったんだ。だから、もしあいつにその気があれば、試合できるが」

「いま書類に署名しますよ」俺は言った。

それで俺たちは紙とインクを持ってこさせてだいたいの合意を起草した。そして短いおしゃべりの後で別れた。――奴の方は残ってダブルのウイスキーで身体《からだ》を満たすために。俺はというと前金一〇ポンドをポケットに入れ、ノースケンジントンの名誉局長のところに小走りで向かった。そしてそいつに金をわたし、ビルソンを求めて街じゅうをしらみつぶしに探したんだ。

あいつを見つけるための困難やら苦痛やらについてこれ以上は話さない（ユークリッジはつづけて言った）。パブやらどこやらをのべつ聞いて回って、歩きたい以上に歩き回って、やがて俺は奴を見つけ出し、それだけじゃない、奴がトレーニングできるコンディションでいるのを知ったんだ。

その瞬間奴がまさしく必要としていたのは、楽して儲《もう》ける機会らしかった。奴の彼女のバーメイドのフロッシーが、いつまでたってもウェディングベルが鳴る気配がないっていうんで、奴のことをだいぶけとばしてたんだ。だから奴としては、試合に勝って金を受け取り、一か八《ばち》かで最寄りの結婚登録所に駆け込もうって考えたんだな。

それでだが、奴を見つけ出した最初の感激の瞬間に思ったほど、俺の立ち位置は安泰なわけじゃあなかった。わかるだろ、問題はトレーニングだ。ビルソンにもし欠点があるとしたら、それはあいつがトレーニングを無頓着に無造作に考えてるってことだ。奴だけにまかせといたら、この決定的に重要な試合に備えるのに、ミックスト・エールを飲んで二ペニー葉巻を吸って過ごしかねない。それで問題は、ウィンブルドンコモンに住まいするこの俺様が、どうやってライムハウスの裏側の寝室兼居間にいるあの野郎に注意深く絶え間なく世話してやれるのかってことだった。

どっさり思考の必要な問題だった。それで一意専心考えていると、俺様の運が電光石火で好転したんだ。運ってのは不思議なもんだ。何カ月もまったくご無沙汰ってこともあれば、人懐っこい犬みたいに突然はねて取っついてきて離れようとしないことだってある。この困難な時にあって、なんと、〈シーダーズ〉の雑役夫が突然何らかの理由で辞表を提出したんだ。それで叔母さんは紹介所に行って後継者を雇ってこいと俺に言った。

これで全部解決だ。翌朝、バトリング・ビルソンはうちにやってきて、大変な勢いで雑役してまわった。それでとうとうすべての問題は解決したって、俺は思ったんだ。

なぜって、ウィンブルドンコモンにある学究肌の女性の家ってものが、大舞台を控えたヘビーウエイト級ボクサーのトレーニングキャンプ地として絶対的に理想的だって事実はどうしようもないんだ。この広大な地平に吹き抜ける風よりもすがすがしく人を元気ハツラツにさせるものはない。その上だ、ウィンブルドンコモンくらいロードワークに適した場所を見つけられるか？　その果てしない広がりは、ボクサーをして脚を上げさしめ、日没に向かって速足で走らせずにはおかない。そこに広大な庭園を付け加えよ。手頃な大枝にサンドバッグを吊るせる奥まった一角だらけだ。というわけで、運動に関するかぎり、状況はこの上なく良好だった。

その上更にだ、シーダーズは静かな家だ。早寝早起きがわれらのモットーだ。深夜に及ぶ大宴会はないし、後片付けのために明け方まで使用人たちが待ちぼうけを食わされることもない。俺にはすべては薔薇《ばら》色に見えた。唯一の欠点は、奴にどうやってスパーリングさせたらいいかわからなかったことだけだった。

そして二日目の晩、ディナーの間じゅう何か考えている様子でいた叔母さんが、明らかに彼女の困惑の元になっている問題に触れたんだ。

「スタンリー」叔母さんは言った。「新しい雑役夫のことだけど。紹介所で契約した時に、ちゃんと推薦書は見た？」

この会話の流れはすごくいやだったが、俺は何気ないふうを装った。

「ええ、見ましたよ」俺は言った。「すごくよかったけど、どうして？」

「ひどく変わった人に見えるのよ。昨日ウィンブルドンコモンを散歩していたら、あの男が突然走ってきて私とすれ違ったの。古いセーターと帽子姿で。あたくしが見つめていると、帽子に手を触れてランニングを続けたわ」

「変だなあ」ポートを飲み干しながら俺は言った。俺には必要だったんだ。「実に奇妙だな」

「それで今朝、窓の外を見たら、あの男がなわとびの縄でなわとびをしていたの。子供みたいによ。その後は突然跳ね回って何にもないのに空中をげんこつで打つ真似をして、まるで何かの発作みたいに。あの男の頭は、ちゃんとしているのかしら」

俺には叔母さんの思考が読めた。彼女はキチガイ雑役夫を雇いつづけることが賢明かどうか、熟考しているのだ。ここは強力な奮闘が必要なところだと俺は見てとった。

「きっと現代の運動への熱狂ですよ、ジュリア叔母さん」俺は言った。「今どきはどこでもそうなんです。僕もやった方がいいような気がしてきました。健全な肉体には健全な精神が宿るんでしたよね？　つまり、雑役夫が空き時間をなわとびの縄で埋め、ビールのジョッキを持って台所にたむろす代わりに肝機能を向上させてるなら、それは雇用者側の観点からすると、ずっといいことじゃないですか？」

「きっとお前の言うとおりなんでしょうね」考え込んだ様子で、叔母さんは言った。それからこうも言った。食卓での彼女の会話は、いつも個人攻撃に傾きがちなんだ。「お前ももっと運動をした方がいいわね、スタンリー。顔がずいぶんぽっちゃりしてきたわよ」

俺はこの瞬間を電光石火の早業でつかまえた。ナポレオンだって同じようにしたことだろう。

「まったくそのとおりですよ、ジュリア叔母さん」俺は心の底から言った。「これからは、あの雑役夫と毎日ちょっとボクシングをすることにしよう」

「あの男、ボクシングはしないいんじゃない？」

「僕が教えますよ」

「それに甥《おい》が雑役夫なんかと仲よくつき合うのを、あたくし、いいことだとは思わないわ」

「いいえ、仲よくつき合うんじゃありませんよ、ジュリア叔母さん。仲よくつき合うのと、鼻を拳《こぶし》で殴りつけることとの間には、広範かつ実質的な違いがあります」

「そうね。害はなさそうだわね。オークショットがあの男はとても丁重で礼儀正しい若者だと言っていたわ。だからきっとお前とボクシングをすることにも異論はないでしょうね。確かにお前は、ただちに何かすべきだわ。本当にでっぷりしてきていてよ」

それでそう決まった。ちょっとした外交術だ、コーキー。ちょっとしたマキャベリ流の方法論で、バトリング・ビルソンの主要なトレーニング問題は解決したんだ。
というわけで毎朝、かっきり十時になると、俺は裏庭に引っ込んで二、三ラウンドいっしょにやった。それでまたもや天の摂理はそれにふさわしき者に公明正大な真似をしてくれるって、俺は感じたんだ。ホワイトチャペル・スタジアムの運営が提供してくれる結構な賞金の勝利者側の分け前は、俺のポケットの中で輝くことだろうって俺は思った。

かくして、幸福な日々が続いたわけだ。

しかし青い空には、暗雲が押し寄せつつあったんだ、コーキー。空は間もなく暗く陰鬱《いんうつ》になってゆく。俺には知る由もなかったんだが、ウィンブルドンコモン、シーダーズというエデンの園には、毒へビが潜んでいた。それも第一級の毒へビがだ。

執事のオークショットのことだ。

俺はすぐそれに気づいたわけじゃない。実を言うと、二週間目の中頃まで、オークショットのことなんか考えたこともなかった。奴がビルソンを是認してくれたと聞いて安心した他はだ。つまりだ、執事ってものは使用人中のより身分卑しき者たちの命運をいくらだって台なしにできる。たとえばオークショットが自分の意見ではビルソンが雑役夫として不適だって趣旨のことをひとこと言えば、その場で叔母さんが奴をクビにするには十分だってことだ。だがオークショットは奴のことを丁重で礼儀正しいと考えているし、オークショットは立派な男だ。というかその時は立派だと思っていた。俺は何にも知らなかったんだな。

さてとコーキー、言ったとおり、幸福な日々が続いていた。だがだんだんと、なんだか不穏な感じがしてきたんだ。なぜかを教えてやろう。なぜならば、ビルソンとスパーリングしながら、俺は奴の微妙な変化に気がついたからだ。

コーキー、お前はバトリング・ビルソンが動いてるところを見たことがあるだろう。だからベストの時のあいつがどんなかを知っている。もちろん俺みたいな一発でひっくり返せる相手と仲よくトレーニングで打ち合ってるって時に、あいつにベストを出せなんて期待はしてないさ。だけどなんて言うか何か——活力というか、昔の血気盛んさを伺わせる何か——を俺は期待していた。それがあいつには、疑問の余地なく欠けていたんだ。

俺はグローブをつけたら結構優秀だ。だが、結局のところ俺はアマチュアだし、だからそうそう奴に一発くらわせる権利は俺にはない。だが俺が一発くらわせた時に水漏れするタンクみたいにごぼごぼ咽喉《のど》を鳴らす権利は、あいつにはもっとないんだ。それで打ちつけた時の腹の感触が俺はいやだった。たぷたぷしていた。あんまりにも贅沢《ぜいたく》な暮らしが過ぎてる男の腹だった。俺はごくカンの働く男だ、コーキー。それでトレーニング・スケジュールが何かうまくいってないってことがすぐわかった。俺は調査開始を決意した。

とはいえもちろんこの男本人に訊いたってしょうがない。ビルソンのことをどれだけ鮮明に憶えてるかは知らないが、だがおそらく奴のおかしな会話の流儀のことは憶えてるんじゃないか。あいつに何か言って答えを待つ。すると奴の顔は——奴のを顔と言ってよければだが——たぶん三十秒くらい完全に無表情になる。コンクリート製の頭蓋骨《ずがいこつ》の下でその言葉が徐々にかたちを帯びてくるまでの間、筋肉ひとつ動かない。それからさざ波が起こる——何かしら表面に立ち現れてくる。そして目にはどんよりした輝きが見える。それから唇がぴくりと動く。それでとうとう、「ああ」とか「おお」とか「うう」とか、何であれそんなような声が放たれる。この時点で奴から事実みたいなことを何か聴き取ろうとしたら、何時間もかかるだろう。

だから俺はこの間抜け野郎に直接質問するのはやめて、コックのところに直行した。彼女はここ〈シーダーズ〉における生命の脈動に、つねに通じている女性だ。コックの触手はどこまでだって届くんだ。ゴシップ関連で遅かれ早かれ彼女の許《もと》に届かないことはない。今回の場合もそうだった。彼女は事実の概要を十分に把握していた。

彼女が教えてくれたところでは、すべての問題は、オークショット氏がこの雑役夫をある種ペット扱いしているところにある。のべつ奴をパントリーに囲い込んではポートやら葉巻やらをくれてやっている。テーブルじゃあおいしいものをひと口くれてやっている。ビール三昧《ざんまい》でいられるようつねに取りはからっている。彼女はすべてに対しごく辛辣《しんらつ》だった。きちんとした社会的価値感覚を持つ昔気質の女性だから、執事が雑役夫と仲よくすることで自らの権威を貶《おとし》めていると感じてたんだ。

それで、ビルソンの方はっていうと、奴の良心は完全に死滅したみたいだった。毎日一センチずつウエストが増えてるって事実を意に介さず、奴は犬みたいにオークショットについてまわって、あいつのポートワインを良心の呵責《かしやく》なしにガブ飲みしてたんだ。

どうなったかはわかるな、コーキー？　はなっから計算に入れてなきゃいけなかった事態だったんだ。だがどういうわけか俺はそいつを見落としていた。つまり、自分の叔母さんの家でボクサーをトレーニングしようってことに対する反対論拠は、そいつは必然的に執事と親しく交際することになるだろうし、執事がそいつを堕落させせないはずがない、ってことなんだからな。

ビルソン型のうすのろプロレタリアートに対する執事の影響がどれほどか、今まで考えたことはあるか？　人心を騒がせずにいられたためしがないんだ。それでオークショットはああいう、どっしりして荘重で聖職者的な執事の仲間だ。存在感ある人物だ。通りで奴に会って、散歩用にかぶってる下品な山高帽を見落としたら、きっと奴のことを平服姿の主教様って思うだろうし、そうでなきゃ、少なくともどこかいいところの宮廷の全権大使だと思うことだろう。

アリーパリーである日の午後、第二レースの後で奴に出くわし、奴が明らかにスポーツ気質の男だってことを知った後は、俺はもう奴が他者に対して発揮する畏敬《いけい》の念を感じなくなった。俺はいつだって奴のことを、執事というよりは野郎連中の一人とみなしてきた。だが粗野なワッピングの波止場地区に生まれ育ち、生まれてこの方大衆席賭《か》け屋を社会的物差しにおける最高位とみなすことに慣れ親しんできたバトリング・ビルソンにとって、オークショットは別世界の最高級界から来たみたいに見えたに違いないんだ。とにかく、どっちにしたって、奴がこの執事の魅力の呪縛の囚《とら》われになったことに間違いはない。それで手遅れになる前に、こいつの蠱惑《こわく》的な影響をぴたりと止めることを何かしなきゃならないんだ。

俺はただちにオークショットを探しに出た。そして奴が叔母さんの書斎の外で、ドアを閉めているところを見つけた。

「ユークリッジ奥様にご来客でございます」奴は説明した。

俺は叔母さんの客なんかに関心はなかった。

「オークショット」俺は言った。「話がある」

「かしこまりました、旦那様」

「内密にだ」

「それではわたくしのパントリーにお越し下さいませ」

俺たちはパントリーに向かい、話を始めた。

「あの雑役夫のことだ、オークショット」

「はい、旦那様?」

「あいつにポートワインを飲ませてるそうだな」

「はい、旦那様」

「そういうことはやめるべきだ」

「一番上等のポートワインではございません」

「どんなポートワインかなんてどうだっていい。俺が言ってるのは……」

俺は言葉を止めた。ちょっと難しい話になるのがわかった。唯一すべきは、テーブルにカードを拡げて手の内を見せることだと思えた。

「聞くんだ、オークショット」俺は言った。「お前がスポーツマンだってことはわかってる——」

「ありがとうございます」

「——だから一般に知られちゃ困ることを教えてやろう。このビルソンって男は、本当はボクサーなんだ。俺がマネージャーをやってる。俺はあいつをここに、ものすごく重要な試合に備えたトレーニングのために連れてきてる——」

「来月十六日、ホワイトチャペル・スタジアムにおけるワンラウンド・ピーブルズ戦でございましょう」

俺は目をむいた。

「知ってるのか?」

「はい、旦那様。職務の許すかぎり、ホワイトチャペル・スタジアムの試合には出向いてまいるのがわたくしの習慣でございます。あの若者の試合は頻繁《ひんぱん》に見てまいりましたし、またその試合が予定されていることを聞き及んでおります。わたくし個人といたしましては、あの者に勝ち目はなしと考えております」

「なんてこった」俺は言った。「俺だってだ。トレーニングしてなきゃいけない時に、お前が一日中あいつにポートを勧め続けたんじゃな。お前がそんな調子で、どうしてあいつに勝ちようがあると思ってるんだ」

「わたくしはあの者の勝利を望んではおりません」

「なんと！」

「実を申しますと、わたくしは対戦者側に高額の賭け金を賭けておりますか」

コーキー、これまでお前はパントリーにいて、突然そいつが自分のまわりでがたがた振動しだしたって経験があるかどうかは知らない。ものすごく不快な体験だ。今それが俺に起こった。耳の中で歌声みたいなものが聞こえ、そいつ越しに俺はこの毒ヘビ執事が発言を続けるのを聞いてたんだ。

「わたくしはこのビルソンなる若者のボクシングの才能を高く評価してはおりません。彼の左フックは強烈ですが、その他の点ではほぼ完全に科学性に欠け、ひとえに身体的頑健さと健康によってなんとか成功を達成してきたのです。他方、ピーブルズは頭のいいボクサーです。今やわたくしはあの若者が十六日に悪コンディションでリング入りすることを確実にし得る立場にあるのですから、ピーブルズに賭けたわたくしの賭け金はきわめて満足のゆく投資となることでございましょう」

コーキー、なあ大将、生まれてこの方俺様は人間が落ちぶれうる深淵の驚くべき深さを目のあたりにしてきた。だが率直に言って、こいつが一番のどん底だった。何分かの間、俺は心のうちを虚《きょ》心坦懐《しんたんかい》に語った。それでこの聖人ヅラした悪党は、まるで自分は聖歌隊の少年の信任を受ける大執事でございますみたいな顔して、慇懃《いんぎん》で寛大な具合に頭を傾けながら立って聞いていた。やがて俺はこの問題についてよくよく考え、どうするのが最善かを決断できる静かな場所を求め、よろよろとその場を立ち去ったんだ。

それで俺がホールを通り過ぎようとしたちょうどその時、叔母さんの書斎のドアが開いた。そして叔母さんが、俺の経験上つねに厄介事と地獄の土台の全面的震撼《しんかん》の先触れとなる、そういう声で俺にちょっと来なさいと呼びかけるのを聞いた。俺は最悪の事態を恐れた。

俺の直感に誤りなしだった。何が起こったかわかるか、コーキー？　オークショットを見つけた時、来客を案内したばかりのところだったたって言ったろ。その来客が誰だったと思う？　名誉局長その人だった。ご本人だ。ノースケンジントン・フーチ・クーチャーのクソ名誉局長に他ならない。どうやら連中の間抜け団体の年に一度の大騒ぎにふさわしい場所を確保できず、シーダーズの庭園を借り受けられないかとの希望をもって奴はこの家を訪問したらしい。俺がこの家を賛美してあまりにも見事にぶち上げちまったもので、どうやら奴の想像力は情熱に燃えたぎり、楽園から追放されたみたいな気分になったんだな。そういうわけで奴はやってきて、二分以内に事情をぜんぶぶちまけたってわけだ。

さてと、その結果はいつもどおりだ。過去にジュリア叔母さんがどれだけどうでもいいような理由で俺を放り出してきたかを考えれば、今回彼女がどれだけ素早く熱情を込めて両の手をぱしんと叩き、俺様を表に放り出したかが想像できるだろう。五分後、きわめて苦痛に満ちた場面の後、ただちにこの家を出てゆき、出ていったら路頭に迷いなさいという具体的な指示とともに俺は再びホールにいた。今この時にもメイドが俺のスーツケースを荷造りしていた。

そういうわけで裏口に回ってビルソンを捕まえ、美食に耽《ふけ》れる善き時代は終わったと奴に告げ、試合の日までいられるどこかに奴を連れてゆく他、できることはほとんどなかったんだ。

それがどこか、その時点ではわからなかった。俺に考えられるかぎりでは、ライムハウスの奴の寝室兼居間をシェアする他ないみたいだった。実に寒々した見通しだが、しかしなんてこった、俺が奴と数分話した後の見通しと比べたら半分も寒々しちゃあいなかったんだ。コーキー、あの男は引っ越しを拒んだ。あいつはぴくりとでも動くことを絶対的に拒否した。自分はここにいるし、ここが好きなのだと奴は言った。それで俺が何と言ってもびくともしなかった。

そういうわけでその結果、俺はあいつを置いてこざるを得なかった。地下鉄駅までスーツケースを運ぶ俺の心が陰気だったのは、お前の想像通りだ。叔母さんは俺のためにタクシーを呼んでくれるだけの人類固有の人間性を持ち合わせちゃいなかったんだ。俺にはぜんぶおしまいに思えた。俺の財政的将来はすべて、来月十六日に強力な対戦相手をこてんぱんにノックアウトする、あの男の能力にかかってたんだからな。それであいつときたら二重あごに参事会員みたいな腹でリングに上がろうっていうんだ。オークショットの有害影響下であと二週間も過ごしたら、もう自力でリングに上がれるかどうかだってあやしい。クレーンと滑車がいるんじゃないか。また〈秘密の九人〉の地下室にとらわれの身でいるのと同じくらい、オークショットの有害影響下から奴を逃がせる見込みはないんだ。

　こう告白するのにやぶさかじゃないんだが、コーキー。二日間完全に、俺は途方に暮れていた。俺は機知に富んだ男だが、出口が見いだせなかった。

　しかしもちろん、俺様ほどに途轍《とてつ》もない知的機敏さを持ち合わせた男は、無期限で行き詰まりでいられるもんじゃない。いずれアイディアが到来するものだし、そいつは二日目の晩近くにやってきた。ジョージ・タッパーから数ポンド金をせびり取った後――困難と苦労なしでできた仕事じゃあない――、外務省から出てくる時、すべての方策を探求し終えた俺の脳ミソは、突然思い当たったんだ。まるで天国よりの声が俺の耳に、「フロッシー」って言葉を叫んでよこしたみたいだった。一番最初に気づいてるべきだったことに俺は気づいた。バトリング・ビルソンの良心を目覚めさせるのに必要なのは、やさしき女性の影響だ。奴に理を説ける女性は一人しかいない。そしてそれは奴の婚約者なんだ。

　俺の理解するところ、このフロッシーの利害は俺とおんなじだ。俺と同じように、彼女にとっても十六日に良好なコンディションでビルソンをリングに載せることがとにかく重要なんだ。すでに言ったが、彼女は婚姻の日を延ばし延ばししてウェディングケーキを見えないままにしているわが夢の男の怠惰さに、だいぶカッカしている。賞金を獲得するかしないかは、彼女にとって焼きたてアツアツの結婚生活か、またもやうんざりする待ち時間のつづきかって違いを意味するんだ。当然ながら、俺の計画に彼女は心の底から賛成するだろう。通りがかりのタクシーを呼び止め――タッピーの気前のよさのお陰で、今や支払えるようになっていた――俺はナイツブリッジの〈ブルーアンカー〉に向かって飛び出した。そこで彼女は最近ビールポンプ担当副社長としての職を引き受けたって、ビルソンが俺に教えてくれてたんだ。

　お前はフロッシーのことがあんまり好きじゃなかったんだったな、コーキー。お前の人生に彼女がしばらく関わりあいになった時のことだ。お前の不平を聞いたのを憶えているような気がする。もちろん、彼女は誰も彼もの理想の女の子ってわけじゃあない。たしかに漂白された髪の色はちょっと鮮明すぎるし、潔癖性の連中に彼女の態度はちょっと豪快すぎる。だがこういう危機におけるパートナーとして、彼女以上の人物は望みようがないんだ。この一件の精神に共鳴してくれるって話をすればだが――いや、婚約者が何かしら口答えめいたことを言った場合に備えて二本あるパラソルのうち、わざわざ重い方を選んで持ってきてくれたと述べたら、俺が彼女から受けてたのはたんなる精神的サポートだけじゃないってことがわかってもらえるだろう。俺たちはいっしょにウィンブルドンに向かった。いかなる運命をも共に甘受する心意気にてだ。

　なぜなら、もちろん俺たちはシーダーズ訪問が遅滞なくただちになされなければならないってことを理解していたからだ。ビルソンについて俺が話したことから、邪悪があまりにも深く進行していて、即刻措置を講じないとだめだってことを彼女は確信していた。裏口ドアから訪問し、ビルソンを呼び出してもらって奴の左耳をつかみ――奴が現れた瞬間にだ――正道に立ち戻らせるというのが彼女の目的とするところだった。

「あの人、ポートを飲んでるですって！」彼女は繰り返し言い続けた。また、彼女の言い方には俺をゾクゾクさせるところがあった。女性ってものにこれだけ感嘆させられたことがあったかどうか、思い出せない。彼女は俺にボアディケア〔ブリタニアにおけるイケニ族の女王。ローマ帝国に反乱を起こした〕を思わせた。

ウィンブルドンへの道行きには、もちろん金が要《い》った。だが重大事が懸案である時に立ち止まって小銭を数えたりなんかしてられるもんじゃない。俺たちはタクシーを使い、それでメーターを跳ね上がる数字を見ても、いつもの胸のむかつきをまったく感じなかったと言ったら、その時の俺の心境がいくらかわかってもらえるんじゃないか。俺はそんなことには無感覚になっていた。俺はマルヌ会戦で予備部隊をタクシーで送り込み続けたフランスの将軍〔ガリニエ将軍の発案でパリのタクシーを徴発してフランス第六軍に兵員輸送を行い、ドイツ軍の攻撃に耐え切った〕みたいな気分だった。彼がタクシーメーターが上がってくのに気をもんだと思うか？
もちろん違う。

　それでただいま懐かしき見慣れた道路が視界にうねり、俺はシーダーズの表に車を止めさせた。そして裏口ドアにまわって行動開始してくれるよう、フロッシーをおだて上げた。すべてを考慮すれば、俺が車の中で待ってる方がより賢明だと思われたんだ。叔母さんには時々晩に庭仕事をする不快な習癖がある。それで除草剤でずぶぬれにされたり移植ごてを持って敷地内を追い回されたりするのは、願い下げだったからな。

　待ち時間があって、その間運転手と俺とは来るハーストパークの予想に関する見解を交換し合っていた。それからフロッシーが戻ってきた。空身でだ。

「あの人、映画に行ってるの」彼女は宣言した。「あの執事と二人でよ」

「いつだ？」

「そんなに前じゃないわ」

「それじゃあ、タリーホー！」

　運転手に一言告げ、俺たちはウィンブルドンロタンダに向かった。それで車を横付けして入口で最初に会った人物は、誰あろう、ビルソンだった。奴はいつもながらの一生懸命絶対的に何にも考えていないという風情を湛《たた》えつつ、そこに立っていた。フロッシーは毛色を漂白したメス豹《ひょう》みたいに、奴に向かって突進した。

「ウィルバーフォース！」彼女は叫んだ。

それで、彼女がそうした時、別の人物が突然姿を現した。そいつはヘビ野郎、オークショットの姿だった。それですべてのもくろみが灰燼《かいじん》に帰《き》したんだ。

ビルソンみたいに頭蓋骨の分厚いプロレタリアートに対する執事の圧倒的効果については、さっき言った。今度俺は同じ反応が年季を積んだバーメイドにももたらされうることを知る次第となった。コーキー、恐怖に震える俺の目の前で、まるで誰かが水道の蛇口をひねりでもしたみたいに、フロッシーから炎が消えたんだ。彼女はほぼ一瞬で、復讐の女神から、たんなるお追従屋の足もじもじさせ女に成り下がってしまった。彼女はメス豹のごとく現れたが、今や仔ヒツジだ。オークショットが登場した時の彼女の態度物腰全体は、女校長先生に直面した女学生みたいだった。

執事っていう問題はさ、コーキー、徹底的な解明が必要だ。連中がどういうふうにことを成し遂げるのか？　その神秘的な魅力はどこにあるのか？　最も高慢な奴でも従順にする、その磁力とは何か？　国内一流の人々のためにウイスキー・アンド・スプラッシュを拵《こしら》えるのに慣れ切ったバーメイドは――〈ブルーアンカー〉の顧客は悪名高いくらい排他的で、そこにはハロッズのフロアマネージャーや近衛連隊の軍曹みたいな身分の人たちがいた――そういうものに対する耐性を得ていると思うかもしれない。だがそうじゃなかった。奴の出っ張った目で一目見られると、フロッシーは顔を赤らめ、ドロドロになったんだ。

「こんばんは、旦那様」オークショットは言った。「この界隈であなた様にお目にかかろうとは思っておりませんでした」奴はフロッシーに慇懃《いんぎん》な視線を送った。「こちらの方にご紹介いただけますでしょうか？」

婚約者に会って目に見えて青ざめていたビルソンは、今やだいぶ回復していた。奴は親指を上げた。ライムハウスじゃあ正式に紹介する時はこうするんだ。

「俺の婚約者でっさ」

「さようですか？」

「う」

「それでこちらのお嬢さんのお名前は？」オークショットは大甘な調子で言った。

「ダーリンプルです」足をもじもじさせながら、フロッシーが言った。

「ダーリンプルさんですか？　さようでございますか？　サセックスのダーリンプルのご一族でいらっしゃるのですかと伺ってよろしいでしょうかな？」

「んまあ！」フロッシーは言った。

「わたくしは数年前、故サー・グレゴリー・ダーリンプルにお仕えする光栄に浴したことがございます」オークショットはもの柔らかな口調で言った。「まことに賞賛すべき紳士様でございました。もしや貴女《あなた》が何らかのご縁戚でいらっしゃるなら興味深いことです。あの方のお嬢様――年少のお嬢様と申し上げるべきでしょうか――はシュロップシャーのプブリー家にお嫁ぎになられました。上のお嬢様はもちろん、レディー・スライス・アンド・セイルであらせられます。お嬢様とウォルマー公爵閣下の間にはご了解があると噂《うわさ》された一時期もございましたが、ご結婚に至ることはございませんでした。ダーリンプルさんですか。実に興味深い。ダーリンプルさん、おそらく貴女のご家族はご分家のひとつなのでしょう？　もちろんデヴォンシャーのダーリンプル家は有名です――新聞で興味深く読んだところですが、その一人が、近ごろキッダーミンスター伯爵のご令嬢、レディー・ジョイス・スプルールとご婚約されたそうでございますね」

　フロッシーが鳥の骨を咽喉につかえたブルドッグの仔犬みたいに息をするのが俺には聞こえた。コーキー、どんな女性にも弱点はある。彼女はどんな男にだって負けないくらい勇敢に懲罰遠征に出かけられるだろうが、彼女に称号の話をしてしかも彼女の一族はその分家のひとつじゃないかと推測する執事と立ち向かわせたなら、彼女は口ごもり、ためらい、そして敗北を喫するんだ。ビルソンを正道に立ち戻らせる件でフロッシーを戦力に使う計画が機能停止したことが、俺にはわかった。

「こちらの若い友人とわたくしは」オークショットは更に続けた。「この映画館で娯楽映画を鑑賞するところなのです。近ごろ新聞で話題の初めての新型トーキー映画です。ダーリンプルさん、貴女にご一緒していただけたなら、大変嬉しく存じます。貴方《あなた》はいかがですか、旦那様？」

それで何がなんだかわからないうちにさ、コーキー、俺たちはみんなして後ろの席のどこかに並んで座っていて、それで映画が始まったんだ。

その映画のタイトルは『ジャズシンガー』じゃないかってお前が訊いた時、俺はわからないって答えたろ。その時はビルソンのことで頭がいっぱいだったからだ。それが単純な真実だ。そうさコーキー、陰気に席に座って光のない目でスクリーンを見つめていたのは、心重たく、頭の中は一杯のスタンリー・ファンショー・ユークリッジだった。お前には俺の気持ちがわかるだろう。このバーメイド、このフロッシー、俺の切り札のエースは、役立たずの折れた葦《あし》になっちまったんだ。俺は彼女のことを、困った時の大いなる助け手だと思っていた。だのに彼女は俺を落胆させたんだ。

この件全体の痛切さをいや増していたのは、もし彼女がその晩自室で静かに考えてこの執事の呪《のろ》いを振り捨てたとしても、実際的な価値あることを成し遂げるにはもはや遅すぎるってことだった。わかるだろ、あの時には途轍もない幸運だと思えたもののお陰で、俺はたまたま彼女の休みの晩に連絡をとることができたんだ——実際、彼女があと十分もしないで店を引けるって時に彼女を見つけたんだった。来週まで彼女の休みの晩はない。それはつまり、奇跡的に彼女がまた戦闘気分になってオークショットに反抗して奴の闇の力と闘うとしてもだ、それができるまでには七日間待たなきゃいけないってことだ。なぜって俺の叔母さんの家は、一日中いつでも入り込めるような家じゃないんだからな。深夜にぶらぶら行って使用人と話し合うなんて真似はできない。

だからわかるだろ、俺はその映画に関する情報問い合わせに応じられるような人間じゃあないんだ。俺に言えるのはただ、そいつはどんどん進んで、突然噂に名高い音響効果のところに到着したってことだけだ。気管支のブンブン言うような音がして、スクリーン上の誰かがしゃべりだしたんだ。

それでそいつがそうし始めたところですぐ、バトリング・ビルソンが立ち上がって「シーッ！」と言った。

何があったかはわかるだろ。ビルソンみたいな頭の形をした男が科学の驚異と直面した時に起こりがちな誤解ってやつだ。間違いなくオークショットは何日もかけて奴をこの瞬間に備えさせていたはずなんだ。要するに、映画産業を革命化するであろうこの素晴らしき新発明のことを奴に語り聞かせてきたはずだ。肝心なのはスクリーンが今やしゃべるスクリーンになったってことだと話してきたはずなんだ。

だが、そいつは貫通しなかった。知識はビルソンの頭の中には届かない。蒸気ドリルを使わないかぎりはだ。

「シーッ！」奴は言った。

いや、これが劇場一杯の市民たちにどんな効果を与えたかはわかるだろう。八十七人分の声が「座れ！」と叫んだ。

「この映画館の中の誰かがしゃべって他人様の娯楽を台なしにしてる」ビルソンが怒鳴った。

「座れ！」沢山の頭がわめいた。

もちろんそんなのは可能なかぎり最悪の行動だ。ビルソンみたいな知能の奴に座れなんて言ったら、奴はただちに何かの罠《わな》だと思ってそれまで以上にむきになって立ち向かってくるんだ。「誰かがしゃべってる。俺は許さん！」

そしてこの時、すべてが緊迫して爆発に突入するには火花ひとつ要るだけ、って時に、よりによってスクリーン上の喉頭《こうとう》炎患者が突如歌いだしたんだ。

それでおしまいだった。ビルソンの顔の険しさが深まるのが見えた。前列に座ってる小柄な男がいたんだが、何らかの謎《なぞ》めいた理由でそいつが首謀者だと奴は思い込んだらしい。奴はかがみ込んでそいつの肩を叩いた。

「うるさく歌を歌ってるのはお前か？」奴は訊いた。そしてタマキビガイを殻から取り出すみたいにするりとそいつをすくい上げた。多分そいつの声帯を検分しようとしたんだろう。

次の瞬間、その小柄な男の連れの、おふざけは許しませんよ、みたいな女性が奴を傘でひっぱたいた。後ろの列の誰かが奴の背中に飛びかかった。別の誰かが奴の首をつかんだ。そして十五秒くらいの間に、この活動は全体化したんだ。その真ん中からビルソンの声をした混乱したもやもやみたいなものが前進してゆくのが見えた。それから案内人その他が到着し始め、そして最後に警察官の一団が到着して、すべては終わった。

翌日、ビルソンは法の権威の前に召喚され、裁判官よりしっかり譴責《けんせき》され、罰金刑への代替なしで十四日間監獄収容の刑を科された。十五日目の朝、俺が刑務所の門のところで待っていると奴は出てきた。髪の毛一本までトレーニング済みで、余分な肉は一オンスたりとも付いておらず、そして頭の中はただひとつのことで一杯だった。つまり、人類への復讐だ。それで、実に幸運なことに、まずはワンラウンド・ピーブルズからそいつを始めようって考えに奴は夢中になったようだった。

後は知ってのとおりだ。ワンラウンド・ピーブルズは四十五秒経つまでにその名の正統性を証明することに失敗した。二分十五秒ちょうどでビルソンは奴をノックアウトしたんだ。出口に向かう途中でオークショットに出くわしたんだが、あんなにも具合の悪そうな執事は初めて見た。低位聖職者たちに離教と神への不信がはびこっているのを発見したばかりの主教様みたいな顔だった。あいつが実際いくら損したかは知らない。秘蔵してきた一生分の蓄えだったんだろう。だったらいいが。

そういうわけで、コーキー、俺様がトーキー映画が好きだって言った時に言いたかったのはこういうことだ。制作者連中はお前の書いた駄作を突き返したかもしれないが、またその件については俺ももちろん残念に思うが——とりわけそいつが売れたらお前にわずかばかりのはした金を借りようってアテにしてたんだからな。だからって見解を撤回するわけにはいかない。俺はトーキーが好きだ。あれがかつて俺の命を救ってくれたことを、俺は絶対に忘れられない。

「そいつをとどめにあのクソいまいましいシロモノへの反対論は完成だな」僕は言った。

冷静な実務的頭脳

「ポートをもう一杯どうだ、なあ相棒？」スタンリー・ファンショー・ユークリッジが僕を温かくもてなしてくれた。

「ありがとう」

「コーコラン氏にポートをもう一杯だ、バーター。十五分くらいしたら、図書室にコーヒーと葉巻とリキュールを運んでおいてくれ」

執事は僕のグラスを満たすと、溶け去っていった。僕は目のくらむ思いで辺りを見回した。僕たちはウィンブルドンコモンにあるユークリッジのジュリア叔母《おば》さんの邸宅の広々した食堂に着席していた。華麗な饗宴《きょうえん》がそれにふさわしき終幕に向かうところで、すべて僕には説明不能と思われた。

「わからないんだ」僕は言った。「どういうわけで僕はここに座って、お前の叔母さんの払いで上等な食事を腹一杯いただいてるんだ？」

「完全に簡単さ、なあ相棒。俺が今夜お前を招待したいとの希望を表明し、叔母さんはただちに同意したんだ」

「だけどどうして？　これまでお前の叔母さんは僕をここに絶対招待させなかったじゃないか。僕に我慢できないってことでさ」

ユークリッジはポートを啜《すす》った。

「うん、実を言うとさ、コーキー」自信に満ち満ち、彼は言った。「近ごろこの家であった出来事のせいで、俺とジュリア叔母さんに関するかぎり、新たな人生の夜明けとでも言うべき事態が出来《しゅったい》してる。叔母さんは今俺の手から直接メシを食うし、俺の馬車の車輪の下のホコリ以下だと言ったって過言じゃないんだ。その話をしてやろう。なぜって、そいつはお前がこの世の中を旅してゆくのに役立つだろうからだ。空がどんなに暗かろうと、冷静な実務的頭脳があれば、何ごとも人に害なすことはなしっていう教訓なんだ。たとえ大嵐が来ようとも――」

「どんどん話してくれ。どんな話だ？」

ユークリッジはしばらくじっと考え込んだ。

「思うに、ことの始まりは」彼は言った。「俺が叔母さんのブローチを質入れした時のことだった」

「お前は叔母さんのブローチを質入れしたのか？」

「ああ」

「それで叔母さんに愛されるようになったのか？」

「その説明は後でする。とにかくだ、最初から話させてくれ。法律家ジョーって男に会ったことはあるか？」

「いや」

「ハギスみたいな顔のでっぷりした男だ」

「会ったことはない」

「会わない方がいい、コーキー。人類同胞を悪く言うのはいやなんだが、法律家ジョーは正直者じゃあない」

「そいつは何をしてるんだ？　他人様のブローチを質入れしてるのか？」

ユークリッジはびらびらした耳に鼻メガネを留めているジンジャー・ビールの針金をかけ直した。傷ついた顔だった。

「そういう言い方を、旧友にされたくないな、コーキー。話が進めば、俺がジュリア叔母さんのブローチを質入れしたのは完全に正常で正直な取引だってことがお前にもわかるさ。犬を半分買い上げる方法が他にあるかっていうんだ」

「犬半分？」

「犬の話はしてなかったか？」

「してない」

「しとくべきだった。そいつが肝心なんだ」

「いや、してない」

「まるで勘違いしてた」ユークリッジは言った。「別の誰かと間違えてたんだ。一番最初から話を始めるとしよう」

この法律家ジョーって奴は（ユークリッジは言った）、俺がときどき取引してる賭《か》け屋だ。だがこの話の始まる日の午後まで、どういう意味でも親密だったことはない。時たま俺が奴から何ポンドか勝って、奴が小切手を送ってきたり、そうでなきゃ奴が何ポンドか勝って、俺が奴のオフィスに出向いていって次の水曜日まで支払いを待ってくれと頼むとか、そんなつき合いだ。だがいま話してる日の午後まで、いわゆる社交的な交流はしたことがなかった。その日たまたま俺はベッドフォード・ストリート・ボデガを覗《のぞ》いて、そこにいたそいつに会った。そして奴は俺に年代物のトーニーポートを一杯飲むよう言ったんだ。

いや、お前も俺と同じく承知だが、一杯の年代物のトーニーで全部まるで違ってくるってことはある。だから俺は大いに機嫌をよくして同意したんだ。

「いい天気だな」俺は言った。

「ああ」そいつは言った。「あんた、大儲《もう》けしたくないか？」

「したい」

「じゃあ聞け」そいつは言った。「ウォータールー・カップは知ってるだろ。聞くんだ。借金のかたに客からウォータールー・カップを勝つはずの犬をもらった。この犬は人気薄だが、ウォータールー・カップを勝つのは間違いない。それがどうしただって？　いや、だからそいつは何かしらの儲けになる。そいつは高値になるだろう。それなりの値段になるはずだ。金になる。聞くんだ。その犬半分の権利を買いたくないか？」

「買いたい」

「じゃあ売ろう」

「だが金がない」

「五〇ポンド集められないってことか？」

「五ポンドだって無理だ」

「なんてこった！」そいつは言った。

そして絶望した様子で俺を見た。お気に入りの息子に繊細な感情を傷つけられた父親みたいにだ。奴は年代物のトーニーを飲み終えると、ベッドフォード・ストリートに歩き出した。それで俺は家に帰った。

ああ、想像のとおり、ウィンブルドンに帰る道すがら、俺は少なからず考え込んだ。俺についていい話は見ればわかる。こいつはいい話だったし、そうだってことが俺にはわかった。だが必要な
誰にも言えないことはさ、コーキー、俺には富を勝ち取る視野のでっかさが欠けてるってことだ。

資本をどうやって入手するかが問題だ。いつだってそこのところが俺の躓《つまず》きの石なんだ。必要な資本がなかったばっかりに百万長者になり損ねた度に、一シリングもらえてたらなって思うよ。

財源はどこにあるかと俺は自問した。ジョージ・タッパーに如才なく近づけば、大抵五ポンドはいける。そしてお前はきっと、数シリングか半ポンドだったらよろこんで援助してくれるだろう。だが五〇ポンドときた！　大金だ。よくよく考えなきゃいけないし、俺は知性のかぎりをその問題に傾注した。

おかしなことに、俺がまったく考えなかった供給源はジュリア叔母さんだった。知ってのとおり、叔母さんは金に関してはゆがんだ奇妙な考えを持っている。何らかの理由で、叔母さんは俺に一セントもくれない。だが俺の問題を解決してくれたのは、ジュリア叔母さんだった。こういうことは宿命なんだ、コーキー。ある種の運命だな。

ウィンブルドンに帰ると、叔母さんは荷造りの世話をしていた。翌朝、いつもの講演旅行に出かけるところだったんだ。

「スタンリー」叔母さんは俺に言った。「忘れるところだったわ。明日ボンド・ストリートの〈マーガトロイズ〉に行ってあたくしのダイアモンドのブローチを受け取ってきてちょうだい。石のはめ直しを頼んであるの。持ち帰ったらあたくしの事務机の引き出しに入れておいて。これが鍵よ。引き出しに鍵をして、鍵はあたくし宛に書留で送ってちょうだい」

そういうわけで、すべては実に満足のゆく具合に解決したんだ。叔母さんが帰ってくるずっと前に、ウォータールー・カップが開催され、俺はどっさり金を手に入れてるはずだ。俺がしなきゃいけないのは合鍵を作って、ブローチを質から出したら引き出しに戻しておけるようにしとくことだけだ。この計画には何の傷も見いだせなかった。俺は叔母さんをユーストンまで見送り、マーガトロイズにぶらぶらでかけていってブローチを受け取り、質屋にぶらぶらでかけていってブローチを質入れし、店を出た。何週間ぶりかに健全な財政的立場に置かれた状態にてだ。俺は法律家ジョーに電話して、犬に関する取引を終え、かくして幸運のはしごに足をかける運びとなったわけだ。

だがこの世界ではさ、コーキー、先のことはわからない。ここのところを俺はいつも人生を始めたばかりの若者すべてに知ってもらいたいんだ――先のことはわからない。庭にいた俺のところに執事がやってきて、紳士様が電話にてあなた様とお話ししたいとご要望でいらっしゃいますと告げたのは、だいたい二日後のことだった。

俺はいつまでもあの瞬間を忘れない。そいつは素敵な、静かな宵で、俺は葉っぱの茂った木の下で美しいことどもを思いつつ座っていた。太陽は黄金と深紅の輝きを放ちつつ沈んでいた。小鳥たちは頭が飛ぶくらいの勢いでチュンチュン言っていた。そして俺は人生最高のウイスキー・アンド・ソーダを半分飲み終えたところだった。バーターが俺を呼びにきた瞬間、俺は世界はなんて平和で素晴らしくて完璧《かんぺき》なんだろうと考えてたところだったのを思い出す。

俺は電話に向かった。

「ハロー！」声が言った。

そいつは法律家ジョーだった。だのにバーターは紳士様なんぞと言ったんだ。

「あんたかい」ジョーは言った。

「ああ」

「聞け」

「何だ？」

「聞くんだ。俺が言ってたウォータールー・カップを勝つはずの犬のことは知ってるな？」

「ああ」

「あいつは勝たない」

「なぜだ？」

「死んだからだ」

　こう言うのにやぶさかじゃないんだが、コーキー、俺はよろめいた。そうだ、お前の旧友はよろめいたんだ。

「死んだだと！」

「死んだ」

「死んだって意味じゃないだろ？」

「そうだ」

「じゃあ俺の五〇ポンドはどうなる？」

「俺がもらう」

「何だと！」

「もちろん俺がもらう。一旦売買が済んだら、取引終了だ。俺には俺の法律がある。だからみんな俺のことを法律家ジョーって呼ぶんだ。だが、俺がどうするかを教えてやろう。あんたはあの犬に関するすべての権利を放棄するって書いた手紙を俺に送る。そしたら俺はお前に五ポンドやる。大損だが、俺はそういう男なんだ……心の広いジョーさんなのさ。それで全部終了だ」

「その犬は何で死んだんだ？」

「肺炎だ」

「死んだなんて絶対信じない」

「あんた、俺の言葉が信じられないのかい？」

「そうだ」

「じゃあうちの納屋に来て自分の目で見るがいいさ」

それで俺はでかけていってそいつの亡骸《なきがら》を見た。疑問の余地はなかった。犬はお陀仏してたんだ。で、俺は書面を書いて五ポンド受け取り、ウィンブルドンに戻ってきてめちゃめちゃになった人生を立て直そうとやってみることにした。なぜって容易にわかるようにさ、コーキー、俺は途轍《とてつ》もなく追いつめられていた。ジュリア叔母さんは間もなく帰ってくるし、そしたらブローチを見たがるだろう。俺は叔母さんとは血肉を分けたる親戚だし、それに俺が赤ちゃんの時、そのお膝の上であやしてもらってたとしたって驚かないんだが、それでも死んだ犬の権利を半分買うために俺が自分のブローチを質入れしたってニュースを、叔母さんがキリスト者の堅忍不抜《けんにんふばつ》の精神みたいなもので耐え忍んでくれようとは到底想像できなかったんだ。

それですぐ翌日の朝、詩人のアンジェリカ・ヴァイニングがやってきたんだ。

彼女は俺が叔母さんの家に滞在中に一、二度昼食に招かれてきたことのある痩《や》せ型で威嚇力ある女性だった。叔母さんの大の親友だ。

「おはようございます」と、この疫病神はにっこりして言った。「なんて素敵な日なんでしょう！まるで田舎におでかけしたみたいじゃありませんこと？　都心からこんなすぐ近くにあるのに、空気の中にロンドンでは味わえない新鮮さが感じられますわ、ねえ？　わたくし、貴方《あなた》の伯母様のブローチのことで伺いましたのよ」

俺はピアノに手をついて身体《からだ》を支えた。

「何のことでいらっしゃったんですって？」俺は言った。

「今夜ペン・アンド・インク・クラブの舞踏会があって、それでわたくし、貴方の伯母様に電報で、もしよろしかったらブローチを貸していただけないかってお願いしましたの。そしたらいいわって返事が来たのよ。事務机の引き出しに入っているんですって」

「たいへん残念ですが、それには鍵が掛かっています」

「貴方の叔母様は鍵を送ってくださったの。わたくしのバッグに入っていますわ」

彼女はバッグを開けたんだ、コーキー。それでこの瞬間に、先週くらいからずっと自分の仕事を放置して惰眠を貪り続けてきた俺様の守護天使が、突然スピードのひらめきを見せた。ドアが開いていて、この瞬間にそこから叔母さんのペキニーズ犬の一匹がたらたら入ってきたんだ。叔母さんのペケ犬のことは憶えてるだろ。前に名犬大学を始めるため、俺は連中をくすね盗《と》ったことがある。この犬はこの女性を見た。それで女性はっていうとソーダ水のビンみたいにポンとはじけたんだ。

「んまあ、かわい子ちゃん」彼女はぶくぶく泡立った。

彼女はバッグを置くと犬を急襲した。犬は逃げようとしたがかわしきれず、彼女に捕まった。

「んまあ、ワンワンちゃん！」彼女は叫んだ。

そして彼女が背中を向けてる間に、コーキー、俺はバッグをつかんで鍵を見つけ出してポケットに入れ、元の場所に戻したんだ。

まもなく彼女はこっちを向いた。

「わたくし本当に急がなきゃいけないんですの」彼女は言った。「ブローチをいただいたらすぐ行かなきゃ」彼女はバッグの中を手探りした。「まあ、どうしましょ！　わたくし、鍵をなくしてしまったわ」

「残念ですね」俺は言った。「とはいえ」俺は続けて言った。よかれと思ってのことだ。「若い女性に装身具が必要でしょうか？　若い女性が所有し得る最高の装身具とはその若さ、その美しさなのです」

そいつはうまくいったが、十分ではなかったようだ。

「だめ」彼女は言った。「わたくしにはあのブローチが必要なの。絶対に決めているんですのよ。鍵を壊さなきゃいけないわ」

「そんな真似は夢にも考えられません」俺はきっぱりと言った。「僕はこの保管に責任を負っています。叔母の家具を破壊するわけにはいきません」

「だけど、だって——」

「だめです」

いや、相棒、それからだいぶ苦痛に満ちた場面が続いた。申し出をはねつけられた女性の憤怒くらいの怒りは地獄にだってない。またブローチを欲しいのにもらえない女性の怒りほどの怒りはそんなにあるもんじゃない。彼女が帰った時の空気は緊張に満ちていた。

「わたくし、ユークリッジさんに手紙を書いて、何があったかすべて申し上げますわ」玄関ドアのところで立ち止まると、この女流詩人は言った。

それから彼女は出ていった。俺をぐにゃぐにゃに動揺させたままでだ。こういうことは男の体力をむしり取るんだ。

何事かがなされなければならない、それもただちに、ってことが俺にはわかった。どこかから五〇ポンドかき集めてこなきゃならない。だがどこに行ったらいい？　俺の信用はさ、コーキー——正直に言おう、お前は俺の昔からの友達だからな——よくはない。ああ、よくないんだ。ピンチの時に五〇ポンド貸してやろうって気にしてやれそうな人間は一人を除いて皆無だって思えた。で、そいつは法律家ジョーなんだ。俺があいつに頼ってたって言ってるんじゃない。だが、もしあいつの胸のうちにほんの少しでも人間的な感情があるなら、大量な雄弁を降り注いだ後だったら、もしかして、この途轍もない窮状からかつての取引相手を助け出そうって説得されてくれるかもしれない。

いずれにしても、当てにできそうなのは奴一人だったから、俺は奴の事務所に電話した。それで翌日はルーズ競馬に行ってるって聞いたんだ。翌朝、早い列車で俺はでかけた。

コーキー、俺はわかってなきゃいけなかった。胸のうちにほんの少しでも人間的な感情のある男は、賭け屋になんかならないんだ。俺は二時のレースの開始から四時半の最終レースまで法律家ジョーの横にずっと立って、奴がありとあらゆる間抜け連中から大金を熊手でかき集めるのを見ていた。文字通り奴のかばんが現金ではち切れるまでだ。だがたった五〇ポンドの貸し付けを俺が申し入れた時、奴は金を手放すそぶりだって見せなかったんだ。

こういう野郎連中の心理を推し量ることはできない、コーキー。俺を信じてくれるなら、奴がこれだけのはした金を俺に貸してくれない主な理由は、そんなことを聞いたら世間様が何て言うかっていう恐怖らしかった。

「あんたに五〇ポンド貸すだと？」奴は驚愕《きょうがく》したように言った。「誰が？　この俺がか？　あんたに五〇ポンド貸したりなんかしたら、俺は人にバカだと思われるだろ！」

「でもあんた、人にバカだと思われることなんか気にしないだろ？」

「誰も彼もが俺のことを、心やさしきバカだって言うだろう」

「あんたほどの人物は、他人に何て言われようが気にしないんだ」俺は強く主張した。「あんたはあんまりにも大物過ぎる。連中を見下してやればいいんだ」

「ふん、お前に五〇ポンド貸してやる余裕はない。そんな話、聞いたこともない」

この世論の脅威って奴が俺にはまったくわからなかった。病的だ。俺はこの話は完全に内密にすると奴に言った――それで、もしそうしたほうが安全だと思うなら借用書一枚だって書かずに済ませられるとも言った。だがだめだ。奴をその気にさせる術はなかった。

「俺がどうするか教えてやろう」奴は言った。

「二〇ポンドか？」

「ちがう。二〇ポンドじゃない。一〇ポンドでもない。五ポンドでもない。一ポンドでもない。だが俺は、明日はるばるサンダウンまでお前を車に乗せてってやろう。俺がするのはそれだけだ」

奴の話し方を聞いたら、奴が人間にできる最高の行為を俺のためにしてくれてるみたいに思ったことだろう。俺は奴の申し出を軽蔑《けいべつ》した顔で拒絶したいと強く思った。その申し出を受諾した理由はひとえに、もし奴がルーズでの一日と同じくらいサンダウンでいい目にあったら、奴の良心が結局のところ土壇場で発揮されるんじゃないかって思いからだった。つまりだ、賭け屋にだってときたまは心和らぐときがあるんじゃないか。そういう時が法律家ジョーにもし訪れるなら、俺はその場に居合わせたかったんだ。

「きっかり十一時にここを出る。もし用意ができてないようなら、お前なしで出発する」

この会話はさ、コーキー、ルーズ競馬場の〈馬車馬亭〉のサルーンバーにて行われた。それでこれだけ言うと、ジョーの野郎はとっとと出ていった。俺はもう一杯飲みたくてそこに留まった。取引交渉決裂の後、俺にはそいつが必要だったんだ。するとバーの後ろの奴が、話しかけてきた。

「いま出てったのは法律家ジョーでしょう?」そいつは言った。奴はくっくと笑った。「抜け目のない男ですよ」

昔なじみの商売友達にわずか五〇ポンドも貸してくれない男の話をして、時間をつぶす気にはなれなかった。だから俺はただうなずいただけだった。

「奴の最新ニュースを聞きましたか?」

「いいや」

「あのジョーって奴は抜け目のない男です。ウォーターールー・カップにエントリーした犬を持ってたんです。そしたらその犬が死んだ」

「知ってる」

「ふん、奴がどうしたかはご存じないに決まってますよ。たった今まで連中がここにいて、その話をしてたんです。奴はその犬をラッフルにかけたんです」

「ラッフルにかけたって、どういう意味だ?」

「一枚二〇ポンドでラッフル・チケットを売ったんです」

「だけどそいつは死んでるんだろ」

「もちろん死んでますとも。だけど奴はそのことは言わなかった。そこがあいつの抜け目のなさですよ」

「だけどどうやったら死んだ犬をラッフルにかけられるんだ?」

「死んだ犬をどうしてラッフルにかけられないわけがあります? 誰もそいつが死んでるなんて知らなかったんだから」

「勝ち券を引いた奴はどうしたんだ?」

「そこですか! いや、そいつにはもちろん言わなきゃなりませんでしたよ。それでそいつには金を払い戻したんです。それで今やあいつは何百ポンドも手にしてるってわけです。抜け目のない男ですよ、あのジョーって奴は」

自分の理想がすべてぐらついて消え失せたって、そういう経験はあるか、コーキー? それでお前は仲間の人間をもはや一インチだって信用できない、恐るべき暗黒界に落とし込まれるんだ。どういう意味だ、俺の叔母さんはしょっちゅうそんなふうに感じてるにちがいないってのは? 俺はそういう中傷を不愉快に思う。コーキー、俺が叔母さんから何かしらくすね盗る時、そこにはいつだって最高に良心的な動機があるんだ。でっかいひと財産こしらえるための土台になる、ささやかな現金を集めるって目的がな。

これはまったくちがう話だ。この人間のかたちをした悪魔には、自分のことしか考えられない。俺から五〇ポンドむしり取ってそいつに糊みたいにへばり付いてるだけじゃあ満足せずに、奴は俺をだましてわざと死んだ犬に対するすべての権利を五ポンドで譲渡するようにしむけ、それでその犬がまもなく何百ポンドか儲けさせてくれることをじゅうじゅう承知してたんだ。こいつはフェアな態度だろうか？　正しい態度だろうか？

それですべてのうちで恐ろしいのは、俺にどうにかできそうなことはまるきり皆無らしいってところだった。俺には奴を非難することすらできない。いや、少なくともそれはできるが、だからって非難してどうなるのかってことだ。俺にできるのは奴に車に乗せてもらって帰りの汽車代を節約することだけだった。

コーキー、俺は言わなきゃならない――またこれを言ったら、この種の人物との接触を通じ、人間の道徳的見解がどんなにか退廃しうることかがわかろうってものだ。俺は言わなきゃならない。その晩、道中もし機会があったら、奴のかばんにちょっぴり手を突っ込んでやろうって思いをもてあそんだ時があった。だがそんな真似は自分にはふさわしくないと思って、俺はそいつを却下した。いかなる不正に遭おうとも、ああ、天よ、少なくとも俺の手は清らかでありますことを。それはそれとして、そんな機会が起こるなんておよそありそうもないことに思えたんだ。

それで、案の定、翌朝出発する時、奴はかばんを自分とドアとの間にしっかり挟み込んで、完全に俺の手が届かないようにしていた。あいつはそういう男だ。

コーキー、この世界で俺たちはけっして完全には人生を享楽できない運命らしいってのは、なんて不可思議なことなんだろうな！　おそらくわざとやってるんだ。それで俺たちをもっとスピリチュアルにして、今後の人生に耐えられるようにしようって料簡《りようけん》なんだ。だが、まったく迷惑な話じゃないか。俺を例にとろう。俺は自動車旅行が特に好きだ。それでたまたまことの成りゆきの結果、俺が車に乗れる機会はそうはない。それでただいま俺様は、理想的な自動車旅行日和に幹線道路を走っていて、その体験をまったく楽しめないでいるんだ。

つまりだ、心が歓喜を叫べない状況というのは存在する。過去が考えるのも苦痛で未来がインクみたいに真っ暗だって時、どうやって現在を寿《ことほ》ぎようがある？　横にいるこの男がどれだけ俺に卑劣な仕打ちをしたかについて考えまいとする度に、俺の心は未来に横すべりして、叔母さんとの間にやがて持たれるであろう話し合いのことをくよくよ思い悩むんだった。だからその日がよく晴れた日で俺はただで車に乗せてもらっているって事実は、ほぼ俺の頭からすっぽり抜け落ちていた。

俺たちは気持ちのよい田舎道を走った。空には太陽が輝いていた。小鳥たちは道路脇の茂みの中でさえずっていた。ツーシーターのエンジンは滑《なめ》らかにブンブン言っていた。

それから、かなり突然、俺はエンジンがそんなには滑らかにブンブン言っていないのに気づいた。そいつはノックし始めた。それからシューシューいう音がして、ラジエーターキャップのてっぺんから蒸気がゆっくりと立ち上がり始めたんだ。

ジョーは、ラジエーターに水を入れ忘れたホテルの男に関する所見を一つ二つ述べた。

「あそこのコテージでもらえるんじゃないか」俺は言った。

道の向こうにコテージがあり、沢山の木々の間に一軒だけ建っていた。ジョーは車を止め、降りた。

「俺はここであんたのかばんを見張っているよ」俺は言った。礼儀正しく親切にしないでいる意味はないからな。

「だめだ。俺が持ってく」

「バケツで水を持ってくる時、邪魔になるだろう」

「お前といっしょにかばんを置いてったら、俺はバカに見えやしないか？」

奴が不愉快なまでに普通の信頼を欠いていることと、奴がバカバカしいまでに外聞を気にすること、どっちの方を余計に悲しく思ったのか俺にはわからない。この男は世の中を、何らかの自分の行動が自分をバカに見せるかもしれないっていう眠れぬ恐怖とともに暮らしているように思えた。

それで二分後に奴がしたことくらい、奴をバカに見せることもなかったろう。

コーキー、このコテージと道路の間は鉄の柵で隔てられていて、そこに門があった。このジョーの野郎はこの門を押し開け、前庭に入り込んだ。それで家の角を曲がって裏口ドア方向に回り込もうとした瞬間に、突然犬が勢いよく駆けてきたんだ。

ジョーは立ち止まり、すると犬も立ち止まった。両者はしばらくそこに立っていた。お互いをじっと見つめ合いながらだ。

「ガルルルル！」ジョーは言った。

それで、いいか、この犬には警戒心を惹《ひ》き起こすところなんかまったくなかったんだ。確かにそいつは大ぶりで、かなりぎょろついた目をしていた。だが俺には、こいつは世慣れた俺様なら何も考えずにチッチと舌を鳴らし脇を突っついて挨拶《あいさつ》できる、ただの気のいい雑種犬の仲間に過ぎないってことが一目でわかった。だがジョーは落ち着かない様子に見えた。

犬は一歩近寄った。ジョーの匂いが嗅《か》ぎたかったんだと思う。とはいえ俺だったらその犬に友人として、そんなことをしたって何の益もよろこびもありゃしないぞ言ってやりたかった。

「あ、あっちへ行け！」ジョーは言った。

犬は前ににじり寄った。それから、ためらいがちに吠《ほ》えた。それでジョーは完全に頭がイカレちまったみたいだった。犬をなだめる代わりに、石を拾って投げたんだ。

その犬が住んでる家の庭で、見知らぬ犬にそんなことはしちゃだめだ。

ジョーを救ったのは例のかばんだった。恐怖がどれだけ人を衝き動かせるものかがさ、コーキー、これでわかろうってものだ。俺だって自分がこの目で見たんじゃなかったら信じなかったろう。だがその犬がビジネスライクな調子でジャンプして寄ってくると、見るも愉快なことに、法律家ジョーは振り返って肩越しに門を一目見、このままじゃ間に合わないと決意すると、つんざくような悲鳴を放ち、そして犬めがけておそらく二〇〇ポンド以上の札が入ったかばんを投げつけたんだ。そのかばんは犬の胸の下に当たって脚にからまり、身動きをとれなくした。それで犬がなんとか自由になろうともがいている間に、ジョーは門まで逃げ、後ろ手にそいつをガシャンと閉めたんだ。

そこで初めて、自分はなんてバカな真似をしたのかってことに奴は気がついたようだった。

「なんてこった！」ジョーは言った。

犬はかばんを置いて門のところまでやってきた。奴は柵の間から可能なかぎり鼻を突き出し、サクソフォーンみたいな音を出した。

「やったじゃないか」俺は言った。

コーキー、奴がそうしたのが俺はうれしかった。自分の商才を自慢にしてる男に、こんなにも完璧にバカな行動がとれるのを見て、俺は心からうれしかった。ここにいるこれなる野郎は、その抜け目のなさゆえ皆から賞賛されている——奴と商取引をしたことがない場合に限るとはいえ——のだが、少々の人並みの知性を見せるべき最初の危機で、嘆かわしいことに挫折《ざせつ》してしまった。奴はどうぶつ王国の卑しい成員に作戦勝ちされることを自らに許してしまった。そして俺は奴にまったく同情しない。

しかし俺はそうは言わなかった。人は外交的でなきゃいけない。俺はあの借金の交渉を再会する希望をぜんぶ捨て去ったわけじゃなかったし、軽薄なコメントといったようなものは何であれ、交渉に最悪の結果をもたらすと思っていたんだ。

「俺はどうしたらいい？」いくつかの雑多な発言の後、ジョーは言った。

「叫んだらいい」俺は提案した。

それで奴は叫んだ。だが何も起こらなかった。実を言うと、こういう賭け屋ってものは競馬場で一日過ごした後じゃああんまりいい声が出ない。また奴は落胆というハンデを負っていた。それはそれとして、このコテージの所有者は明らかに畑を鋤《すき》で耕し、大地に種蒔《ま》く人物であり、それでどうやら今はどこかで鋤で耕し種を蒔いているらしい。

ジョーは感情的になり始めていた。

「なんてこった！」奴は言った。その声には涙があった。「結構な話じゃないか！　俺はすでに遅刻してる。それでもし第一レースに間に合うようにサンダウンに着かなきゃ、何百ポンドも俺のポケットからおさらばすることになるんだ」

お前は信用しないだろうが、コーキー、この事態の意味がはじめてわかったのは、この瞬間だった。奴の言葉で完全に新しい思考の道筋が開けたんだ。当然ながら、間抜け連中ってのはあのとおりの連中だから、賭け屋にとっては行き損ねたレースひとつひとつが途轍もない大損になるってことが、いま俺にはわかったんだ。サンダウンには潜在的敗者がひしめき合って、みんなジョーに金を渡そうと待ち構えている。それでもし奴がそこにいなかったら、どういうことになる？　連中はその金を誰かにやらなきゃならない。だから連中は奴の商売敵《がたき》の誰かに、その金を手渡すことだろう。突然明るい光が俺の上でひらめいたみたいに、俺は感じた。

「こうしよう」俺は言った。「もしあんたが俺に五〇ポンド貸してくれるなら、中に入ってあのかばんを取ってきてやろう。俺は犬はこわくないんだ」

奴は答えなかった。奴は俺をちらと見、それからかばんを見た。奴がこの提案を考量しているのがわかった。だがこの瞬間、運は俺の方に向いてなかったんだ。ちょっと飽きが来たんだろう、犬は鼻を鳴らし、家の角をまわって駆け去っちまった。それで犬の姿が消えた瞬間に、いまこそ時来《きた》れりと思ったジョーは、門を抜け、かばんに向かって突進してたんだ。

なあ、コーキー、お前は俺のことがわかってる。俺は機敏だ。臨機の才に富んでいる。道路に木の棒が転がっていて、それで電光石火の早業で俺は飛びついてそいつを握った。俺は張り切って棒で柵をガタガタ鳴らした。そしたら綱の端っこを引っぱったみたいに、なじみの忠犬大佐が戻ってきてくれたんだ。ジョーにとってはすばやく動かなきゃいけない時だったし、奴はすばやく動いた。おそらく三十センチくらいの差だったたか。あるいは二十センチだったかもしれない。

奴はだいぶカッカしていた。それでしばらくの間、あれやらこれやら言っていた。

「五〇ポンドだ」言葉が途切れた時、俺は言った。

奴は俺を見た。それからうなずいた。奴が愛想よくうなずいたとは言わない。だがうなずいたんだ。そして俺は門を開け、中に入った。

犬は吠えながら俺に飛びついてきた。だがこんなのは全部格好だけだって俺にはわかってたから、犬にそう言ってやった。俺は身体をかがめて自分の腹を叩いた。すると犬は前脚を俺の肩に載せて俺の顔をなめた。それから俺は奴の頭をつかんで一、二度横に振った。すると犬は俺の手を口に入れて甘噛《が》みしてきた。それから俺は奴を仰向けにひっくり返して胸をパンチし始めた。そしてこれらの礼儀正しい行為が終了した後、俺は立ち上がってかばんを探した。

そいつは消えていた。人類の汚点、法律家ジョーが柵の外に立ち、赤ん坊をかわいがるみたいにそいつをなで回していた。もちろんあんな男が赤ん坊をかわいがるって言ってるんじゃない。顔をけとばして赤ん坊用の貯金箱を壊して開ける方がずっとありそうだ。だが俺が言いたいのは、奴は俺様が背中を向けてる間に走ってきてかばんを持ち去ったってことだ。

われわれのささやかな取引がおしまいになったという不快な予感がした。だが俺は陽気な顔を装った。

「高額紙幣で頼む」俺は言った。

「へっ?」ジョーの野郎は言った。

「俺の五〇ポンドは大きい札でもらいたい。ポケットの中でかさばらないからな」

「五〇ポンドって何だ？」

「そのかばんを取り返したことでお前が俺に払う五〇ポンドだ」

奴は驚いて口をぽかんと開けた。

「こいつは驚いた！」奴は言った。「結構じゃないか！　かばんを取ってきたのは誰だ？　お前か俺か？」

「俺が犬をなだめたんだ」

「お前が犬と遊んで時間を無駄にしたいなら、それはお前の勝手だ。お前が犬と遊んだからって五〇ポンドやってたら、俺はバカに見えるだろう？　だがそうしたいなら、俺が道を歩いて他のコテージから水をもらってくる間、そいつと遊んでいるがいい」

どす黒い心。コーキー、こうしか言いようがない。この瞬間、このジョーの野郎が奴の魂の中身を覗き込ませてくれたような気がした。それはまるで月のない夜に真っ暗な地下室を覗き込んだみたいだった。

「おい、なあ――」俺は話を始めようとしたが、奴は行ってしまった。

どれほど長い間そこに立っていたものかわからない。だが一生のように思われたが、そんなには長い間じゃあり得ない。なぜってジョーは水を持って帰ってこなかったんだから。そして、奴が別のコテージで別の犬に会って骨の髄まで噛みつかれてるんじゃないかというかすかな希望が、ゆっくりと俺の身体を覆いはじめた。その時、足音が聞こえた。

俺は振り返った。一人の男が近づいてきた。

「ここはあんたのコテージかい？」

そいつは田舎風の風体の男で、顔はひげで覆われ、膝《ひざ》をひもで結んだコールテンのズボンを穿《は》いていた。そいつはやってきて、車を見つめて立っていた。それから奴は俺を見、それからまた車を見た。

「へえ？」奴は言った。ちょっと耳が遠いらしい。

「ここはあんたのコテージかい？」

「んだ」

「水《ウォーター》がもらいたくてここで止まってるんだ」

娘《ドーター》はいないとそいつは言った。そんなことは言ってないと俺は言った。

「水だ！」

「ああ」

「だが誰もいなかった。だから俺の連れは道を下って行ってる」

「ああ」男は言った。

「彼はお宅の犬に脅かされて追い払われたんだ」

「へっ？」

「お宅の犬に脅かされて追い払われた」

「お宅の犬をお買い上げてお支払いだべか？」

「そうだ」

「五シリングで売るべ」

さてと、コーキー、お前は俺のことがわかってる。いつか俺が途轍もない財産をこしらえて人生の夕暮れを裕福に過ごすことになる理由は、俺には機会をつかみ取る奇妙な才覚があるってことだ。そいつはほんのわずかな男にしか与えられていない。お前みたいな普通のマトン頭の男なら――侮辱しようなんて意図はまったくなしに、俺はこの表現を使っている――、間違いなくこの時、声をちょっと上げ、英語の複雑さゆえ、無理もない誤りに至ったのだとこのひげの男に説明したことだろう。

だが俺はそうしたか？　いや、しなかった。なぜなら、奴がそう言った瞬間にアイディアが俺の脳ミソの中で爆弾みたいに爆発したからだ。

「買った！」俺は叫んだ。

「へぇ？」

「ここに五シリングある。口笛を吹いて犬を呼んでくれ」

奴は口笛を吹き、犬は走ってやってきた。そして奴の脇腹をしばらくマッサージした後、俺はそいつを抱き上げて車の中に押し込み、ドアを閉めた。そしてそれから、法律家ジョーがでっかいバケツの水をこぼしながら重たい足取りで道をやってくるのが見えたんだ。

「水がもらえた」奴は言った。

奴は前へ回ってラジエーターキャップを外し、水を注ぎはじめた。と、その時、犬が吠えた。ジョーは顔をあげ、犬を見、バケツを落とした――うれしいことにズボンの上にだ。

「誰があの犬を車に入れた？」奴は言った。

「俺だ。あの犬を買ったんだ」

「じゃあそいつを追い出してくれ」

「だが俺はこの犬を家に連れていきたいんだ」

「俺の車には乗せられない」

「そうか、それじゃあ」俺は言った。「この犬はあんたに売ろう。そしたら好きなようにしてくれ」

奴は我慢ならないという素振りを大量に見せた。

「俺は犬なんか買いたくない」

「俺だってそうだった。あんたが俺をだまくらかして買わせるまではな。それでどうしてあんたが不平を言わなきゃならないかがわからない。この犬は生きてる。あんたが俺に売った犬は死んでたんだ」

「幾らで売りたい？」

「一〇〇ポンドだ」

奴はちょっとよろめいた。「一〇〇ポンド？」

「それで全部だ。誰にも聞かれるなよ。でなきゃ俺はバカだと思われるからな」

奴はしばらくしゃべっていた。

「一五〇ポンドだ」俺は言った。「マーケットは値上がりしてる」

「おい、聞け、聞け、聞くんだ」ジョーの野郎が言った。

「俺がどうするかを話してやる」俺は言った。「これはきっぱりした申し入れだ。一分以内に支払ったら一〇〇ポンド。その後値段は上がる」

コーキー、なあ大将、俺はこれまで色んな連中から色んな額の金を引き出してきた。それでその中には裕福な貯えから陽気に支払う奴もいたし、またいわゆるしかめっ面して金を取り出す奴もいた。だがわが人生において、法律家ジョーみたいな精神で人間同胞が金を払うのを見たのははじめてだった。奴は首の短い男だったが、奴の血圧が彼には高すぎることになりはしまいかって思ったくらいだ。奴はかなりあざやかなえび茶色に変わり、奴の唇は、まるで祈っているかのように震えていた。だが最終的には、奴はかばんに手を突っ込んで、金を数えはじめたんだ。

「ありがとう」俺は言った。「じゃあな、さよなら」

奴は何かを待っているように見えた。

「さよなら」俺はもういっぺん言った。「あんたの気持ちを傷つけたくはないんだが、俺はあんたと道連れでいくのを断らなきゃならない。俺たちは文明の地に近づいてきてるし、いつ何時、俺があんたの車に乗ってるところを友達に見られるかもしれない。そしたら俺の社会的名声は地に落ちる。俺は最寄りの駅まで歩くことにするよ」

「だけど、なんてこった――」

「今度はどうした？」

「あの犬を車から出しちゃくれないのか？」奴は言った。あの犬が奴の意見ではどんな種類の犬であるかを具体的に指摘しつつだ。奴はまた俺自身に関しても中傷めいた発言を二、三つけ加えた。

「俺がか？」俺は言った。「どうして？　俺はあんたにあいつを売っただけだ。この取引における俺の役目は終わった」

「だけど自分の車に乗れないんじゃ、いったいどうやってサンダウンに着けばいいんだ？」

「どうしてサンダウンに着きたい？」

「もし遅れたら、何百ポンドも損することになる」

「ああそうか？」俺は言った。「じゃあもちろん、そこに行く手伝いをしてくれた奴には誰にだって金をどっさりやるってことだな。もしそれだけの手間に値するようなら、俺が手助けをしてやってもいい。車から犬を取り出すのは高度に専門的な仕事だし、俺としては専門家価格を強く要求しなきゃならない。五〇ポンドでどうだ？」

奴はだいぶ不平を言ったが、俺は言葉を遮った。

「やるかやらないかだ」俺は言った。「俺はどっちでもいい」

かくして奴は要求金額を取り出し、俺はドアを開けて犬を降ろした。そしてジョーは一言も言わずに車で走り去った。それでコーキー、以来奴の姿を見たことはない。また見たいとも思わない。あいつはずるい奴だ、コーキー。正直じゃない。避けるべき人物だ。

俺は犬をコテージに連れ帰り、大声でひげの男を呼んだ。

「結局いらなくなった」俺は言った。「こいつは返すよ」

「へぇ？」

「この犬はいらない」

「ああ、そうだべか。でも五シリングは返さんよ」

「神の祝福のあらんことを、陽気な農夫君」俺は言った。和やかに奴のカラー・スタッドの後ろを叩きながらだ。「俺の祝福といっしょに受け取ってくれ。それくらいの金、小鳥に投げてやるさ」

そして奴は「ああ」といって姿を消した。俺は駅が見つかるかどうかぶらぶら歩き出した。俺は歌っていた、コーキー。そうだとも、お前の旧友は田舎道を歩きながらクソいまいましいムネアカヒワみたいにさえずっていたんだ。

翌日俺は質屋に行って必要な現金を渋々支払い、ブローチを取り返し、机の引き出しに押し込んでおいた。

それで翌朝、叔母さんがタクシーで帰宅し、規定運賃を支払った後、燃える双眸《そうぼう》にて俺をにらみつけたんだ。

「スタンリー」叔母さんは言った。

「お続けください、ジュリア叔母さん」俺は言った。

「スタンリー、ヴァイニングさんがお前があの方にあたくしのダイアモンドのブローチをお渡しするのを拒否したって言ってらっしゃったの」

「そのとおりですよ、ジュリア叔母さん。あの人は貴女の事務机の引き出しを壊して開けようとしたがったけど、そんな真似は僕が許さなかったんです」

「なぜかを言いましょうか？」

「なぜなら彼女が鍵をなくしたからですよ」

「あたくしが言ってるのはそのことじゃないの。よくわかっているでしょう。どうしてお前が彼女に机の引き出しを壊して開けさせなかったか、言ってあげましょうか？」

「なぜなら僕は貴女の財産をあまりにも尊重していたからです」

「あらそう？　あたくしはむしろ、そこにブローチがないことをお前が知っていたからだと思うわ」

「わかりませんね」

「その反対にあたくしにはわかったの——ヴァイニングさんの手紙を受け取った瞬間に。すべてわかったの。お前はあのブローチを質に入れたんでしょう、スタンリー！　お前のことならよくよくわかっているのよ」

　俺はすっくりと身を起こした。

「そんなにわかってらっしゃるわけがありませんよ、ジュリア叔母さん」俺はつめたく言った。「僕のことをそんなふうに思ってらっしゃるんでしたらね。この件について言わせていただければ、そういうお疑いは叔母さんにはふさわしくないと思いますよ」

「叔母さんが何にふさわしくなかろうが気にしないで。引き出しを開けなさい」

「壊して開けるんですか？」

「壊して開けなさい」

「火かき棒で？」

「何でもいいから好きなものを使って。とにかく開けなさい。あたくしの目の前で」

　俺は叔母さんを不遜《ふそん》な目で見つめた。

「ジュリア叔母さん」俺は言った。「はっきりさせましょう。貴女はこの僕に、火かき棒か何か鈍器を使って、その引き出しを壊して欲しいとおっしゃるんですね」

「そうよ」

「よく考えてください」

「必要なことはぜんぶ考えてきました」

「じゃあそうしましょう！」俺は言った。

そういうわけで俺は火かき棒を取り出し、この世に木工業が始まってから世の中の引き出し机がこんなにも襲われたことはないみたいなやり方で、その机に襲いかかった。そしてそこ、残骸《ざんがい》の中にきらめいていたのは、件《くだん》のブローチだった。

「ジュリア叔母さん」俺は言った。「ちょっぴりの信頼、ちょっぴりの信用、ちょっぴりの信義があったら、こんなことは避けられたんですよ」

彼女は盛大に息を詰まらせた。

「スタンリー」とうとう叔母さんは言った。「あたくしが間違っていたわ」

「そうですとも」

「ご、ごめんなさい」

「しょうがないですよ、ジュリア叔母さん」俺は言った。

それで俺はこの機会を利用して、この女性が鉄の踵《かかと》の下で踏みつけにされて謝罪まみれのどろどろになるまで叩きつぶした。それでコーキー、叔母さんはいまだそのままの状態でいる。いつまで持つかはわからないが、それでも今のところ俺様は青い目の少年で、どんな気まぐれだって、ちょっとつぶやくだけで叔母さんは二メートル跳び上がってかなえてくれる。だから今晩お前をディナーに呼びたいって頼んだ時、叔母さんはほぼにっこり笑った。じゃあ大将、図書室に行って葉巻を吸って無駄話をするとしよう。ピカディリーの店から送らせた特別の品なんだ。

ユークリッジ、アンティーク家具を売る

身なりがよく明らかに裕福であるという以外は、ピカディリーを歩く僕の一、二メートル先をゆく男はスタンリー・ファンショー・ユークリッジそっくりに見えた。それで僕はこの不可解な類似について思いに耽《ふけ》り、この小さな世界にもしあいつが二人いたらどんなことになるかなあ、と、何とはなしに考えていたのだ。と、その男はタバコ屋のウインドウをのぞき込もうと足を止め、それでやっぱりユークリッジだとわかったのだった。かの打ちのめされたる憤怒《ふんぬ》の人と会うのはもう何カ月ぶりだし、僕の守護天使は、ここにいるのを知られたら五シリング、あるいは十シリング借り倒されるぞ、とささやいてくれたのだが、僕は彼の肩をポンと叩いた。

いつもユークリッジの肩をポンと叩くと、彼は少なくとも空中十五センチはジャンプする。良心のやましさゆえ、最悪の事態が起こり、わが罪がわが許《もと》に達したと感じるのだろう。だが今、彼はただにっこりほほ笑んだだけだった。まるで僕が彼の肩を叩いたのがうれしいとでもいうみたいにだ。

「コーキー、大将！」彼は叫んだ。「まさしくお前に会いたかったんだ。俺がここでライターを買ってる間、中で待っててくれ。そしたら昼食をいっしょに食べてくれなきゃいけない。それで昼食って言葉で、俺様はお前が普段慣れ親しんでるようなコーヒー一杯とロールパンとバターのことを

言ってるんじゃなくって、何かもっとバビロンの大饗宴《きょうえん》みたいなもののことを言ってるんだ」

僕たちはその店に入り、彼は金の詰まった財布からライター代を支払った。

「それじゃあさてと」彼は言った。「いま言ってた昼食にしよう。リッツが便利だな」

野暮な真似かもしれないが、しかし二人して席に着き、彼がどっさり注文し終えたところで、僕は彼の富裕さの謎《なぞ》を探りはじめた。また叔母《おば》さん――金持ちの小説家ジュリア・ユークリッジだ――と一緒に住みはじめたのかとも思い、そうかと訊《き》いたが、彼はちがうと言った。

「じゃあその金はどこから手に入れたんだ？」

「正直な仕事からだとも、相棒というか、始めた時は正直な仕事だと思ってたんだ。給料はよかった。諸経費別で週一〇ポンドだ。つまりもちろんパーシーが光熱費は払ってくれるからな。ぜんぶ純益だ」

「パーシーって誰だ？」

「俺の雇い主だ。それで奴が俺に任せてくれた仕事は、アンティークの家具販売だった。すべては俺の叔母さんの執事のスタウトとパブで会ったことから始まった。それで人生を始めたばかりのすべての若者に俺が伝えたいアドバイスは、つねにパブに向かえ、だ。なぜってそこで誰かお前のためになることをしてくれる奴に会えるかも知れないんだからな。その店に入ってしばらくの間、俺はバーメイドのフロッシーに向かい、持てる雄弁と説得力のかぎりを尽くして代金をツケにしてくれるよう説得していた。当時の俺の財政状態はかなり低調だったんだ。容易なことじゃあなかった。俺は全力でがんばらないといけなかった。だがとうとう俺は勝利を収め、なみなみと注がれたグラスを持って席に戻った。と、俺に声をかけてくる奴があって、ちょっと驚いたんだが、そいつはジュリア叔母さんの家の執事だったんだな」

「ハロー」俺は言った。「どうして執事稼業をしてないいんだい?」

どうやら奴はもう叔母さんのところでは働いてないらしかった。ジュリア叔母さんが奴をクビにしたんだ。俺は驚かなかった。なぜなら叔母さんは名うてのクビ斬り人だからだ。叔母さんが俺を追い出したのが一度や二度じゃないのは憶えてるだろ? それで俺はただ「残念だったな」とか何かそんなようなことを言い、あれやらこれやらおしゃべりした。奴は俺に、今どこに住んでいるかと訊き、俺は住所を教え、それで十五分ほど楽しく過ごしてから別れた。俺は外務省までジョージ・タッパーに何ポンドか借りにぼちぼちでかけて行くところで、また幸運にもそれには成功したんだ。たまたま運のいいことに、あいつの機嫌が良かったんだな。時々タッピーに小額の金を貸してもらいに行くと、ヴェールをした謎の女が奴の機密文書をくすね盗ったせいで、途轍《とてつ》もなく動揺してる時があって、そういう時は人の言うことどおりにさせようとしたって難しいんだ。

手持ち資金が増えたことで、俺は家主の女性に負ってるわずかばかりの借金を返還できる立場に立った。だから彼女がその晩俺のところを覗《のぞ》きに来て、俺はというとパイプを吹かしながら座ってなんとかもうちょっと活動資金を蓄積できないものかなあと願っていた時、俺は身震いしないで彼女の目を見ることができたんだ。

だが彼女は財政問題の話をしに来たんじゃなかった。彼女は貴方に会いたいとおっしゃる紳士がおいでですと言った。それで告白するが、そう聞いて俺は躊躇《ちゅうちょ》した。現在の世界的な資金不足――近ごろは俺たちみんなに影響している――のせいで、俺には滞らせている支払いが一つ二つある。だからそいつが俺の会いたくない債権者だとしたっておかしくなかったんだ。

「どんな男だった?」俺は訊いた。すると彼女はその人の声はしゃがれていると言い、それじゃあ何にもわからない。それで彼女が俺は在宅中だと言ってあると付け加えた時、その人に上がってもらってくださいと俺は言ったんだ。そしてしばらくするとスタウトの兄弟みたいな男がやってきた。

それもそのはずで、なぜって本当にそうだったんだからな。

「こんばんは」奴は言った。それで名前は何とかいったなんとか夫人が、なんで奴の声をしゃがれていると言ったかがわかった。しゃがれてくぐもった声だった。喉頭炎《いんとうえん》か何かだろうと、俺は思った。

「スタウトと申します」奴は言った。「兄のホーレスをご存じと存じます」

「なんてこった！」俺は言った。「奴の名前はホーレスっていうのか？」

「そのとおり。そして私の名はパーシーです」

「あんたも執事なのか？」

「大衆席賭《か》け屋です。と申しますか、そうでした」

「引退したのか？」

「当面の間はです。オッズを叫び続けて声をつぶしてしまいましてね。それでこちらに伺ったわけです」

　そいつの話というのがまた妙な話だった。奴の顧客の一人が債務を積もりに積もらせたらしくて――賭け屋が俺にそうさせてくれたらいいのになって、俺はつねづね願ってる――パーシーにかなり高額の借金をすることになったらしい。それでとうとう大量のアンティーク家具を借金のかたに譲り渡すってことで話は決着した。そんなものパーシーには何の価値もないから、奴としては相応の価格で売り払いたい。それで相応の価格で売り払うためには、奴のためにそいつを売ってくれる説得力ある雄弁な人物の援助を得る必要がある――口達者な人物、って言い方を奴はしてたな。気管支の具合が悪くなっちゃったから、もちろん自分じゃあできない。それで奴の兄貴のホーレスが、活動中の俺を見て、これ以上探す必要はなしって確信したんだ。ホーレスの言うことには、フロッシーからマイルド・アンド・ビター二パイントをツケで買える人物こそパーシーが求めている人物だ。奴はフロッシーがどんな情熱的な嘆願にもびくともしない鋼鉄の女の子だってことを知ってるし、もし自分の耳で聞いたんじゃなかったら、そんな真似が可能だなんて信じやしなかったたって言っていた。

そういうわけで、どうかとパーシーは訊いてきた。

いや、俺のことはわかってるだろう、コーキー。まず第一に、分別ある実利の人だ。俺にはどういう利益があるのかと訊くと、歩合で支払うと奴は言った。俺は給料でもらった方がいいと言い、奴が週給五ポンドで賄い付き住居込みと提案した時、俺としてはぴょんぴょんよろこんで応じそうになるのを、なんとか我慢しなきゃならなかったくらいだ。なぜって、言った通り、俺の財政的立場はよろしくなかったんだからな。だが俺はがんばって高慢げに冷笑しつづけ、最終的には一〇ポンドもらう約束になった。

「賄い付き住居込みと言ったが」俺は言った。「俺はどこで賄い付きで暮らすんだ？」

それこそこの仕事の一番魅力的な部分なのだと奴は言った。奴は帝都に店舗を構えるのではなく、ケントにあるハニーサックル、薔薇《ばら》、その他完備のコテージに商品を陳列しようと計画していたんだ。奴の思考の道筋は理解できる。自家用車で旅行する連中が群れなして行ったり来たりするだろうし、おそらくそのうちの幾人かは〈アンティーク家具販売、真正品保証〉って看板が正面ゲートにあるのを見たら、車を止めて買ってくれることだろう。俺のジュリア叔母さんは古い家具マニアだが、道ばたのそういう店でお宝をよく掘り出してきてるのを俺は知っている。この話はお買い得だって俺には思えたし、奴もそう思うと言った。なぜってつまりさ、コーキー、俺もお前も普通のアンティーク家具なんかといっしょにドブで死んでるところを見つけられたら死ぬほどいやだが、世の中にはああいうものをありがたがる間抜け連中が山ほどいるんだ――蓼食《たで》う者も好きずきってことだ。これはいい商売になるぞと俺は心の中で言った。俺は奴の背中をぱしんと叩いた。奴も俺の背中をぱしんと叩いた。俺は奴と握手した。奴も俺と握手した。それで——全部を友愛の会食みたいにしたことに——奴は俺に前金で五ポンドよこしたんだ。それで翌日の午後、俺はさっそくタ一ンブリッジ・ウェルズ近郊ローズマリー・コテージにやる気満々で駆けつけたわけだ。

俺の薔薇色の期待は実現した。混じりけなしの快適さという点で、陽気な独身世帯にかなうものはない。無論女性にはそれなりの美点はある。だが人生を善く生きようと思ったら、連中をうちに置いちゃだめだ。連中はのべつ靴を磨けとか、シャツ姿でメシを食うなとか言い続ける。ローズマリー・コテージじゃあ、そういう制約に邪魔されることはない。要するに、自由の館ってことだ。

俺たちは幸福な小さな共同体だった。パーシーは競馬場で長年蓄えた面白話をたくさん持っていたし、ホーレスは話し手としてはそれほど有能じゃあなかったが、ハーモニカを達者に演奏した。執事にそんな真似ができるなんて俺は思いもしなかった。われわれのグループのもう一人のメンバーはアーブって名前の頑丈な人物で、いわゆるボディーガードっていう資格でパーシーにくっついていた。この言葉になじみがないようなら言っておくと、もしお前がプロンプトンの二時のレースでパーシーに五ポンド借りをつくってすぐに支払わなかったら、お前の首の後ろにはアーブが立ってるってことだ。奴は話しかけられるまで口をきかない強靭《きょうじん》で寡黙な男って奴で、だからめったにしゃべらないんだが、幸運なことにブリッジがまあまあできたんだ。だから夕食の後は四人でやった。アーブは料理担当副社長で、奴がこしらえてくれたポークチョップ以上のものがあるとは思わない。口の中でとろけるんだ。

そうだ。そいつは牧歌的な生活だったし、俺たちは心ゆくまでそれを楽しんだ。唯一影を落としていたのは、商売がもうちょっと繁盛してもよかったっていう事実だ。俺は恐ろしいシロモノを二、三売りはした。だが有望そうな客を二回逃したし、それで不安な気分になったんだ。俺はパーシーに、商売を俺に任せたのは間違いだったって思われたくなかった。週一〇ポンドなんて途轍もない金額がかかっている時、俺には何かしら迅速に考える義務がある。それで間もなく俺は問題の所在を見つけたんだ。つまり、俺のしゃべりにはプロフェッショナルな響きが欠けていたんだな。

古い家具を買う時がどんなもんかはわかるだろう。お前は売り手に、自分にとっては何にも意味しないが、だけどそこにあるべきだって考える深遠な事柄をどっさりひけらかしてもらいたいと思う。車を買うときとおんなじだ。スプリングとカムシャフトと速度ギアとスプロケットについてヨタ話をどっさり聞かされないことには、こいつはペテンだと思ってもういっぺんよく考えて出直してきますってお前は言うんだ。

そして幸運にも、俺は難なくこの技術的欠陥を矯正できる立場にいた。ジュリア叔母さんは古い家具に関する本を何棚分も持ってたから、そいつを借りて泥縄で詰め込めばもっともらしい話がでっちあげられる。それで翌朝、俺はやる気満々、勝利への意志に満ち満ちて、ウィンブルドンコモンの〈シーダーズ〉へと向かったんだ。

到着したところでホーレスの後継者に、奥様は悪い風邪をお引きでベッドでおやすみでいらっしゃいますと告げられ、俺は悲嘆に暮れた。だが奴は俺の名前を取り次いでくれて、それで戻ってくると五分間だけお目にかかれるそうですと言った——それ以上は医者が来るからだめなんだそうだ。それで俺は上がって、叔母さんがユーカリ油を鼻から吸い込んでどっさりくしゃみをして、明らかに気の毒な状態でいるのに会った。だがこの受難によって彼女の士気が阻喪されることはなかった。なぜって俺に向かって最初に言ったのが、俺には一ペニーもやらないってことだったんだからな。オルモル時計の件をまだ根に持ってるって知って俺は悲しかった。オルモル時計とは何かだって？ああ、あの時ちょっと資本が必要だったんで、空いてる部屋から俺がくすね盗《と》ったやつだ。まさかなくなってるのに気づくだなんて思いもしなかった。俺が金をせびりにやってきたんだって誤解をあわてて俺は解き、それで会話を台なしにしかねなかった緊張は緩和したんだった。

「とはいえ別のものを借りにきたんですよ、ジュリア叔母さん」俺は言った。「よろしければアンティーク家具に関するご本を何冊か貸していただけませんか？　すぐ返しますから」

叔母さんは疑わしげにくしゃみをした。

「質入れしようっていうんでしょ」彼女は言った。「いつからアンティーク家具に興味を持ちだしたの？」

「販売をやってるんです」

「お前が販売してるですって？」スイスの山脈のこだまみたいに彼女は叫んだ。「店で働いてるってこと？」

「必ずしも店じゃないんですが。ターンブリッジ・ウェルズからそんなに遠くない道路脇のコテージ——正確に言うとローズマリー・コテージですが——で、商売をしています。自動車旅行中の客を捕まえるんです。販売役は僕で、今のところまあうまくやってるんですが、自分の仕事ぶりに完全には満足してないんです。もっと技術的なことを知る必要があるなって感じていて、それで昨日の晩、叔母さんの本を何冊か読んだら、僕のセールストークはもっと説得力のあるものになるんじゃないかって思ったんですよ。だからもし書斎から何冊か選ぶご許可をいただけたら——」

叔母さんはもういっぺんくしゃみをした。だが今度はもっと友好的なやつだ。お前が本当に真っ当な仕事をするつもりなら、よろこんで手伝いますよと言って、それからずいぶんと悪趣味だと俺は思ったんだが、そろそろいいかげんぶらぶらして人生を浪費するのはやめる頃合いだと付け加えた。むろん俺は叔母さんに、富と権力を俺にもたらすであろうどでかい計画のことを自分が考えてない時は一日一瞬たりともない、いや、おそらくパブでマイルド・アンド・ビターを飲んでくつろいでるとき以外はだが、って言ったってよかった。だが、悪い風邪を引いて苦しんでいる女性と議論するのは人道に反するように思えたんだ。

「明日、具合がよくなったら」彼女は言った。「あたくしが行ってお前のところの在庫を見てあげましょう」

「本当ですか？　よかった」

「あるいは明後日かもしれないわ。だけどお前がアンティーク家具を売るなんて、なんて偶然かしら。なぜなら――」

「思いがけなくスタウトに出会ったからなんですよ」

「スタウトですって？　うちの執事だった？」

「お宅の元執事です。彼に聞いたところでは叔母さんにクビにされたって」

叔母さんはむっつりとくしゃみをした。

「クビにしましたとも。何があったか話をさせてちょうだい」

「いえ、僕に何があったか話させてください」俺は言い、そしてホーレスと会ったいきさつを語った。賢明にもパブのところはミルクバーに変えといたがな。「僕は隣の席にいた人物と言い争いになったんです」俺はこう締めくくった。「それで僕の雄弁が彼に感銘を与えたもので、ローズマリー・コテージに来て、このアンティーク家具を売ってくれって僕に頼んできたんです。彼には弟がいて、最近たくさんそういうものを入手したんですね」

「なんですって！」

叔母さんはベッドに半身を起こした。涙目ではあったものの、彼女の目はいつもながらの炎にきらめいていた。明らかに何か重要なことを言おうとしているようだったんだが、言う前にドアが開き、医者が姿を現した。それで二人きりにしたほうがいいだろうと思って、俺はその場を失礼して本を手に入れ、偉大なる広大な地平へととっとと出ていったんだ。

道の突き当たりには電話ボックスがあった。それで俺はそこに行ってパーシーに電話した。こういう長距離通話には金がかかるが、幾らかかろうといい報《しら》せは遅滞なく伝えてやるべきだと俺は思ったんだ。

「たった今叔母さんに会ってきた」俺は言った。

「ああ？」奴は言った。

「悪い風邪を引いてるんだ」俺は言った。

「ああ」奴は言った。俺は奴の声によろこびの響きを感じとったような気がした。善人をクビにしてまわる件については今後もっと注意深くあるべしと教えてくれる厳しい教訓を彼女にお与えくださったことに対し、天に感謝しているみたいにだ。

「だが叔母さんは、明日になったらよくなるだろうって思ってる」俺は言った。「それでくしゃみが止まって平熱に戻った瞬間に、叔母さんはうちの在庫を見にやって来るって言うんだ。これが何を意味するかは言うまでもないだろう。叔母さんが自分の小説の次にこの世で一番愛するものは古い家具だ。ねこにマタタビみたいなものなんだ。誰も居心地よく座れないような椅子を目の前にして、そいつがチッペンデールだったとしたら、と、この名で正しければだが、値段は天井なしなんだ。叔母さんはうちの在庫を全部買い尽くしそうだし、それぞれに王子様の身代金くらい支払ってくれるだろう。俺は彼女の買い物につき合ったことがあるし、酔いどれ水夫みたいに現金を放り投げてる様をこの目で見てきてるんだ。もちろんお前の考えてることはわかる。叔母さんとの間にあったことを思えば、再び相まみえるのは苦痛だろう。だが男らしく歯を食いしばってじっと耐えるべき時だ。俺たちはみんなショーのためにがんばってるんだ。だから……ハロー？　ハロー？　もしもし、そこにいるのか？」

いなかったんだ。奴は電話を切っていた。謎だ、と俺は思った。また俺みたいに歓喜の賛歌を期待していた者にとっては、実に落胆させられることではあった。しかし執事の不可思議な行動を心配するにはあまりにも俺は血気盛んになっていたから、またこの状況では何かしら祝賀的性質の事柄が求められると思ったから、俺は外務省に行ってジョージ・タッパーに二ポンド返し、奴を昼食に誘ったんだ。

そいつはあんまり活気あふれる昼食じゃあなかった。なぜならタッピーはほとんど一言もしゃべらなかったからだ。奴は当惑しているように見えた。前に少額の借金を返した男に同じ症状が出たのを見たことがある。連中は一種茫然《ぼうぜん》とした顔をするんだ。まるで何か偉大なるスピリチュアルな体験を通り過ぎてきたかのようにだ。変だ。だが無口なタッピーくらいじゃあ俺の陽気な気分は挫《くじ》かれなかった。だから一、二時間後にローズマリー・コテージの敷居を跨《また》いだ時、俺は絶好調の気分でいた。

「ヤッホー！」俺は叫んだ。「ただいま」

俺は歓迎の叫びを期待していた——もちろんアーブからじゃあないが、でもホーレスとパーシーからは確実にだ。だがその代わりに、完全なる沈黙が辺りを支配していた。みんなして散歩に行ったのかもしれない。しかしそんなのはありそうもない。なぜってパーシーは時々ちょっとした運動を楽しんでいたが、ホーレスとアーブはここに来てから一度たりとも外に足を踏み出してないからだ。それでそこに立ってそのことで困惑している間に、テーブルひとつを除いて——パイ皮風の小型丸テーブルとそいつは呼ばれてた——家具がぜんぶなくなっていることに俺は気がついた。こう言ってかまわないが、コーキー、このことは俺をまごつかせた。どういう訳《わけ》かわからなかった。それで俺がまだ何にもわからないでいたその時、自分は一人じゃないぞって感覚がして、振り向いてみたら、お仲間がいるのに気がついたんだ。俺の横には、警官が立っていた。

そういう光景が俺を骨の髄まで震え上がらせた時もあったってことを、お前に隠し立てしようとは思わない。なぜって警察ってものがいったん現れたらどういうことになるか知れないんだし、そこで俺がひるみもせず、陽気に「こんばんは、おまわりさん」と挨拶《あいさつ》したってところから、俺の良心がどれほど水晶のごとく澄みわたっていたかがわかろうってもんじゃないか。

「こんばんは」彼は丁重に返事をした。「こちらはローズマリー・コテージでありますか？」

「まさしくそうです。何かご用ですか？」

「本官はジュリア・ユークリッジ様のご依頼でこちらに伺ったものであります」

ジュリア叔母さんが警察と付き合いがあるなんておかしなことだと思った。だが叔母さんって奴は途轍もなくおかしなことをするので悪名高いものだし、だから俺は礼儀正しい「ああ、そうですか？」と共に、その情報を受け取り、彼女は自分とは血の縁にてつながるものであると付け加えた。実は僕の死んだ父の妹なんです、と。それで彼は「そうでありますか？」と言い、世界は狭いとの見解を表明した。それで俺もその心情には同意見であると述べた。

「叔母さんはここに僕に会いにくると言っていたんですよ」俺は言った。

「そう本官も理解しております。しかしご本人では来られないため、目録を持たせたメイドを送ってよこされたのです。彼女は悪い風邪を引いていまして」

「きっと叔母からうつされたんでしょう」

「はて？」

「そのメイドは悪い風邪を引いたとおっしゃいませんでしたか」

「いいえ、ちがいます。ユークリッジ様が悪い風邪を引いておいでなのです」

「ああ、それではっきりした。どうして叔母はメイドをこっちによこしたんですか？」

「盗難品の目録をわれわれに渡すためであります」

お前がどうかは知らないが、コーキー、他人様が俺の前で盗難品の話を始めた瞬間に、俺は落ち着かない気持ちになるんだ。俺様の脊髄《せきずい》に少なからぬ鳥肌が走り、俺はその警官を見つめた。

「盗難品ですって?」

「大量の高価な家具であります。アンティークと呼ばれるものであります」

「なんてこった!」

「さようであります。それらは貴方《あなた》の叔母上の所有物でした。留守中にウィンブルドンコモンの邸宅から持ちだされたのであります。ユークリッジ様によると、あの方は作家の集まる大会にご出席されるためブリュッセルに行かれ——あの方は作家でいらっしゃるのですね——その間、執事に家の管理をまかせたのであります。帰宅してみると高価なアンティーク家具がなくなっていたのでした。聞き質《ただ》したところ、執事は午後休暇をもらってドッグレースにでかけて戻ってきたら家具が盗み取られていたもので、このことで自分より驚いた者はない、と供述したものであります。もちろん同人は解雇されましたが、それでもユークリッジ様の被害は回復しないのであります。ミルクがこぼれた後で、納屋の扉に鍵を掛けるようなものだとおっしゃられるかもしれません。そのまま今朝まで事態に進展なしでありました。しかし、今朝、情報を得て、あの方は盗まれた家具はこのローズマリー・コテージにあるのではないかと疑うに至り、地元警察に連絡し、そこからわれわれに連絡が来たわけであります。あの方は、ご承解のとおり、執事がやったとお考えであります。つまり共犯者と協力してであります。また共犯者二人は盗難品を持って、おそらく大型トラックで逃走したのであります」

コーキー、パブで政治について議論してる時に、突然鼻をぶん殴られたことはあるかって一度前に訊いたことがあると思うんだが、俺の記憶が正しけりゃ、その時の返事は否定形だった。だが俺はそういうことが二回あって、二回とも気が遠くなって茫然自失したのを憶えてる。借りていた二ポンドを返して昼食をおごってやった時のジョージ・タッパーみたいにだ。屋根が落っこちてきて俺の頭のてっぺんに着地したような錯覚は途轍もなく強烈だった。恐怖の表情で警官を見つめながら、俺は二人の警官を見てるみたいな気分だった。それでどっちもシミー〔一九二〇年代にイギリスで流行したダンス〕を踊ってるんだ。

　警官の言葉で俺の目からはウロコが落ちたから、俺はホーレスとパーシーをもはや愉快な商売仲間としてでなく、連中のありのままの姿、つまり執事の服を着たオオカミと理非善悪を弁《わきま》えない賭け屋として見るようになった。ああそうだ。お前の言うとおり、俺だって時には状況のなりゆきのせいで叔母さんから時計みたいなちっちゃいものを時々くすね盗ることを余儀なくされることはある。だが時計を失敬することと家一杯の各種アンティーク家具を持って逃げることの間には、きっぱりした一線が引かれてるんだ。間違いなく連中はこの警官が言ったとおりのことをしたんだろうし、そいつはバカみたいに簡単だったに違いないんだ。どうしようもない。ちがう、コーキー、間違ってる。自分でこいつを思いついてたらよかったなんて、俺は思っちゃいない。俺はそんな行為ははねつけてたはずだ。ブツにはぜんぶ保険がかかっていて、叔母さんだってあんな物なしでいた方がよっぽどしあわせだってことはわかっているけど、それでもだ。

「問題は」その警官はつづけて言った。「ここにまったくアンティーク家具がないことなのであります。あそこにテーブルがありますが、目録には載っていない。またここにアンティーク家具があったなら、貴方も気づかれたはずでありましょう。本官は間違った場所に呼び出されてしまったものと思われます」彼は言った。そして骨折り損であったという遺憾の言明とともに、自転車に乗って走り去ってしまった。

　俺は一人きりになり、それで容易に想像されるように、頭の中は大いに混乱していた。それで俺の目の下に隈《くま》をこしらえていたのは、見かけ倒しの賭け屋にたぶらかされて贓物《ぞうぶつ》の家具を売りさばかされ、共犯とか共同正犯とか呼び名は何であれそういうものとして峻厳な刑罰に服するべき立場に追いやられてしまったという発見であったと、おそらくお前は思ってることだろう。だがちがった。それでも十分悪い。だがそれよりもっと悪いのは、俺の雇用主が俺の六週分の賃金を未払いのままとんずらしたってわかったことだ。わかるだろう。あの紳士協定を結んだ時、もし俺がよければ毎週末に支払うよりも、契約期間の終わりにどっさりまとめて支払いたいって奴は言ったんだ。もちろん俺がバカだった。このことはどんなにしっかり頭に刻み込んでおいてもらったって、しっかり過ぎるってことがないんだ。いいかコーキー、誰かが金を払うって言ってきたら、即座につかんでいつか後になって支払うとかって提案には一切合意しちゃだめだ。そうしてのみ、確実に金をポッケに入れられるんだからな。

そういうわけで、言ったとおり、俺は苦杯を喫しつつそこに立っていた。すると表の道に車が止まって、庭の小径《こみち》を男がやってきたんだ。

そいつは灰色の髪で背の高い男で唇に奇妙なねじれがあった。まるでたった今いたんだカキを呑《の》み込んだところで、呑み込まなきゃよかったと思ってるみたいな具合にだ。

「アンティーク家具の広告を見たんだが」そいつは言った。「どこに置いているのかな?」

俺は全部なくなってしまいましたと言おうとしたところだったんだが、その時そいつがパイ皮テーブルに目を留めた。

「こいつはいい物だなあ」そいつは言った。そしてそう言う奴の目に、俺はジュリア叔母さんが店にいる時にかくもしばしばその目の中に認める、まごうかたなきアンティーク家具コレクターのきらめきを見てとったんだ。俺は髪の先から靴底まで震えた。

コーキー、お前は俺の電光石火の脳ミソの働きと臨機応変の才についてよく論評する……いや、もしお前じゃなけりゃ、他の誰かだ……それでその時ほど俺がすばやく考えたことはなかったんじゃないかと思う。目のくらむような閃光《せんこう》とともに、パーシーのパイ皮テーブルを売ればあいつの踏み倒した給料を受け取ることができるし、それで沈んでた分はチャラになるってことが俺にはわかったんだ。

「もちろんいい物でございますとも」俺は言い、そしてそいつ相手に一仕事開始した。俺は霊感を受けでもしたみたいだった。フロッシーに信用貸しは商取引の活力源だと言って嘆願した時ですら、これほどの説得力をもって話せたとは思わない。黄金の言葉がただただ湧《わ》き出てきた。それでそいつが心動かされているのが俺にはわかった。そいつが小切手帳を取り出して六〇ポンドの小切手を書くまでは、ほんの一瞬に思われた。

「あて名は誰にいたしますかな？」そいつは訊《たず》ね、俺はS・F・ユークリッジと言った。そいつはそう書き、テーブルの送り先を言った――ロンドンのメイフェア地区のどこかだった――そして友好的にわれわれは別れたんだ。

それでそいつが出ていって十分もしないうちに、なんと他ならぬパーシーが現れた。そうだ、パーシーご本人だ。会えるとはよもや思わなかった人物だ。奴の見た目を話してあったかどうかわからないが、奴の全般的な見た目はひげをきれいに剃り落したサンタクロースだ。それで今、奴はこれまで以上にサンタクロースみたいに見えていた。善意とジョア・ド・ヴィーヴルというか生きるよろこびに溢《あふ》れかえっている。大レースでどっさり賭け金を背負った一番人気馬がフェンスに蹄《ひづめ》をぶつけていいとこなしでゴールしたとしても、こんなに楽しげにはなれなかったことだろう。

「ハロー、うぬぼれ屋」奴は言った。「帰ってきたのか」

ポリ公氏から話を聞いた後だから、俺がただちに奴の犯罪行為を非難して、良心を取り戻せ改心せよと責め立てたと思うだろう。だが俺はそうはしなかった――ひとつの理由は、賭け屋の良心を引っぱりだそうとしたところでしょうがないからだが、主な理由は俺たちの財政問題を健全化するために時間を無駄にしたくなかったからだ。重要なことから先に済ませろがいつだって俺のモットーだからな。

「お前か！」俺は言った。「とんずらしたかと思った」

心深く傷ついた賭け屋ってものを、お前は見たことがあるか？　俺もそれまでなかった。奴はそれを大げさに受けとめた。俺の叔母さんが小説の中で使うのが好きな表現があるんだが、ヒーローが主人公の女性に何か間違ったことを言って、彼女がひどく腹を立てるって時に使うんだ。「彼女は――」何だっけ？「憤慨し、プンと怒った」それだ。パーシーは憤慨し、プンと怒った。

「誰が、俺がか？」奴は言った。「あんたに給料を払わずにか？　俺様を何だと思ってる――不正直者だと？」

俺は謝罪した。帰ってきて奴がいなくなって家具がぜんぶなくなっているのを見て、当然そう思い込んだと俺は言った。

「ふん、あんたの叔母さんが到着する前にブツを片づけなきゃならなかったんだ、そうだろ？　いくら払えばいい？　六〇ポンドか？　さてと、これでよし、と」ゾウみたいな大きさの財布から金を取り出しながら、奴は言った。「そこにある、そいつは何だ？」

それでなんてこったただ。奴にまた会えた感動のあまり、唇のねじくれた男の小切手のことを俺はすっかり忘れてたんだった。俺はあわてて万年筆でそいつに裏書きし、奴に手渡した。奴はいささか驚いた目で、そいつを見た。

「これは何だ？」

俺は得意げなにやにや笑いを浮かべていたかもしれない。なぜってセールスマンとしての最近の勝利を、俺は少なからず得意に思っていたからだ。

「たった今、車で来た男にパイ皮テーブルを売ったんだ」

「やるじゃないか」パーシーは言った。「あんたを販売担当副社長にした俺の目は狂ってなかった。

あのテーブルは何カ月も売れずに抱えてたんだ。不良債権のかたに取り上げたんだったが。いくらで売った？」奴は小切手を見た。「六〇ポンド？　素晴らしい。俺は四〇ポンドでしか売れなかった」

「へっ？」

「今朝売った相手からさ」

「あんたは今朝、誰かにこれを売ったのか？」

「そのとおり」

「じゃあどっちに送るんだ？」

「もちろんあんたの客の方さ。多く支払ったからな。正直にやらなきゃならない」

「それじゃああんたの客に、金を返すのか？」

「バカ言うな」パーシーは言った。「それでまだ俺を非難して言いたいことはあったんだろうが、その時別の客が入ってきたんだ。やせて貧弱な、メガネをかけた、教授か何かに見えるような男だ。

「アンティーク家具の広告を見たんじゃが」そいつは言った。「見せていただけんかな……ああ」テーブルを見つけると、そいつは言った。長いこと鼻を押しつけて逆さまにしたり、一、二度匂いでも嗅《か》いでるみたいに見えた。

「美しい」そいつは言った。「見事な作品じゃ」

「八〇ポンドでお買い上げいただけますよ」パーシーが言った。

その教授風の男はいわゆるやさしげな笑みをやった。

「残念ながらそれだけの値打ちはない。わしがこれを美しく見事だと言った時、わしはタンシーの職人芸のことを言っておった。アイク・タンシー、おそらく現代最高の古家具偽造師じゃ。一目見て、これが彼の中期作品だとわかった」

パーシーは泡を吹いた。

「こいつは偽物だとおっしゃるんで？　だが俺はこいつを――」

「貴君が何と言われようと、その情報提供者は誤っていたのじゃ。それで付け加えさせていただくと、今後真正アンティークと広告して偽造品を売る方針をお続けになられるなら、不快なかたちで法に抵触することになりますぞ。門のところの看板は取り外されるが賢明じゃな。しからばさらば、紳士諸君。ごきげんよう」

そいつは背後に、いわゆる硬直した沈黙というやつを残して、去っていった。そしてその沈黙は、パーシーの「ちぇっ！」と言う声によって破られたんだ。

「これは考えなきゃいけない」奴は言った。「俺たちはそのテーブルを売った」

「ああ」

「二回もだ」

「ああ」

「そして対価を受け取ってる」

「ああ」

「だがそいつは偽物だ」

「ああ」

「だが俺たちは本物だと言って売った」

「ああ」

「そしてそれは法に違反する」

「ああ」

「パブに行ってその件について話し合った方がいいようだな」

「ああ」

「先に歩いててくれ。台所でやっておきたいことがある。ところで、マッチは持ってるか？　俺のはぜんぶ使っちまったんだ」

俺はマッチ箱を渡すと、歩き続けた。思いに沈みながらだ。それで今、奴がやってきて、やっぱり思いに沈んでいる様子だった。俺たちは椅子に座り、二人して黙想に耽っていた。と、奴が突然叫び声を発したんだ。

「なんてきれいな日暮れなんだ」奴は言った。「だが日が東に沈むとはおかしいな。そんなことはこれまでなかった。なんと、びっくりじゃないか。コテージが燃えている」

それで、コーキー、まったくそのとおりだった。そいつは燃えてたんだ。


ユークリッジは語りを中断し、財布を取り出してテーブル上に置き、ウェイターに勘定書を持ってこさせる用意をしていた。僕は思い切って質問した。

「コテージは丸焼けだったのか？」

「そうだ」

「パイ皮テーブルも、それじゃあ？」

「ああ、よく燃えたにちがいないと思う」

「運がよかったなあ」

「実に幸運だった。実に幸運だった」

「パーシーはきっとそのマッチで、うっかりしちゃったんだな」

「きっとそうなんだろうと思う。だが、お陰でハッピーエンドになった。パーシーもハッピーだ。

奴はそれでめでたしめでたしだった。俺もハッピーだ。俺もめでたしめでたしになった。ジュリア叔母さんには保険金がおりたから、叔母さんもハッピーだ。むろんあの悪い風邪が治ればだがな。保険屋の連中がハッピーだったかどうかは疑問だが、保険会社が現金をむしられればむしられるほど、奴らにとってはいいんだってことを、俺たちはいつだって憶えてなきゃならない。それで連中はもっとスピリチュアルになれるんだ」

「テーブルの二人の所有者はどうなった？」

「ああ、連中はもうたぶんぜんぶ忘れてるんじゃないか？　ああいう連中にとって金なんか無意味なんだ。俺があれを売った相手はロールスロイスに乗っていた。だからこの一件を幅広い観点から見たならば……失礼、何とおっしゃいましたか？」

「「こんにちは、ユークリッジさん」と申し上げました」突然、僕らのテーブルに現れた人物が言った。そしてユークリッジのあごが急行エレベーターみたいに落っこちるのが見えた。僕は驚かなかった。なぜならそれは灰色の髪で背の高い、奇妙にねじれた唇の男だったからだ。ユークリッジを貫く彼の双眸《そうぼう》は寒々としていた。

「ずっと貴方を探しつづけ、もういっぺん会いたいと願ってきたのです。六〇ポンド返していただきたい」

「六〇ポンドなんて持ってません」

「いくらか使ってしまわれましたか？　ではいくらお持ちか見せてもらいましょう」と、男は言い、財布の中身をテーブルクロス上に空け、慣れた手つきで数えだした。「五八ポンド、六シリング三ペンス。だいたい十分ですな」

「でも、この昼食代は誰が払うんです？」

「さあ、それは私にはわからない」男は言った。

　だが僕にはわかった。僕は尻ポケットに手をやり、あと一週間持ちこたえてくれるようにと願っていた、薄いポンド札の束をさぐったのだった。

眠くなる
Sleepy Time

ニューヨーク、マディソン・アヴェニュー、「美しき本」の出版社〈ポップグッド&グルーリー〉のオフィスで、同社の次席共同経営者であるシリル・グルーリーは歯みがきカップにパットを入れる練習中で、ハンデ二十四の人物にしてもひど過ぎる腕前を披露していた。と、そこにポップグッド氏の秘書であるパトリシア・ビンステッドが入ってき、すると彼はパターを放り投げ彼女をぎゅっと抱きしめたのだった。これはアメリカの出版者というものが皆熱き心の衝動的な人物で、また彼女が非常に魅力的な女性であったゆえではなく、二人が最近婚約したゆえであった。彼がパラダイス・ヴァレーで夏休み——本日午後から始まる予定だ——を過ごして戻ってきたら、二人は手近な教会に行って、男——ハンデ二十四の人物を男と呼べるならばだが——と女、夫と妻となる予定であった。

「社交的訪問かい?」抱擁は終了し、彼は訊《き》いた。「それとも仕事なのかな?」

「仕事よ。ポップグッドが付随的権利のことで人に会いにでかけなきゃならなくって、そしたらドラキュラ伯爵がやってきたの。それでわたし、ドラキュラ伯爵なんて漠然とした言い方をしているけど、あの人まるきりそのとおりに見えるのよ。その人の名前はペパリッジ・ファーマー教授で、契約にサインしにきたんですって」

「その人は本を書くのかい？」

「一冊書き上げてあるの。その人はそれのこと『無意識的衝動とその機序解明の道具としての催眠術学――覚醒状態における情緒的葛藤《かっとう》発生に関わる諸機能分析の努力として』って呼んでるんだけど、タイトルは『眠くなる』に変えられちゃうかもしれないの。ポップグッドはそっちの方が洒落《しゃれ》てるって考えてるのね」

「ずっと洒落てる」

「その人をこの部屋に送り込んでもいい？」

「そうしておくれ、わが魂の女王」

「それでポップグッドは、前金に一〇〇ドル以上はぜったい渡さないようにって言ってるわ」パトリシアは言った。そして数秒後、訪問者が姿を現した。

その姿は、パトリシアがいみじくも言ったように、背筋を凍らしむるものであった。初めてペパリッジ・ファーマー教授に会った者の唇を自動的に衝いて出る言葉は、不吉な、という形容詞であろう。彼の顔はやせてしわが寄り薄気味悪く、彼の燃える双眸《そうぼう》がシリルの目を突き通した時、この邂逅《かいこう》が暗い裏通りやどこか田舎の人里離れた場所で起こったのでなくてよかったという安堵《あんど》の念を若き出版者は覚えたのだった。しかしこの世のものとは思われぬのが普通であるアメリカ作家たちとの交際に慣れ親しんできた男は容易におびえたりはしないものだ。彼はいつもながらの屈託ない丁重な態度で、この人物に挨拶《あいさつ》したのだった。

「どうぞお入りください」彼は言った。「ちょうどいい時にいらっしゃった。今日の午後、パラダイス・ヴァレーに行くところだったんですよ」

「ゴルフの休日ですかな？」パターを見て、教授は言った。

「ええ、いくらかゴルフをするのを楽しみにしています」

「お上手でいらっしゃるのかな?」

「ひどいものです」シリルは告白せざるを得なかった。「僕の場合、悲しく、奇妙なんです。僕はゴルフ理論には完璧《かんぺき》に精通しています。ですがコースに出てしまうと、打ち損なうばかりなんです」

「頭を下げるべきなのですよ」

「それが人生ですな」

「ええ、トミー・アーマーもそう言っています。でも上がってしまうんです」

「あるいは地獄というべきでは?」

「そちらの方をお望みならば」

「そっちの方がモ・ジュストというか、適語のような気がしますよ。それはさておき、仕事の話をしましょう。ビンステッドさんによると、あなたは契約のご署名にいらっしゃったということですね。ここに契約書があります。すべて完成して、あとは前払金の額を決定するだけのようですね」

「それであなたのご見解はいかがですかな?」

「一〇〇ドルと考えています。ご存じでしょう」いつもの調子に戻ってすらすらとシリルは言った。「あなたのご著書のような本は、セックス・モティーフの不在により出版社にとっては重大なリスクを伴うものなのです。表紙を堂々たるスリーサイズの女性のヌードで飾ることができませんし、ボストンで発禁処分にされる望みもありません。紙価格の高騰と絶え間ない印刷所、組み版、製本所その他の要求の増加をつけ加えれば……どうしてあなたは両手をそんなふうに振ってらっしゃるんですか?」

「わたくしにはフランスの血が流れておりましてな。母方にですが」

「いいえ、やめていただけますか。なんだか眠くなってきます」

「おや、そうですか？　なんと興味深い。確かに、あなたの両目は閉じてきている。あなたはだんだん眠くなる。あなたは眠くなる……あなたは眠る……眠る……眠る……眠る……」

シリルが目覚めたのはもう昼食時間になろうという頃だった。目覚めてみると、先ほどのガーゴイル男はもうそこにはいなかった。おかしいなあ、前払金の額を決める前に行ってしまうなんて、と彼は思った。だがきっとどこか別のところの約束を思い出したんだろう。彼のことは頭の中から追い出して、シリルはパッティングを再開し、昼食後すぐにパラダイス・ヴァレーへと出発したのだった。


パラダイス・ヴァレーに関して、パラダイス・ホテルの広報担当者はきわめて率直に思うところを表明している。挿画入りのパンフレットの中で、彼は次のように述べていた。そこは息呑《の》むような夢の世界で、その壮大な光景、広大なる地平、やさしき山のそよ風と陽光降り注ぐ心地よさは、疲れ切った都会の労働者に新たな活力と生気を与えふたたび身体を赤血球であふれ返らせるのです。この素晴らしき環境で一日が過ぎる頃には、彼はジュヌセクワ、すなわち何とかかんとかとビエネートル、すなわち生きるよろこびを意識し、クリーニングされたばかりのような気分で、あごを上げ、大地を踏みしめて歩きだすことでしょう。そしてそれだけではなく、ホテルから一歩足を踏み出せば、スカッシー・ホロウ・ゴルフコースがあり、滞在客は使用料を支払えばゴルフ場施設を利用できるのです、と。

しかしながらこのパンフレットが述べていないのは、このスカッシー・ホロウ・ゴルフコースが国内有数の難コースだということだった。それは国土を追われた一人のスコットランド人によってつくられたコースで、彼はおそらく人類に対する何らかの根深い遺恨から、母国における最も扱いにくく最もいやらしいコースをモデルに十八ホールを設計し、それでたとえば――プレストウィックの「アルプス」をなんとか通り抜けてきた娯楽客たちは、セントアンドリュースの「ステーションマスターズ・ガーデン」に立ち向かい、それで角を曲がると「エデン」と「レダン」が待ち構えていると、そういう次第になったのだった。

したがってこのコースが惹《ひ》きつけるゴルファー類型とは、高い理想および最も困難な障害をも克服する自己の能力に絶対の自信を持っている人物だった。アマチュア選手権でプレイし、もしスコアが七十五より悪ければ「この奇妙な弱さはなぜだ？」と自問する、そういう種類の人物で、彼らを一目見てシリルは、科学者たちの間でびくつきひくつきとして知られる不快な感覚を覚えたのだった。彼は明日のメダル争奪杯にエントリーしていた。というのは、彼は一度九十八打を出したことがあるのをけっして忘れられず、もしまたそれが再び起これば、彼のハンデを考慮すると優勝の見込みがかなり高いからだ。しかしこれら無情な専門家たちの前でプレイすると思うと、彼は身体《からだ》の中でおよそ五十七匹のイモムシが脊柱《せきちゅう》を上がったり下がったりパレードする錯覚がするのだった。彼らのそっけない、蔑《さげす》みの目線に曝《さら》されることに彼はひるんだ。その時感じる思いは、ファッショナブルなドッグショーに迷い込むくらいに無分別な雑種犬の思いにあらゆる点でそっくりであろうことが、彼にはわかっていた。

というわけで、コンテスト前日の朝、パラダイス・ホテルのポーチに座りながら、彼はビエネートルに満ち満ちた状態とはあまりにもかけ離れ、ジェヌセクワですら達成できずにいた。またその瞬間、アグネス・フラックの姿が見え、彼の憂鬱《ゆううつ》にとどめが刺されたのだった。

アグネス・フラックは大柄の若い女性で、シリルが到着した最初の日に彼が出版社の共同経営者であることを聞きだし、ただちに自分の書いた小説について語りはじめ、もしお時間がおありでしたら是非ともご意見をお聞かせいただけるとうれしいですわと言った人物である。また経験上、大柄の若い女性が小説を書いた場合、それはべとべとおセンチであるかチャタレー夫人系で石綿に印刷しないといけないくらいホットであるかどちらかだということを彼は知っていた。それで余暇時間のほとんどを、彼女を避けることで暮らしていたのである。彼女はいま彼の方向に向かってくるように見えたから、彼はあわてて立ち上がり急いでバーへと移動した。猛疾走してバーに入ると、実質的な身体に衝突し、それでよくよく見てみれば、その人はペパリッジ・ファーマー教授に他ならなかったのだった。バミューダショーツにターナーの日没のようなシャツにピンクのリボンを巻いたパナマ帽というういでたちで、彼の姿はこの上なく不吉に見えた。

彼はびっくり仰天して立ち尽くした。むろん教授がここにいて悪い理由は何もない。なぜならホテルは料金の払える財布の持ち主すべてに対して開かれているのだから。しかしどうしても彼は場違いに見えた。ガーデンパーティーに出席中の食屍鬼《ゴール》とかピクニック中の吸血コウモリのように。

「あなたは！」彼は叫んだ。「あの朝あれからどうなさったんです？」

「前回のわれわれの会見のことをお話しですかな？」教授は言った。「あなたが眠り込んでしまわれたので、起こさぬようにと忍び足で部屋を出たのです。こういうもっと気持ちのよい場所で旧交を温めた方がよいように思いましてな。もしわたくしがここにいるのはきわめて不自然かつ非芸術的な偶然のせいだとお考えでいらっしゃるならば、それは間違いです。わたくしはあなたのゴルフ技術を向上させるために何かできるのではないかという希望をもって、こちらに伺ったのです。あなたには大変恩義がありますからな」

「そうなんですか？　どうしてです？」

「その件についてはまたいずれ話し合うといたしましょう。ゴルフの調子はどうかをお話しください。進歩はありましたかな？」

もし彼が打ち明け話を訊こうとしていたなら、これよりふさわしい時はなかっただろう。シリルは常ならば比較的他人に対して心中を吐露することはないのだが、しかし今や衝動に抗《あらが》うことができなくなっていた。まるで教授の質問がコルクを引き抜き、ジンジャーポップのビンから吹き出すジンジャーポップのように、彼の疑念、恐怖、抑制のすべてをポンと噴出させたかのようだった。口の重さに関して言えば、彼はまるで三十分二十五ドルで精神分析医の長椅子に座っているかのようだった。燃える言葉で、彼は来《きた》るメダル争奪杯について語り、自分の不安と気後れを強調した。教授は注意深く話を聞き、ときどき共感的に舌をチッと鳴らした。彼はチャールズ・アダムス〔『ニューヨーカー』誌上に「アダムス・ファミリー」を執筆した漫画家〕が二日酔いの断末魔の中で考えだしたようなシロモノ――もしアダムス氏が二日酔いになることがあったとしてだが――みたいに見えたものの、しかし同情心に富んだ人物であることは明らかだった。

「僕はシドニー・マクマードって男とペアを組むんです。彼はクラブチャンピオンだってことで、僕は彼の軽蔑《けいべつ》がこわいんです。僕は一ラウンドに少なくとも百十五ショットはかかるだろうし、その百十五ショットの一打一打のたびに、シドニー・マクマードは平たい石の下から這《は》い出てきた何かぬるぬる不快な生き物みたいに僕を見ることでしょう。僕はびっこのつまはじき者みたいな気持ちになることでしょう。だから」シリルはこう発言を終えた。「僕はエントリーリストから名前を外そうって決めたんです。弱虫と呼びたきゃ呼んでください。でも僕には立ち向かえない」

教授は父親のように彼の肩をやさしく叩き、話し始めようとした。と、その前にシリルは自分の名が呼び出されるのを聞き、お電話が入っておりますと言われたのだった。シリルが戻ってくるまでにはいくらか時間がかかり、戻ってきた時、彼の姿は何か心かき乱すことが起こったことがどんな節穴の目にだってわかるような有様だった。彼は教授がレモンスカッシュを啜《すす》っているのを見、あなたも同じものをいかがですかと教授が尋ねた時、激情的なノーのセリフを怒鳴り立てたのだった。

「レモンスカッシュなんてコン畜生だ！」彼は激烈に叫んだ。「誰からの電話だったかわかりますか？　僕の上席共同経営者のポップグッドからだったんですよ。彼が何て言ったと思います？　あんたのあの本に五千ドルも前払金を支払う契約に僕が署名したのは、いったいどういうつもりかって知りたがったんですよ。あなたが僕に催眠術をかけたにちがいないと、彼は言ってました」

おそらくやさしい笑みとして意図されたものではあろうが、何かしらの体内疾患に苦しんでいるのだろうという印象を人に与えるほほえみが、教授の顔に遊んだ。

「もちろんそうですとも。書き手が講ぜねばならぬごく普通の取引上の予防措置のひとつに過ぎませんよ。出版者から適正な前払金を手に入れる唯一の方法は、彼に催眠術をかけることです。あなたに大変な恩義があると先ほど申し上げたのは、このことを言っていたのですよ。あなたがいなければパラダイス・ヴァレーのような場所で休日を過ごすなんてことは絶対にできませんでした。ここでは一番質素なレモンスカッシュでさえ、皇太子殿下の身代金くらいするんですからな。ポップグッドさんは、お怒りでしたか？」

「ええ」

「それは残念ですな。あの方は自分の金が仲間の生き物の生活にささやかな陽光を運ぶのに役立ったことを喜ぶべきなのですよ。まあいい、彼のことは忘れてあなたのゴルフの問題に戻るとしましょう」

怒りに震える共同経営者のことをシリルの頭から放り出せる唯一のことを彼は言った。こんな魅力に耳を閉ざしていられるハンデ二十四の男はいないのだ。

「あなたはゴルフの理論すべてに精通しているとおっしゃった。それは本当ですか？　あなたは幅広く本をお読みですかな？」

「これまで書かれたゴルフ本はすべて読みました」

「あなたはトミー・アーマーの名前を出しておられた。彼の訓戒はご研究されましたか？」

「暗記してますよ」

「しかし自信のなさゆえに、それを実現することができない、と？」

「そういうことだと思います」

「ならば解決は簡単です。もう一度催眠術をかけて差し上げましょう。まだいくらか残っているでしょうが、もう醒める頃合いですし、安全策を取った方がよろしい。あなたに最も尊大なマクマードだって圧倒的に凌駕《りょうが》できるという確信を植えつけて差し上げます。クラブを手に取れば、ボールはA地点からB地点まで最短ルートで到着し、途中で偶発事故に遭うことはない。誰のスタイルに似せたいですかな？　アーノルド・パーマー？　ゲイリー・プレイヤー？　ジャック・ニクラウスですか？　パーマーがおすすめです。彼の見事なフィニッシュときたら。よろしいですか？　ではパーマーにいたしましょう。では参りますよ。あなたの目は閉じてくる。あなたはだんだん眠くなる。あなたは眠る……眠る……眠る……」


翌日のパラダイス・ヴァレーは最高だった。景色はいつもながらに壮大で、山のそよ風はいつもながらにやさしく、広報担当者のパンフレットの主張するとおりその広がりはどこまでも広々と広大だった。そしてシドニー・マクマードの到着を待ち構えスカッシー・ホロウ・コース一番ティーの横に立つシリルは、クラブを選ぶ際キャディーマスターに告げたとおり、一〇〇万ドルの気分だった。二〇〇万ドルにしたってまったく誇張でないくらいだった。彼のあごは上を向き、両の足は大地を踏みしめ、そしてパンフレットにて言及された赤血球は、サイゴン、モスクワ、カイロ、パナマ、その他各地の首都にて暴動中の学生たちのように彼の身体を駆け回っていた。ファーマー教授が、シリルはアーノルド・パーマーくらい自信たっぷりになるだろうと請け合ったのは言い方が控え目なくらいだった。彼はアーノルド・パーマー、ゲイリー・プレイヤー、レイ・ヴェントウーリ、ジャック・ニクラウスとトニー・レマをぜんぶ合わせたくらい自信に満ちていたのだ。
待ちはじめてほどなく、人間の広大な広がりが近づいてくるのが見え、これがこのラウンドをいっしょにまわる彼のパートナーにちがいなかった。彼は陽気な笑みを送った。

「マクマードさんですか？　はじめまして。いい天気ですね。山のそよ風がとても気持ちいいですねえ」

新来の人物の唯一の反応はチークの森で沼地から脚を引っ張りだそうとしているゾウによって発されるがごとき気管支音だった。シドニー・マクマードは陰気で不機嫌だった。前夜、彼の婚約者であるアグネス・フラックが、彼女が執筆した小説に関するささいな意見の不一致のため、婚約を破棄したのだ。彼はそんなのはくだらんプルーンジュースでただちに焼却した方がいいと彼女に助言し、彼女はそれはくだらんプルーンジュースではないと言い、更に今後彼とは二度と会いたくも話したくもないとつけ加えたのだ。そしてそのことは彼にマイナスに作用していた。アグネス・フラックが婚約を解消すると、いつだって彼はイライラした。なぜならそのせいで彼はオーバースイングするようになるからだ。とりわけティーからボールを打つ際に。

先攻を取った彼は、今それをやった。そして北へ向かうはずのボールが北北東に向かうのを見て心痛めた。険悪な顔でそれをにらみつけ、立っていると、シリルが話しかけてきた。

「ご自分のどこが悪かったかお気づきですか、マクマードさん？」彼はきわめて親しげに言った。「バックスイングが長過ぎるんです。バックスイングの長さは多くの人が信じているほど、飛距離には影響しないんですよ。クラブのコントロールをなくさないくらいの長さに振りかぶるべきなんです。コントロールが一番重要です。僕はいつもバックスイングはドライバーが水平位置に来るくらいまでにしてます。見ててください」

そしてそう言いながら、シリルは苦もなく優美にフェアウェイ上まっすぐ二百八十ヤードを飛ばしたのだった。

「僕が言ったこと、わかりましたか?」彼は言った。

彼がふたたび話しだしたのは四番グリーンでイーグルを決めた後のことだった。シドニー・マクマードはバンカーからボールを出すのに手こずっている最中で、それで彼としては急いで助言がしてやりたかったのだ。親切な行為をする満足感以外に、彼の得になることは何ひとつなかったが、しかしマクマードほどの前途有望なゴルファーが、もっと賢い頭の持ち主になら簡単に直せる間違いを繰り返すのは見るに忍びなかったのだ。

「あなたは砂質を考慮していないでしょう」彼は言った。「サンドショットは砂質によって変えるべきなんです。濡れていたり、硬かったり、薄かったりしたら、クラブヘッドは柔らかい目の細かい砂の時ほど深くは入り込みません。砂が柔らかい時はボールの後ろ五センチくらいのところに食い込ませるようにしてみてください。ですが砂が硬い時にはボールの後ろ四センチ弱のところを深く掘るようにしてみてください。硬い砂だとクラブの勢いがかなり落ちますから、スイングは必ずいっぱいのフォロースルーにしてくださいね」

試合は進んだ。十二番ホールでシリルはパートナーに、スイングの時はより一層の柔軟性を得るためわずかに膝《ひざ》を曲げることを忘れないよう注意してと警告した。だが――十六番ホールでは――膝を曲げ過ぎないようにと警告した。トッピングする場合が多いから、というのである。十八番ホールでホールアウトした時、パッティングの問題について彼には助言したいことがあった。

「うまいパッティングというのはさ、シドニー」彼は言った。もう二人はファーストネームで呼び合う関係になったと感じていたからだ。「精神的な態度に大いに左右されるんだ。自信がすべてだ。不安で緊張してちゃ絶対にだめだ。一瞬だって、ショットをしくじるかもしれないなんて考えちゃいけない。僕が最後の五十フィートパットをホールに入れた時、僕には入るってことがわかってい

た。僕の頭はボールが正しい道筋を通ってホールに至る画像で一杯だったんだ。それで君にもそういう画像をぜひ思い浮かべて欲しい。いや、実に楽しいラウンドだった。またいっしょにやりたいな。僕は六十二打だったな？　だと思った。今日は調子が良かった。実力が出せたよ」

シリルが軽快な足取りで去ってゆくのを見て、しかめられているのが常であるシドニー・マクマードの眉は、ますます暗くしかめられた。たった今やってきた友人に向かって、彼は振り向いた。

「あいつは誰だ？」彼はしゃがれ声で言った。

「奴の名はグルーリーだ」その友人は言った。「夏の間の滞在客の一人さ」

「奴のハンデはいくつだ？」

「今朝ボードを見たからわかる。二十四だ」

「く、空気をくれ！」咽喉《のど》をつかんで、シドニー・マクマードは言った。「俺に空気をくれ！」


ところ変わって、シリルはと言うと、クラブハウスの角を曲がってその裏にある練習用グリーンに近づいてゆくところだった。大柄で女性の誰かがそこでチップショットに磨きをかけている最中で、それを見ようと足を止めた彼は、その妙技に感嘆したのだった。ジョニー・ファレルを読了した彼は、チップショットとはクラブヘッドによる引き締まった一打で、ボールで止まってフォロースルーしないものであることを認識していた。「スタンスを開け」と尊敬すべきファレルは言っていた。「左足に体重をかけてボールを打て」と。そしてそれこそまさにこれなる頑丈な女性がしていることに他ならなかった。彼女が打つボールのひとつひとつが、グリーン上にポーチドエッグみたいに落ちていった。そしてボールを拾おうと彼女が前に進んだ時、それがアグネス・フラックであることを彼は知ったのだった。

シリルは盛大にはっと息を呑んだ。素晴らしく美しい夢の国が彼の目の前であたかもアーサー・

マレーが急いでダンスを教えているかのように〔アーサー・マレーは米国の大フランチャイズダンススタジオの経営者。『アーサー・マレーが急いでダンスを教えて』は一九四二年のヒット曲〕くるくると回っていた。彼は身体のうちに、奇妙な、取り乱した感情がわき起っているのを意識した。それから狭霧《さぎり》が晴れ、アグネス・フラックを見つめながら、彼はわが運命の伴侶が目の前に立っていることを知ったのだった。確かに彼女は小説家だし、おそらくかつてタイプライターのキーに指を置いた小説家の中でも最も恐ろしい小説家であるかもしれないが、しかしそれがどうした？　きっと彼女はいつか成長しそこを脱することだろう。また、いずれにせよ、メダル獲得杯で六十二を出せる男としては、彼女くらい優れたゴルファーと結婚するのが自分に対する義務だと彼は感じたのだった。

　このような状況で躊躇《ちゅうちょ》する出版者はいない。一瞬の後、シリルはグリーン上にあり、腕の届くかぎりアグネス・フラックを抱きしめていたのだった。

「愛する人！」彼は言った。「君は何て素晴らしいんだ！」

　アグネス・フラックには取るべき道が二つあった。すっくりと身を起こして「失礼な！」と言い、絡まりついてくるこの蔓《つる》野郎を七番アイアンで打ちのめすか、あるいはシリルが出版者であり、自分のスーツケースには小説原稿の原本ひとつとカーボンコピー二つが入っていることを思い出し、彼の言うままその求愛に応《こた》えるかという。彼女は後者の選択肢をとり、シリルが二人のハネムーンはスコットランドで過ごして有名なゴルフコースを全部プレイしてまわろうと提案した時、それは自分の希望とぴったりだと言ったのだった。婚約しながら、もし彼女がシドニー・マクマードのことをちらりとでも考えたとしても、それはあの男は良質の文学を焼き串に刺して渡されたって体質上それと認識できない大馬鹿野郎の大間抜けであるという確信を新たにさせるものでしかなかった。

　こうした情熱的な場面は男性を疲弊させるものだし、アグネス・フラックと別れたシリルの最初の行動がバー方向に向かうことだったのも驚いたことではない。到着すると、彼はいつもどおりレモンスカッシュを飲んでいるファーマー教授に会った。暑い陽気は咽喉の渇きを惹き起こすものであるし、パラダイス・ホテルにきて以来、ストローが彼の唇を離れることはめったになかった。

「やあ、シリル、シリルと呼んで君がかまわなければだが。とはいえこの名前がひどい名前だってことは君が一番に認めるだろう」教授は言った。「すべてはどんな具合だったかな？」

「実に満足だった、ぺパリッジ。結果はまだすべて出ているわけじゃないが、僕がメダルを勝ち取るにちがいないと思う。六十二だったから、ハンデを引けば三十八になる。三十八よりいいスコアを出せる奴がいるとは思わないんだ」

「いないだろうな」

「アンダーパー三十四じゃ、そうは倒せないだろう」

「そのとおり。おめでとう」

「それだけじゃない。僕は最高に素晴らしい女性と婚約した」

「本当かな？　それはまたおめでとう。お相手はどなたかな？」

「アグネス・フラックという名前だ」

教授はびくっとして、下唇からレモンスカッシュを一滴こぼした。

「アグネス・フラック？」

「そうだ」

「名前に間違いはないかな？」

「ないさ」

「ふーむ！」

「どうしてふーむ、って言うんだい？」

「シドニー・マクマードのことを考えておってな」

「どうして奴がからんでくるんだい？」

「彼はアグネス・フラックと婚約している――あるいはしていた。また聞いたところでは自分の婚約者と婚約した男に対しては気短かな態度をとるそうだ。たとえ元婚約者であろうともな。ピッカリングという出版者はご存じかな？」

「ハロルド・ピッカリングかい？　会ったことがある」

「彼はアグネス・フラックと婚約した。それでシドニー・マクマードの腹に頭突きして地平線の彼方《かなた》へと姿を消してやることによってのみ、後者によって細切れにされる運命を免れることができたのだった。彼の機知なくば、一種の出版者細切れ肉料理に姿を変えていたところだった。とはいえ、もちろんマクマードはただスパイク付きの靴で彼の上でジャンプすることもできたんだが」

今度はシリルがふーむと言う番だった。また彼は大量の思索的な熱情を込めて、そう言ったのだった。彼がシドニー・マクマードと別れたのはつい最近だったから、彼が心の網膜から、マクマードの全身像とでも言うべきものを消し去っている暇はなかった。シドニー・マクマードのずっしりした巨体が彼の眼前に立ち現れた。彼の波打つ筋肉もだ。ゴリラの体格を保持していることにつけ加えて、容易に興奮しやすいゴリラの気性をも彼は持ち合わせているという発見は、静かな心の平穏をもたらすものではなかった。シドニー・マクマードを怒らせるのとスズメバチの巣を万年筆でかきまわすのとどちらを選ぶかと言われたら、彼は躊躇することなくスズメバチに一票を投じたことだろう。

それでどうするのが一番いいことかを考えようと彼が座り込んでいると、ドアがばたんと開き、バーはシドニー・マクマードでいっぱいになった。彼はありとあらゆる隅っこと隙間《すきま》にまで充満しているように思われた。また彼が怒った気分でいることだろうと予測した点で、ファーマー教授に誤りなしだった。彼の目は炎を上げて燃え盛り、彼の耳はぴくぴくうごめき、またスペインの踊り子がカスタネットを扱うようなカチカチいう音から、彼が歯ぎしりしていることがわかった。両の拳《こぶし》で胸を叩いていないことを除き、彼はあらゆる点でシリルが頭の中で比べていたゴリラに似ていた。

「ハッ！」シリルを見て彼は言った。

「やあ、ハロー、シドニー」

「シドニーはやめろ！」マクマードは怒鳴った。「お前みたいな野郎にシドニー呼ばわりされたくない」彼は続けて言った。驚いたほど詩情に満ちた調子でだ。「アグネス・フラックがお前と婚約したと話してくれた」

シリルは神経質そうに、その線でいくらか非公式の会話があったと答えた。

「彼女はお前が彼女を抱きしめたと言った」

「ちょっとだけだ」

「そしてキスしたと」

「敬愛を込めてだ」

「言い換えれば、お前は俺の後ろにずるずるのたくる毒へビみたいにこっそりやってきて、俺の愛する女性を奪ったんだ。もし時間があるようなら、表に出てもらいたい」

シリルは表に出たくはなかったが、選択肢は他にないようだった。彼はシドニー・マクマードの前を歩いてドアを通り抜け、広大な地平に着いたところでファーマー教授が仲間入りしているのに気づき、驚いたのだった。教授はシドニーを例の射抜くような目で見つめ、そのせいで二日酔いの朝のボリス・カーロフ〔フランケンシュタイン役で有名な英国出身俳優〕みたいに見えていた。

「しばらくわたくしの目を見ていただくよう、お願いしてもよろしいですかな、マクマードさん」

彼は言った。「ありがとう。思ったとおりだ。あなたはだんだん眠くなる。あなたの目は閉じてゆく。あなたは眠る」

「いや、寝ない」

「いいや、眠る」

「なんてこった、あんたの言うとおりだ」ちょうど都合よく置かれていたデッキチェアーにゆっくり沈み込みながら、シドニー・マクマードは言った。「ああ、ひと眠りしよう」

教授は相変わらず両手で空中に唐草模様を描いていたが、突然シドニー・マクマードが身を起こした。彼の目はシリルを見ていたが、それはもはやかつての炎に燃えた目ではなかった。ほとんど愛情あふれる目に見えたし、また話しはじめた彼の声はもの柔らかだった。

「グルーリーさん」

「ここにいますよ」

「俺は考え直したんですよ、グルーリーさん。そして苦痛ではあるが、正しいと確信する結論に到達しました。自分のことだけを考えるのは間違っている。どれだけ激しい苦痛であろうとも、男が偉大な犠牲を払わなくちゃいけない時はある。あなたはアグネス・フラックを愛している。アグネスもあなたを愛している。だから俺は二人の間に割って入ったりはしない。彼女を受け取ってください、グルーリーさん。彼女はあなたに譲って、俺は身を引きます。俺のハートはずたずただが、大事なのは彼女の幸せだ。彼女を受け取ってください、グルーリー、そしてもし打ちひしがれた男の祝福が役に立つなら、無制限で差し上げますよ。俺はバーに行ってジン・トニックを飲むことにします」シドニー・マクマードはそう言い、そうしたのだった。

「あなたの午後のご活動の実に幸福な結末ですな」両開きのドアが背後で閉まると、ファーマー教授は言った。「こうした小さな問題を解決するのに催眠術にしくものなしと、わたくしはしばしば言っているのです。マクマードのあきらめの弁は、実に見事だったと思いますよ。いかがでしたか？　完璧によい趣味だった。さてと、あなたはもはやわたくしの助力を必要とされていないようだから、そろそろ催眠術を解いた方がよろしいでしょう。苦しくはありませんぞ。一瞬きりりと痛みがするだけです」レモンスカッシュ香の強烈な息をシリルの顔に吹きかけながら、教授は言った。

そしてシリルは高速エレベーターで降下しながら原爆に衝突したような不可思議な感覚を意識した。

彼は教授の「一瞬きりりと痛む」という表現の選択にいささか困惑したが、結局のところ本筋でない問題に立ち入っている暇はなかった。催眠術が解けると、彼は自分が置かれた不幸な立場に気づく次第となり、そして彼は鋭く「わあ、なんてこった！」と叫んだのだった。

「どうされました？」教授が言った。

「聞いてください」シリルは言った。また彼の声は強風の中のゼリーのようにふるふると震えた。

「催眠術をかけられている間に、女性に結婚してくれるよう頼んだ場合、それはカウントされるんでしょうか？」

「フラック嬢のことを言ってらっしゃるのかな？」

「ええ、僕は練習グリーン上で彼女にプロポーズしました。彼女のチップショットのあまりの素晴らしさに我を忘れてです。それで、それだけじゃなく、およそ三週間後に、僕は別の人と結婚する予定なんです。パトリシア・ビンステッドのことは憶えてらっしゃいますね？　僕のオフィスにあなたを案内してくれた女性です」

「きわめて明瞭に」

「彼女が版権取得済みなんです。僕はどうしたらいいんでしょう？　アグネス・フラックに催眠術をかけて、僕が世界最大のロクデナシだって考えを植えつける――あなたはこういう言い方をされてましたね――ことはできませんかねえ？」

「そんな簡単なことはありませんよ」

「それじゃあ一刻の猶予なしにそうしてください」シリルは言った。「彼女に僕は本当はハンデゼロで、メダルを勝ち取るためにハンデ二十四のフリをしてたって言ってください。僕が酔いつぶれていない時はごくたまにあるだけだと言ってください。僕は共産党のスパイで、本当の名前はグルーリングスキーなんだって彼女に言ってください。僕にはもう二人妻がいるって言ってください。でも何て言うべきか、あなたにはおわかりなんでしたね」

シリルは息もつかず、教授が戻ってくるのを待った。

「どうでした？」彼は叫んだ。

「ぜんぶ終了ですよ、親愛なるシリル君。彼女がマクマードとまた結ばれるようにしてきました。彼女はあなたが世界で最後の出版者だとしてもあなたとは結婚しないし、たとえあなたがひざまずいて懇願しても自分の小説はあなたのところからは出版させないと言っています。〈サイモン・アンド・シュースター〉に出させると言って、これがあなたにとって教訓となるよう希望しているとのことです」

シリルは深く息をついた。

「ペパリッジ、あなたは素晴らしい！」

「人は最善を尽くすものですよ」教授は謙虚に言った。「さてと、もはやハッピーエンディングとなったわけですから、バーに戻るのはいかがですかな？　レモンスカッシュを一杯ご馳走《ちそう》しましょう」

「あなたは本当にあの飲み物がお好きなんですか？」

「大好きですよ」

あなたはのどが渇いた時には人間の血を飲むドラキュラ伯爵と好みを同じくしていそうに見えるのにという言葉が、シリルの舌の先まで出かかったが、その思いを言葉にするのは差し控えることにした。機知に欠けた発言かもしれないし、それに結局のところこんなにも明らかに純金のハートを持っているならば、ホラー映画から飛び出してきた何かみたいに見えるといって人を批判する必要がどうしてあろうか。姿がどんなにみすぼらしかろうと、問題なのはハートなのだ。

「ご一緒しますよ」彼は言った。「レモンスカッシュは本当に爽快《そうかい》ですからね」

「ここのレモンスカッシュは実にうまいのですよ」

「きっと満足したレモンからできてるんですね」

「そうに決まっていますす」教授は言った。

彼は恐ろしげにほほえんだ。もしウェイターに催眠術をかけたら、必要な金を支払わずに済むという考えが、ふと彼の脳裡《のうり》に浮かんだのだ。資金の乏しい男にとっては、つねに考慮すべき事柄ではある。

訳者あとがき

森村たまき

こうして読者の皆様の許に『よりぬきウッドハウス2』を無事お届けできることに感謝申し上げたい。『よりぬきウッドハウス1』にひきつづき、本書でも訳者がどうしても訳したい、読んでいただきたいウッドハウス作品を優先して訳出している。今回はマリナー氏短編を六編、ユークリッジ短編を五編、ゴルフ短編を二編の全十三編でお届けする。

ロドニーの病再発《リラプス》

第一作目は、ゴルフものから「ロドニーの病再発《リラプス》」。リラプスというのは広く病気の再発を指すが、依存症業界ではなじみの深い言葉で、たとえば薬物依存症ならば「再使用」、アルコール依存症ならば「再飲酒」を意味する。ロドニーの登場するゴルフ短編は本作の他三編あり、いずれも *The Heart of a Goof* (1924) 古賀正義訳『ゴルきちの心情』（創土社、一九八三年）に、「ロドニーの失格」、「ジェーン、フェアウェイをはずす」、「ロドニー・スペルヴィンの改心」として訳出されている。そこに登場したロドニーは顔はきれいだがいけ好かない詩人で、ゴルフを愛好する真っ当な女性にチャラチャラとちょっかいを出しては人心をまどわせるどうしようもない悪者であったが、その後めでたく正しき女性の愛とゴルフに目覚め、悔い改めて正道を歩むに至った経緯がある。本作はロドニーが真実の愛とゴルフを知ってめでたしめでたしになってから二十年の時を経て書かれた、ゴルフ愛のゆらぎの物語である。そこには二十年のクリーン期間を経てもなお逃れられない詩作依存症の恐怖が如実に描き出されていると言えようか。

二十年間もクリーンだったのに（作中では七年とあるが）、ロドニーがスリップしたのには理由があった。本作にはA・A・ミルンへの意趣返しの意図がある。ミルンは『赤い館の秘密』などミステリ作家として知られるが、ミステリ以外の小説も舞台脚本も広く手がけた作家である。しかし言うまでもなくそれ以上に、それをはるかに凌駕《りようが》して「くまのプーさん」の偉大なる創造者として今日《こんにち》名を留めている。一八八二年一月生まれだから早生まれでウッドハウスと同い年だったミルンは、ウッドハウスとは同時代作家として親交があった。ウッドハウスが一九〇二年から寄稿していた『パンチ』誌の編集部に、ミルンは一九〇六年に就職している。二人は文人や著名俳優らの集まる〈ギャリック・クラブ〉の会員だった。一九二八年にウッドハウスの長編 *A Damsel in Distress*（1919）が舞台化された際、脚本を執筆したイアン・ヘイとウッドハウス、マネージメントでそれぞれ五百ポンドを出資し、製作に必要な残り五〇〇ポンドの出資者を探していたとき、「A・A・ミルンが雄々しくも進み出《い》で、仲間に加わりたいと言ってくれた」（David A. Jasen, *P.G. Wodehouse: A Portrait of a Master*,1981,p.114）と、ビル・タウンエンド宛七月二十六日付書簡にウッドハウスは記している。ちなみにこの舞台は無事公演回数二四二回を数える大ヒットになったからめでたく出資は報われる次第となった。

友人だったはずのミルンとウッドハウスの関係が大きく隔たったのは、第二次大戦中のウッドハウスのラジオ放送事件の際のことである。当時ウッドハウスが住んでいたフランスのルトゥケがドイツ軍に侵攻され、ウッドハウスは捕虜となって各地を転々とした後にベルリンで解放され、そこで「アメリカの読者のために」ラジオ番組に出演した。その内容は捕虜生活の苦労をウッドハウス流におもしろおかしく伝える他愛のないものであったのだが、ドイツでラジオ放送に出演すること自体がすでに親ナチ的なプロパガンダ行為とみなされたため、ウッドハウスはイギリス国内で猛反発猛批判を受けることとなった。

その際、知識人中最も猛烈なウッドハウス批判をしたのがA・A・ミルンである。彼は『デイリーテレグラフ』紙上に、ウッドハウスをよく知る友人として、無責任で、政治的にナイーヴで、第一次大戦時にはアメリカにいて戦争に行かず、戦間期には課税逃れでフランスに住んだウッドハウスがまた「逃げを打った」と非難するコメントを発表した。またそこに、自分はウッドハウスがかつて「息子が欲しいが、彼には十五歳で生まれてきてもらいたい。その頃には息子に対する責任は親から校長先生の手に移るから、いいところだけを楽しめるから」と言うのを聞いたことがある、と記した。

ウッドハウスのラジオ放送については、大戦下の英国の状況に対する無知と彼の政治的ナイーヴさのもたらした不幸であったと今日では大勢の決するところであるが、帝都ロンドンを連日ドイツ軍の空襲に曝された当時のイギリス国民の反発はすさまじく、国家反逆罪でウッドハウスを処罰すべしとする声も高まった。事実ベルリンからパリに移ったウッドハウスはパリ警察に一度身柄を拘束されている。取調べの結果、嫌疑なしとされたウッドハウスはその後アメリカに移住して帰化し、生涯二度とイギリスの土を踏むことはなかった。

この一件でウッドハウスは様々な意味で大いに傷ついたが、特に友人であったはずのミルンが公開紙上で行った個人攻撃の衝撃は大きかった。ミルンの行為は、言うなれば「パブリックスクールの掟」あるいは「ウースター家の掟」違反であったし、しかも十五歳の息子が欲しいと語ったとされる内容は*Leave It to Psmith,*（1923）古賀正義訳『スミスにおまかせ』（創土社、一九八二年）でマイク・ジャクソンがスミスに語ったセリフであって、ウッドハウス本人のセリフではないから不正確でもある。

ウッドハウスが復讐心に満ちた人物であったとするのは不本意だが、彼が作品中で何度かミルンに意趣返しをしたのは事実である。一度目は*The Mating Season*（1949）『ジーヴスと恋の季節』（国書刊行会、二〇〇七年）で、ガッシーとアイデンティティを取り替えたバーティー・ウースターが、くまのプーさんが大好きなマデラインの是非にとの要望でキングズ・デヴリル村のコンサートにおいて「クリストファー・ロビンのうた」を朗誦しなければならなくなる場面。「あのクソガキがスットコ、トットコ、トットって跳んでまわるところがあって」（同書一三三頁）とガッシーが語ると、タフな観客になぶり殺しにされる恐怖を思いパーティーは激しく戦慄《せんりつ》するのだ。

二度目が本作「ロドニーの病再発」である。明らかにウッドハウスはこの名短編をずいぶん楽しんで書いたと思われる。「百ちょ森」でスットコするクリストファー・ロビンに、ゴルフコース近辺でぴょこたんするティモシー・ボビンの可憐な姿を重ねて思い遊ばせることには意地悪なよろこびがある。

ウッドハウスが復讐心にまみれた人物だったと思っていただきたくはないのだが、彼はこうも語っている。自分はかつて「ミルンを好きになろうと努力する会」を設立しようとしたことがあった。入会者を求めてだいぶ頑張って歩き回ったのだが、入会者はたった一名しかなかった。しかし、それから一週間後、そのたった一名の会員から「ミルンを好きになろうと努力する会」を退会させてもらわなければならなくなった、という手紙がきた。自分はもう「彼に会ってしまったから」、と。

ウッドハウスは無慈悲な復讐者だったかもしれないが、フェアな読者であった。彼は一九四五年十一月二十七日付デニス・マッケイル宛書簡にこう記している。「作家に対する個人的敵意がその作品に対する僕の意見にまったく影響しないってことに気がついた。たとえば、アラン・アレキサンダー・ミルンが解けた靴ひもを踏んづけて転んで素っ首を折ればいいと僕くらい切望してやまない者はいないだろうが、しかし僕は彼の初期作品を定期的に読み返して昔どおりに楽しんでいるし、彼の『ドーヴァー・ロード』は英語で書かれた最高の喜劇だと依然主張するところだ……」。一九五二年二月七日付のマッケイル宛書簡にも、「A・A・ミルンは近ごろ何か書いていないのか？　書いてもらいたいものだ。ごく数少ない読んで面白い作家の一人なんだから。彼のものはいつだって何度でも再読に耐える」と記している。

同年秋にミルンが七十歳で心臓発作で倒れた時、アラステア・ウォレス宛書簡にウッドハウスは「かわいそうなミルン。彼の病気のことを聞いてショックだ。もう良くなる可能性はほぼないらしい。あんなに陽気なものを書いていた人物が人生をあんなふうに終えると思うとぞっとする。彼はいつだって僕のお気に入りの作家だった。彼の本はぜんぶ持っているし、定期的に再読している」と、ミルンの病状を心配し、性懲りもなくミルン作品への変わらぬ忠誠を語っている。ウッドハウスはミルンという人物を好きではなかったようだが、生涯変わらず愚直に彼の作品のファンだった。くまのプーさんとクリストファー・ロビンを造型して以来、一生をその影に囚われ、評価されたい大人向けの作品で正当な評価を受けられないことを不本意に思いつづけたミルンだが、ウッドハウスは終生、彼が評価されたかった作品たちの忠実な読者であったのだ。

さてと、ゴルフものについても述べておかなければならない。本書では二編を紹介したが、巨匠ウッドハウスの有力シリーズのひとつである。語り手はけっしてゴルフをせず、クラブハウスでひねもすのたりのたり過ごす「最長老メンバー」。顔じゅうを真っ白いひげで覆われた年長者で、誰からも尊敬されているが、ゴルフの腕については語られずじまいだし、そういえば名前すら明らかにされていない。ゴルフものはほとんどこの最長老メンバーによって語られるが、マリナー氏体裁で語られることもあるし、あるいは語り手なしの三人称で進行する場合もある。

日本において戦後ほとんど翻訳のなかったウッドハウス作品の中では、ゴルフものは比較的多く紹介がなされてきた。*The Clicking of Cuthbert*（1922）が原田敬一訳『ゴルフ人生』（日本経済新聞社、一九八一年）として、*The Heart of a Goof*（1926）が古賀正義訳『ゴルきちの心情』（前出）として刊行されているし、またこの二冊に収録されていない六短編を集めた岩永正勝・坂梨健史郎訳『P・G・ウッドハウスの笑うゴルファー』が二〇〇九年に集英社から刊行されている。本書に訳出した二短編は、八〇年代以降に訳出されたものとは重ならない未訳作品である。

日本でゴルフものの翻訳が進んだのはゴルフを愛好するビジネスマンを読者層に意識したためかもしれないが、しかしその内容はゴルフ小説としては荒唐無稽、それゆえゴルフはまったく知らない読者層にも楽しめるシリーズである。告白するが訳者はゴルフにはまるきり無知であり、今回翻訳のために初歩的なルールを勉強したにすぎない。とはいえゴルフの知識なしの読者にも愛読されるシリーズであるし、執筆当時とはゴルフのスタイルもルールもだいぶ変遷しているようだから、作品のスピリットをお伝えすることを最優先に思い切って訳出した。

マリナー氏シリーズ

マリナー氏シリーズからは六編。そういえば「最長老メンバー」と同じく、マリナー氏も名前は不明であった。彼が語るマリナー家の一族郎党は彩りに富み、男性ならばおしなべてハンサムでやさしく洗練され、女性ならば才気煥発眉目秀麗であるのがお約束である。

「セドリックの物語」、「オズバート・マリナーの試練」は一九二九年刊行のマリナー氏短編 *Mr. Mulliner Speaking* に、「勝利の笑顔」、「過去よりの声」、「オープン・ハウス」、「ベストセラー」は一九三三年刊行のマリナー氏短編集 *Mulliner Nights* に収録された短編である。いずれもイギリス初出は『ストランド』誌だが、アメリカでは『アメリカン』誌、『コスモポリタン』誌、『リバティ』誌と、まちまちである。「過去よりの声」と「勝利の笑顔」はジョン・アルダートン、ポーリン・コリンズ主演のＢＢＣドラマ『ウッドハウス・プレイハウス』でドラマ化されてもいる。

「オズバート・マリナーの試練」と「過去よりの声」の主人公、オズバート・マリナーとサシェヴェレル・マリナーはどちらも生まれてこのかた運命にだいぶ甘やかされ続けてきた草食系な文化人である。オズバートはというと洞窟人と取っ組み合いするのにはごくごく不向き、オークションブリッジのささやかな技能の他に取り柄といえば古い翡翠器をコレクションすることだけとされる優男。一方、サシェヴェレルはというと、食卓の話題と言えばプルースト、ロシアバレエ、日本の木版画、そして若きブルームズベリーの小説家たちに対するジェイムズ・ジョイスの影響くらいという、いずれ劣らずごくごく高度に発達した文明末期の有閑階級成員の特徴を備えている。

オズバートとサシェヴェレルと言えば、思い出されるのがイーディス・シットウェルの弟、オズバートとサシェヴェレルのシットウェル兄弟である。おそらく二人の名前は彼らに由来するものであろう。『英国畸人伝』の著者として知られるイーディス・シットウェルも、伝説の多い畸人であったが、その二人の弟たちも実用からはほど遠い詩人、建築・音楽・美術評論家、作家だった。オズバートの話の顚末《てんまつ》には、『グリム童話』の「一打ち七つ」の巨人たちの諍《いさか》いをどきどきしながら覗き見しているような、おとぎ話的な興趣がある。

セドリックの住む〈アルバニー〉についても補足しておこう。アルバニーはロンドン中心部ピカディリーにある男性独身者専用超高級アパートメントで、歴代の居住者にはバイロン卿、哲学者アイザイア・バーリン、作家オルダス・ハクスリーはじめ名高き貴族、政治家、芸術家らが名を連ねる、ロンドンで最もプレステージの高い住所のひとつである。オスカー・ワイルドの喜劇『真面目が肝心』のアーネスト、ことジャック・ワージングもロンドンではアルバニーに住んでいる設定だし、Ｅ・Ｗ・ホーナンクの泥棒貴族ラッフルズもここに住んでいることになっている。男性独身者でアルバニーに住んでいる、というのはごく特別の意味を持つことなのだ。そのロビーを正装に黄色い靴などといういでたちで歩く想像におびえるセドリックの恐怖は、由なきことではない。

一方、マートル・ワトリング嬢が住むヴァレー・フィールドというのは、ウッドハウスが好んで作品の舞台にしたロンドン郊外の住宅地である。そしてここそはウッドハウスの魂の故郷、母校ダリッジ校のあるダリッジにほかならない。ロンドンのヴィクトリア駅から最寄り駅のウエスト・ダリッジまでは電車で十分ほど。ウッドハウスは卒業後も母校のクリケット・チームとラグビー・チームの試合を観戦しに、足しげくこの地を訪れた。アメリカに移住した後も、生涯ダリッジのラグビー・チームの戦績には通じていたそうだ。本作でもそうだが、作中に登場する通りや建物の名称にはほとんど花の名前が付けられている。ヴァレー・フィールドの街はパンジー、バラ、チューリップ、ナスタチウム等々の草花が咲き誇り、家々の前庭では緑の芝が刈られる、アマチュア園芸熱の支配する郊外住宅地として描かれるが、ウッドハウスがこの地に対して持った愛着、あたたかい愛情が察せられ、ほほえましい。

ユークリッジ・シリーズ

ユークリッジは基本的に頭が軽く財布の重い善人が多いウッドハウスの作中人物の中では、頭は回るが財布は軽くちょっぴり腹も黒い、いささか異色な主人公である。ノーマン・マーフィーによればユークリッジのモデルは三人あり、一人はカリングトン・クラックストン、もう一人は一時期ウッドハウスが同居していた作家のハーバート・ウエストブルック、そしてウッドハウスと生涯の親友であったビル・タウンエンドであるという。ユークリッジは長編 *Love Among the Chickens*（1906）黒豹介訳『ヒヨコ天国』（蜂書房、一九四九年）で初登場したが、養鶏場を始めてひどい目に遭った知人の話をウッドハウスがタウンエンドから聞いて、同書を執筆したとされる。やはりウッドハウス青年を思わせる駆け出し作家ジェレミー・ガーネットによって語られるこの長編のモデルになった知人というのがクラックストンで、彼は学校の教員をしたり養鶏場をやって失敗してまた学校に舞い戻ったり、ついにはカトリックに改宗してエジプトにあるイエズス会の神学校に入学したりと、だいぶ紆余曲折に富んだ一生を送った人物であったらしい。ユークリッジのキャラクター造型は基本的にこのクラックストンに負うようで、彼は本当にジンジャービールのビンの蓋を留める針金で鼻メガネを耳にくくり付けていたそうだし、友人の服をしょっちゅう勝手に借り、勘定書は他人に押しつけ、友達を「大将」よばわりしていたそうである。ウッドハウスと直接の面識はなく、『ヒヨコ天国』執筆に用いた情報はすべてタウンエンドからのまた聞きによった。

短編集『ユークリッジ』*Ukridge*（1924）（P・G・ウッドハウス選集4『ユークリッジの商売道』文藝春秋、二〇〇八年）が出たのは『ヒヨコ天国』刊行から十八年も経た後のことである。『ユークリッジ』収録の短編十編はアメリカの『コスモポリタン』誌とイギリスの『ストランド』誌に一九二三年四月から一九二四年二月まで毎月連載された。その後、年一ペースで執筆されたユークリッジ短編は、十年以上後の *Lord*

Emsworth and Others（1937）および、*Eggs, Beans and Crumpets*（1940）『エッグ氏、ビーン氏、クランペット氏』（国書刊行会、二〇〇八年）に収録された。なお、本書所収の「冷静な実務的頭脳」は雑誌初出一九二六年、「バトリング・ビルソンのカムバック」の初出は一九三五年で、どちらも*Lord Emsworth and Others*に収録されている。その後、一九五〇年代に二編、ふたたびだいぶ飛んで一九六六年に本書収録の「ユークリッジ、アンティーク家具を売る」を最後にユークリッジ・シリーズは幕を閉じる。一九二三年の一時期を除くと散発的ではあったものの、六十年にわたり書き続けられた本シリーズは、ウッドハウス作品群の中では最も長期にわたって執筆されたシリーズとなった。

ユークリッジ第二のモデル、ウエストブルックは共通の知人からの紹介状を携えてある日ウッドハウスの許をふらりと訪れ、一九〇〇年代にはウッドハウスとタウンエンドと同じ下宿に住んだ。タウンエンドがクラックストンの養鶏所の話を語ったのも、ルパート・ストリートのウエストブルックの下宿でのことだった。ハンサムでカリスマ的でつねに文無しであったウエストブルックを、ウッドハウスは自分が勤めていた『グローブ』紙に口利きして編集助手に採用してもらっているし、*Not George Washington*（1906）を共著で執筆している。友人の服や靴下を勝手に借りだし、つねに友人に借金してまわるユークリッジの性癖は、ウエストブルックに由来する。彼はウッドハウスやタウンエンドから正装を勝手に拝借したし、借りた金は返さなかった。「ユークリッジの事故シンジケート」の中にユークリッジがジョージ・タッパーのウクレレのしまってある場所を知っているからそいつを質に入れて出資金が出せると言う箇所があるが、ウエストブルックはウッドハウスのウクレレを質入れして、しかも質札をなくしたそうだ。彼は友人たちの間で「怠け者の王者」と呼ばれていた。冒険的（詐欺的）構想力はあってもそれを実現する力はない、そういう人物であったらしい。ただし彼ほどセックスアピールに富んだ男を知らない、と語られる人物であり、不思議な魅力を持っていたようだ。

三人目のモデル、タウンエンドはダリッジ校時代のウッドハウスのルームメイトで、生涯親交を結んだ親友である。クラックストンの養鶏場の話をウッドハウスに伝え、ウエストブルックと生活を共にしただけではなく、ユークリッジの造型にもタウンエンドの影は確かに差している。シギみたいに世界を駆け回る神出鬼没なユークリッジの姿には、ある時は不定期貨物船でルーマニアに向かって尾羽うち枯らして帰ってき、ある時はカリフォルニアでレモン収穫に雇われ、ある時はモハーヴェ砂漠にわけ入った、放浪の人タウンエンドのイメージが重なる。タウンエンドはウッドハウスの励ましを得て作家となり、海や航海に関する本を三十七冊書いたが、作家としてはあまり成功しなかった。ウッドハウスはタウンエンドをつねに激励し、作家としての心得、方法論を指南しつづけた。その一部はタウンエンド宛の書簡を編集した *Performing Flea*（1953）に伺うことができる。

ユークリッジの細部には作者自身の経験に依拠する要素が多い。語り手コーキーはウッドハウス自身と考えてよいし、その他、事故シンジケートに出てくる「新アジア銀行」勤務のロバート・ダンヒルにも、ダリッジ校を卒業後進学せずに香港上海銀行に就職したウッドハウスの影がちらつく。ソーホーの安食堂に集うユークリッジと仲間たちの姿には、若く出口が見えなかった頃のウッドハウスとタウンエンド、ウエストブルックたちの青春群像が重なる。テディ・ウィークスが住んでいたユークリッジの元住所、チェルシーの「掃き溜め」として言及されるアーカム・スクゥエアにはウッドハウスも銀行勤務時代に暮らしていた。ウッドハウスはそこから歩いて、半ば走ってシティの銀行まで通勤し、昼は働き、夜は書いていたのだ。

眠くなる

最後に収録したゴルフもの、「眠くなる」は不思議な味わいのファンタジー小説。「最長老メンバー」の語りによらず、三人称で書かれている点も珍しい。舞台も最長老メンバーのいるいつものコースではなく、スカッシー・ホロウ・ゴルフコースである。同コースは本作ではアメリカ国内にあるようだが、「ロドニーの失格」でも言及されるから英国内にも存在するようだ。

シリル・グルーリーがパートナーを務めるポップグッド&グルーリー社は、ロレッタ・ピーボディー著『イモリは友達』等を刊行する出版社で、『ウースター家の掟』ほか、未訳の長編*Spring Fever*（1948）にも出てくるし、*A Damsel in Distress*ではエミリー・アン・マッキントッシュ著『赤い薔薇、白い薔薇』の版元、ポップグッド・クルーリー社となって登場する。この架空の出版社は『パンチ』誌の編集長を長らく務めたサー・フランシス・C・バーナンド著*More Happy Thoughts*（1871）に登場する出版社名で、一九〇二年に掌編（『よりぬきウッドハウス1』収録「未完のコレクション」）をはじめて『パンチ』誌に掲載してくれたバーナンドに敬意を表してウッドハウスが拝借したものだという。なおウッドハウス研究家のノーマン・マーフィーが自著を自費出版する版元の名もポップグッド&グルーリーである。ちなみにミルンが『パンチ』誌の副編集長として採用されたのはバーナンド編集長が退任した後、入れ替わりに編集長に就任したオーウェン・シーマンによる。

＊

P・G・ウッドハウスは長命で多作な作家で、九十二年の生涯に百冊近い（数え方によっては百冊をゆうに越える）著作を刊行した。その全貌に迫ることはもとより不可能であろうが、訳者の力の及ぶかぎり、この国をもっとたくさんウッドハウスが読める幸福な国にしたいと、それればかりを願っている。全作に続き、本書においても国書刊行会編集部伊藤里和氏のご尽力とつきぞえなお氏の挿画をいただいた。記して感謝したい。

本書がより多くの読者の生に甘美と光明を広めることとなりますように。

よりぬきウッドハウス２

2014年3月20日　初版第1刷印刷
2014年3月24日　初版第1刷発行

著者　P・G・ウッドハウス

訳者　森村たまき

発行者　佐藤今朝夫

発行　株式会社国書刊行会
東京都板橋区志村1-13-15
電話 03(5970)7421　FAX 03(5970)7427
http://www.kokusho.co.jp

装幀　澤地真由美

挿画　つきぞえなお

印刷製本　中央精版印刷株式会社

ISBN978-4-336-05765-5

DVD

天才執事

ジーヴス

◆

森村たまき字幕解説

---

vol. 1

第1話「ジーヴス登場！」

第2話「犬のマッキントッシュの事件」

2310円

＊

vol. 2

第3話「スポーツマン精神」

第4・5話「よしきた、ジーヴス（前・後編）」

2520円